BASTEI
LÜBBE

WOLFGANG HOHLBEIN IM TASCHENBUCH-PROGRAMM:

CHARITY
23 096 Band 1 Die beste Frau der Space Force
23 098 Band 2 Dunkel ist die Zukunft
23 100 Band 3 Die Königin der Rebellen
23 102 Band 4 In den Ruinen von Paris
23 104 Band 5 Die schlafende Armee
23 106 Band 6 Hölle aus Feuer und Eis
23 110 Band 7 Die Schwarze Festung
23 115 Band 8 Der Spinnen-Krieg
23 121 Band 9 Das Sternen-Inferno
23 121 Band 10 Die dunkle Seite des Mondes
23 207 Band 11 Überfall auf Skytown
23 213 Band 12 Der dritte Mond
24 232 Nach dem großen Feuer
28 319 Die Schatten des Bösen

13 328 Geisterstunde
13 421 Die Moorhexe
13 453 Die Hand an der Wiege
13 627 Der Inquisitor
13 871 Der Widersacher
13 969 Die Rückkehr der Zauberer
14 197 Wolfsherz
21 204 Die Kinder von Troja

DER DRACHEN-ZYKLUS
20 152 Die Töchter des Drachen
20 306 Der Thron der Libelle

DER HEXER-ZYKLUS
14 336 Der Hexer von Salem
14 337 Neues vom Hexer von Salem
14 338 Der Dragon-Zyklus
14 339 Die sieben Siegel der Macht
14 340 Der Sohn des Hexers
14 341 Auf der Spur des Hexers
Das Labyrinth von London

WOLFGANG HOHLBEIN

KEVINS SCHWUR

Die Abenteuer des KEVIN VON LOCKSLEY

BASTEI LÜBBE

BASTEI LÜBBE TASCHENBUCH
Band 14 392

1. Auflage: August 2000
2. Auflage: Mai 2001

Vollständige Taschenbuchausgabe

Bastei Lübbe Taschenbücher ist ein Imprint der
Verlagsgruppe Lübbe

Bereits erschienen unter den Einzeltiteln
Die Druiden von Stonehenge und *Der Weg nach Thule*
Lektorat: Stefan Bauer
Titelillustration: Luis Royo / Agentur Norma, Barcelona
Umschlaggestaltung: QuadroGrafik, Bensberg
Satz: QuadroPrintService, Bensberg
Druck und Verarbeitung: 55753
Société Nouvelle Firmin-Didot
Mesnil-sur-L'Estrée, Frankreich
Printed in France

ISBN 3-404-14392-2

Sie finden uns im Internet unter
http: / / www.luebbe.de

Der Preis dieses Bandes versteht sich einschließlich der gesetzlichen Mehrwertsteuer

Die Druiden von Stonehenge

Erstes Kapitel

Der Mann schleppte sich taumelnd den Hügel hinauf. Sein Gang war unsicher; die kleinen, stolpernden Schritte eines Menschen, der kaum noch die Kraft hatte, einen Fuß vor den anderen zu setzen, und obwohl sie noch viel zu weit entfernt waren, um sein Gesicht wirklich erkennen zu können, glaubte Kevin die Angst in seinem Blick geradezu fühlen zu können.

Immer wieder sah der Mann sich um und blickte zum Wald hinab, und es schien Kevin, als liefe er jedesmal eine Winzigkeit schneller, als würde der Schrecken in seinem Blick jedesmal tiefer. Trotz der großen Entfernung konnte er sehen, wie schnell und unregelmäßig sein Atem ging. Sein Gesicht glänzte vor Schweiß.

»Was ist denn da los?« Will zog mit einem Ruck den Zügel stramm. Die beiden Pferde, die den Wagen den sanft ansteigenden Weg hinaufzogen, blieben gehorsam stehen, und das schwerfällige Gefährt kam mit einem fast bedrohlichen Knirschen und Schaukeln zum Stehen. Eines der beiden Zugpferde stieß ein helles, zorniges Wiehern aus, worauf Will ihm in einer Bewegung, die fast schon automatisch erfolgte, einen deftigen Hieb mit der Peitsche überzog. Das Tier verstummte, aber der Mann oben auf dem Hügel hatte sein Schreien gehört. Kevin sah, wie er mitten im Lauf zusammenfuhr, sich mit deutlichem Schrecken herumdrehte und plötzlich seine Richtung wechselte und nun taumelnd geradewegs auf sie zugelaufen kam.

Will schüttelte den Kopf. »Das hat uns gerade noch

gefehlt«, knurrte er. »Als ob wir nicht auch so schon genug eigene Probleme hätten.«

Hinter ihnen im Wagen entstand eine raschelnde Bewegung, dann wurde die Plane zurückgeschlagen. Arnulf blinzelte verschlafen in das helle Sonnenlicht hinaus und rieb sich die Augen. Der hünenhafte Wikinger hatte die Nachtwache gehabt und war durch den unsanften Ruck, mit dem der Wagen angehalten hatte, aufgewacht, schien aber noch nicht ganz in die Wirklichkeit zurückgefunden zu haben. Sein Gesicht war vom Schlaf aufgequollen, und er machte einen benommenen Eindruck.

Langsam ließ er seinen Blick von Kevin zu Will und schließlich zu dem Fremden wandern, begriff aber offensichtlich nicht, was überhaupt vorging.

»Was ist passiert?« fragte er müde.

Will deutete mit dem Peitschenstiel auf die Gestalt, die den Hügel herabgetorkelt war.

»Das ist passiert. Der Kerl rennt, als wäre der Teufel persönlich hinter ihm her. Gefällt mir nicht«, setzte er knurrend hinzu.

»Er läuft vor irgend etwas davon«, sagte Kevin, Wills Worte ganz bewußt ignorierend. Will Scarlett war ein Heißsporn und fällte seine Entscheidungen für Kevins Geschmack oft schon allzu voreilig, was mehr als einmal zu Streit zwischen ihnen geführt hatte.

»Ja«, knurrte Will und schnitt eine Grimasse. »Vor Ärger. Zum Teufel – warum läuft er nicht weiter und läßt uns in Frieden? Wir –«

Er verstummte, als Arnulf ihm seine Hand auf die Schulter legte. Der rothaarige Hüne wirkte nun schon wesentlich wacher, als noch vor einer halben Minute. Er streifte die Decke ab, in die er sich eingewickelt hatte, griff hinter sich und packte sein Schwert, dann sprang er mit einer Behendigkeit, die man einem Mann seiner

Größe kaum zugetraut hätte, vom Wagen und ging dem Fremden entgegen.

Kevin seufzte, sprang mit einem federnden Satz ebenfalls vom Wagen herunter und machte eine Handbewegung zu Will hinauf. »Bleib du hier«, sagte er, »und paß auf.« Dann folgte er Arnulf so schnell er konnte. Erst jetzt, als sie angehalten hatten und das monotone Ächzen und Knarren der schwerfälligen Holzräder verstummt war, das ihre Fahrt seit Tagen wie eine mißtönende Musik begleitet hatte, fiel ihm auf, wie still es war. Sie waren nur noch eine knappe Tagesreise von Sherwood Forest entfernt und befanden sich in einem Gebiet, in dem es in weitem Umkreis nichts gab außer Wiesen und Sumpf und schier endlosen Wäldern, und eigentlich hätte der Wald, an dessen Rand sich der Pfad entlangschlängelte, voller Vogelstimmen und anderer Laute sein müssen. Aber Kevin hörte nichts. Selbst das Rauschen und Wispern der Blätter, mit denen der Wind spielte, wirkte so gedämpft, als wäre seine Quelle Meilen entfernt, nicht bloß einen Steinwurf. Es war ein unheimliches Gefühl, und nicht zum ersten Mal fragte sich Kevin, ob es ein Fehler gewesen war, nicht auf die Stimmen zu hören, die ihnen eindringlich geraten hatten, lieber einen Umweg in Kauf zu nehmen und diesen Teil des Landes zu meiden. Man erzählte sich sonderbare, düstere Geschichten über diese Wälder.

Er vertrieb den Gedanken und beeilte sich, zu Arnulf aufzuschließen, der den Flüchtenden inzwischen beinahe erreicht hatte.

Kevin erschrak, als er sah, in welch bemitleidenswertem Zustand sich der Fremde befand. Es handelte sich um einen grauhaarigen, verhärmt aussehenden Mann unbestimmbaren Alters, etwas größer als Kevin, aber längst nicht so kräftig. Seine Kleider hingen in Fetzen, als wäre er rücksichtslos durch dorniges Gestrüpp und

Unterholz gekrochen, und die Haut auf seinen Händen und den nackten Unterarmen war über und über zerkratzt und mit tiefen, blutigen Schrammen bedeckt. Auch im Gesicht war er verwundet: ein gezackter, stark blutender Riß zog sich von seiner linken Braue fast bis zum Kinn hinunter; seine Lippen waren aufgeplatzt. Mit letzter Kraft erreichte er Arnulf, brach keuchend vor ihm auf die Knie und konnte sich gerade noch mit den Händen abstützen, ehe er vollends zu Boden fiel.

»Helft ... mir«, stöhnte er und starrte verzweifelt zu dem Nordmann hoch. »Ihr müßt ... mich verstecken, ihr Herren. Sie ... sie sind hinter mir her.«

Arnulf machte eine Bewegung, als wolle er sich zu ihm hinunterbeugen, führte sie dann aber nicht zu Ende, sondern blickte aus zusammengekniffenen Augen auf den Waldrand; dorthin, wo der Mann hergekommen war. Die Lücke im Unterholz, wo er durch Büsche und Gestrüpp gebrochen war, war noch deutlich zu sehen.

»Wer ist hinter dir her?« fragte er. »Wer bist du, und wo kommst du her?«

Der Fremde wollte antworten, aber alles, was er hervorbrachte, war ein mühsames, halb ersticktes Keuchen. An seinem Hals pochte eine Ader in hektischem Rhythmus. Sein Atem ging so schnell, daß Kevin einen Moment lang ernsthaft befürchtete, er würde einfach ersticken. Der Mann mußte meilenweit gerannt sein.

Arnulf knurrte zornig, als der Fremde nicht gleich antwortete, aber Kevin brachte ihn mit einem raschen, mahnenden Blick zum Verstummen, ließ sich neben dem Gestürzten auf ein Knie herabsinken und legte ihm die Hand auf die Schulter.

»Keine Angst«, sagte er. »Du bist in Sicherheit. Niemand wird dir etwas zuleide tun. Wer bist du? Und wer verfolgt dich?«

Der Mann hob den Kopf, stemmte sich ein wenig in die

Höhe und blickte Kevin mit einer Mischung aus Erleichterung und Furcht an.

»Ich bin ... Astred«, antwortete der Fremde, noch immer keuchend vor Anstrengung. »Sie ... sie sind hinter mir her. Sie werden gleich hier sein. Bitte, ihr ... ihr müßt mich verstecken. Sie ... sie erschlagen mich, wenn sie mich kriegen!«

Arnulf fluchte, richtete sich kerzengerade auf und starrte abermals zum Wald hinüber. Seine Hand schmiegte sich fester um den Knüppel, den er mitgebracht hatte.

»Wer sind sie?« fragte Kevin geduldig. »Räuber?«

Astred nickte, schüttelte gleich darauf den Kopf und antwortete: »Borg. Borg führt sie an, und sie ... sie sind schlimmer als die gemeinsten Räuber. Die töten wenigstens nur, wenn es sich lohnt. Aber Borg mordet aus Spaß. Er plündert unsere Dörfer und brennt unsere Höfe nieder, und er tötet jeden, der sich ihm entgegenstellt.« Seine Stimme brach, und in seinen Augen glomm ein Ausdruck abgrundtiefer Furcht auf. Allein die Erwähnung des Namens Borg schien ihn vor Angst halb wahnsinnig zu machen. »Er ... gehört zu Robin Hoods Bande«, fügte er nach ein paar Sekunden hinzu.

Kevin konnte nicht verhindern, daß er bei der Erwähnung des Namens zusammenzuckte.

»Robin Hoods Bande?« Arnulf runzelte die Stirn und tauschte einen raschen, warnenden Blick mit Kevin. »Und sie verfolgen dich? Wie viele sind es?«

»Acht«, antwortete Astred. »Bitte, ihr ... ihr müßt mir helfen und mich verstecken, sonst bin ich verloren.«

Arnulfs Gesicht verdüsterte sich. »Wie stellst du dir das vor, Bursche?« antwortete er scharf. »Wir sollen dich verstecken, wo du von acht Männern verfolgt wirst? Selbst wenn wir es wollten, könnten wir dir nicht helfen. Wir sind nur Reisende. Sie werden dich finden und uns alle erschlagen!«

Kevin fühlte sich wie betäubt. Fassungslos starrte er Arnulf an und konnte kaum glauben, was er hörte. Er hatte gewußt, daß sich im Laufe des vergangenen halben Jahres vieles verändert hatte, aber was Astred behauptete, das war einfach unmöglich.

Deutlich erinnerte sich Kevin noch, wie er damals nach Locksley Castle gekommen war, nachdem er erst wenige Wochen zuvor erfahren hatte, daß sein vollständiger Name Kevin von Locksley lautete und sein Vater niemand anderes als der Earl von Locksley gewesen war. Auf dem Schloß seines Vaters hatte Kevin gehofft, bei seinem Bruder Robin eine neue Heimat zu finden, doch diese Hoffnung war grausam zunichte gemacht worden, denn Robin war Opfer einer Intrige Guy von Gisbournes, des Sheriffs von Nottingham, geworden. Aufgrund falscher Anschuldigungen hatte Gisbourne Robin nicht nur alle Titel aberkannt, sondern ihn auch für vogelfrei erklärt und zusätzlich Locksley Castle niedergebrannt. Was anschließend geschehen war, hatte Kevin nicht mehr miterlebt, da er ins Heilige Land aufgebrochen war, um König Richard vor einem Anschlag zu warnen, doch selbst dorthin hatten ihn Gerüchte über Sherwood Forest verfolgt.

So hatte Kevin erfahren, daß sich sein Bruder mittlerweile unter dem Namen Robin Hood an die Spitze der in den Wäldern lebenden Rebellen gesetzt hatte, doch er konnte sich beim besten Willen nicht vorstellen, daß Robin harmlose Bauern ohne Grund überfallen und ermorden ließ.

Er warf Arnulf einen hilfesuchenden Blick zu, den dieser jedoch ignorierte.

»Wir können nichts für dich tun«, erklärte der Nordmann schroff. »Es wäre besser, du verschwindest, bevor dieser Borg und seine Leute hier sind.«

»Aber wir können doch nicht einfach –«, begann Kevin,

brach jedoch erschrocken ab, als Arnulf zu ihm herumfuhr und ihn zornig musterte.

»Was können wir nicht? Uns wegen eines Mannes, den wir nicht einmal kennen, einer fast dreifachen Übermacht von Räubern und Mördern entgegenstellen und unser eigenes Leben riskieren? Er muß gehen, hörst du, und zwar sofort!«

Kevin wollte antworten, aber in diesem Moment trat Astred zwischen ihn und Arnulf und schüttelte den Kopf. »Laß ihn, Junge«, sagte er. »Er hat ja recht. Ich ... ich hätte erst gar nicht kommen dürfen. Wenn sie mich bei euch finden, dann töten sie euch auch.«

»Unsinn!« widersprach Kevin, aber Astred schüttelte nur erneut den Kopf, fuhr sich erschöpft mit der Hand über das Gesicht und blickte für eine endlose Sekunde zum Waldrand zurück. Die Furcht in seinem Blick hatte einem Ausdruck sonderbarer Trauer Platz gemacht.

»Ich gehe«, sagte er müde. »Bevor sie hier sind und ihr auch noch zu Schaden kommt.«

Kevin starrte ihn an. Astreds Worte erfüllten ihn mit einer dumpfen, schwer zu begründenden Wut. Er wußte, daß Arnulf vollkommen recht hatte: Sie konnten sich nicht in diese Sache einmischen, solange sie nicht mehr über die Hintergründe wußten. Er wußte weder, wer dieser Borg, noch wer Astred war. Falls es wirklich die Männer seines Bruders waren, die ihn jagten, dann mußte es einen Grund dafür geben, und obwohl er glaubte, daß es nicht so war, log Astred möglicherweise das Blaue vom Himmel herunter, nur damit sie ihm halfen. Aber obwohl diese Gefahr bestand und er Astred erst vor wenigen Augenblicken kennengelernt hatte, sträubte sich alles in ihm dagegen, den Mann so einfach seinem Schicksal zu überlassen.

Astred lächelte müde, drehte sich mit hängenden Schultern um und wollte weitergehen, aber Kevin vertrat ihm mit einem raschen Schritt den Weg. »Warte«, sagte er. »Lauf nach Norden und sieh zu, daß du nicht zu viele Spuren hinterläßt. Wenn sie kommen und nach dir fragen, schicken wir sie in die Irre.« Er zog seinen Dolch aus dem Gürtel und reichte ihn Astred. »Hier«, sagte er. »Vielleicht hilft er dir.«

Einen Moment lang blickte Astred stirnrunzelnd auf die Waffe, mit einem Ausdruck, als müsse er ernsthaft überlegen, was er damit solle, dann nahm er sie an sich, nickte noch einmal dankbar und lief los. Kevin blickte ihm nach, bis er über den Hügel und auf der anderen Seite verschwunden war, dann wandte er sich Arnulf zu.

»Was hat das alles zu bedeuten?« fragte er scharf. »Wer ist dieser Borg? Gehört er wirklich zu Robins Leuten?«

Arnulf schüttelte den Kopf, um gleich darauf mit den Schultern zu zucken. Sein Gesicht zeigte einen sehr besorgten Ausdruck. »Ich habe den Namen nie zuvor gehört«, sagte er. »Außerdem sind wir noch viel zu weit im Süden. Robin verläßt Sherwood Forest nur sehr selten, und schon gar nicht so weit.« Er schüttelte noch einmal den Kopf, nachdrücklicher diesmal. »Nein. Ich glaube nicht, daß er weiß, was hier vorgeht, oder daß es ihm gefallen würde. Irgend etwas stimmt hier nicht, und er sollte möglichst schnell davon erfahren.«

»Aber das wäre doch erst recht ein Grund, Astred zu helfen«, behauptete Kevin.

»Wenn es nur nach mir ginge, würde ich ihn am liebsten mit nach Sherwood Forest nehmen, damit er Robin alles selbst genauestens berichten kann«, antwortete Arnulf. »Aber ich habe deinem Bruder versprochen, auf dich aufzupassen und dich sicher zu ihm zu bringen. Wir sind nur zu dritt und können es uns nicht leisten, uns in irgendwelche Streitereien einzumischen, die uns nichts angehen. Sollten wir seinen Verfolgern begegnen, werden wir sie deshalb auch ganz sicher nicht in die Irre schicken«, fügte er hinzu, Kevins Sprechweise imitierend. »Sie werden seine Spuren sehen und wissen, daß wir sie belogen haben, und dann dürften wir mächtige Probleme bekommen.«

Kevin starrte ihn wütend an, aber schließlich drehte er sich herum und blickte noch einmal zum Waldrand, wo Astred auf den Weg hinausgetreten war. Die Spur, die er hinterlassen hatte, war wirklich nicht zu übersehen.

Dennoch schüttelte er trotzig den Kopf. »Er wird vorsichtig sein«, behauptete er. »Immerhin geht es um sein Leben.«

»O ja«, sagte Arnulf. »Und ganz nebenbei vielleicht auch um unseres. Hast du vergessen, was er gesagt hat – dieser Borg tötet aus Spaß. Wenn er Astred nicht findet, wird er zwei und zwei zusammenzählen und zurückkommen. Wahrscheinlich wird er uns an seiner Stelle aufhängen – wenn wir Glück haben.«

»Aber –«

Arnulfs Gesicht verdüsterte sich, und er ließ Kevin erst gar nicht aussprechen. »Was denkst du dir, Kevin? Wir wissen nicht einmal, wer dieser Mann ist oder wo er herkommt. Was, wenn er gelogen hat und vielleicht selbst ein Dieb oder Wegelagerer ist?«

»Das hat er nicht«, widersprach Kevin überzeugt, aber Arnulf ließ seine Worte nicht gelten, sondern machte nur eine knappe Handbewegung, als wolle er einen Schlußstrich unter die Diskussion ziehen.

»Und wenn!« schnappte er. »Das geht uns nichts an. Wenn sie kommen, werde ich ihnen sagen, wohin er gegangen ist. Vielleicht lassen sie uns dann wenigstens am Leben. Und du wirst schön den Mund halten, hast du verstanden? Mein eigener Hals und deiner sind mir nämlich lieber als der eines Fremden.« Damit drehte er sich um und stapfte zum Wagen zurück.

Kevin blieb noch einen Moment stehen und blickte

abwechselnd zum Waldrand und hinter Arnulf her. Für einen Moment verspürte er nichts als Zorn. Natürlich würde der Nordmann seine Worte nicht wahrmachen, dafür kannte Kevin ihn viel zu gut. Und trotzdem hatte Arnulf auch wieder recht, so grausam es klang. Man konnte es drehen und wenden, wie man wollte: Wenn die Männer, die Astred verfolgten, herausbekamen, daß sie sie belogen hatten, würden diese ihre Wut zweifellos an ihnen auslassen.

Dennoch sträubte sich alles in Kevin dagegen, Astred so einfach seinem Schicksal zu überlassen und weiterzuziehen, als wäre nichts geschehen.

»Was war denn los?« wollte Will wissen, als sie zum Wagen zurückkehrten. Er warf Kevin einen spöttischen Blick zu. »Hat unser junger Held wieder einmal sein Herz für die Verfolgten dieser Welt entdeckt?«

»Er wurde verfolgt«, unterbrach ihn Kevin. »Du hättest ihn sehen sollen, Will. Er war halb wahnsinnig vor Angst.«

»Ja«, entgegnete Will. »Und möglicherweise zu Recht. Im Gegensatz zu euch habe ich zwar nicht mit ihm gesprochen, aber ich habe gute Augen und einen guten Blick für Menschen, die etwas zu verbergen versuchen. So wie der Bursche aussah, hat er wahrscheinlich gerade die Hand in der Tasche eines anderen gehabt und muß sich jetzt mächtig sputen, sie nicht zu verlieren. Hat dieser Astred gesagt, woher er kommt?«

Kevin schüttelte den Kopf. »Nein. Aber sein Haus kann nicht besonders weit sein. Ein Mann, der von Reitern gejagt wird, hält nicht sehr lange durch.«

»Wer sagt dir denn, daß er in einem Haus wohnt?« fragte Will.

Kevin blickte ihn verwirrt an.

Will lächelte. »Siehst du?« sagte er. »Nicht einmal das weißt du. Er ist ein völlig Fremder. Wir wissen nicht, wer er ist, woher er kommt und was er getan hat. Aber das ist ja auch egal, Hauptsache, du kannst ihm helfen.« Er schnaubte verächtlich. »Zum Teufel, wir wollen zu Robin, oder nicht? Wir sind sowieso schon viel zu lange unterwegs.«

Seine Worte machten Kevin betroffen, änderten jedoch nichts an seinem Zorn, vielleicht gerade deshalb, weil sie von Will kamen. Sie hatten sich noch nie sonderlich gut verstanden. Es gab eigentlich überhaupt keinen konkreten Grund für diese Ablehnung, sah man von ihrer ersten Begegnung vor nunmehr rund einem halben Jahr ab, die unter ziemlich ungünstigen Bedingungen in den Wäldern von Sherwood Forest stattgefunden hatte. Aber das war eine besondere Situation gewesen, und Kevin hatte den Rebellen um Little John mindestens genauso mißtraut wie Will umgekehrt ihm, und dieses Mißverständnis war sicherlich nicht der Grund für ihre ständige Feindseligkeit. Will war ihm einfach nicht sympathisch, war es ihm vom ersten Moment an nicht gewesen, und Kevin war sehr sicher, daß dieses Gefühl auf Gegenseitigkeit beruhte.

Um so mehr hatte es ihn überrascht, daß ihn Arnulf ausgerechnet in Begleitung von Will in Ipswich erwartet hatte, wo Kevin vor einigen Tagen von Bord des Schiffes gegangen war, das ihn aus dem Heiligen Land zurück nach England gebracht hatte. Es war ihm – wenn auch nur mit viel Glück und durch die Hilfe des ehemaligen Tempelritters Sarim de Laurec – gelungen, die gegen König Richard gerichtete Intrige zu durchkreuzen und die Gunst des Königs zu erringen. Ein vertrauensvoller Bote Richards war schon drei Wochen vor ihm aufgebrochen und hatte Lady Maryan eine Nachricht überbracht, wo und mit welchem Schiff er zurückkehren würde. Wie Kevin gebeten hatte, hatte Lady Maryan die Botschaft an Robin weitergeleitet, der Arnulf und Will geschickt hatte, um ihn abzuholen und sicher nach Sherwood Forest zu geleiten. Aber so sehr Kevin sich auch über das Wiedersehen mit Arnulf gefreut hatte, so wenig glücklich war er über den Anblick Wills gewesen – und über die Aussicht, die nächsten Tage in dessen unmittelbarer Nähe zubringen zu müssen.

Er öffnete den Mund, um Will abermals zu widersprechen, doch Arnulf schnitt ihm mit einer befehlenden Geste das Wort ab. »Hört endlich auf, euch zu streiten«, sagte er scharf. »Wir haben das jetzt oft genug durchgekaut.«

Er schwang sich auf den Bock hinauf, nahm Will die Zügel aus der Hand und setzte dazu an, die Pferde weitertraben zu lassen, führte die Bewegung dann aber nicht zu Ende, sondern schüttelte mit einem tiefen Seufzen den Kopf, legte die ledernen Riemen aus der Hand und sah erst Will, dann Kevin an. »Die Pferde brauchen eine Rast, außerdem bin ich hungrig. Es wird Zeit, daß einer von euch beiden das Frühstück bereitet, findet ihr nicht?«

Kevins Ärger wandelte sich in pure Wut. Wie konnte Arnulf jetzt von Essen reden, wo vielleicht wenige hundert Schritte entfernt ein Mann um sein Leben rannte?

Aber er sprach nichts davon aus, sondern wandte sich nur mit einem entschlossenen Ruck um und sprang vom Wagen. Er wußte, was er zu tun hatte.

»Wo willst du hin?« rief ihm Arnulf nach.

»Holz suchen!« antwortete Kevin zornig. »Für dein Frühstück!«

Und damit verschwand er im Unterholz, so schnell, daß Arnulf keine Gelegenheit fand, ihn ein zweites Mal zurückzurufen.

Zweites Kapitel

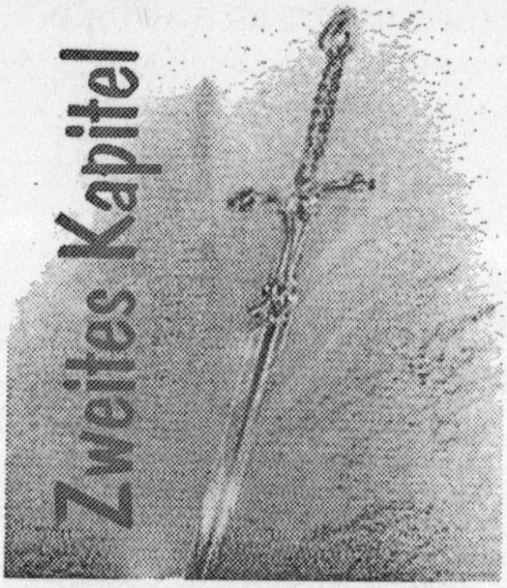

Die Lichtung lag ein gutes Stück nordwärts des Weges, auf dem sie Astred begegnet waren; eine sicherlich eine halbe Meile messende und durch eine Laune der Natur nahezu perfekt gerundete Fläche, bar jeden Baumes oder Strauches, auf der nichts außer Gras und einer Unzahl faustgroßer, in allen nur denkbaren Farben schillernder Blumen wuchsen, wie sie Kevin noch nie zuvor gesehen hatte.

Ein Teil des Geländes mußte sumpfig sein, denn zwischen den knöchelhohen Grashalmen brach sich das Sonnenlicht vereinzelt wie auf glänzenden Spiegelscherben, und genau gegenüber der Stelle, an der Kevin stand, reckte ein uralter Baum einen verkrusteten Ast wie eine vielfingrige, knochig-braune Hand aus dem Unterholz des Waldrandes.

Aber Kevin hatte weder dafür, noch für die Blütenpracht oder irgend etwas anderes auf der Lichtung mehr als einen flüchtigen Blick übrig.

Seine ganze Aufmerksamkeit galt der einsamen, rennenden Gestalt, die vor ein paar Sekunden aus dem Gebüsch gebrochen war und jetzt mehr über die Lichtung stolperte als lief.

Astred taumelte vor Erschöpfung, und wenn Kevin auch keine genaue Vorstellung davon hatte, wie weit er inzwischen gelaufen war, so mußte er in der guten halben Stunde, die seit ihrem ersten Treffen vergangen war, doch sicherlich zwei, wenn nicht mehr Meilen zurückgelegt haben; angesichts seiner Verfassung und der Undurchdringlichkeit des verfilzten Unterholzes war dies eine Leistung, zu der einen Menschen in seinem erschöpften Zustand nur nackte Todesangst befähigte.

Jetzt aber schien er mit seinen Kräften am Ende zu sein. Wankend erreichte er die Mitte der Lichtung, kam plötzlich aus dem Tritt und fiel schwer nach vorne, obwohl er mit rudernden Armen bemüht war, das Gleichgewicht zu halten. Der weiche Boden dämpfte seinen Sturz, aber er stand trotzdem nicht wieder auf, sondern hob nur mühsam den Kopf, versuchte sich auf Hände und Knie hochzustemmen und fiel ein zweites Mal nach vorne, um diesmal reglos liegenzubleiben.

Der Anblick ließ Kevin zusammenfahren, aber er widerstand der Versuchung, Astred zu Hilfe zu eilen. Die unheimliche Stille, die er hier ebenso vorgefunden hatte, wie auf dem Waldweg weiter im Süden, war vergangen, kaum daß Astred auf der Lichtung erschienen war. Einige Vögel schimpften lautstark auf den Störenfried, und von Süden her näherte sich ein unablässiges, lauter werdendes Brechen und Stampfen; die Laute von Reitern, die ihre Pferde rücksichtslos durch das Unterholz trieben. Es konnte nur noch Augenblicke dauern, ehe Borg und seine Begleiter auf der Lichtung erschienen, um das Opfer zu stellen, dem sie so lange nachgejagt hatten.

Die Graustute, auf der Kevin saß, tänzelte nervös und ließ sich selbst durch seinen festen Schenkeldruck kaum beruhigen. Ihre Ohren begannen zu zucken, und er sah, wie sich ihre Nüstern unter dem Stirnschutz blähten, als sie den Schweiß und die Furcht der Tiere witterte, die auf der anderen Seite der Lichtung herangesprengt kamen.

Und wenn Kevin ganz ehrlich zu sich war, dann war auch er nervös. Er hatte keine Angst – nach allem, was er in den letzten Monaten durchgemacht hatte, fürchtete er sich ganz sicher nicht vor ein paar dahergelaufenen Strauchdieben, die noch dazu zu seinem Bruder gehören sollten –, aber das Gefühl kribbelnder Unruhe, das in immer stärkerem Maße von ihm Besitz ergriffen hatte, bewegte sich doch ganz dicht daran. Mehr als einmal in den letzten Minuten hatte Kevin seine rechte Hand dabei ertappt, wie sie ohne sein Zutun zum Griff der Armbrust gekrochen war, die an seinem Sattel hing.

Sein Plan – sofern sein kaum durchdachtes Vorgehen diese hochtrabende Bezeichnung überhaupt verdiente – war bislang aufgegangen. Als er wenige Minuten nach seinem Aufbruch heimlich zum Wagen zurückgeschlichen war, waren die Pferde ausgeschirrt gewesen, und Arnulf hatte sich auf die Suche nach einer Quelle gemacht, während Will im Schatten des Wagens eingedöst war. Es hatte Kevin keine Schwierigkeiten bereitet, unter die Plane zu schlüpfen und aus seinen wenigen Habseligkeiten unbemerkt das Bündel mit seiner Rüstung an sich zu bringen. Anschließend hatte er das beste der drei Pferde, mit denen sie unterwegs waren, losgebunden, eine ausdauernde, schnelle Graustute, die die meiste Zeit nur angebunden hinter dem Wagen hertrottete und in erster Linie dazu diente, daß einer von ihnen von Zeit zu Zeit ein Stück vorausreiten und den Weg erkunden konnte. Um Will nicht zu alarmieren, hatte Kevin das Tier erst ein paar Dutzend Schritte weit zu Fuß am Zügel geführt, ehe er es gewagt hatte, sich auf den Rücken des Pferdes zu schwingen. Bei seiner Ankunft auf Locksley Castle vor knapp einem halben Jahr, hatte er sich noch kaum im Sattel halten können, aber seither hatte er sich zu einem recht passablen Reiter entwickelt.

Es war nicht das erste Mal, daß er die weiße Rüstung mit dem großen roten Kreuz auf Brust, Rücken und Schild trug, wohl aber das erste Mal, seit er wieder englischen Boden betreten hatte, obwohl die Verlockung damit zu prahlen, einige Male fast übermächtig geworden war. Trotzdem hatte er schweren Herzens darauf verzichtet, um keine unnötige Aufmerksamkeit zu erregen.

Es war die Rüstung eines Tempelritters, und Kevin war sich durchaus bewußt, daß es auf der ganzen Welt wahrscheinlich niemanden außer ihm gab, der bereits in seinem Alter eine solche Rüstung besaß und sie tragen durfte. Sarim de Laurec, der Wächter des Heiligen Grals hatte sie ihm geschenkt. König Richard hatte nachträglich seine Zustimmung dazu gegeben und Kevin als Dank für seine Hilfe die Gunst gewährt, die Rüstung zu tragen, auch ohne dem Orden der Tempelritter offiziell anzugehören. Dieses Privileg – wenn es denn überhaupt eines war – würde er sich irgendwann erst verdienen müssen, dessen war Kevin sich ebenfalls völlig bewußt. Der Unterschied, ob er nur die Rüstung eines Tempelritters trug, oder ob er wirklich einer war, mochte auf den ersten Blick gering erscheinen, doch in Wirklichkeit war er immens.

Kevin verdrängte die störenden Gedanken an die Vergangenheit, ließ die Graustute zwei Schritte vorgehen, so daß sie gerade noch im Schatten der letzten Bäume standen und somit nicht auf Anhieb gesehen werden, andererseits jedoch mit einem einzigen Satz auf die Lichtung hinaussprengen konnten. Mit einer heftigen Bewegung schloß er das Visier seines Helmes. Der weißlackierte Stahl engte sein Gesichtsfeld arg ein, so daß er nicht mehr Astred und den Waldrand zugleich im Blick halten konnte, sondern den Kopf hin und her drehen mußte, aber er fühlte sich auch sicherer. Nach einer letzten Sekunde des Zauderns löste er den Schild vom Sattelgurt, steckte den linken Arm durch die Halteschlaufen und zog sein Schwert, um es quer vor sich über den Sattel zu legen.

Dann wartete er.

Seine Geduld wurde auf keine sehr harte Probe gestellt. Das Hämmern der Pferdehufe wurde immer lauter, bis die ganze Lichtung unter dem dumpfen Dröhnen der Hufeisen zu beben schien, und nach kaum einer

Minute hörte er ein schrilles, zorniges Wiehern. Erst brachen zwei, dann ein drittes und mit gehörigem Abstand ein viertes Pferd auf den beinahe kreisrunden Platz heraus. Von den übrigen vier Männern, von denen Astred gesprochen hatte, war nichts zu entdecken. Vielleicht hatten sie die Spur des Flüchtenden vorübergehend verloren und sich aufgeteilt, um ein größeres Gebiet absuchen zu können.

Kevins Nervosität war von einer Sekunde auf die andere verflogen, als er Borg und seine drei Begleiter erblickte. Es war ein unerklärliches Phänomen, und obwohl er die weiße Rüstung zuvor noch nie angelegt hatte, um einen Kampf zu bestreiten, hatte er dasselbe schon ein paarmal erlebt, sobald er sie trug. Es war, als wäre er in eine erfrischende Quelle eingetaucht, die ihn mit Kraft und Zuversicht erfüllte, wie eine unsichtbare, beschützende Macht, die auf magische Weise in das Metall des Harnischs eingewoben schien. Vielleicht war es nur eine Selbsttäuschung, aber wenn, dann wirkte sie, und das sogar ganz hervorragend. Sein Herz schlug plötzlich langsamer, und als er sein Schwert aus der metallbeschlagenen Lederscheide zog und es schräg neben dem Leib der Stute in der Hand hielt, durchströmte ihn eine sonderbare, beruhigende Stärke.

Wenn er sich selbst gegenüber ehrlich war, gab es dafür jedoch keinen Anlaß, wie sich Kevin eingestand. Er konnte mit einemmal gut verstehen, warum Astred so panische Angst vor Borg hatte. Flüchtig betrachtet mochten die Reiter als Angehörige der Rebellen aus Sherwood Forest durchgehen, und vermutlich entsprachen sie durchaus der Vorstellung, die die meisten Menschen von Räubern und Halsabschneidern haben mochten. Ihre Kleidung war abgewetzt und verschlissen, teilweise zerrissen, und in ihren langen, bis über die Kruppen der Pferde reichenden Fellmänteln, den wollenen Hosen und ihren groben, schlammverkrusteten Stiefeln sahen die Männer ein wenig wie wilde Barbaren aus. Aber Kevin sah unter ihren Pelzkragen und Fellmützen auch das Metall von Kettenhemden und eisernen Kappen blitzen, und die Art, in der sie ihre Waffen hielten, sagte ihm auf den ersten Blick, daß sie auch damit umzugehen verstanden.

Kevin überlegte, ob er seine Armbrust benutzen sollte. Er war ein guter Schütze, und auf diese Distanz wäre es ihm ein leichtes, einen oder vermutlich sogar zwei der Männer aus dem Sattel zu holen, bevor die übrigen sich von ihrer Überraschung erholten. Es würde das Kräfteverhältnis entscheidend verändern, dennoch zögerte er. Auch wenn er die Männer nur verwundete, denn sie zu töten würde er ganz gewiß nicht fertigbringen, war es nicht seine Art, feige aus dem Hinterhalt auf jemanden zu schießen. Außerdem bliebe ihm anschließend erst recht keine andere Wahl mehr, als es auf einen offenen Kampf mit den anderen beiden Reitern ankommen zu lassen, während es noch eine kleine Chance gab, daß die Überraschung über sein Auftauchen allein schon ausreichen mochte, um die Männer in die Flucht zu schlagen. Selbst zahlenmäßig überlegenes Diebesgesindel würde es sich gründlich überlegen, bevor es sich mit einem Tempelritter anlegte, für welchen man ihn halten mußte, solange er sein Gesicht hinter dem Visier verborgen hielt.

Wieder schnaubte seine Stute nervös, aber Kevin zögerte noch immer, vollends aus dem Schutz des Waldes hervorzutreten und sich den vieren zu zeigen. Er zwang das Pferd noch einmal zur Ruhe und musterte die Fremden genau. Es mochte sein, daß er später keine Zeit mehr haben würde, seine Gegner mit der gebührenden Aufmerksamkeit in Augenschein zu nehmen.

Zwei von ihnen waren wie er selbst mit Schild und Schwert bewaffnet, während der dritte eine eigenartige

Mischung zwischen Morgenstern und Dreizack schwang: einen armlangen, metallverstärkten Stiel, an dessen Kette eine eiserne Kralle mit drei einwärts gebogenen und mit Widerhaken besetzten Zinken pfiff. Der Anblick der Waffe erfüllte Kevin mit einer Mischung aus Abscheu und Furcht. Es mußte große Kunstfertigkeit erfordern, sie zu führen, aber er konnte sich auch vorstellen, wie verheerend ein einziger Hieb dieses mörderischen Instrumentes in der Hand eines Mannes, der damit umzugehen verstand, wirken mußte.

Zudem überzeugte ihn spätestens dieser Anblick vollends, daß er es keinesfalls mit Männern seines Bruders zu tun hatte. Er hatte Little John und die anderen kennengelernt, zwar kurz nur, aber gut genug, um sich ein Bild von ihnen machen zu können. Sie waren keine Räuber im eigentlichen Sinne des Wortes, und schon gar keine Krieger, sondern einfache Bauern und Handwerker, die von Gisbourne mit überhöhten Steuern bis aufs Blut ausgepreßt und um ihre Existenz gebracht worden waren. Um nicht auch noch ihr nacktes Leben zu verlieren, war ihnen gar nichts anderes übriggeblieben, als in die Wälder zu fliehen, und wenn sie wilderten oder stahlen, dann nur, um nicht zu verhungern. Viele von ihnen wußten außer mit ihren Bögen kaum mit einer Waffe richtig umzugehen, während Astreds Verfolger ganz offensichtlich kampferprobte Krieger waren.

Ähnliches galt auch für die Pferde. Es waren keine sonderlich edlen Tiere, aber anders als die wenigen ausgemergelten Schindmähren, die Kevin im Lager der Rebellen gesehen hatte, waren sie wohlgenährt und allem Anschein nach schnell und ausdauernd.

Schließlich wandte Kevin seine Aufmerksamkeit dem vierten Reiter zu, der auch jetzt noch einigen Abstand zu den drei Burschen hielt. Er zweifelte keine Sekunde daran, daß es sich um Borg handelte, den Mann, dessen

Name allein ausgereicht hatte, Astred vor Furcht zittern zu lassen. Borg war kein Riese, aber trotzdem sehr groß. Wie die anderen war er in einen langen Fellmantel gehüllt, doch er trug außerdem einen Helm mit herabgeklapptem Visier, hinter dem sein Gesicht verborgen war. Am linken Arm führte er einen fast mannshohen Dreiecksschild, und im Gürtel steckte ein gewaltiges Schwert. Instinktiv stufte Kevin ihn als den gefährlichsten der vier ein, obwohl er der einzige war, der seine Waffe noch nicht gezogen hatte. Vielleicht gerade deshalb.

Seine Musterung hatte kaum eine halbe Minute in Anspruch genommen, aber diese kurze Zeitspanne hatte ausgereicht, die drei Kerle die Mitte der Lichtung und Astred erreichen zu lassen. Jetzt zügelten sie ihre Pferde so unnötig grob, daß eines davon mit einem schrillen Wiehern auf die Hinterläufe stieg und von seinem Reiter mit einem derben Hieb zwischen die Ohren zur Räson gebracht werden mußte, und umringten die reglos daliegende Gestalt. Astred hob schwach den Kopf, machte aber nicht einmal mehr den Versuch, aufzustehen und wegzulaufen oder sich wenigstens zu verteidigen. Vielleicht fehlte ihm die Kraft, um seine Furcht fortzusetzen. Vielleicht hatte er sich auch einfach bereits aufgegeben.

Der Bursche mit dem Dreizack ließ seine Kette singen, stieß ein rauhes, grölendes Lachen aus und schlug die Waffe dicht neben dem Liegenden in den Boden. Gras und Lehmbrocken spritzten, aber Astred reagierte nicht einmal darauf.

Kevin zögerte nicht mehr länger. Mit einem entschlossenen Schenkeldruck lenkte er die Graustute aus dem Schatten des Waldes heraus und zur Mitte der Lichtung hin, wobei er sich trotz seines durch das Visier eingeengten Sichtfeldes Mühe gab, Borg und seine drei Kumpane möglichst gleichzeitig im Auge zu halten.

Borg war der erste, der ihn entdeckte. Er bremste sein Pferd mit einem harten Ruck, als er Kevin erblickte, während die drei anderen ihn im ersten Moment gar nicht wahrnahmen, sondern ihre Pferde weiter in immer enger werdenden Kreisen um Astred tänzeln ließen und dabei Flüche und böses Gelächter ausstießen. Erst als Kevin schon mehr als die halbe Distanz zu ihnen zurückgelegt hatte, blickte einer der drei auf, stieß ein überraschtes Keuchen aus und machte seine Kameraden mit Gesten auf ihn aufmerksam.

Kevin zügelte sein Pferd, starrte die drei für eine endlose Sekunde schweigend an und ritt dann, sehr viel langsamer, um die Männer nicht durch eine unbedachte Bewegung zum Angriff zu provozieren, weiter.

Die drei hatten ihre Tiere gezügelt und im Halbkreis hinter Astred Aufstellung genommen. Kevin konnte sehen, wie sich Zorn und Überraschung in ihren Gesichtern mischten. Schließlich hob einer von ihnen sein Schwert, führte die Bewegung aber nicht zu Ende, denn Borg gab einen kurzen, beinahe bellend klingenden Laut von sich, hob befehlend den Arm und sprengte urplötzlich los, um sein Tier mit einem abermaligen, unnötig harten Ruck neben denen seiner drei Begleiter anzuhalten.

Auch Kevin brachte sein Pferd wieder zum Stehen. Zwischen ihm und den vier Männern lagen jetzt noch knapp zwanzig Meter; wenig genug, um zu verdeutlichen, daß er keine Angst hatte, aber doch weit genug, um auf jeden Überraschungsangriff seiner Gegner rechtzeitig reagieren zu können.

»Einen guten Tag, die Herren«, sagte er ruhig. »Mir scheint, ich komme gerade im richtigen Augenblick.« Seine Stimme war ganz fest, und obwohl der geschlossene Helm sie ein wenig verzerrte, sah er doch, wie Borgs Kumpane bei seinen Worten zusammenfuhren. Auch Astred hob mühsam den Kopf, aber Erschöpfung und

Schmerzen hatten sein Gesicht zu einer Grimasse verzerrt, so daß der Ausdruck darauf nicht zu deuten war.

Borg schwieg noch immer, und trotz des geschlossenen Visiers glaubte Kevin die Überraschung zu spüren, die er bei seinem Anblick empfinden mußte – was nicht weiter verwunderlich war. Gegen den finsteren, beinahe schwarzen Hintergrund des Waldes mußte er einen wahrhaft beeindruckenden Anblick bieten: Ein voll gerüsteter Tempelritter im weißen Waffenrock mit dem großen blutigroten Kreuz, einem mächtigen Schild mit dem gleichen Symbol in seiner Linken und einer blankgezogenen Klinge in der anderen Hand.

Schließlich – nach einer Ewigkeit, wie es Kevin vorkam – überwand Borg seine Überraschung. »Wer seid Ihr?« fragte er »Und was wollt Ihr von uns?«

»Mein Name ist Kevin –«, begann Kevin und brach gerade noch rechtzeitig ab. Es hätte nicht viel gefehlt, und er hätte seinen wahren Namen verraten, was unter den gegebenen Umständen vermutlich ein grober Fehler gewesen wäre. Solange er nicht wußte, was hier gespielt wurde und was die Reiter mit seinem Bruder zu schaffen hatten, erschien es ihm sicherer, seine wahre Identität zu verbergen. »Kevin de Laurec«, nannte er den einzigen Namen, der ihm rasch genug in den Sinn kam, um sein Gegenüber aufgrund seines Stockens nicht stutzig zu machen. »Merk ihn dir gut, Borg.«

»Ihr kennt mich?« Die Überraschung in der Stimme des Mannes war nicht zu überhören.

»Nein«, antwortete Kevin kühl. »Kennen wäre zuviel gesagt. Sagen wir, daß ich von dir gehört habe.« Er legte eine kleine, ganz genau bemessene Pause ein, blickte einen Moment lang auf Astred herab und ließ sein Pferd zwei, drei Schritte weitertraben, bis er wie zufällig zwischen dem immer noch reglos am Boden liegenden Mann und Borg und seinen Begleitern stand. »Ich sehe, daß das, was man mir über dich und deine Männer berichtet hat, der Wahrheit zu entsprechen scheint«, fuhr er fort. »Leider.«

»Und was hat man Euch berichtet?« fragte Borg lauernd.

Kevin zuckte die Achseln. »Zum Beispiel, daß ihr euch einen Spaß daraus macht, auf Jagd zu gehen. Auf die Jagd nach Menschen allerdings. Unschuldigen Menschen.«

»Wer sagt das?« schnappte Borg. »Wenn Ihr diesen Kerl da meint, dann irrt Ihr Euch. Er hat mich bestohlen und beleidigt!«

»Das bezweifle ich«, sagte Kevin kühl. »Und wenn, gibt dir das noch lange nicht das Recht, ihn einfach zu jagen wie einen Hund. Bring ihn vor den Richter, damit die Wahrheit festgestellt wird.«

»Richter?« Borg lachte. Es klang sehr häßlich. »Ich sehe, edler Kevin –«, sagte er, und allein die Art, in der er den Namen aussprach, grenzte an eine Beleidigung, »– man hat Euch nicht alles über mich erzählt. In diesen Wäldern ist nur einer der Richter, und das ist Robin Hood. Die Gesetze hier macht er, und ich sorge dafür, daß sie eingehalten werden. Und eines davon lautet, daß sich Fremde nicht in unsere Angelegenheiten einmischen sollten. Wenn es mir Spaß macht, diese Kreatur dort zu jagen, dann tue ich es. Verschwindet, bevor ich es mir anders überlege und mir ein lohnenderes Wild für meine Jagd suche!«

»Du vergreifst dich im Ton!« sagte Kevin scharf und hob ganz leicht sein Schwert. »Aber wenn du wirklich kämpfen willst, nur zu. Zeig, ob du gegen einen Mann, der sich zu wehren weiß, ebensoviel Mut aufbringst wie gegen einen Wehrlosen.«

Borg lachte, legte die Hand auf sein Schwert und riß den Arm in einer blitzartigen, befehlenden Geste wieder hoch. Einer Geste, deren Bedeutung Kevin erst begriff, als seine drei Begleiter ihren Pferden die Sporen gaben und gleichzeitig auf ihn lossprengten, während Borg selber sich nicht einmal von der Stelle rührte.

»Du bist also auch noch feige!« schrie er.

Borg antwortete irgend etwas, was Kevin jedoch nicht mehr hörte, denn die drei Reiter waren bereits heran, und für die nächsten Sekunden hatte er voll und ganz damit zu tun, am Leben zu bleiben.

Schon der erste Ansturm der drei Männer zeigte ihm, daß er gut daran getan hatte, sie nicht zu unterschätzen. Die Reiter sprengten in gerader Linie heran, fächerten jedoch im letzten Moment auseinander, um ihn aus drei Richtungen zugleich zu attackieren. Der tödliche Dreizack des einen sauste heran und schlug wie eine stählerne Kralle nach ihm, während die beiden anderen von rechts und links herankamen, tief unter ihre Schilde geduckt und die Schwerter wie Lanzen vorstoßend.

Kevin reagierte, beinahe ohne zu denken. Blitzartig duckte er sich unter der schwirrenden Kette hindurch, riß sein Pferd im letzten Moment herum und versetzte dem Mann mit dem Dreizack einen wuchtigen Hieb mit der Breitseite seines Schwertes gegen die Brust. Hinter ihm erscholl ein wütender Schrei, dann ein pfeifender, widerlicher Laut, und mit einem Male traf etwas mit solcher Wucht seinen Schild, daß er um ein Haar aus dem Sattel geschleudert worden wäre.

Aber sein Taumeln rettete ihm zugleich auch das Leben, denn in diesem Moment war der dritte Reiter heran und stieß mit dem Schwert nach ihm. Die Klinge pfiff durch die Luft und schrammte über sein Visier, mit solcher Wucht geführt, daß der Hieb glatt seinen Helm durchstoßen hätte, wäre sein Kopf noch dort gewesen, wo er sich vor einer Sekunde befunden hatte. Instinktiv riß Kevin seine eigene Waffe hoch, schlug die Klinge des Angreifers beiseite und versetzte dem Mann noch in der gleichen Bewegung einen tiefen, blutenden Schnitt an der Schulter.

Der Hieb verschaffte ihm für eine Sekunde Luft; aber nicht länger. Die drei Angreifer hatten ihre Tiere herumgerissen und versuchten jetzt, gegeneinander gerichtete, enge Kreise reitend, sich neu zu formieren. Kevin begriff plötzlich, daß diese Präzision, mit der sie ihren ersten Angriff geritten hatten, alles andere als Zufall gewesen war. Diese Männer waren darin geübt, zu mehreren gegen einen einzelnen Gegner vorzugehen!

Und er begriff auch, daß er ihnen keine Zeit lassen durfte, sich ein zweites Mal zu formieren. Ihren ersten Angriff – da machte er sich erst gar nichts vor – hatte er nur durch viel Glück überstanden. Jetzt aber waren sie gewarnt.

Kevin ergriff seine einzige Chance und ging seinerseits zum Angriff über, wahrscheinlich das letzte, was seine Gegner erwarteten. Mit einem gellenden Schrei ließ er die Graustute vorpreschen, riß Schild und Schwert gleichzeitig in die Höhe und fuhr wie ein Blitz unter die drei Burschen. Ihre noch nicht ganz vollendete Formation zerstob, als sie erschrocken vor ihm zurückwichen.

Fast mühelos zerschmetterte Kevins Schwert die schlecht geschmiedete Klinge des einen, und zuckte immer schneller hin und her, nicht mehr auf Kraft oder Zielsicherheit bedacht, sondern nur mehr auf Schnelligkeit, bis sich das Schwert in einen flirrenden Schemen zu verwandeln schien, der rascher auf die drei Burschen herunterfuhr, als sie Zeit finden konnten, sich zur Wehr zu setzen; geschweige denn, einen Gegenangriff zu führen.

Kevin hätte selbst kaum geglaubt, daß es funktionieren würde, aber nach einer halben Minute hatte er seinen ersten Gegner aus dem Sattel gehoben und dem zweiten ein halbes Dutzend zwar harmloser, aber sicher sehr schmerzhafter Schnitte im Gesicht und auf den Händen beigebracht, und das mit einer Leichtigkeit, die ihn selbst am meisten verblüffte. Er dachte kaum nach, sondern handelte rein instinktiv, vertrauend auf den Schutz seiner Rüstung und die demoralisierende Wirkung, die sein bloßer Anblick auf die Angreifer auszuüben schien.

Dann jedoch wendete sich das Blatt.

Kevin sah die Bewegung im letzten Moment, aber seine Reaktion kam um den Bruchteil einer Sekunde zu spät. Der Dreizack des einen sauste heran, traf seinen Schild und verkantete sich wie eine Eisenkralle in dessen Rand. Mit einem triumphierenden Schrei riß der Bursche seine Waffe zurück und versuchte, Kevin aus dem Sattel zu zerren. Kevin keuchte vor Überraschung und Schmerz, beugte sich im Sattel zur Seite und schlüpfte blitzartig aus den Schildriemen. Sein Gegner, auf die unverhoffte Bewegung nicht gefaßt, verlor durch seine eigene Kraft das Gleichgewicht und kippte im Sattel nach hinten.

Als er die Bewegung aufgefangen hatte und sich wieder aufrichten wollte, war Kevin heran, hieb ihm den Schwertknauf gegen die Stirn und zwang die Graustute auf den Hinterhufen herum, noch bevor der Mann aus dem Sattel fiel. Sein Schwert tanzte. Der letzte verbliebene Gegner starrte plötzlich verblüfft auf seine Hand, in der mit einem Male keine Waffe mehr war, die aber dafür aus einem tiefen Schnitt blutete, versuchte seinen Schild zu heben und gesellte sich zu seinen beiden Kameraden auf den Boden, als ihn Kevins Klinge gleich darauf mit der Breitseite an der Schläfe traf.

Schwer atmend wendete Kevin sein Pferd, wandte sich Borg zu und hob kampfbereit die Klinge, auf einen heimtückischen Angriff des Ritters gefaßt.

Zu seiner Überraschung aber hatte sich Borg noch immer nicht von der Stelle gerührt, sondern saß reglos auf seinem Pferd und starrte zu ihm herüber. Kevin warf einen raschen Blick auf Astred. Er hatte sich wieder aufgerichtet, hockte jedoch, in einer beinahe grotesken, eingefrorenen Haltung, halb auf ein Knie erhoben und mit der Rechten ins Gras gestützt, da, und blickte abwechselnd zu ihm und Borg und wieder zurück. Wahrscheinlich wartete er auf eine günstige Gelegenheit, aufzuspringen und den rettenden Waldrand zu erreichen. Auch Borg mußte das bemerken, aber er reagierte nicht darauf.

»Das war gar nicht schlecht«, sagte er anerkennend. »Aber die drei da waren nur Lumpen; keine Männer. Jetzt wollen wir sehen, wie Ihr Euch gegen einen Ritter schlagt, Kevin de Laurec!« Er zog sein Schwert, gab seinem Schlachtroß die Zügel und galoppierte auf Kevin zu.

Wenn Kevin geglaubt hatte, Borgs Worte wären die reine Großspurigkeit, so sah er sich getäuscht. Borg stieß einen grölenden Kampfruf aus, während er herangaloppiert kam, hob seinen Schild in Augenhöhe und ließ gleichzeitig die Waffe über dem Kopf kreisen, als führe er einen leichten Degen und kein anderthalb Meter langes Schwert. Kevin hatte kaum richtig Zeit, sich auf seine Taktik einzustellen, da war er auch schon heran. Der Schild stieß nach seinem Gesicht, und das Schwert prallte gegen seine eigene Klinge, federte zurück und stach in einer kreiselnden, blitzschnellen Bewegung nach seiner Hüfte. Kevin ließ Borgs Schild an seinem Arm abgleiten, und sein Harnisch fing den Schwertstich ab, aber allein die Wucht des Treffers reichte, einen gräßlichen Schmerz durch seine ganze rechte Körperhälfte zu jagen und sein Bein nahezu zu lähmen. Nur mit letzter Kraft gelang es Kevin, sich im Sattel zu halten und die Stute herumzudrehen.

Auch Borg war ein gutes Stück weiter geritten, ehe er sein Roß zügeln und sich wieder seinem Gegner zuwenden konnte. Er hatte ebenfalls seinen Schild verloren, griff aber kaum eine Sekunde später zum zweiten Mal an, tief über den Hals seines Pferdes gebeugt, und diesmal in verbissener Lautlosigkeit.

Kevin blickte ihm mit pochendem Herzen entgegen, während auch sein Pferd bereits wieder antrabte. Seine rechte Seite war noch ganz taub von Borgs Stich und dem furchtbaren Zusammenprall, und auch die Bewegungen seines Pferdes hatten viel von ihrer Geschmeidigkeit und Stärke eingebüßt. Die Graustute war alles andere als ein Schlachtroß.

Borg raste heran. Sein Schwert wirbelte wie ein silbernes Rad über seinem Kopf, und unter den Hufen seines Pferdes spritzten Gras, Erdreich und Schlamm davon. Kevin versuchte abwehrend sein eigenes Schwert zu heben, doch er war bereits zu sehr geschwächt, und er begriff, daß er Borgs Stärke und Angriffswucht an bloßer Kraft nichts entgegenzusetzen hatte.

Im letzten Moment erst, gerade, als der Zusammenprall unvermeidlich schien, riß Kevin sein Pferd herum. Die beiden Tiere preschten so dicht aneinander vorüber, daß sie sich fast berührten. Kevin duckte sich zur Seite, aber die Bewegungen der Stute verliehen ihm mehr Schwung als beabsichtigt. Sein linker Fuß glitt aus dem Steigbügel und Kevin stürzte zur rechten Seite, im gleichen Moment, in dem Borgs Schwert in einer blitzartigen kreiselnden Bewegung herunterkam und nach seinem Helm schlug, jedoch nur Luft traf.

Borg stieß ein überraschtes Keuchen aus, als der Sattel plötzlich leer war. Kevin wußte selbst nicht, wie er es geschafft hatte, den anscheinend unvermeidlichen Sturz noch im letzten Moment abzufangen und, nur mit einem Fuß im Steigbügel und einer Hand an der Trense Halt findend, schließlich weiterzupreschen. Dann waren sie aneinander vorbei, und Borg versuchte, sein noch in vollem Galopp befindliches Tier zum Stehen zu bringen.

Diesmal war Kevin mit seiner leichten, wendigeren Stute im Vorteil – und er nutzte diesen Vorteil sofort aus. Noch während Borg vergeblich versuchte, das ungestüme Dahinpreschen seines Pferdes in eine Drehung zu verwandeln, tänzelte die Graustute leichtfüßig herum und jagte mit weiten Sätzen auf ihn zu. Es gelang Kevin, sich wieder in den Sattel hinaufzuschwingen. Er packte sein Schwert mit beiden Händen und führte einen gewaltigen Hieb nach Borgs Waffenarm.

Seine Klinge knirschte, als wolle sie zerbrechen, als ihre Breitseite auf das unter dem Fellmantel verborgene Kettenhemd herunterkrachte, aber Borg schrie auf, ließ sein Schwert fallen und krümmte sich im Sattel, die geprellte Hand gegen den Leib gepreßt. Sein Pferd begann zu scheuen und warf ihn um ein Haar ab.

Wieder zwang Kevin die Stute herum, griff aber nicht noch einmal an, sondern blieb in zehn Schritten Abstand zu Borg stehen und hob nur drohend das Schwert.

»Gibst du auf?« keuchte er.

Borg antwortete nicht, sondern preßte nur fluchend die Hand gegen den Leib und versuchte mit der anderen, sein bockendes Pferd zur Räson zu bringen.

»Gib auf!« sagte Kevin noch einmal. Sein Atem ging schwer. Das Schwert in seiner Hand schien plötzlich Zentner zu wiegen, und er mußte sich mühsam beherrschen, um sich seine Schwäche nicht allzu deutlich anmerken zu lassen. Erst jetzt, als alles vorbei schien, merkte er, wie sehr ihn der Kampf gegen Borg und seine Kumpane erschöpft hatte. Die Männer waren wahrlich alles andere als einfache Strauchdiebe. Es war eine Sache, sich die Rüstung eines Ritters anzuziehen, aber eine ganz andere, sich wie ein solcher gegen kampferprobte Männer zu behaupten. Wenn es ihm nicht gelungen wäre, Borgs Begleiter gleich zu Beginn zu überrumpeln, hätte er nicht den Hauch einer Chance gehabt, und auch so hatte er geradezu ungeheures Glück gehabt, daß er überhaupt noch am Leben war.

»Gib auf!« sagte er zum dritten Mal, darauf hoffend, daß Borg nicht erkannte, wie es in Wahrheit um ihn stand. »Laß diesen Mann«, er deutete auf Astred, »in Frieden ziehen, und ich schenke dir und deinen Männern das Leben!«

Borg dachte gar nicht daran, das Angebot anzunehmen. Sein Kopf flog mit einem Ruck in die Höhe, und trotz der großen Entfernung glaubte Kevin, die Augen hinter den schmalen Sehschlitzen des Helmes vor Wut aufflammen zu sehen. Mit einem gebrüllten Fluch griff Borg an den Sattelgurt, zerrte einen kurzstieligen Morgenstern hervor und ließ sein Pferd erneut antraben.

Kevin blieb nicht einmal genug Zeit, um wirklich zu erschrecken. Die stachelbewehrte Kugel an Borgs Morgenstern verwandelte sich in einen rasend schnellen, tödlichen Schemen. Kevin wich dem ersten Hieb der schwirrenden Kugel mehr schlecht als recht aus, duckte sich unter einem zornigen Faustschlag Borgs weg und versuchte, nach dem Stiel des Morgensterns zu schlagen.

Die Kette der Waffe wickelte sich um sein Schwert, zerbrach es in zwei Teile und riß ihm den Griff aus der Hand. Die stachelbewehrte Kugel prallte gegen seinen Helm; nur mit einem Bruchteil ihrer ursprünglichen Kraft, aber trotzdem hart genug, Kevin halb betäubt im Sattel zusammenbrechen und zur Seite kippen zu lassen.

Wieder sah er die Kugel kommen, und wieder war es schieres Glück, das ihn dem Schlag im allerletzten Moment ausweichen ließ – aber nur, um eine halbe Sekunde später Bekanntschaft mit Borgs eisenumhüllter Faust zu machen, die gegen sein Kettenhemd krachte und ihm pfeifend die Luft aus den Lungen trieb. Fast im gleichen Moment kam der Morgenstern wieder hoch und begann erneut zu kreiseln.

Kevin gab der Graustute in höchster Not die Sporen, warf sich nach vorne und spürte, wie die tödliche Eisenkugel einen Fingerbreit über seinem Helm durch die Luft pfiff. Er wartete nicht, bis Borg Gelegenheit zu einem weiteren und wahrscheinlich besser gezielten Hieb fand, sondern sprengte los, so schnell er konnte.

Hinter ihm begann Borg wie von Sinnen zu schreien. »Feigling!« brüllte er. »Feige Memme! Bleibt hier und stellt Euch zum Kampf!«

Kevin blickte sich im Sattel um. Borg machte keinerlei Anstalten, ihn zu verfolgen, sondern schien allen Ernstes darauf zu warten, daß er sich herumdrehte und seiner Aufforderung Folge leistete. Dann erst, als er begriff, daß Kevin nicht im Traum daran dachte, rammte er seinem Pferd die Absätze in die Flanken und sprengte los.

»Na warte, Kerl!« schrie er mit überschnappender Stimme. »Du entkommst mir nicht!«

Kevin zweifelte nicht einmal daran. Weder er noch die Stute hatten noch die Kraft, eine lange Jagd durchzustehen. Aber das mußten sie auch nicht.

Sein Blick tastete fast verzweifelt über den Waldrand, bis er eine passende Stelle gefunden hatte – eine Bresche, beinahe geformt wie ein Tunnel, halbrund und voller finster dräuender Schatten; hoffentlich der Beginn eines Pfades. Und sie war nahe genug, daß Astred und er sie noch vor Borg erreichen konnten.

»Astred!« schrie er, während er die Stute bereits herumriß und auf die Schatten zusprengte. »Dorthin! Schnell!«

Zu seiner Erleichterung reagierte Astred tatsächlich auf seine Stimme. Torkelnd, aber mit einer Schnelligkeit, die ihm die Todesangst verlieh, stolperte er auf den Waldrand zu, wobei er immer wieder zu Borg zurückblickte.

Dieser begann vor Wut zu brüllen, als er sah, daß ihm

seine Opfer zu entrinnen drohten. Er schlug mit der Faust auf sein Pferd ein, um das Tier zu größerer Schnelligkeit anzuspornen. Voller Schrecken sah Kevin, wie der Abstand zwischen ihnen immer rascher zusammenschmolz, viel schneller, als er gedacht hatte.

Dann hatte er den Waldrand erreicht, eine Sekunde, nachdem Astred in den Schutz der Bäume getorkelt und stehengeblieben war. Mit einem Ruck brachte er die Stute zum Stehen, beugte sich im Sattel herab und packte Astred am Arm, so fest, daß sich sein Gesicht vor Schmerz verzerrte. Kevin sah die Angst in seinen Augen, aber für Erklärungen blieb ihm keine Zeit mehr.

Er gab seinem Pferd wieder die Sporen und preschte den Pfad entlang, bis dieser nach knapp einem Dutzend Metern einen Knick beschrieb. Unmittelbar hinter der Biegung ließ Kevin sich aus dem Sattel fallen und riß den überraschten Astred mit sich. Aneinander geklammert stürzten sie ins Unterholz. Ein mörderischer Schlag preßte Kevin die Luft aus den Lungen, aber der Sturz war nicht so hart, wie er befürchtet hatte, nicht zuletzt deshalb, weil er halb auf Astred zu liegen gekommen war und diesen teilweise unter sich begraben hatte.

Hastig rappelte sich Kevin hoch und kroch tiefer ins Gestrüpp neben dem Pfad, wobei er den regungslosen Astred mit sich schleifte und gleichzeitig darauf achtete, daß sie so wenig Zweige und Pflanzen wie möglich knickten. Einem aufmerksamen Beobachter wären ihre Spuren sicherlich nicht entgangen, aber unter den gegebenen Umständen …

Es dauerte nur wenige Sekunden, bis das Bersten von Zweigen verriet, daß auch seine Verfolger den Wald erreicht hatten, und Kevin blieb gerade noch genügend Zeit, sich hinter einem Busch zusammenzukauern, ehe Borg als erster der vier Reiter an seinem Versteck vorbeipreschte.

Er hatte Glück. Keiner der Männer sah sich genauer um. Ohne einen Blick zur Seite zu werfen – der ihnen nicht nur die Spur aus geknickten Zweigen gezeigt, sondern sicherlich auch zu einer direkten Entdeckung Kevins geführt hätte, dessen weiße Rüstung von dem Strauchwerk nur unzureichend verborgen wurde – jagten sie weiter dem nun herrenlosen Pferd nach.

Es dauerte nur wenige Sekunden, bis sie an dem notdürftigen Versteck vorbei waren. Aufatmend blickte Kevin ihnen nach, wie sie kurz darauf vom Grün des Waldes verschluckt wurden.

Drittes Kapitel

Auch nachdem Borg und seine Kumpane längst verschwunden waren, blieb Kevin noch mehrere Sekunden lang still liegen, schnappte keuchend nach Luft und wartetet darauf, daß sich sein rasender Herzschlag wieder beruhigte. Er konnte kaum glauben, daß er es tatsächlich geschafft hatte – so wie er mittlerweile kaum noch glauben konnte, daß er sich überhaupt zu einem so wahnsinnigen Vorgehen hatte hinreißen lassen. Aber immerhin, er lebte noch, und nicht nur er, sondern auch Astred, was ohne sein Eingreifen vermutlich nicht der Fall wäre.

Kevin beugte sich über ihn. Astred war noch immer ohne Bewußtsein, aber offenbar auch ohne wirklich schwere Verletzung, wie er nach einer flüchtigen Untersuchung feststellte. Rasch schlüpfte er aus seiner Rüstung und versteckte sie ein paar Schritte entfernt unter der halb unterhöhlten Wurzel eines Baumes. Sorgsam deckte er sie mit Geäst und Moos zu, das er vom Boden auflas, überzeugte sich mit einem mißtrauischen Blick davon, daß sie auch wirklich nicht durch Zufall entdeckt werden konnte, und ging zu Astred zurück.

Der grauhaarige Mann erwachte, kaum daß Kevin erneut neben ihm niedergekniet war. Einen Moment lang war sein Blick noch trüb, dann erkannte er Kevin und fuhr mit einer erschrockenen Bewegung hoch. »Wo ...«

»Keine Angst, Astred«, sagte Kevin rasch und hob die Hand. »Du bist in Sicherheit.«

Astred starrte ihn noch einige Sekunden verwirrt an, setzte sich dann ruckartig ganz auf und blickte voller deutlich erkennbarer Furcht nach rechts und links. »Wo ... wo ist der Ritter?« stammelte er. »Was ist passiert, und wo ... wo kommst du her?«

»Ich bin dir nachgegangen, weil ich dachte, daß ich dir helfen könnte«, antwortete Kevin rasch. »Deine Spur war nicht schwer zu finden. Bist du verletzt?«

Astred antwortete nicht auf seine Frage, sondern blickte ihn nur mit immer größerer Bestürzung an. »Der ... der Ritter«, stammelte er. »Wo ist er hin?«

»Welcher Ritter?« fragte Kevin harmlos.

»Der Tempelritter, der ... der mich vor Borg gerettet hat«, antwortete Astred stockend. »Du mußt ihn doch gesehen haben.«

Kevin schüttelte den Kopf. »Hier war kein Ritter«, sagte er.

»Aber er hat mich gerettet!« protestierte Astred. »Wir waren auf der Lichtung, und dann hat er mich auf sein Pferd gehoben und ... und ...«

»Und?« fragte Kevin. Er tat so, als unterdrücke er mit Mühe ein Grinsen, und er sah, daß Astred es bemerkte. Dabei war ihm innerlich alles andere als zum Lachen zumute. Er hatte einen weiteren Fehler begangen, hätte schon nicht mehr hiersein dürfen, als Astred erwachte. Zwar war es völlig unmöglich, daß Astred ihn jetzt, wo er wie bei ihrer ersten Begegnung nur noch Hemd und seine groben braunen Wollhosen trug, erkannte, aber trotzdem wäre es vielleicht besser gewesen, wenn Astred ihn erst gar nicht mit dem geheimnisvollen Tempelritter in Verbindung gebracht hätte. Aber er hatte ihn auch nicht einfach liegen und seinem Schicksal überlassen können.

»Du ... du glaubst mir nicht«, stellte Astred fest.

Kevin zuckte mit den Schultern.

»Es fällt mir nicht ganz leicht, an einen Tempelritter zu glauben, der wie aus dem Nichts auftaucht, dir hilft und so spurlos wieder verschwindet, wie er gekommen ist.

Soweit ich weiß, sind die Tempelritter König Richard ins Heilige Land gefolgt, und das ist ziemlich weit entfernt.« Er lächelte aufmunternd und erhob sich. »Aber wir sollten erst einmal machen, daß wir hier wegkommen. Wenn wir nämlich noch lange hier herumstehen, dann hängt unser beider Leben womöglich gleich noch einmal von der Hilfe deines Ritters ab«, sagte er. »Ich bin nicht besonders versessen darauf, diesem Borg zu begegnen.«

Astred erschrak, als Kevin den Namen des Ritters erwähnte, stand mit einer hastigen Bewegung auf und suchte an einem Baum Halt, da ihm schwindelig wurde, kaum daß er auf den Beinen stand. Erst nachdem er ein paarmal tief durchgeatmet hatte, schien es ihm etwas besser zu gehen, und er rang sich ein gequältes Lächeln ab.

»Wir ... wir trennen uns am besten«, sagte er. »Es war gut gemeint von dir, daß du mir nachgekommen bist, aber du hättest das nicht tun sollen. Wenn Borg uns zusammen sieht, wird es dir schlecht ergehen.« Plötzlich lächelte er. »Wie heißt du eigentlich überhaupt, Junge?«

»Ke –«, begann Kevin, besann sich aber dann im letzten Augenblick eines Besseren und sagte: »Cedric.« Am liebsten hätte er sich noch nachträglich auf die Zunge gebissen, vor lauter Zorn über seine eigene Leichtsinnigkeit, daß er Borg zumindest seinen richtigen Vornamen verraten hatte. Nach einem Tempelritter de Laurec konnte Borg lange suchen, aber wenn er sich nach jemandem mit Namen Kevin erkundigte, könnte er leicht auf die richtige Spur kommen. Kevin nahm sich vor, seinen richtigen Namen in der nächsten Zeit besser nicht zu benutzen, wenigstens solange er noch hier in der Gegend war. Daß er sich Borg gegenüber verplappert hatte, war wirklich der reinste Geniestreich gewesen.

Aber im Grunde war nichts von dem, was er getan hatte, sonderlich klug gewesen. Tapfer vielleicht, aber bestimmt nicht klug.

»Cedric, so.« Astred lächelte erneut. »Ich habe einen Sohn in deinem Alter, Cedric«, sagte er. Er sprach nicht weiter, sondern schwieg und sah Kevin dabei an, als erwarte er eine ganz bestimmte Reaktion auf seine Worte. Als sie nicht kam, zuckte er mit den Achseln, seufzte tief und sprach mit veränderter, jetzt plötzlich wieder gehetzt klingender Stimme weiter. »Ich gehe. Und du verschwindest besser auch und gehst zu deinen Freunden zurück, bevor du Borg über den Weg läufst. Wenn er wütend ist, ist er noch unberechenbarer als sonst. Seht zu, daß ihr ihm am besten gar nicht erst begegnet.«

»Was wollte er überhaupt von dir?« fragte Kevin. »Warum hat er dich gejagt?«

Astreds Gesicht verdüsterte sich. »Das ist eine lange und wenig erfreuliche Geschichte«, sagte er. »Borg und seine Kumpane kamen vor etwa einem halben Jahr, kurz nachdem dieser Robin Hood sich zum Anführer der Räuberbande von Sherwood Forest gemacht hat. Borg hat die Tyrannei von Hood bis hierher ausgedehnt. Er und seine Leute rauben und stehlen, wie sie Lust haben.« Er seufzte. »Besser, du weißt gar nicht erst zu viel davon«, sagte er. »Geh zu deinen Freunden zurück und verlaßt diese Gegend. Und noch etwas: es wäre besser, wenn ihr einen großen Bogen um den Wald schlagt, das erspart euch eine Menge Ärger. Und hab noch einmal Dank.« Er lächelte, sah kurz zum Himmel auf, um sich zu orientieren, und verschwand mit schnellen Schritten im Unterholz.

Kevin sah ihm nach, bis die Geräusche des Waldes seine Schritte und die Schatten seine Gestalt verschluckt hatten. Erst als er völlig sicher sein konnte, daß er allein war, holte er die Rüstung wieder aus ihrem Versteck und wandte sich in die entgegengesetzte Richtung. Astreds letzten Worte klangen ihm noch in den Ohren. Er hatte das sichere Gefühl, daß es besser war, die Warnung ernst zu nehmen.

Aber gleichzeitig war er auch beinahe sicher, daß er den grauhaarigen Mann mit den ängstlichen Augen nicht das letzte Mal gesehen hatte.

Es war beinahe Mittag, als Kevin zu Arnulf und Will zurückkehrte. Auf dem Rücken der Graustute hatte er gar nicht gemerkt, wie weit er sich vom Rastplatz entfernt hatte. Daß es sich um ein gehöriges Stück handelte, bekam er erst richtig zu spüren, als er den Rückweg zu Fuß zurücklegte; vor allem in dem Zustand, in dem er sich befand. Jeder einzelne Knochen im Leib tat ihm weh, und er glaubte die Hiebe, die ihm Borg versetzt hatte, noch jetzt zu spüren, auch wenn er keine wirklich schweren Verletzungen davongetragen hatte. Rückblickend erschien es ihm jedoch wie das reinste Wunder, daß er den Kampf überhaupt überlebt hatte. Hätte ihn nicht die aus härtestem Eisen geschmiedete Rüstung geschützt und ihm das vielleicht nur vorgetäuschte, dennoch aber hilfreiche Gefühl von Zuversicht und Stärke verliehen, wäre er jetzt vielleicht tot, zumindest aber schwer verwundet.

Nein – trotz der Anstrengungen des Marsches wai Kevin eigentlich ganz froh, daß er noch eine Galgenfrist bekommen hatte, ehe er Will gegenübertreten mußte. Oder gar Arnulf. Sie würden ihm mit Sicherheit eine Standpauke halten, die sich gewaschen hatte, und das Schlimmste war, daß sie absolut recht hatten, wie er mittlerweile erkannt hatte. Er hatte nur helfen wollen, aber das änderte nichts daran, daß er sich wie ein dummer, kleiner Junge benommen hatte. Indem er einfach losgerannt war, ohne auch nur einen Augenblick nachzudenken, hatte er nicht nur sich selbst, sondern ihr aller Leben in Gefahr gebracht. Nachdem er Borg kennengelernt hatte, traute er ihm durchaus zu, daß dieser seine Wut und Enttäuschung am Nächstbesten abreagierte, der ihm begegnete, und die Chancen standen nicht schlecht, daß dies er und seine Begleiter sein würden.

Trotzdem, dachte Kevin fast trotzig, hatte er Astred nicht einfach seinem Schicksal überlassen können, sondern etwas tun müssen. Und – egal wieviel Glück dabei im Spiel gewesen war – er hatte immerhin auch Erfolg gehabt, obwohl es ihn außer einer ganzen Reihe schmerzhafter Blessuren auch die Stute gekostet hatte – und das war vielleicht der größte Verlust. Sie hatten insgesamt drei Pferde – zwei Zugtiere, die den Wagen zogen, und die Stute, die die meiste Zeit nur hinter dem Wagen angebunden gewesen war. Arnulf hatte sie benutzt, um immer wieder ein Stück vorauszureiten und den Weg zu erkunden. Insofern stellte der Verlust keine Katastrophe dar, war aber trotzdem schmerzhaft.

Endlich – nach Stunden, wie es Kevin vorkam – tauchte die graue Plane des Wagens als heller Fleck vor dem Wald auf. Will und der junge Nordmann warteten noch dort auf ihn, wo er sie verlassen hatte. Außerdem stellte Kevin erleichtert fest, daß er sich in zumindest einer Hinsicht unnötige Sorgen gemacht hatte: Die Graustute graste nur ein paar Schritte neben dem Wagen seelenruhig mit den anderen Pferden. Offenbar hatte sie den Weg zurückgefunden, nachdem Borg und seine Kumpane gemerkt hatten, daß sie einem herrenlosen Tier nachgeritten waren und die Verfolgung aufgegeben hatten.

Kevin fühlte sich wie gerädert, aber der Gedanke, sich endlich hinlegen und ausruhen zu können, gab ihm noch einmal Kraft. Rasch legte er die letzten Meter zurück, wobei er sich seinen Begleitern im Sichtschatten des Wagens näherte und hastig das Bündel mit der Rüstung wieder unter der Plane verstaute, ehe er sich zwischen Will und Arnulf niederließ. Die beiden hatten ein Feuer entzündet, über dem ein auf einem Stock aufgespießter Fisch briet. Er war schon ein bißchen schwarz geworden, was darauf schließen ließ, daß er schon reichlich lange über den Flammen hing und darauf wartete, gegessen zu werden. In einer flachen, rasch ausgehobenen Grube neben dem Weg lagen die Gräten zweier anderer Fische; die Reste von Arnulfs und Wills Mahlzeit, die offenbar schon sehr lange fertig mit Essen waren.

Ohne ein einziges Wort beugte sich Kevin vor, angelte den Stock vom Feuer und verbrannte sich prompt die Zunge, denn der Fisch war glühend heiß. Arnulf lächelte flüchtig und voller Schadenfreude, während Will ihn nur finster anstarrte, aber geduldig wartete, bis er den halb verkohlten Fisch heruntergeschlungen und die Abfälle weggetragen hatte. Dann stand auch Will auf, wischte sich die fettigen Hände an der Hose sauber und deutete auf den Wagen. »Ich schirre die Pferde wieder an«, sagte er kurz angebunden. »Auslauf haben sie ja genug gehabt. Zumindest einige.«

Arnulf warf ihm einen halb tadelnden, halb aber auch zustimmenden Blick zu, wandte sich wieder an Kevin und lächelte abermals, aber es war ein sehr trauriges Lächeln, fand Kevin.

»Du hast lange gebraucht, um Holz zu holen«, sagte er schließlich. »Und anscheinend hast du nicht einmal welches gefunden.«

Kevin antwortete nicht. Arnulf wußte ganz genau, daß er nicht fort gewesen war, um Holz zu holen. Aber offensichtlich wollte er, daß Kevin die Geschichte von sich aus erzählte.

Kevin hielt seinem Blick einen Herzschlag lang stand, dann sah er demonstrativ weg und rutschte in eine bequemere Stellung. Wenigstens versuchte er es. Aber jeder einzelne Knochen im Leib tat ihm so erbärmlich weh, daß es einfach keine bequemere Stellung gab. Es gelang ihm nicht ganz, ein schmerzhaftes Keuchen zu unterdrücken.

»Was ist los?« fragte Arnulf.

»Nichts«, antwortete Kevin. »Ich bin gefallen, das ist alles.«

»Gefallen, so.« Arnulf lächelte, und er tat es auf eine Art, die Kevin schier rasend machte. Dennoch sagte er nichts. Mehr als eine Minute herrschte Schweigen, das Kevin mit jeder verstreichenden Sekunde unerträglicher erschien. Unruhig scharrte er mit den Füßen, nur um überhaupt irgend etwas zu tun.

»Haben sie ihn erwischt?« fragte Arnulf plötzlich.

Kevin fuhr aus seinen düsteren Überlegungen hoch und sah Arnulf einen Augenblick lang verstört an, ehe er begriff, was er meinte. »Wen? Astred?«

Arnulf nickte. »Diese Räuber, von denen er gesprochen hat, haben sie ihn eingeholt?«

Kevin zögerte zu antworten. Eine innere Stimme schien ihm zuzuflüstern, daß es besser sei, Arnulf nicht zu erzählen, was wirklich geschehen war. Der Nordmann würde ihm Vorwürfe machen, aber davor hatte Kevin nach allem, was geschehen war, die geringste Angst. Er schüttelte den Kopf und nickte gleich darauf. »Ja. Aber er konnte entkommen. Ich habe ihn getroffen, als alles vorbei war.«

Will hielt in seiner Arbeit inne, wandte ihm den Kopf zu und starrte ihn einen Moment lang mißtrauisch an, ehe er sich wieder darauf konzentrierte, die beiden Zugpferde anzuspannen.

»Das dachte ich mir«, sagte Arnulf leise, »daß sie ihn einholen. Hat offenbar Glück gehabt, der Bursche.«

»Der Wald ist sehr dicht«, antwortete Kevin ausweichend. »Ein Mann zu Fuß ist im Gebüsch schneller als ein Berittener.«

Er sprach nicht weiter, sondern tat so, als sähe er Will konzentriert bei seiner Arbeit zu. Die Tiere sträubten sich, denn sie waren es nicht gewohnt, einen schweren Wagen wie diesen zu ziehen. Das plumpe, vierrädrige Gefährt paßte im Grunde so wenig zu ihnen, wie es zu Kevin, Arnulf und Will paßte, denn schließlich waren sie keine wandernden Handwerker oder Tagelöhner. Anfangs war es Kevin albern vorgekommen, sich überhaupt zu tarnen, aber Arnulf war der Ansicht gewesen, daß sie so am unauffälligsten reisen konnten, und bislang war seine Rechnung aufgegangen. Außerdem gab es noch praktische Gründe, die für den Wagen sprachen. Zwar kamen sie langsamer voran, aber sie hatten rasch herausgefunden, daß es von Vorteil war, des Nachts ein Dach über dem Kopf zu haben, und eine Plane, unter die sie sich verkriechen konnten, wenn der Himmel sie wieder einmal mit Regen verwöhnte.

Auch Kevin hatte seinen anfänglichen Widerstand inzwischen aufgegeben und eingesehen, daß Arnulf recht hatte. Sie hatten bei weitem nicht nur Freunde in diesem Land, und vermutlich hätte man sie längst entdeckt und ihnen eine Falle gestellt, wenn sie ohne diese Tarnung gereist wären. Höchstwahrscheinlich hatte Sir Gisbourne längst erfahren, was im Heiligen Land passiert war, und nach allem, was Kevin über ihn wußte, konnte er sich gut vorstellen, daß Gisbourne auf Rache sann. Kevin hatte keine Beweise dafür vorlegen können, daß niemand anders als der Sheriff von Nottingham das Komplott gegen König Richard angezettelt hatte, um dessen schwachen Bruder John auf den Thron zu setzen. Aber er hatte die Intrige des Sheriffs und seines maurischen Verbündeten Hasan as Sabahs, dem Anführer der berüchtigten Haschischin, vereitelt, und schon deshalb würde Gisbourne alles daran setzen, ihn in die Hände zu bekommen, um sich zu rächen.

Das war einer der Gründe gewesen, warum Kevin nicht in London an Land gegangen war, wo seine Ankunft sicher nicht unbemerkt geblieben wäre. Mit

Sicherheit hätten Gisbournes Häscher ihm dort bereits aufgelauert. Statt dessen jedoch war Kevin bereits ein gutes Stück von der englischen Küste entfernt auf ein sehr viel kleineres Schiff übergewechselt, das ihn sicher nach Ipswich gebracht hatte, wo er völlig ungefährdet hatte von Bord gehen können. Mittlerweile aber hatte Gisbourne wahrscheinlich auch davon schon erfahrenund ließ ihm auf dem Landweg auflauern. Aus diesem Grund hatten sie sich Sherwood Forest auch nicht auf geradem Weg genähert, sondern einen weiten Bogen nach Süden geschlagen. Offensichtlich war auch dieses Täuschungsmanöver erfolgreich gewesen, aber letztlich würden alle Anstrengungen umsonst sein, wenn er so wie an diesem Vormittag die Aufmerksamkeit auf sich zog. Borg mochte keine Ahnung haben, was es mit einem Tempelritter namens Kevin de Laurec auf sich hatte, doch falls sich die Meldungen über ihn bis zu Gisbourne herumsprechen sollten, brauchte dieser nur zwei und zwei zusammenzuzählen.

»Und als du Astred helfen wolltest, bist du hingefallen«, fuhr Arnulf nach einer Weile fort.

Kevin blickte auf, sah ihn einen Herzschlag lang ernst an und starrte dann in die Flammen.

Erneut sprach Arnulf nicht weiter, aber Kevin tat weiterhin so, als höre er die unausgesprochene Frage nicht, die sich hinter den Worten verbarg.

Eine Zeitlang saßen sie schweigend da. Es wurde kühler, besonders hier, im Schatten des Waldes, der wie eine Mauer links des Weges in die Höhe ragte, finster und grün und braun und schwarz gemustert und voller undurchdringlichem Unterholz. Wieder, wie am Morgen, als sie Astred getroffen hatten, fiel Kevin auf, wie still und düster der Wald war. Er wirkte irgendwie ... unheimlich. Es war Kevin unmöglich, das Gefühl genauer in Worte zu fassen. Hastig sah er weg

»Das war ziemlich dumm von dir, das weißt du wohl«, sagte Arnulf nach einer Weile.

»Was?« Kevin sah auf.

»Zum Teufel, du weißt genau, wovon ich rede«, schnappte Arnulf, von einer Sekunde auf die andere wütend werdend. »Du hast Borg getroffen, und so, wie du aussiehst, kannst du von Glück sagen, daß du überhaupt noch lebst.«

»Aber ich –«

»Verdammt, unterbrich mich nicht«, fuhr ihn Arnulf an. »Hältst du mich für blind oder einfach für dumm? Du bist grün und blau geschlagen! Ich wette, du hast dich wie ein richtig edler Ritter an Astreds Seite gestellt und dich mit Borg und seinen Männern angelegt!« Der Spott in seinen Worten war nicht mehr zu überhören, und es war ein Spott, der weh tat, mehr, als sich Kevin im ersten Moment erklären konnte.

»Du hast recht«, gestand er schließlich zähneknirschend. Wie hatte er auch nur eine Sekunde glauben können, daß Arnulf nicht sofort erkennen würde, was vorgefallen war; ausgerechnet Arnulf, der ihn besser als jeder andere Mensch kannte. »Es war so. Aber es ist niemand wirklich zu Schaden gekommen«, fügte er hastig hinzu. »Was hätte ich denn tun sollen, Arnulf? Zusehen, wie sie einen Unschuldigen erschlagen, nur so aus Spaß? Du hast nicht gesehen, wie sie ihn behandelt haben.«

»Wir wissen auch nicht, was er getan hat«, antwortete Arnulf ernst.

»Aber du hast doch selbst gesagt, daß man denen helfen soll, die in Bedrängnis sind.«

Arnulf verdrehte die Augen, als hätte er ihn gefragt, warum die Sonne morgens aufging, aber die scharfe Entgegnung, auf die Kevin gefaßt war, kam nicht. Der Nordmann lächelte im Gegenteil plötzlich wieder. »Das stimmt«, sagte er. »Aber ich habe nicht gesagt, daß du dich blindlings überall einmischen sollst, vor allem, solange du nicht einmal weißt, worum es überhaupt geht. Es war ein Fehler, Astred einfach fortzujagen, statt ihn über alles genau auszufragen, das gebe ich zu. Ich war einfach überrascht und erschrocken, als er behauptete, dieser Borg würde zu Robin gehören. Aber es war mindestens genauso dumm von dir, blindlings hinterherzureiten und dich mit – wie vielen?«

»Vier«, gestand Kevin.

»Mit vier Männern gleichzeitig anzulegen«, fuhr Arnulf fort.

»Immer noch besser, als gar nichts zu tun«, antwortete Kevin trotzig.

»Wer sagt denn, daß wir nichts getan hätten?« fragte Arnulf ruhig. »Du hast ja nicht einmal gefragt, sondern bist einfach losgestürmt.« Er schüttelte den Kopf. »Hast du wenigstens etwas über diesen Borg erfahren?«

»Nicht viel«, gestand Kevin. »Aber ich bin sicher, daß er nichts mit Robin zu tun hat.«

»Stell dir nur vor, darauf wäre ich auch fast schon gekommen«, gab Arnulf zurück. »Schließlich habe ich das letzte halbe Jahr zusammen mit deinem Bruder in Sherwood Forest verbracht. Kannst du ihn beschreiben?«

»Er trug einen Helm mit heruntergeklapptem Visier. Ich konnte sein Gesicht nicht sehen«, gestand Kevin kleinlaut. »Aber er war ziemlich groß und kräftig.«

»Das hilft uns ja schon mal enorm weiter«, erwiderte Arnulf sarkastisch.

»Aber da war noch etwas«, fuhr Kevin hastig fort. »Er und seine Leute waren ärmlich gekleidet, doch unter ihren Mänteln trugen sie Kettenhemden. Und auch sonst machten sie ganz und gar nicht den Eindruck, als wären sie einfache Räuber. Jedenfalls waren sie ganz anders als Little John und die anderen in Sherwood Forest.« Er unterbrach sich und suchte nach den passenden Worten, um Arnulf zu erklären, was er meinte. »Diese Männer konnten mit ihren Waffen umgehen, als hätten sie Zeit ihres Lebens nichts anderes getan. Das waren Krieger, keine Strauchdiebe.«

»Und du hast sie im Alleingang besiegt?« Die Skepsis in Arnulfs Stimme war unüberhörbar. »Ohne Waffen?«

»Ich … habe die Rüstung angezogen«, gestand Kevin. »Sonst hätte ich gegen sie keine Chance gehabt.« Er war sicher, daß spätestens jetzt das große Donnerwetter kommen würde, doch Arnulf nickte auch diesmal nur.

»Nach allen anderen Dummheiten war auch das fast schon zu erwarten.«

»Wenigstens können sie mich nicht wiedererkennen, falls wir ihnen begegnen.«

»Sofern sie nicht den Wagen durchsuchen und die Rüstung finden. Oh, Kevin, ich fürchte, du mußt noch viel lernen.« Arnulf beugte sich vor, berührte ihn an der Schulter und zog die Hand hastig wieder zurück, als Kevin vor Schmerz hörbar die Luft einsog.

»Bist du ernsthaft verletzt?« fragte er besorgt.

»Nein«, antwortete Kevin. Dann lachte er, wenn auch sehr leise und fast gequält. »Glaube ich jedenfalls nicht. Aber dieser Borg hat mich so gründlich verdroschen wie selten einer zuvor.«

»Was du auch verdient hast. Laß dir das eine Lehre sein«, sagte Arnulf ernst. »Und das nächste Mal fragst du mich erst, bevor du einen Krieg anfängst.«

Kevin nickte, senkte betreten den Blick und warf kleine Holzstückchen ins Feuer. Er fühlte sich elend.

»Welchen Weg nehmen wir nun?« fragte er, eigentlich nur, um auf ein anderes Thema überzulenken. »Weiter nach Westen?«

Arnulf nickte. »Ja. Ich will aus dieser Gegend heraus, so schnell ich kann. Es war ein Fehler, überhaupt herzukommen. Wir hätten uns auf der nördlichen Route halten sollen, die wir kennen. Aber dafür ist es jetzt zu spät. Wenn wir Glück haben, sind wir auch so in zwei Tagen in Sherwood Forest. Es wird höchste Zeit«, fügte er mit einem hörbaren Seufzer hinzu. »Ich denke, Robin sollte so schnell wie möglich erfahren, was hier in seinem Namen geschieht.«

Kevin atmete bei diesen Worten innerlich auf. Solange sie weiter nach Westen fuhren, hielten sie sich nur in der Nähe des Waldes, ohne ihn zu durchqueren. Astreds Warnung klang ihm noch gut in den Ohren. Auch Arnulf schien zu spüren, wie unheimlich und abweisend dieser Wald war.

»Also dann, machen wir, daß wir wegkommen.« Arnulf stand auf und trat an den Wagen. »Wir sind schon viel zu lange hier, und vor uns liegt noch ein langer Weg.«

Bis in die Nachmittagsstunden hinein fuhren sie schweigend am Waldrand entlang. Statt Arnulf war nun Will nach hinten unter die Plane gekrochen und schnarchte friedlich vor sich hin, und Kevin war fast froh, ihn nicht zu sehen. Wenn es nach ihm ginge, könnte Will ruhig die restliche Fahrt verschlafen.

Am späten Nachmittag kam der Regen. Der Himmel bezog sich mit schwarzgrauen, schweren Wolkenfäusten, und es wurde so dunkel, als sei die Nacht bereits um Stunden zu früh angebrochen. Kurz darauf begann es erst milde zu nieseln, dann nahm der Regen immer mehr zu, bis es schließlich wie aus Kannen schüttete. Arnulf fluchte lauthals los und hörte nicht einmal auf, als Will mißmutig unter der Plane hervorgekrochen kam und ihnen mit Fett eingeriebene Decken gab, die sie sich über Köpfe und Schultern hängen konnten.

Die beiden Pferde wurden unruhig. Sie brauchten unbedingt eine weitere Pause, denn der Wagen war schwer; zudem führte der Weg fast ununterbrochen bergauf, nicht sehr steil, aber beständig.

Und dann machte der Weg einen scharfen Knick nach Süden und führte direkt in den Wald.

Arnulf stieß einen Fluch aus und brachte die beiden Pferde mit einem so harten Ruck am Zügel zum Stehen, daß der ganze Wagen bedrohlich zu schaukeln begann. »Was zum Teufel –«, begann er, sprach aber dann nicht weiter, sondern ballte nur wütend die Faust und starrte den Wald an, als wäre er sein persönlicher Feind.

Der Weg führte noch gute zehn Schritte geradeaus, bog dann annähernd im rechten Winkel nach Süden ab und verschwand nach wenigen Schritten in einer doppeltmannshohen, wie ein natürlich gewachsener Tunnel geformten Bresche im Unterholz. Eine Abzweigung war nirgendwo zu sehen.

»Das hat gerade noch gefehlt«, fauchte Arnulf.

»Du willst doch nicht wirklich dort hineinfahren?« fragte Kevin erschrocken.

Arnulf starrte ihn an. Seine Augen blitzten. »Was hast du denn gedacht?« schnappte er. »Es gefällt mir so wenig wie dir, aber weißt du eine bessere Lösung? Der Boden ist ein einziger Morast. Wenn wir ohne Weg quer über die Wiesen zu fahren versuchen, sinken wir nach ein paar Metern so weit ins Erdreich ein, daß wir nie mehr herauskommen.«

Kevin blickte nervös zum Waldrand hinüber. Der Pfad hörte nach wenigen Schritten auf wie abgeschnitten, und wo eigentlich ein Bereich schwächer werdenden Lichtes sein sollte, da war nur Schwärze, die so massig wie eine Wand erschien. Dort drinnen im Wald herrschte bereits tiefste Nacht, obwohl es erst Nachmittag war. Kevin hatte die Dunkelheit niemals gefürchtet, aber diese Finsternis dort war ... anders. Er glaubte ihre Feindseligkeit zu spüren wie einen eisigen Hauch, der etwas in seiner Seele berührte und zum Erschauern brachte. Es war ein Gefühl, wie er es noch nie erlebt hatte.

Er mußte wieder an Astreds Warnung denken, die ihm plötzlich dringender noch als zuvor erschien.

»Wir könnten umkehren und –«

»Und die ganze Nacht durchfahren, um an die nächste Weggabelung zu kommen?« unterbrach ihn Arnulf und schüttelte den Kopf. »Wir verlieren drei, wenn nicht vier Tage, wenn wir kehrt machen«, sagte er. »Und das nur, um dann einen Weg zu nehmen, den wir schon einmal nicht nehmen wollten, weil die Gefahr dort am größten ist, daß Gisbourne uns auflauern läßt?«

»Aber wir haben keine Ahnung, wo dieser Weg hinführt«, beharrte Kevin. »Nottingham liegt im Norden, und wenn wir jetzt nach Süden abbiegen, ist der Umweg möglicherweise noch viel größer.«

Arnulf zögerte kurz, dann zuckte er mit den Schultern. »Kann sein, aber darauf müssen wir es wohl ankommen lassen. Wir finden bestimmt bald eine Abzweigung und kommen wieder aus dem Wald heraus.«

Was das betraf, war Kevin bei weitem nicht so hoffnungsvoll, doch bevor er etwas sagen konnte, seufzte Arnulf, packte die Zügel so fest, daß seine Knöchel weiß durch die Haut schimmerten, und ließ die Peitsche knallen. Die beiden Pferde rührten sich nicht, sondern stampften nur unruhig mit den Hufen auf, daß der Schlamm bis zum Kutschbock hochspritzte. Erst als Arnulf ausholte und ihnen beiden kräftig mit dem Ziemer eins überzog, setzten sie sich widerwillig in Bewegung. Es war, dachte Kevin schaudernd, als spürten auch die Tiere das Unheimliche, Düstere, das von diesem Wald Besitz ergriffen hatte.

Sein Herz begann schneller zu schlagen, als sie in den finsteren Dom aus Holz und Blattwerk eindrangen.

Viertes Kapitel

Der Wald erwies sich als nicht ganz so undurchdringlich, wie es von außen den Anschein gehabt hatte. Zwar standen Bäume und Unterholz so eng, daß ein Verlassen des Weges ganz und gar unmöglich schien, aber das Blätterdach war doch nicht so dicht geschlossen, daß es den Regen abgehalten hätte; im Gegenteil. Während der ersten zehn, fünfzehn Minuten, die sie durch den Wald fuhren, hörte es tatsächlich auf zu regnen, wenngleich ihnen das Trommeln und Hämmern der Tropfen über ihren Köpfen deutlich sagte, daß das Unwetter eher an Gewalt zunahm und sich allmählich zu einem regelrechten Wolkenbruch auswuchs, aber als die Tropfen erst einmal durch die verschiedenen Etagen des Waldes hinuntergewandert waren und ihren Weg an Blättern und Zweigen entlang gefunden hatten, begann es doppeltkräftig aus den Ästen zu regnen. Innerhalb weniger Minuten weichte der Boden auf, der Weg begann sich in klebrigen Lehm, bald darauf in Morast zu verwandeln. Und der Regen nahm immer noch weiter zu.

Trotzdem machte Arnulf nicht halt, sondern trieb die Pferde im Gegenteil zu immer größerer Schnelligkeit an, und Kevin, der von Zeit zu Zeit unbemerkt in sein Gesicht blickte, sah, daß der Ausdruck von Nervosität und Anspannung darauf noch zugenommen hatte. Obwohl es ein deutliches Zeichen war, daß er sich nicht nur etwas einbildete, erleichterte es ihn irgendwie, daß Arnulf das gleiche zu empfinden schien wie er. Manchmal tat es einfach gut, nicht ganz allein mit seiner Furcht zu sein.

Mehr als eine Stunde fuhren sie durch den Wald, der manchmal dichter, manchmal aber auch etwas lichter und besser einsehbar, manchmal sogar von kleinen Lichtungen unterbrochen wurde, die jedoch allesamt von Unkraut überwuchert waren, immer finster und – wie es Kevin schien – von noch etwas anderem als bloßer Dunkelheit erfüllt; etwas, das ihm jedesmal aufs neue eisige Schauer über den Rücken trieb.

Schließlich begann der Weg spürbar anzusteigen, und nach einer Weile erreichten sie den Kamm eines runden, die halbe Höhe der Bäume erreichenden Hügels, und Arnulf hielt an. Über eine Minute lang blickte er aus mißtrauisch zusammengekniffenen Augen den Hügel hinab. Der Weg gabelte sich vor ihnen. Die eine Abzweigung führte nach Westen, die andere nach Süden, weiter dem ungefähren Kurs folgend, den sie bisher eingeschlagen hatten.

»Wohin jetzt?« murmelte Arnulf. »Zum Teufel, ich habe wenig Lust, mich in diesem Wald zu verirren!«

Kevin schwieg. Was hätte er sagen sollen? Keiner von ihnen wußte, wohin die beiden Wege führten, und welcher davon sie wieder aus dem Wald herausbringen würde; wenn überhaupt. Einen Moment lang blickte ihn Arnulf noch fragend an, aber als er nicht reagierte, wandte er mit einem zornigen Ruck den Kopf und ließ die beiden Pferde antraben. Der Wagen schaukelte über den Hügel und begann, sich auf der anderen Seite den Weg hinabzuquälen, wobei Arnulf die rechte, in westliche Richtung führende Abzweigung wählte, die vielleicht nicht aus dem Wald heraus, aber zumindest parallel zu seinem Rand und nicht noch tiefer hinein führte.

Schon nach wenigen Minuten war Kevin jedoch nicht mehr ganz so überzeugt, daß Arnulfs Wahl richtig gewesen war. Der schmale Pfad wurde immer schlechter. Was als zwar schlammiger, aber wenigstens einigermaßen breiter Weg begonnen hatte, verwandelte sich mehr und mehr in eine mit Schlaglöchern und Rissen durchsetzte Marterstrecke, die schon bei gutem Wetter und Tageslicht schlecht zu befahren gewesen wäre. Jetzt, dunkel, wie es war, und bei dem Regen, der ein übriges tat, ihn noch tückischer werden zu lassen, war der Pfad die reinste Quälerei.

Der Wagen holperte immer wieder über Wurzelstränge und andere Hindernisse oder sackte in Schlaglöcher, die in der Dunkelheit nicht rechtzeitig zu erkennen gewesen waren. Es war nur noch eine Frage der Zeit, bis eines der Räder oder sogar die Achse brechen würde, dennoch machte Arnulf keine Anstalten anzuhalten. Es hätte auch nichts genutzt; auf dem engen Pfad war es völlig unmöglich, den sperrigen Wagen zu wenden. Ihnen blieb gar keine andere Wahl, als dem einmal eingeschlagenen Weg zu folgen.

Schließlich kam es, wie es kommen mußte.

Der Wagen neigte sich zur Seite und blieb abermals mit einem so plötzlichen Ruck stehen, daß Kevin auf der glitschig gewordenen Holzbank den Halt verlor und um ein Haar gestürzt wäre. Im letzten Moment gelang es ihm, sich irgendwo festzuhalten, doch dafür riß er sich einen Splitter tief in den Handballen und fluchte lauthals. Während dessen sprang Arnulf vom Bock und fluchte gleich darauf ebenfalls erbittert, als er bis zu den Knöcheln im aufgeweichten Morast versank.

»Was ist passiert?« fragte Kevin.

»Was schon? Wir sitzen fest«, antwortete Arnulf. »Ein Schlammloch.«

Kevin stand auf, kletterte jedoch auf der anderen Seite vom Wagen, um nicht genauso wie Arnulf im Morast zu versinken, und umrundete das Fuhrwerk vorsichtig. Das vordere linke Rad war in ein Schlagloch gesackt und steckte bis zur Achse im Morast fest.

»Geh zu den Pferden«, forderte Arnulf ihn auf. »Wenn wir vom Wagen herunter sind, schaffen sie es vielleicht, ihn wieder frei zu bekommen.«

Über ihnen wurde die Plane zurückgeschlagen, und Wills Gesicht blickte zu ihnen herab. »Was ist denn los?« murmelte er schlaftrunken.

»Frag nicht so dumm, sondern komm lieber herunter und hilf uns«, fauchte Arnulf gereizt. Will runzelte beleidigt die Stirn, kroch aber gehorsam unter die Plane zurück, und sprang schon wenige Augenblicke später an der Rückseite aus dem Wagen.

Kevin ging zu den Pferden. Die Tiere waren unruhig, und eines begann so nervös auf der Stelle zu treten, daß das gesamte Fuhrwerk zitterte.

Das andere Tier hob den Kopf und stieß ein tiefes, halb zorniges, aber auch ein bißchen ängstlich klingendes Wiehern aus.

Beruhigend sprach Kevin auf die Pferde ein, griff nach dem Zaumzeug und trieb die Tiere an. Sie begannen mit aller Kraft zu ziehen, während sich Arnulf und Will von hinten gegen das eingesunkene Rad stemmten und es zu drehen versuchten. Einige Sekunden lang schien es, als wären ihre Bemühungen vergebens, dann gab es einen Ruck, und Kevin sprang hastig zurück, als sich der Wagen ein kleines Stück vorwärts bewegte, gleich darauf jedoch wieder zum Stehen kam.

Ein lauter Fluch ertönte. Arnulf hatte durch den plötzlichen Ruck das Gleichgewicht verloren, ruderte einen Moment hilflos mit den Armen und stürzte der Länge nach in den Matsch.

Kevin unterdrückte im letzten Moment ein schadenfrohes Grinsen und sah, daß es auch Will nicht anders erging. Hastig wandte er den Blick von dem immer noch wie ein Rohrspatz schimpfenden Nordmann ab und betrachtete das Rad. Es war durch den mißglückten

Versuch nur noch tiefer eingesunken, steckte jetzt bis über die Achse im Morast fest.

»Sinnlos«, behauptete er. »Auf diese Weise kriegen wir den Wagen nicht frei. Wir brauchen Zweige, um dem Rad Halt zu geben.«

Während Arnulf bemüht war, sich wenigstens notdürftig vom Schlamm zu reinigen, begannen Kevin und Will, nach geeigneten Ästen zu suchen und sie vor dem Rad in das Schlammloch zu stecken.

»Da kommt jemand«, sagte Will plötzlich und verharrte reglos, um besser lauschen zu können.

Kevin fuhr mit einer erschrockenen Bewegung hoch und blickte nach Osten, den Weg zurück, den sie gekommen waren. Jetzt konnte auch er es hören. Durch das Prasseln des Regens drang Hufschlag zu ihnen.

Aus der Dunkelheit tauchten die Schatten von Berittenen auf; zwei, schließlich drei Reiter, die in scharfem Tempo herangeprescht kamen. Sie trugen lange Fellmäntel und saßen tief über die Hälse ihrer Pferde gebeugt in den Sätteln. Erst im letzten Augenblick zügelten sie ihre Tiere, als es schon fast so aussah, als ob sie geradewegs in den Wagen hineinreiten wollten.

Kevin unterdrückte einen erschrockenen Ausruf, als er den Mann an der Spitze der kleinen Gruppe erkannte. Er trug jetzt keinen Helm mehr, und das dunkle Haar hing ihm naß und verklebt in die Stirn, zudem war er noch zu weit entfernt, als daß Kevin sein Gesicht deutlich hätte sehen können, aber nach dem Kampf am Vormittag hätte er Borg auch erkannt, wenn er nur seinen Schatten gesehen hätte…

Arnulf trat den drei Berittenen entgegen und hob die Hand zum Gruß. »Seid gegrüßt«, sagte er. »Wir–«

»Wer bist du?« unterbrach ihn Borg barsch. Der Klang seiner Stimme verriet Kevin vollends, wen er vor sich hatte, und er wich noch ein paar Schritte weiter zurück.

Borgs Pferd tänzelte unruhig. Er schien Mühe zu haben, es überhaupt unter Kontrolle zu halten. Mit einer unwilligen Bewegung zog er die Zügel stramm, ritt ganz dicht an Arnulf heran und beugte sich im Sattel vor, um ihn aus der Nähe zu mustern.

»Wer seid ihr?« fragte er noch einmal, in einem Tonfall, der gleichzeitig deutlich machte, daß er es nicht gewohnt war, eine Frage zweimal stellen zu müssen.

»Mein Name ist Arnulf«, antwortete Arnulf. Er trat einen Schritt zurück, ohne den Abstand dadurch vergrößern zu können, da Borg und sein Pferd ihm sofort folgten, und deutete dann mit der Hand nach hinten. »Die beiden sind Will und –«

»Und ich bin Cedric«, sagte Kevin hastig, darum bemüht, seine Stimme zu verstellen.

Arnulf fuhr unmerklich zusammen, besaß jedoch genug Geistesgegenwart, sich nicht zu ihm herumzudrehen, während Will ihn eine Sekunde verwirrt anblickte und dann Anstalten machte, etwas zu sagen.

Kevin trat ihm unbemerkt mit dem Absatz auf die Zehen; so fest, daß aus Wills Protest ein schmerzhaftes Keuchen wurde.

»Und was sucht ihr hier?« fragte Borg.

»Nichts«, sagte Arnulf hastig. »Wir haben uns wohl etwas verirrt. Wir wollten nach Westen, aber dann kam das Unwetter, und wir haben die Orientierung verloren.« Er seufzte. »Euch schickt der Himmel«, fuhr er fort. »Ich fürchte, wir haben ein bißchen Pech mit unserem Wagen gehabt.«

Borg musterte ihn mit einer Mischung aus Mißtrauen und kaum verhohlener Herablassung. »Pech?« wiederholte er. »So? Mir scheint eher, du hast deinen Karren in den Dreck gefahren, Bursche.«

»Nun ja«, gestand Arnulf mit zur Schau gestellter Zerknirschung. »So kann man es auch nennen. Es ist dunkel und der Regen hat den Weg aufgeweicht, außerdem ist unser Wagen schwer.«

»Mir scheint eher, du bist ein miserabler Wagenlenker«, sagte Borg höhnisch.

Arnulf ignorierte auch diese Beleidigung. »Auf jeden Fall sieht es nicht so aus, als ob wir aus eigener Kraft weiterkämen«, sagte er. »Aber vielleicht schaffen wir es, wenn Ihr uns helft.«

»Ach ja?« Borg lachte grölend. »Und warum sollten wir das tun?«

»Ich fürchte, wir können Euch nicht für Eure Hilfe bezahlen, wenn es das ist, was Ihr meint«, antwortete Arnulf. »Wir besitzen selbst kaum mehr als den Wagen und die Kleider, die wir am Leibe tragen. Wir sind schon froh, wenn wir irgendwo für ein paar Tage Arbeit finden und genug Geld bekommen, um uns Verpflegung für die Weiterfahrt kaufen zu können.«

»Wir werden sehen.« Borg schwang sich aus dem Sattel und gab seinen Begleitern einen Wink, es ihm gleichzutun. Kevin fuhr erschrocken zusammen, als er sah, wie einer der Männer um den Wagen herumging und die hintere Plane anhob.

Einige Sekunden lang blickte er schweigend in den Wagen und kramte in den Sachen herum, dann trat er zurück und schüttelte den Kopf.

»Scheint so, als ob sie die Wahrheit sagen«, erklärte er. »In dem Wagen ist nichts als ein bißchen Plunder. Völlig wertloses Zeug.«

»Und trotzdem habt ihr immerhin drei Pferde«, sagte Borg mit einem lauernden Unterton. Kevins Herz machte einen schmerzhaften Sprung, als Borgs Blick an der Graustute haften blieb, die am hinteren Ende des Wagens angebunden war. Es war sehr dunkel, und das Tier war so mit Schlamm und schmutzigem Wasser bespritzt, daß es eigentlich unmöglich wiederzuerkennen sein dürfte.

Aber anscheinend hatte Borg bereits Verdacht geschöpft, und er war fraglos ein intelligenter Mann.

Nach einigen Sekunden wandte er seinen Blick Kevin und Will zu und trat näher heran. Direkt vor Kevin blieb er stehen und starrte ihm prüfend ins Gesicht. Kevins Herz begann schneller zu schlagen, aber er gab sich Mühe, wenigstens äußerlich gelassen zu erscheinen. Es war unmöglich, daß Borg ihn erkannte, und trotzdem meinte er, für einen winzigen Moment ein mißtrauisches Funkeln in den dunklen, von buschigen schwarzen Brauen überschatteten Augen seines Gegenübers zu erkennen. Es fiel ihm schwer, Borgs Blick standzuhalten, und er war überrascht, als er sein Gesicht von nahem sah. Es war ein sehr hartes Gesicht, breit und kantig und von strengem Schnitt, aber anders als Kevin erwartet hatte, zeigte es keine Grausamkeit. Irgendwie war es ganz und gar nicht so, wie sich Kevin das Gesicht eines Mannes wie Borg vorgestellt hatte, nach allem, was er von Astred über den Mann gehört hatte. Nur Borgs Augen entsprachen dem Bild, das Kevin sich gemacht hatte, sie waren hart, glänzend und dunkel und beinahe ohne Leben, zumindest aber ohne jegliches Gefühl. Wie zwei kleine Kugeln aus poliertem Stahl, die in sein Gesicht eingebettet waren. Für endlose Sekunden ruhte der Blick dieser Augen mit fast schmerzhafter Intensität auf Kevins Gesicht, und wieder glaubte er, einen Funken von Mißtrauen darin zu gewahren. Aber dann schüttelte Borg den Kopf.

»Woher habt ihr die Stute?« fragte er.

Kevin überlegte blitzschnell. Er war sich nicht sicher, ob Borg das Pferd aller Wahrscheinlichkeit zum Trotz tatsächlich wiedererkannt hatte, aber alles deutete darauf hin, und es war unschwer zu erraten, daß Borg gerade überlegte, ob einer von ihnen der unbekannte Ritter gewesen sein könnte, gegen den er und seine Begleiter am Vormittag gekämpft hatten.

»Das Tier ist uns zugelaufen«, behauptete Kevin rasch. Diese Lüge erschien ihm am plausibelsten, denn schließlich dürfte Borg irgendwann gemerkt haben, daß er ein reiterloses Pferd verfolgt hatte. »Vor ein paar Stunden erst. Es weidete herrenlos auf einer Wiese. Wir haben gerufen und nach seinem Besitzer gesucht, aber anscheinend gehört es niemandem. Also haben wir es mitgenommen. Wir hoffen, daß es uns in der nächsten Stadt genügend einbringt, daß wir uns dafür Lebensmittel und für ein paar Tage ein Dach über dem Kopf leisten können. Das war doch kein Unrecht, oder? Ihr werdet uns das Tier doch nicht wegnehmen?«

»Zugelaufen, so.« Wieder blickte Borg ihn auf diese unangenehme, durchdringende Art an, und abermals war Kevin fast sicher, ein mißtrauisches Glitzern in seinen Augen zu sehen. »Ich hoffe für euch, daß ihr nicht lügt, sonst wird es euch schlecht bekommen. Nun gut, kümmern wir uns erst einmal um euren Wagen.«

Er gab dem Krieger, der mittlerweile um den Wagen herumgekommen war, einen Wink. Kevin erkannte ihn jetzt – es war der Bursche mit dem Dreizack, der ihm den Schild aus der Hand geschlagen hatte. Sein Gesicht war geschwollen, und auf seinen Unterarmen prangten mehrere tiefe, halb verkrustete Schnitte. Er humpelte ganz leicht.

Will berührte ihn an der Schulter und gab ihm mit Blicken zu verstehen, ein Stück zurückzutreten. Kevin gehorchte. »Was soll das?« flüsterte Will zornig, als sie weit genug vom Wagen entfernt waren, daß der Regen seine Worte verschluckte und Borg sie nicht mehr hören konnte. »Cedric, wie? Warum lügst du?«

»Bitte, Will«, sagte Kevin hastig. »Bleib dabei! Er darf nicht wissen, wie ich wirklich heiße.«

»Du kennst ihn?« fragte Will. »Woher?«

Kevin nickte. »Dieser Kerl ist Borg.«

»Borg!« entfuhr es Will, so laut, daß Kevin zusammenfuhr und einen erschrockenen Blick in Borgs Richtung warf. Aber dieser hockte noch immer vor dem Rad und betrachtete es, ehe er sich kopfschüttelnd aufrichtete und auf Will deutete. »Du da!« befahl er. »Steig auf den Bock und treib die Pferde an. Ihr anderen helft mir.«

Auch der dritte Reiter stieg nun vom Pferd. Zusammen mit Kevin und Arnulf griffen Borg und seine Begleiter gemeinsam in die Speichen und stemmten sich gegen das Rad. Gleichzeitig ließ Will die Peitsche dicht über den Rücken der beiden Pferde knallen. Die Tiere legten sich mit aller Kraft ins Geschirr. Die ledernen Riemen des Zaumzeuges knirschten hörbar, dann ging ein dumpfes Zittern durch den Wagen, und das Rad drehte sich um ein winziges Stück nach vorne.

»Noch einmal!« stieß Borg hervor. Erneut stemmten sie sich gegen das Rad. Der Wagen ächzte hörbar. Kevin spürte, wie die Speiche unter seinen Händen zu zittern begann, als wolle sie zerbrechen.

Und dann kam der Wagen frei; mit einem so harten, plötzlichen Ruck, daß es Kevin nicht anders als vorhin schon Arnulf erging. Er verlor auf dem regennassen Untergrund den Halt und stürzte der Länge nach in den Schlamm. Der Wagen holperte ein Stück weit den Weg hinab und kam wieder zum Stehen, als Will die Zügel anzog. Kevin stemmte sich hoch, spuckte Schlamm und Wasser aus und versuchte, sich den Morast aus dem Gesicht zu reiben, ohne ihn in die Augen zu bekommen.

Hinter ihm erscholl ein häßliches, schadenfrohes Lachen, und als er aufsah, blickte er direkt in Borgs Gesicht. »Du gefällst mir, Bursche«, sagte er höhnisch. »Hast du schon einmal überlegt, irgendwo als Hofnarr zu arbeiten?« Er lachte noch lauter und streckte Kevin die Hand entgegen, um ihm aufzuhelfen. Kevin widerstand im letzten Moment der Versuchung, seine ausgestreckte

Rechte beiseite zu schlagen und aus eigener Kraft aufzustehen.

Borgs Grinsen wurde noch breiter, als er sah, daß Kevins Gesicht schwarz vor Schlamm war, dann wandte er sich um und begutachtete noch einmal zufrieden den Wagen, der jetzt wieder sicher auf halbwegs festem Untergrund stand. »Das wäre geschafft«, sagte er. Wieder ließ er seinen Blick länger als normal auf der Graustute ruhen. »Ach ja, da wäre noch etwas. Ihr seid nicht zufällig einem Ritter begegnet?« fragte er plötzlich.

Kevin fuhr fort, sich Schlamm und Wasser aus dem Gesicht zu wischen und tat so, als hätte er Borgs Frage gar nicht gehört, während Will, der gerade Anstalten machte, vom Bock herabzuklettern, sich nicht ganz so gut in der Gewalt hatte. Wenn er nicht völlig blind war, dann mußte Borg den Schrecken einfach bemerken, der für einen Moment in Wills Blick aufblitzte. Er machte einige Schritte auf ihn zu. »Nun?«

»Ein Ritter, Herr?« fragte Will harmlos. »Nein. Seit König Richard im Heiligen Land Krieg führt, sieht man in England nur noch ganz selten einen Ritter. Sucht Ihr jemand bestimmtes?«

»Möglich«, antwortete Borg. »Es handelt sich um einen Mann in der Rüstung eines Tempelritters. Wenn ihr ihn trefft, dann sagt ihm, ich möchte ihn sprechen. Es mag sein, daß ich ihn vor einem großen Fehler bewahren kann.«

»Das ... werden wir tun«, antwortete Will. Borg blickte ihn einen weiteren Herzschlag lang durchdringend an, seufzte dann und deutete den Weg hinab. »Wenn ihr dem Weg folgt, erreicht ihr in einer knappen Stunde ein Dorf«, sagte er. »Dort könnt ihr übernachten und morgen weiterziehen. Ich rate euch dringend, bis zum Sonnenaufgang dort zu bleiben. Diese Wälder sind tückisch, vor allem bei Nacht, und ich werde nicht immer da sein, eure

Karre aus dem Schlamm zu ziehen.« Er wandte sich um, machte einen Schritt nach vorne und blieb noch einmal stehen.

»Ach, Kevin –«, begann er.

Hätte er Kevin in diesem Moment wirklich angeblickt, wäre es um sie alle geschehen gewesen, denn Kevin fuhr wie unter einem Peitschenhieb zusammen. Aber Borg blickte nicht einmal in seine Richtung, sondern starrte durchdringend Will an, und dieser hatte Geistesgegenwart genug, mit dem unschuldigsten Blick der Welt aufzusehen und fragend die Stirn zu runzeln.

»Wen meint Ihr, Herr?« fragte er.

Borg preßte wütend die Lippen zusammen. »Niemanden«, antwortete er. »Ich habe mich nur versprochen.« Damit wandte er sich endgültig um, ging zu seinem Pferd und schwang sich in den Sattel. Seine Begleiter taten es ihm gleich, und wenige Augenblicke später hatten Nacht und Regen die drei Reiter und das Geräusch ihrer Hufschläge verschluckt.

Aber Kevin blieb noch lange stehen und blickte in die Richtung, in der die Ritter verschwunden waren, ehe auch er zum Wagen ging und zu Will und Arnulf auf den Bock hinaufstieg. Seine Hände zitterten, aber es war nicht allein die Kälte.

»Das war Borg«, vermutete Arnulf halblaut.

Kevin nickte. »Das war er.«

»Und er hat dich erkannt«, fuhr der Nordmann fort.

»Hätte er es, wären wir jetzt wohl tot«, antwortete Will an Kevins Stelle. »Aber irgend etwas hat er bestimmt gemerkt.« Er seufzte, nahm Arnulf die Zügel aus der Hand und ließ sie knallen. »Ich fürchte, das war noch nicht das letzte Mal, daß wir ihn gesehen haben – Cedric«, fügte er finster hinzu.

Kevin schwieg, während sich der Wagen holpernd in Bewegung setzte.

Fünftes Kapitel

Der Regen hatte nachgelassen und der Himmel ein bißchen aufgeklart, so daß es trotz der hereinbrechenden Abenddämmerung wieder etwas heller geworden war, als sie das Dorf erreichten. Eigentlich war es gar kein Dorf, sondern eher etwas, das in Kevins Augen eine beunruhigende Ähnlichkeit mit einer Festung hatte: Knapp zwei Dutzend Häuser duckten sich hinter einer doppeltmannshohen, hölzernen Palisade, in der es nur ein einziges, nicht einmal sonderlich breites Tor gab. Sowohl an allen vier Ecken der Palisade wie auch beiderseits des Eingangs erhoben sich runde, ebenfalls aus mächtigen Baumstämmen erbaute Türme, hinter deren Brustwehren das sanfte Rot frisch entfachter Feuer glühte. Wie Borg gesagt hatte, waren es wirklich nur wenige Meilen von der Stelle, wo sie sich begegnet waren, bis hierher gewesen. Aber auch Arnulfs Befürchtungen hatten sich bewahrheitet: Der Weg war nicht besser, sondern noch schlechter geworden und hatte streckenweise mehr einem schlammigen Bach als einem Pfad geähnelt, so daß sie mehrmals hatten absteigen und von hinten schieben müssen, weil selbst die Kräfte der beiden Zugpferde kaum mehr ausgereicht hatten, den Wagen von der Stelle zu ziehen.

Zumindest in einem Punkt aber hatten sie Glück: So schlecht der Weg auch geworden war, sie waren kein zweites Mal steckengeblieben, bis sich der Wald plötzlich gelichtet und das Dorf vor ihnen gelegen hatte.

Kevin saß vorne auf dem Bock neben Arnulf. Will war schon bald nach ihrer Begegnung mit Borg wieder unter die Plane gekrochen um weiterzuschlafen, und kaum waren sie allein auf dem Bock gewesen, da hatte Arnulf das Gespräch vom Mittag fortgesetzt. Hatte er sich zuvor jedoch mit den paar vagen Informationen zufriedengegeben, die Kevin ihm von sich aus gegeben hatte, so hatte er nun begonnen, ihn regelrecht auszuhorchen: sehr gründlich und zu Kevins Überraschung, ohne ein einziges Wort des Vorwurfs oder Tadels, aber mit ständig wachsender Besorgnis, wie sein Blick überdeutlich verriet. Selbst als Kevin mit seinem Bericht zu Ende gekommen war, hatte er kein Wort dazu gesagt, sondern nur stirnrunzelnd in die Dunkelheit gestarrt. Kevin hatte alles erzählt, ganz genau so, wie es passiert war, ohne irgend etwas wegzulassen oder zu beschönigen, auch nicht die Tatsache, daß er den Kampf gegen Borg verloren hatte und nur durch pures Glück überhaupt noch am Leben war.

Sie hatten den Wald kaum verlassen, als sie auch schon entdeckt wurden. Auf einem der Türme tauchte eine hochgewachsene Gestalt auf; nicht mehr als ein flacher schwarzer Schatten gegen den tiefhängenden Himmel, ein heller Ruf erscholl, und beinahe unmittelbar darauf erschienen drei, vier, schließlich fünf Männer in der Toröffnung. Keiner von ihnen machte Anstalten, ihnen entgegenzugehen oder auch nur zu winken; aber es war deutlich, daß die Männer sie gesehen hatten und sie erwarteten.

Arnulf ließ mit einem hörbar erleichterten Seufzer die Zügel fahren, und die beiden Pferde trabten, die Nähe von Menschen und damit einen Stall und warmes Heu witternd, noch einmal an und zogen den Karren schaukelnd und rumpelnd den gewundenen Weg hinab. Kevin blinzelte müde zur Stadt hinüber. Seine Augen brannten, und – vielleicht lag es wirklich nur an seiner Müdigkeit – es war, als hätte sich nichts verändert, auch jetzt nicht, nachdem sie aus dem Wald heraus waren. Das Düstere,

Unheimliche, das er während ihrer gesamten Fahrt durch den Wald gespürt hatte, war auch hier fühlbar; nicht ganz so deutlich vielleicht, so als wäre es ein Stück hinter ihnen zurückgeblieben und zeigte seine Krallen nicht mehr ganz so offen, aber auch nicht so schwach, daß er es nicht mehr gespürt hätte.

Die Stadt schien in zweifacher Hinsicht belagert: vom Wald, der bis auf eine Pfeilschußweite an ihre Palisaden herangekommen war, aber auch von der Furcht, die unsichtbar zwischen seinen Stämmen und hinter den Schleiern des mit der Abenddämmerung aufziehenden Nebels lauerte.

Sie näherten sich dem Tor, und Arnulf zog ein letztes Mal die Zügel an, um den Wagen zum Stehen zu bringen. Einer der fünf Männer trat ihnen entgegen und musterte erst Arnulf, dann Kevin und schließlich ihren Wagen sehr eingehend – mit einem Ausdruck in seinem zwar harten, aber nicht unsympathischen Gesicht, der alles andere als freundlich war.

»Wer seid ihr?« fragte er, ohne sich mit Förmlichkeiten wie etwa einer Begrüßung aufzuhalten, und starrte Arnulf fast herausfordernd an.

»Ich bin Arnulf«, antwortete der Nordmann müde. »Das hier«, er deutete auf Kevin, »– ist Cedric. Wir sind –«

»Fahrendes Volk, das ist nicht zu übersehen«, unterbrach ihn der Mann. »Was wollt ihr von uns? Hat man euch nicht erzählt, daß Fremde hier nicht willkommen sind?«

Arnulf schwieg einen Moment. Erschrocken über diese unverhohlene Abweisung sah Kevin alarmiert auf und tauschte einen fragenden Blick mit ihm, ehe er sich umwandte und auf den Fremden herabsah. Der Mann war waffenlos, ebenso wie seine Begleiter, und nicht einmal besonders kräftig. Aber in seiner Stimme schwang ein deutlich drohender Ton mit, und auch auf den

Gesichtern der vier anderen lag ein entschlossener, beinahe grimmiger Ausdruck.

Schließlich überwand Arnulf seine Verblüffung über die wenig freundliche Begrüßung. »Jedenfalls hat uns niemand erzählt, daß man hier offenbar nicht einmal die einfachsten Regeln der Gastfreundschaft kennt«, antwortete er in einem Tonfall, der kaum weniger herausfordernd war, als der des Dörflers.

»Gastfreundschaft?« Der Mann sprach das Wort aus, als müsse er ernsthaft über seinen Sinn nachdenken. »Wir legen keinen Wert auf Gäste, Arnulf«, behauptete er. »Und unsere Freunde suchen wir uns selbst aus. Wir haben nichts zu verschenken.«

»Wer verlangt das?« schnappte Arnulf. »Für unser Essen kommen wir schon selbst auf, keine Sorge. Alles, was wir brauchen, ist eine Schlafgelegenheit für die Nacht und ein Stall für unsere Tiere. Wir sind den ganzen Tag gefahren und müde.«

»Na und? Das ist schließlich nicht unser Problem«, sagte der Mann unwirsch und machte eine wedelnde Handbewegung, als wolle er ein lästiges Insekt verscheuchen. Seht zu, daß ihr weiterkommt.«

»Verzeiht«, mischte sich Kevin ein, ehe Arnulf auffahren und zu streiten beginnen konnte, »aber wir sind nicht durch reinen Zufall zu euch gekommen. Ein Mann namens Borg hat uns geschickt.«

Die Reaktion auf den Namen war genau die, mit der Kevin gerechnet hatte. Der Fremde starrte ihn eine Sekunde lang aus runden Augen an, verlor sichtlich an Farbe und schien plötzlich um mehrere Grade nervöser zu werden. »Borg?« wiederholte er ungläubig. »Was ... was habt ihr mit ihm zu schaffen?«

»Nichts«, antwortete Arnulf ärgerlich. »Wir trafen ihn vor einer knappen Stunde im Wald. Er hat uns geholfen, als unser Wagen im Schlamm steckenblieb.«

»Er hat euch geholfen?« vergewisserte sich der Mann ungläubig. »Einfach so? Und dann hat er euch zu uns geschickt? Warum?«

»Nicht unbedingt zu dir«, antwortete Arnulf. »Aber er sagte, wir sollten immer geradeaus fahren, dann würden wir auf ein Dorf stoßen. Er meinte, es wäre besser, wir würden die Nacht hier abwarten. Und das Ende des Regens.«

»Das ist die Wahrheit«, bestätigte Kevin. Zwar war es ihm wie erhofft gelungen, das Interesse des Wachpostens zu wecken, aber das Gesicht des Mannes verriet ihm, daß er möglicherweise doch nicht besonders klug gewesen war, Borgs Namen zu erwähnen. Die Furcht vor Borg schien das Interesse an ihrem Zusammentreffen weit zu überlagern. »Aber da ist noch etwas anderes«, fügte er rasch hinzu. »Wir hatten außerdem gehofft, hier vielleicht jemanden wiederzutreffen, dem wir zuvor ebenfalls schon begegnet sind. Er heißt Astred.«

»Astred?« Der Gesichtsausdruck des Mannes wurde ein klein wenig freundlicher, doch das Mißtrauen verschwand nicht aus seinem Blick. »Dafür, daß ihr hieı fremd seid, habt ihr bereits eine beachtliche Zahl an Bekanntschaften geschlossen.«

Für einen endlosen Moment starrte der Fremde nur wortlos zu ihm hinauf, und Kevin begann schon zu befürchten, daß er sie trotz allem einfach wegschicken würde. Aber dann nickte er schließlich, wobei er sich allerdings keine Mühe gab, den Widerwillen zu verbergen, den er dabei empfand, trat einen Schritt zur Seite und machte eine einladende Bewegung zum Tor hin.

»Also gut. Kommt erst einmal in die Stadt, bis ich mit Astred gesprochen habe«, sagte er mit einer kaum verhohlenen Drohung in der Stimme. »Ihr sollt einen Stall für eure Pferde bekommen, sofern ihr dafür bezahlt. Alles weitere wird davon abhängen, was Astred über euch zu sagen hat. Aber in jedem Fall werdet ihr morgen früh bei Tagesanbruch wieder verschwinden, damit das von vornherein klar ist. Wir haben hier keinen Bedarf nach Fremden und fahrendem Volk.«

Kevin wechselte einen raschen, warnenden Blick mit Arnulf, aber dieser machte keine Anstalten, den Streit fortzusetzen, sondern griff bereits wieder nach den Zügeln und ließ die Pferde langsam antraben.

Nachdem sich das Tor wieder hinter ihnen geschlossen hatte, und Kevin Gelegenheit fand, sich innerhalb des Ortes umzusehen, stellte er zweierlei fest: Zum einen war der Ort wesentlich größer, als es von außen den Anschein gehabt hatte, und zum zweiten handelte es sich sehr viel weniger um eine Festung, als er geglaubt hatte. Die Häuser, vielleicht drei oder vier Dutzend, die sich in einem unregelmäßigen Kreis um einen weiten, kopfsteingepflasterten Platz gruppierten, waren allesamt klein und wirkten irgendwie geduckt, fast wie eine Gruppe eckiger, verängstigter Tiere, die sich schutzsuchend aneinanderdrängten. Die meisten von ihnen waren alt. Wind und Regen hatten an ihren Fassaden genagt; einige von ihnen wirkten so baufällig, als ob das mit Lehm verschmierte Fachwerk in der nächsten Sekunde unter der eigenen Last zusammenbrechen würde, und keines der Häuser war sonderlich stark befestigt. Der Ort war nicht als Festung erbaut worden, sondern man hatte ihn erst vor relativ kurzer Zeit mit dem Palisadenwall und den Wachtürmen umgeben, doch auch dieser Schutz hatte wohl eher symbolischen als praktischen Wert. Kevin verstand so gut wie nichts vom Kriegshandwerk, aber es war offensichtlich, daß der mit mehr gutem Willen als handwerklichem Geschick errichtete Wall keinem ernsthaften Angriff standhalten würde.

Über dem gesamten Ort lag eine beinahe greifbare Atmosphäre der Furcht. Kevin konnte sie überdeutlich spüren, obwohl er kaum einen der Einwohner zu Gesicht bekam. Da und dort glaubte er ein Gesicht hinter einem Fenster zu erkennen, ein neugieriges Augenpaar, das durch einen Türspalt lugte, einen Schatten, der sofort verschwand, wenn er in seine Richtung blickte. Die wenigen Männer oder Frauen, die ihnen auf der Straße begegneten, wichen ihnen aus und gaben sich offensichtliche Mühe, sie nicht anzusehen. Die Menschen hatten eindeutig Angst vor ihnen.

Der Mann, der sie am Tor empfangen hatte – sein Name war Osred, und er schien so etwas wie der Vorsteher des Dorfes zu sein –, brachte sie zu einem Haus ziemlich genau in der Mitte des Ortes. Will und Arnulf begannen, die Pferde abzuschirren, doch Osred schüttelte ungeduldig den Kopf und bedeutete seinen beiden Begleitern mit einem Wink, dies zu übernehmen.

Kevin runzelte die Stirn. Dieses plötzliche Entgegenkommen paßte nicht recht zu Osreds bisherigem Verhalten und weckte sein Mißtrauen. Vermutlich ging es dem Dorfvorsteher nur darum, den Wagen in ihrer Abwesenheit gründlich durchsuchen zu lassen. Kevin trat an das hintere Ende, schlug die Plane zurück und begann, einige seiner Habseligkeiten zusammenzusuchen.

»Ihr könnt eure Sachen später noch holen«, drängte Osred unwillig. »Jetzt werden wir erst einmal entscheiden, was überhaupt mit euch geschehen soll.«

Kevin ignorierte ihn. Er ergriff das Bündel mit seiner Rüstung und vergewisserte sich, daß es so sorgsam verschnürt war, daß von außen nicht zu erkennen war, was sich darin befand, dann nahm er zur Tarnung noch zwei kleine Beutel mit weitgehend unnützem Krempel mit und sprang wieder vom Wagen. Osred musterte ihn finster, erhob aber keinen weiteren Widerspruch, sondern trat als erster ins Innere des Hauses. Sie gelangten in einen engen, leicht muffig riechenden Flur, von dem mehrere Türen abzweigten. Eine schmale hölzerne Treppe führte ins obere Stockwerk. Osred öffnete eine der Türen und führte sie in eine karg eingerichtete, jedoch überraschend geräumige Wohnstube. Öllampen erhellten den Raum, und ein im Kamin prasselndes Feuer erfüllte ihn mit angenehmer Wärme.

»Wie ich schon sagte, Fremde sind bei uns nicht sehr willkommen, deshalb haben wir auch kein Gasthaus«, erklärte Osred. »Aber wir können hier reden, und falls Astred eure Angaben bestätigt, bin ich bereit, euch auch für die Nacht hier Unterschlupf zu gewähren.« Er deutete auf einen langen Tisch in der Mitte des Zimmers. »Setzt euch. Ihr müßt hungrig und durstig sein. Meine Frau wird euch zu essen und zu trinken bringen. Ich komme gleich zurück.«

Arnulf blickte ihm stirnrunzelnd nach, als er das Zimmer verließ. »Irgend etwas stimmt hier nicht«, sagte er.

»Unsinn«, widersprach Will und ließ sich auf einen der Stühle sinken. »Was soll denn nicht stimmen?«

»Findest du nicht, daß er sein Verhalten ziemlich schnell geändert hat? Erst wollte er uns nicht mal ins Dorf lassen, und jetzt läßt er uns nicht nur bewirten, sondern bietet uns sogar an, unter seinem eigenen Dach zu übernachten.«

»Ja, wegen Astred.«

Arnulf winkte ab und ließ sich schwer auf einen Stuhl fallen. Auch Kevin nahm Platz. »Ich glaube, Arnulf hat recht«, sagte er. »Ich kann mir sogar gut vorstellen, daß Osred uns bereits erwartet hat. Er wirkte jedenfalls wenig überrascht.«

»Aber wie hätte er von unserem Kommen erfahren sollen? Borg und seine Männer waren die einzigen, die wußten, welchen Weg wir nehmen würden.«

»Eben das gibt mir zu –«, begann Kevin, verstummte jedoch, als die Tür geöffnet wurde. Eine rundliche, etwas verhärmt aussehende Frau in mittlerem Alter trat ein. In den Händen hielt sie ein Tablett mit Brot, Käse und einige Scheiben kalten Braten. Ein junges, blondhaariges Mädchen von höchstens achtzehn Jahren folgte ihr. Es trug einen Krug sowie einige Becher.

»Ich bin Sarah, Osreds Frau«, stellte sich die Frau vor. Ihre Stimme klang mürrisch, offenbar war auch sie über den unerwarteten Besuch nicht gerade erfreut. »Und das ist Mary-Ann, unsere Tochter.« Sie stellte das Tablett auf den Tisch. »Mehr als das können wir euch nicht anbieten. Wir sind nicht auf Gäste eingerichtet.«

»Es wird bestimmt reichen«, antwortete Kevin. »Wir sind nicht sehr anspruchsvoll. Vielen Dank.«

»Ihr seid Freunde von Astred?« fragte Mary-Ann und sah Kevin dabei an, während sie den Krug und die Becher abstellte.

»Wir sind ihm heute begegnet«, antwortete Kevin ausweichend. »Freunde wäre vielleicht zuviel gesagt.«

»Mary-Ann!« sagte ihre Mutter von der Tür her scharf. »Belästige unsere Gäste nicht!« Das Mädchen schrak zusammen, stellte hastig den letzten Becher ab und beeilte sich, ihr aus dem Zimmer zu folgen.

»Also, die Freundlichkeit hat man hier wirklich nicht gepachtet«, stellte Will fest. »Was hat denn das nun wieder zu bedeuten?«

»Sie haben Angst«, antwortete Arnulf ruhig.

»Vor uns?« fragte Will ungläubig.

»Vor Borg.«

»Aber mit dem haben wir doch nichts zu schaffen!« protestierte Will.

»Das wissen die aber nicht«, antwortete Arnulf. Er seufzte. »Ich glaube, es war ein Fehler, Borgs Namen zu erwähnen.«

»Aber sonst hätten sie uns wahrscheinlich erst gar nicht hereingelassen«, sagte Kevin. »Im Grunde läuft doch alles ganz gut. Vielleicht erfahren wir auf diese Art etwas mehr über die Hintergründe, so daß wir Robin etwas über Borg berichten können. Du hast doch selber gesagt, daß er erfahren muß, was hier vorgeht.«

»Dafür, daß wir uns eigentlich aus allem raushalten wollten, stecken wir jetzt jedenfalls schon ziemlich tief in den Auseinandersetzungen zwischen diesem Borg und den Leuten hier«, brummte Will verdrossen. »Wären wir doch bloß schon wieder in Sherwood Forest. Es ist mir lieber, wenn ich weiß, wer Feind und wer Freund ist.« Er griff nach dem Krug, schenkte sich einen Becher Wein ein und trank einen herzhaften Schluck. Gleich darauf verzog er das Gesicht. »Und besseren Wein haben wir da auch.«

Auf dem Flur waren Schritte zu hören, dann wurde die Tür geöffnet. Astred trat ein, doch seine Reaktion auf ihren Anblick war völlig anders, als sie erwartet hatten. Auf seinen Zügen zeichnete sich zuerst Verwirrung, dann Schrecken und schließlich eine tiefe Bestürzung ab. Kevin fragte sich, wen Astred statt dessen hier vorzufinden geglaubt hatte.

»Ihr?« Er blickte sich hastig um und schloß die Tür hinter sich wieder. »Was macht ihr denn hier?« stieß er hervor. »Habe ich euch nicht ausdrücklich davor gewarnt, herzukommen?«

Kevin antwortete nicht gleich. Mehr noch als alles andere verwirrte ihn Astreds Verhalten. Bei den anderen war ihnen Ablehnung, vielleicht sogar offene Feindseligkeit entgegengeschlagen, und wenn es auch keinen Grund für solche Gefühle ihnen gegenüber gab, so konnte er doch wenigstens nachvollziehen, warum die Dörfler sich so verhielten. Astred jedoch hatte eindeutig Angst. Wovor?

»Wir sind nicht freiwillig hier«, antwortete er mit einiger Verspätung. »Wir ... wir hatten uns im Wald verirrt.

Unser Wagen saß im Morast fest, so tief, daß wir aus eigener Kraft sicher nicht wieder freigekommen wären. Aber dann tauchten Borg und ein paar seiner Männer auf und haben uns geholfen.«

»Borg?« fragte Astred erschrocken. »Bist du sicher? Woher kennst du ihn?«

»Überhaupt nicht«, antwortete Kevin hastig. Am liebsten hätte er sich für seine eigene Unvorsichtigkeit geohrfeigt. Er kannte Borg ja gar nicht, wenigstens nicht, wenn er nicht zugeben wollte, daß er und der fremde Ritter ein und dieselbe Person waren. Und das erschien ihm im Moment wenig ratsam. »Einer seiner Begleiter sprach ihn so an«, fuhr er rasch fort. »Sie haben uns geholfen, aus dem Schlamm zu kommen, nachdem sie festgestellt hatten, daß es bei uns nichts zu holen gab. Ohne sie säßen wir vielleicht jetzt noch fest.«

»Ja«, murmelte Astred. »So ist Borg. Manchmal«, fügte er finster hinzu. »Manchmal schneidet er Leuten allerdings auch einfach so die Kehlen durch. Und was geschah dann?«

»Er hat uns hierhergeschickt und gesagt, daß wir die Nacht und den Regen hier abwarten sollten. Uns blieb gar nichts anderes übrig. Nachdem wir einmal auf dem Weg waren, konnten wir nicht mehr wenden, und es gab keine einzige Abzweigung, bevor wir hier ankamen.«

»Ich weiß.« Astred nickte. »Für jemanden, der nicht von hier stammt, ist es fast unmöglich, sich in diesen Wäldern zurechtzufinden. Trotzdem – ihr hättet nicht kommen dürfen. Und schon gar nicht ausgerechnet heute nacht.«

»Was soll das bedeuten?« fragte Arnulf, doch Astred kam nicht mehr zum Antworten. Wieder waren im Flur Schritte zu hören, dann trat Osred ein.

»Du bist schon da, Astred? Gut.« Er ließ sich am Kopfende des Tisches nieder und bedeutete Astred mit einem

Wink, neben ihm Platz zu nehmen. »Diese Fremden behaupten, sie würden dich kennen. Stimmt das?«

Astred nickte. »Wir sind uns heute morgen begegnet«, bestätigte er. »Sie haben mir geholfen, Borg und seinen Kumpanen zu entkommen.«

»Ach ja?« Osred ließ seinen Blick langsam von einem zum anderen wandern, ehe er weitersprach. »Mir haben sie erzählt, Borg hätte ihnen geholfen. Ein merkwürdiger Widerspruch, nicht wahr?«

»Er war mir schon dicht auf den Fersen«, berichtete Astred. »Dann aber haben sie ihn und seine Kumpane in die falsche Richtung geschickt.«

»Woher willst du wissen, was sie ihm gesagt haben?« hakte Osred mißtrauisch nach.

»Ich habe vom Waldrand aus beobachtet, wie dieser Junge da«, er deutete auf Kevin, »mit Borg sprach und in eine andere Richtung zeigte, als die, wohin ich gelaufen war. Dahin sind die Mistkerle dann auch geritten. Nur dadurch konnte ich ihnen entkommen.«

Es gelang Kevin nur mit Mühe, sich seine Überraschung nicht anmerken zu lassen. Was Astred erzählte, war gelogen. Sie waren am Vormittag gar nicht auf Borg gestoßen und hatten ihn entsprechend auch nicht in eine falsche Richtung geschickt, sondern lediglich darüber gesprochen. Und seine Rettung verdankte Astred ihm unwissentlich nur dadurch, daß er seine Rüstung angezogen und sich Borg als Tempelritter entgegengestellt hatte. Aber anscheinend hatte Astred Osred von dieser Begegnung bislang nichts erzählt und schien aus irgendwelchen Gründen auch nicht vorzuhaben, dies nachzuholen.

Osred schwieg einige Minuten lang, wobei er sie weiterhin der Reihe nach musterte. Schließlich seufzte er. »Was Astred sagt, hört sich nicht so an, als ob ihr Verbündete von Borg wäret«, sagte er. »Andererseits ist er aber gerissen und weiß, daß wir so leicht keine Fremden ins Dorf lassen. Es ist also auch möglich, daß alles nur eine Täuschung war, damit ihr Astreds Vertrauen gewinnt. Ihn in seine Gewalt zu bekommen, ist ihm mit Sicherheit weniger wichtig, als Spione bei uns einzuschleusen.«

»Spione?« wiederholte Kevin ungläubig und fragte sich, was es hier wohl groß auszuspionieren geben sollte.

Auch Arnulfs Gesicht verdunkelte sich. »Und weil wir heimlich gekommen sind, um hier zu spionieren, sagen wir direkt, daß wir Borg getroffen haben, und daß er uns hergeschickt hat, wie? Ihr scheint uns für ziemlich dumm zu halten.«

»Oder für ganz besonders geschickt«, entgegnete Osred ruhig. »Vielleicht wolltet ihr euch ja gerade dadurch unverdächtig machen.«

Osred machte eine bestimmende Handbewegung, als er sah, daß Arnulf erneut auffahren wollte. »Genug. Wir könnten das endlos fortsetzen, aber es würde nirgendwohin führen. Außer allgemeinem Mißtrauen gibt es nichts, das gegen, aber einiges, das für euch spricht. Wie es aussieht, bleibt mir also nichts anderes übrig, als euch zu glauben. Aber ich hoffe, ihr versteht auch, daß ich vorsichtig sein muß. Das Schicksal des ganzen Dorfes kann davon abhängen.«

»Sicher. Es könnte ja sein, daß wir nachts heimlich in jedes Haus eindringen und allen im Schlaf die Kehle durchschneiden«, spottete Will.

Osred verzog nicht einmal das Gesicht, sondern blickte ihn nur ernst an. »Verbündete im Inneren des Dorfes würden Borg einen unschätzbaren Vorteil verschaffen. Ihr könntet beispielsweise auf sein Zeichen hin die Wachen am Tor überwältigen und es öffnen, im gleichen Moment, in dem er angreift. Wenn er erst einmal hereingelangt, wären wir ihm schutzlos ausgeliefert. Du siehst, unsere Vorsicht ist nicht ganz aus der Luft gegriffen.«

Kevin verkniff sich eine Bemerkung darüber, für wie wirkungsvoll er den Palisadenwall im Falle eines offenen Angriffs hielt, zumal er Borg vor wenigen Stunden erst im Kampf erlebt hatte. Wenn Borg bislang darauf verzichtet hatte, das Dorf zu erstürmen, dann sicherlich nicht aus Angst vor den Verteidigungsanlagen. Entweder gab es andere Gründe, von denen Kevin nichts wußte, oder Borg hatte schlichtweg überhaupt kein Interesse an einer Eroberung des Ortes.

»Nun, nachdem die Mißverständnisse aus der Welt geräumt sind, solltet ihr euch stärken«, verlangte Osred und deutete dabei auf die Speisen und den Wein. »Es ist nicht viel, was ich euch zu essen vorsetzen kann, aber zumindest Wein haben wir reichlich. Also greift kräftig zu.«

Er schenkte ihnen und auch sich selbst ein, wobei er geflissentlich übersah, daß sich Will bereits selbst bedient hatte, und prostete ihnen zu. Kevin kostete einen Schluck. Der Wein war süß und schwer und würde ihm mit Sicherheit zu Kopf steigen, wenn er mehr als einen Becher trank. Er nahm sich vor, sich mit dem Trinken zurückzuhalten, was ihm wohl nicht besonders schwerfallen würde. Er machte sich nicht viel aus Wein, zumal er ohnehin nur wenig Alkohol vertrug. So stellte er seinen Becher wieder ab und griff statt dessen nach einer Scheibe Braten.

»Ihr scheint Borg wirklich sehr zu fürchten«, sagte er, nachdem er einen Bissen heruntergeschluckt hatte. Das Fleisch war zäh und trocken, ließ sich nur mit Mühe zerkauen.

»Fürchten?« Osred nickte, dann schüttelte er den Kopf. »Nein, mehr als das. Wir hassen ihn.«

»Warum geht ihr dann nicht einfach weg?«

»Weggehen?« Astred gab ein Geräusch von sich, das ein Lachen, aber auch etwas ganz anderes sein konnte.

»Wohin sollten wir denn gehen, Cedric? Das hier ist seit vielen, vielen Jahren unsere Heimat. Schon unsere Väter und Vorväter haben hier gelebt, lange ehe Borg kam. Sollen wir uns da von ihm vertreiben lassen?«

»War die Stadt schon immer so?« fragte Kevin. »Eine Festung?«

Osred blickte ihn verwirrt an, als verstünde er nicht gleich, was Kevins Worte bedeuteten. Dann schüttelte er den Kopf. »Du meinst die Palisade und all das? Nein. Auch das kam erst, nachdem Borg und seine Bande aufgetaucht sind. Es ist noch nicht einmal ein Jahr her. Eines Tages erschien er zusammen mit einer Handvoll Halsabschneider, und seitdem raubt und stiehlt er, was immer ihm gefällt. Wir haben das Dorf mit dem Palisadenwall umgeben, um wenigstens ein bißchen geschützt zu sein.« Er seufzte tief. »Seit König Richard das Land verlassen hat, ist nichts mehr so wie vorher. Sicher, Räuber und Wegelagerer gab es zu allen Zeiten, aber noch nie war es so schlimm.« Nach einem weiteren kurzen Zögern fügte er hinzu: »Ein König sollte sich um sein eigenes Land kümmern, statt am anderen Ende der Welt einen Krieg zu führen, der uns nichts angeht. Wenn Richard in England wäre, würde er mit dem Gesindel aufräumen.«

Kevin schluckte schwer. So wie Osred mochten viele Menschen denken, aber kaum jemand wagte es, dies offen auszusprechen. Seine Worte waren nicht nur eine Kritik an der Politik des Königs, sondern stellten auch die Rechtmäßigkeit des heiligen Kreuzzuges in Frage, und richteten sich somit direkt gegen die Kirche. Den falschen Leuten gegenüber geäußert, konnten Reden wie diese ihm schnell als Ketzerei ausgelegt werden und ihn den Kopf kosten.

»Das Diebesgesindel breitet sich wirklich wie eine Seuche aus. Vor allem über die Banden in Sherwood Forest kursieren im ganzen Land schlimme Geschichten.

Auch ihr habt bestimmt schon von Robin Hood gehört, ihrem Anführer«, fügte Astred hinzu.

»Wir haben nur ein paar vage Gerüchte aufgeschnappt«, antwortete Arnulf.

»Kein Reisender ist vor diesem Hood und seinen Männern sicher«, behauptete Astred. »Obwohl eine hohe Belohnung auf seinen Kopf ausgesetzt wurde, ist es bislang noch niemandem gelungen, ihn zu fangen, aber das ist nur noch eine Frage der Zeit. Und wenn er erst einmal beseitigt ist, dann geht es hoffentlich auch Borg und seinen anderen Helfern an den Kragen. So lange jedoch werden wir seine Tyrannei wohl noch erdulden müssen.«

»Aber warum wehrt ihr euch nicht?« fragte Kevin.

»Wehren?« Osred lachte schrill. »Gegen einen Mann wie Borg kann man sich nicht wehren. Wer es wagt, sich ihm zu widersetzen, den tötet er. Er hat gut zwei Dutzend Gefolgsleute.«

»Zwei Dutzend nur?« Kevin gab sich keine Mühe, seine Überraschung zu verbergen. »Mehr ... mehr nicht?«

»Oh, das reicht, glaub mir«, antwortete Osred, doch Kevin fuhr erregt fort: »Ihr seid hier doch bestimmt mehr als fünfzig.«

»Wir sind sogar mehr als zweihundert«, berichtigte ihn Osred sanft. »Im Umkreis gibt es zahlreiche Höfe. Aus Furcht vor Borg haben ihre Bewohner sie fast alle aufgegeben und kamen hierher, weil sie sich hier größeren Schutz erhofften.« Er zuckte mit den Achseln. »Ich weiß, was du sagen willst, Cedric. Auf jeden von Borgs Männern kommen zehn von uns. Aber das nutzt nichts. Wir sind einfache Bauern und Handwerker, keine Krieger.«

»Aber ...«

»Außerdem lebt Borg mit seinen Männern irgendwo im Wald«, fiel Astred ihm ins Wort. »Ihn dort zu suchen wäre so, als ob wir den Wind einfangen wollten. Vielleicht könnten wir ihn wirklich besiegen, wenn er sich uns zu einem offenen Kampf stellen würde, aber das tut er nicht, jedenfalls bislang nicht. Er wartet, bis jemand von uns das Dorf verläßt, um Kräuter zu suchen oder zu jagen, so wie ich heute morgen. Dann schlägt er zu.«

»Und ihr laßt es euch einfach so gefallen?« ergriff Arnulf das Wort.

»Wir sind nicht ganz so hilflos, wie es vielleicht scheinen mag«, antwortete Osred ausweichend. Es schien, als ob er noch mehr sagen wollte, ergriff aber nach kurzem Zögern seinen Becher und trank einen kräftigen Schluck.

Stärker noch als zuvor war Kevin davon überzeugt, daß Osred etwas vor ihnen zu verbergen versuchte, daß er ihnen gegenüber zumindest nicht ganz aufrichtig gewesen war.

Sechstes Kapitel

Kevin wußte nicht, wie lange sie noch mit Osred zusammengesessen hatten, aber es war sicherlich mehr als eine Stunde, vielleicht sogar mehr als zwei. Astred stand nach einiger Zeit auf und ging, nachdem er versprochen hatte, vor ihrem Aufbruch am nächsten Morgen noch einmal zu kommen, um sich zu verabschieden. Liebend gerne hätte sich auch Kevin zurückgezogen, doch er wollte nicht unhöflich sein, obwohl er nach dem langen, ereignisreichen Tag eine bleierne Schwere in den Gliedern fühlte, und Müdigkeit sich wie eine erstickende Decke über sein Denken gelegt hatte. Deshalb beschränkte er sich weitgehend darauf, sich in seinem Stuhl zurückzulehnen, mühsam die Augen offenzuhalten und den Gesprächen der anderen zu lauschen, ohne sich selbst nennenswert daran zu beteiligen.

Er schien jedoch der einzige zu sein, dem es so ging. Arnulf und Will machten einen putzmunteren Eindruck. Im Gegensatz zu Kevin, der kaum einen halben Becher geleert hatte, sprachen sie dem Wein auf wiederholte Aufforderung Osreds hin ausgiebig zu, während sie ihm wieder und wieder alle Details über ihre Begegnung mit Borg berichten mußten und Osred ihnen im Gegenzug vieles über die Zeit erzählte, die sie bereits unter ihm und seiner Bande leiden mußten.

Schließlich jedoch wurden auch Arnulf und Will müde, und nachdem sie noch einen weiteren Krug Wein fast bis zur Gänze geleert hatten, begannen auch sie zu gähnen, und immer wieder fielen ihnen die Augen zu.

Osred führte sie die Treppe hinauf in einen Raum, auf

dessen Fußboden drei mit schlichtem Leinen bedeckte Strohlager hergerichtet waren. Auf jedem davon lag eine Decke bereit. Nach den letzten Nächten im Wagen und der langen Schiffsreise, die Kevin aufgrund seiner wochenlangen Seekrankheit hauptsächlich auf seiner hölzernen Pritsche in einer winzigen, fensterlosen Kabine verbracht hatte, erschien ihm das einfache Lager fast schon paradiesisch. Seit einer halben Ewigkeit hatte er schon keine auch nur ähnlich angenehme Schlafstätte mehr gehabt.

Genüßlich streckte er sich auf dem Stroh aus und erwartete, daß er sofort einschlafen würde, sobald er sich erst einmal entspannen konnte, doch kaum hatte er die Decke über seinen Körper gezogen und die Augen geschlossen, war seine Müdigkeit plötzlich wie weggeblasen. Hunderte Gedanken stürmten mit einem Mal gleichzeitig auf ihn ein, nachdem er zuvor kaum einem einzigen Gedankengang mehr hatte folgen können.

Von Arnulf und Will drang schon nach kürzester Zeit gedämpftes Schnarchen zu ihm herüber, doch er selbst konnte nicht einschlafen, so sehr er sich auch zu entspannen versuchte. Im Gegenteil, je verbissener er an gar nichts zu denken und einzuschlafen versuchte, desto wacher wurde er. Bestimmt eine halbe Stunde lang wälzte er sich von einer Seite auf die andere, ehe er schließlich mit hinter dem Kopf verschränkten Händen auf dem Rücken liegenblieb, zur Decke hinaufstarrte und den leisen Geräuschen um sich herum lauschte. Längst schon hatte es zu regnen aufgehört. Die Wolkendecke war aufgerissen und ließ das Licht des Mondes durch, das durch das kleine Fenster in die Dachkammer sickerte und es ihm ermöglichte, zumindest grobe Umrisse wahrzunehmen.

Nach einiger Zeit sank Kevin schließlich doch in einen leichten Schlummer, aus dem er aufschreckte, als er ein leises Geräusch hörte. Er wußte nicht, wie lange er geschlafen hatte, spürte jedoch, daß es nicht länger als ein paar Minuten gewesen sein konnten. Auch war er sich völlig sicher, daß er nicht von allein aufgewacht war. Irgend etwas hatte ihn geweckt, das hatte er sich nicht eingebildet.

Erneut ertönte ein leises Geräusch, das gleiche wie zuvor, und jetzt erkannte er es als das gedämpfte Knarren von Holz. Irgend jemand kam die Treppe heraufgeschlichen; doch obwohl er sich offensichtlich bemühte, so leise wie möglich zu sein, knirschten die hölzernen Stiegen dennoch unter jedem seiner Schritte.

Kevin drehte sich so herum, daß er die Tür beobachten konnte. Er fürchtete sich nicht, da er nicht glaubte, daß ihm und den anderen ernsthafte Gefahr drohte. Hätte man ihnen etwas antun wollen, hätte es genügend Gelegenheiten dafür gegeben. Der Übermacht der Dorfbewohner hätten sie nichts entgegenzusetzen gehabt, obwohl Osreds Verhalten nach Ablegung des anfänglichen Mißtrauens keinerlei Feindseligkeit mehr hatte erkennen lassen. Dennoch beschloß Kevin, wachsam zu sein.

Die Schritte verharrten direkt vor ihrer Tür, und einige Sekunden lang herrschte Stille, dann wurde die Klinke langsam heruntergedrückt, und die Tür schwang auf. Osred stand auf der Schwelle. Kevin erkannte sein Gesicht im Licht einer Kerze, mit der dieser in den Raum leuchtete. Er stellte sich schlafend, bemühte sich, möglichst flach und gleichmäßig zu atmen und spähte nur durch einen winzigen Spalt zwischen den Augenlidern.

Mehrere Minuten lang beobachtete Osred ihn und die anderen, wobei jede Sekunde länger als die vorige zu sein schien, und es Kevin immer schwerer fiel, sich weiterhin zu verstellen, zumal er das Gefühl hatte, daß Osred ausgerechnet ihn am intensivsten beobachtete. Seine Nase begann zu jucken, und er war überzeugt, jeden Moment niesen zu müssen, als sich Osred endlich umwandte und die Tür wieder hinter sich schloß.

Kevin atmete auf und kratzte sich ausgiebig an der Nase, während er dem erneuten Knarren der Stufen lauschte, als Osred die Treppe genauso behutsam wieder hinunterstieg, wie er heraufgekommen war. Leises, unverständliches Getuschel war zu vernehmen, als er im Erdgeschoß mit jemandem sprach, dann wurde die Haustür geöffnet und kurz darauf wieder geschlossen.

Kevin fragte sich, was dieses seltsame Verhalten zu bedeuten hatte. Irgend etwas ging hier vor. Er schlug die Decke zurück und huschte ans Fenster, doch es lag zur verkehrten Richtung, so daß er zu seinem Leidwesen nicht sehen konnte, mit wem Osred gesprochen hatte und wohin er ging.

Allerdings war Osred nicht der einzige, der trotz der späten Stunde noch unterwegs war. Ganz im Gegenteil schien es so, als sei der Ort jetzt, in der Nacht, erst richtig munter geworden. Selbst in den wenigen Straßen, die Kevin von dem kleinen Fenster aus überblicken konnte, entdeckte er mehrere Personen, die alle in die gleiche Richtung gingen. Es handelte sich überwiegend um Männer, und ihr Ziel schien das Stadttor zu sein. Sie bewegten sich nicht besonders schnell und nahmen kaum Notiz voneinander. Die meisten waren allein, nur wenige gingen in kleinen Grüppchen und sprachen miteinander. Einige hielten Fackeln in den Händen.

Kevin runzelte die Stirn und wich hastig einen Schritt vom Fenster zurück, um nicht durch einen dummen Zufall entdeckt zu werden. Er konnte sich keinen Reim auf das Geschehen machen. Irgend etwas ging im Dorf vor, und daß Osred extra noch einmal hochgekommen war, um sich zu vergewissern, daß sie schliefen, konnte nur bedeuten, daß sie auf gar keinen Fall mitbekommen sollten, um was es sich handelte. Auch Astred mußte damit zu tun haben. Sein Erschrecken über ihre Ankunft und seine Behauptung, sie hätten nicht herkommen dürfen, schon gar nicht in dieser Nacht, bekamen für Kevin mit einem Mal einen ganz neuen Sinn.

Er mußte herausfinden, was hier gespielt wurde. Möglicherweise hatte es gar nichts mit ihnen zu tun, und er begab sich nur unnötig in Gefahr, doch Kevin glaubte nicht, daß es so war. Er spürte einfach, daß es sich um etwas Wichtiges handelte.

Rasch trat er an Arnulfs Lager und rüttelte ihn an der Schulter. Der Nordmann brummte etwas Unverständliches im Schlaf und zog sich die Decke fester um die Schultern, ohne jedoch aufzuwachen. Kevin versuchte es erneut und flüsterte dabei ein paarmal Arnulfs Namen, schaffte es jedoch nicht, ihn aufzuwecken. Er huschte zu Will hinüber, doch auch bei ihm hatte er nicht mehr Erfolg, obwohl gerade Will normalerweise einen äußerst leichten Schlaf hatte und bei jeder Bewegung oder jedem noch so leisen Geräusch hochschreckte.

Kevins ohnehin bereits gewecktes Mißtrauen verstärkte sich noch. Es konnte sich kaum um Zufall handeln, daß ausgerechnet Arnulf und Will, die beide mehrere Becher von dem Wein getrunken hatten, so fest schliefen, er selbst hingegen, der sich mit dem Trinken ziemlich zurückgehalten hatte, nicht. Wenn er sich recht erinnerte, hatte sich auch Osred von dem zweiten Krug nichts mehr eingeschenkt. Um nicht unhöflich zu erscheinen, hatte sich Kevin allerdings immer wieder mal nachgeschenkt, zwar jeweils nur einen winzigen Schluck, aber auf die Menge hatte Osred offenbar nicht geachtet, und so war ihm glücklicherweise wohl auch nicht aufgefallen, wie wenig Kevin in Wahrheit getrunken hatte.

Aber es paßte alles zusammen. Mit einem Mal ergab es auch Sinn, daß Osred noch einmal in ihr Zimmer gekommen war, um sich zu vergewissern, ob auch sie wirklich schliefen.

Kevin überlegte, was er tun sollte. Für ihn stand außer Frage, daß er herausfinden mußte, wohin die Einwohner gingen und was sie vorhatten. Das bedeutete, daß er ihnen folgen mußte, doch er wagte nicht, das Haus auf normalem Weg zu verlassen. Er wußte nicht, ob auch Osreds Frau und Tochter weggegangen waren, aber er bezweifelte es, und wenn sie noch im Haus waren, würden sie unweigerlich hören, wenn er die Treppe hinunterstieg. Daß es praktisch unmöglich war, sich auf den Stufen lautlos zu bewegen, hatte ihm Osred gerade erst demonstriert, und auf gar keinen Fall wollte Kevin das Risiko eingehen, entdeckt zu werden. Wenn Osred nicht einmal davor zurückschreckte, ihnen ein Schlafmittel in den Wein zu mischen, um irgend etwas vor ihnen zu verbergen, dann würde er vermutlich auch zu noch drastischeren Maßnahmen greifen, um sein Geheimnis zu wahren, und darauf wollte es Kevin nicht ankommen lassen. Aber es gab noch eine andere Möglichkeit.

Er überzeugte sich, daß niemand mehr in der Nähe war, der ihn beobachten konnte, dann löste er die Verriegelung des Fensters, öffnete es und beugte sich hinaus.

Knapp einen Meter tiefer erstreckte sich das flache Dach eines Schuppens, der an das Haus angebaut war. Kevin grinste flüchtig und schwang sich über das Fensterbrett. So gut es ging, zog er das Fenster hinter sich wieder zu, so daß man von außen nicht auf den ersten Blick erkennen konnte, daß es geöffnet worden war, dann ließ er sich lautlos auf das Flachdach und von dort aus in die Gasse hinter dem Haus hinab.

Einige Sekunden lang blieb Kevin regungslos stehen und lauschte, doch alles blieb ruhig. Offenbar hatte niemand etwas bemerkt. Die Nacht war sehr dunkel, denn am Himmel ballten sich noch immer schwere, bauchige Wolken, was ihm zugute kam.

Er huschte die Gasse entlang, bis er eine Kreuzung erreichte. Vorsichtig spähte er um die Ecke und wich hastig wieder zurück, als er nur wenige Meter von sich entfernt einen älteren Mann dahinschlurfen sah, der ihm jedoch glücklicherweise den Rücken zuwandte und ihn nicht bemerkte. Mit wild klopfendem Herzen preßte sich Kevin gegen die Hauswand und verharrte so mehrere Minuten lang, bevor er es wagte, sich noch einmal vorzubeugen und um die Ecke zu blicken. Der ältere Mann war verschwunden, und auch sonst konnte er niemanden mehr entdecken.

Lautlos huschte er weiter durch die Dunkelheit, bis er schließlich ein Stück vor sich das Stadttor sah – und hier endete seine Glückssträhne.

Offenbar hatten alle Bewohner, die an dieser geheimnisvollen nächtlichen Wanderung beteiligt waren, den Ort inzwischen verlassen, denn das Tor war geschlossen, und auf dem Wehrgang darüber waren zwei Wachen postiert. Zwar wandten sie Kevin den Rücken zu und hielten Ausschau, was außerhalb des Dorfes passierte, doch es gab keine Möglichkeit, unbemerkt das Tor zu öffnen und hinauszugelangen.

Kevin fluchte leise, aber so leicht gab er sich noch nicht geschlagen. Er eilte eine schmale Seitenstraße entlang, bis er die Palisaden an einer anderen Stelle erreichte. Wie er gehofft hatte, waren keine weiteren Wachen an dem Wall stationiert. Niemand schien in dieser Nacht mit einem Angriff Borgs zu rechnen, sonst hätten die Menschen das schützende Dorf sicherlich nicht so bereitwillig verlassen.

Kevin huschte an dem Wall entlang, bis er eine Stelle fand, die ihm geeignet erschien. Erdreich und einige Steinbrocken waren hier bis auf halbe Höhe gegen die Palisaden gehäuft. Er schaute sich noch einmal prüfend um, bevor er hinaufstieg. Von hier aus war es für ihn kein Problem mehr, sich über die Spitzen der Holzstämme zu schwingen. Die Außenseite der Stämme war so rauh, daß auch das Hinabklettern sehr viel leichter war, als er befürchtet hatte. Es zeigte ihm, daß die Befestigungen wirklich kaum mehr als symbolische Bedeutung besaßen. Die Stämme waren nur grob geglättet worden, so daß sich überall noch vorstehende Aststückchen fanden, die Kevin genügend Halt boten. Sofern er nicht entdeckt wurde, würde es ihm nicht schwerfallen, auf gleichem Wege auch wieder zurückzukehren.

Zunächst aber wollte er herausfinden, was das alles zu bedeuten hatte.

Der Lichtschein von Fackeln, der vereinzelt noch zwischen den Baumstämmen hindurchschimmerte, zeigte ihm, wohin die Einwohner gegangen waren. Nicht weit von ihm entfernt waren sie auf einem schmalen Pfad, den er bei seiner Ankunft nicht bemerkt hatte, in den Wald eingedrungen. Geduckt huschte Kevin los, erreichte nach wenigen Schritten ebenfalls den Waldrand und tauchte im Dickicht unter.

Er kam nur langsam voran, und schon bald bedauerte er es, sich überhaupt auf dieses Abenteuer eingelassen zu haben. Das Unterholz war dornig und wucherte so dicht, daß er sich mühsam vorwärts zwängen mußte und schon bald unzählige Kratzer und kleine Wunden davongetragen hatte. Wurzeln schienen nach seinen Füßen zu greifen, Zweige gezielt nach ihm zu schlagen. So unsinnig der Gedanke auch war, es kam ihm fast so vor, als wehre sich der Wald gegen sein Eindringen. Stellenweise war das Unterholz sogar so dicht, daß er überhaupt nicht weiterkam und Umwege in Kauf nehmen mußte. Hätte ihm nicht der Fackelschein den Weg gewiesen, hätte er schon nach kürzester Zeit hoffnungslos die Orientierung verloren und sich verirrt, zumal es hier unter dem

Blätterdach so finster war, daß er kaum die Hand vor Augen sehen konnte. Immer wieder erbittert fluchend, wenn er irgendwo hängenblieb oder eine Dornenranke ihm ins Gesicht schlug, bahnte sich Kevin seinen Weg, wobei er sich fragte, wohin Osred und die anderen wollten, und was sie mitten in der Nacht hier draußen vorhatten.

Schließlich schienen sie ihr Ziel erreicht zu haben, was immer es auch sein mochte, denn der Fackelschein bewegte sich nicht mehr weiter, so daß es Kevin gelang, sich ihnen zu nähern, während der Abstand zuvor immer größer geworden, und das Licht manchmal sogar schon vom dichten Unterholz vollständig verschluckt worden war.

Wesentlich behutsamer als zuvor schlich er weiter, wobei ihm der Regen der vergangenen Stunden zugute kam. Wäre es trocken gewesen, hätte unter seinen Schritten unvermeidlich Laub geraschelt, und mancher Zweig wäre mit verräterischem Knacken zerbrochen, zumal er kaum sah, wohin er trat, doch so hatte sich alles mit Feuchtigkeit vollgesogen, die seine Geräusche dämpfte.

Kevin wußte nicht, was er erwartet hatte; eigentlich hatte er sich gar keine genaueren Vorstellungen gemacht, aber was er sah, als sich das Unterholz vor ihm plötzlich lichtete, war so verblüffend, daß er vor Überraschung beinahe automatisch weitergegangen und seine Deckung verlassen hätte. Erst im letzten Moment begriff er, wie dicht er davor war, sich zu verraten. Er wich hastig ins Unterholz zurück.

Vor ihm erstreckte sich eine von den Fackeln fast taghell erleuchtete Lichtung, die so groß war, daß sie von den annähernd hundert Menschen, die darauf standen, nur zu einem Teil gefüllt war. Keiner sprach ein Wort, es herrschte eine angesichts so vieler Leute geradezu unheimliche Todesstille. In der Mitte der Lichtung erhob sich ein Kreis aus gewaltigen, knapp mannshohen Steinquadern von gut zehn Schritten Durchmesser. In der Mitte des wie mit einem Zirkel abgemessenen Kreises stand ein monolithischer Block aus nachtschwarzem Gestein. Irgend etwas lag darauf und bewegte sich, doch erst als Kevin behutsam einige Farne zur Seite schob, konnte er erkennen, daß es sich um einen Hirsch handelte. Es war ein großes Tier mit einem prachtvollen Geweih, das zu erlegen jedem Jäger zur Ehre gereicht hätte.

Was hier jedoch vorging, hatte mit einer Jagd nichts zu tun. Der Hirsch lebte noch, war aber gefesselt. Selbst das Maul war ihm mit dünnen Stricken zusammengebunden, so daß er nicht einmal einen Laut von sich geben konnte. Der Anblick verstörte Kevin zutiefst.

Der schwarze Steinblock erinnerte ihn vage an einen Altar, und je länger er auf die Lichtung hinausstarrte, desto mehr kam ihm alles wie eine grausame Verhöhnung der heiligen Messe vor. Die Art, in der der Hirsch auf den Felsblock gefesselt worden war, konnte nur bedeuten, daß das Tier nach irgendeinem alten, heidnischen Brauch geopfert werden sollte.

War das das Geheimnis Osreds und der anderen? Frönten sie mitten im Herzen Englands heimlich seit langem verbotenen heidnischen Riten, während König Richard mit seinem Heer ins Heilige Land gezogen war, um Jerusalem, die ewige Stadt, das Zentrum des Christentums, aus der Gewalt der muselmanischen Heiden zu befreien?

Allein das Fangen des Hirsches hätte bereits ausgereicht, jeden der hier Versammelten vor ein Gericht zu bringen, da es das alleinige Vorrecht des Königs und seines jeweiligen Statthalters war, einen Hirsch zu jagen, doch was die Dörfler offenbar zu tun beabsichtigten, war tausendmal schlimmer. Sollte irgend jemand davon erfahren, so waren ihnen wegen Ketzerei die härtesten Strafen sicher, vermutlich sogar der Tod. Kein Wunder also, daß sie so großen Wert auf Geheimhaltung legten.

Erst jetzt wurde sich auch Kevin richtig bewußt, in welcher Gefahr er schwebte. Dies war kein Spiel, keine wie auch immer geartete Verschrobenheit der Dorfbewohner, sondern tödlicher Ernst. Ein einziger unvorsichtiger Laut genügte, und er war verloren. Sollte man ihn entdecken, blieb den Leuten gar nichts anderes übrig, als ihn gefangenzuhalten oder ihn vielleicht sogar umzubringen, um sicherzugehen, daß er ihr Geheimnis nicht preisgab und sie damit alle dem Tod überantwortete.

Für einen Moment war Kevin nahe daran, sofort umzukehren und zu Osreds Haus zurückzulaufen. Er hatte mit alldem nichts zu schaffen, wollte im Grunde auch gar nicht wissen, was vor sich ging. Sicher, er war neugierig, aber nur deshalb leichtfertig sein Leben aufs Spiel zu setzen, wäre Wahnsinn. Aber obwohl es ihn abstieß, übte das Geschehen zugleich eine Faszination auf ihn aus, der er sich nicht entziehen konnte, und so begnügte sich Kevin trotz seines wie wild pochenden Herzens damit, sich noch tiefer ins Unterholz zu kauern, und beobachtete, was als nächstes passierte.

Minutenlang geschah gar nichts, dann sanken die Dorfbewohner wie auf ein unsichtbares Zeichen einer nach dem anderen auf die Knie. Gleichzeitig begannen sie, leise zu summen. Es war eine sprunghaft wechselnde und deshalb schrill und unharmonisch klingende Melodie, die Kevin mit einem Unbehagen erfüllte, das nichts mit seiner Angst vor einer Entdeckung zu tun hatte, sondern irgend etwas tief in ihm berührte, dessen er sich zuvor nicht einmal bewußt gewesen war. Er ließ seinen Blick über die Gesichter der Menschen wandern. Sie zeigten eine Mischung aus Furcht und Hoffnung, gespannter Erwartung und noch etwas anderem, das

Kevin nicht einzuordnen wußte. Überrascht stellte er fest, daß sich zwar Osred, nicht aber Astred auf der Lichtung befand.

Das Summen steigerte sich und wurde zu einem düsteren Gesang, dessen Worte – wenn es sich denn um solche handelte und nicht nur um eine willkürliche Aneinanderreihung von Lauten – er nicht verstehen konnte, bis am hinteren Ende der Lichtung, die von den Fackeln nicht erhellt wurde, plötzlich Bewegung entstand. Eine Gestalt in einem kuttenartigen weißen Gewand schälte sich aus der Dunkelheit, als ob die Schatten selbst sie ausgespien hätten, und trat in den Kreis aus Steinblöcken, bis sie direkt hinter der barbarischen Nachahmung eines Altars stehenblieb. Ihr Gesicht war unter einer weit vorgezogenen Kapuze verborgen und das Gewand mit goldenen, fremdartigen Symbolen bestickt.

Die Gestalt hob die Arme und streckte sie in Richtung der Menschen vor ihr aus. Trotz der Entfernung konnte Kevin spüren, daß etwas Unheimliches von ihr ausging, etwas namenlos Böses, das sich wie eine Woge aus Düsternis über die Lichtung und weiter hinaus ausbreitete und auch nach ihm tastete. Er fühlte es wie die Berührung einer unsichtbaren Hand; es erfüllte ihn mit Abscheu und Schrecken und flößte ihm Angst ein. Die Fackeln schienen plötzlich weniger hell zu brennen, und es kam ihm vor, als sei es mit einem Mal bedeutend kälter geworden.

Kevin fröstelte.

Einige Sekunden lang, die ihm wie kleine Ewigkeiten vorkamen, blieb der Unheimliche regungslos mit weit ausgestreckten Armen stehen. Nur seine Augen bewegten sich, als er seinen Blick langsam über die versammelten Dorfbewohner schweifen ließ. Eine fast greifbare Spannung erfüllte die Luft, wie ein Strom unsichtbarer, pulsierender Energie, der zwischen dem Unbekannten und den vor ihm knienden Menschen hin und her wogte.

Schließlich ließ er die Arme langsam sinken. Sein Blick richtete sich auf den gefesselten Hirsch. Das Tier versuchte sich aufzubäumen, doch die Fesseln saßen so stramm, daß es nicht einmal den Kopf hochbekam.

»Wie ich sehe, ist das Opfer vorbereitet, genau wie ich es von euch verlangt habe«, sagte der Unbekannte mit kräftiger, volltönender Stimme, die über die ganze Lichtung schallte. Bei ihrem Klang zuckte Kevin zusammen. Er kannte die Stimme. Ihr Klang war ihm so vertraut, daß ein Irrtum ausgeschlossen war, und es war noch nicht einmal lange her, daß er sie gehört hatte. Er versuchte sich an die Umstände und das zu der Stimme gehörende Gesicht zu erinnern, doch es gelang ihm nicht, sie einzuordnen. Dennoch war er sicher, daß es keine angenehme Erinnerung war.

»Ihr habt ein wahrlich prachtvolles Tier ausgewählt, das eines solchen Opfers würdig ist«, sprach der Unbekannte weiter. »Ich bin zufrieden mit euch.«

Er griff sich mit beiden Händen an die Kapuze und schlug sie zurück. Weißes Haar und ein altes, von Falten zerfurchtes Gesicht mit einem gleichfalls weißen Vollbart kamen darunter zum Vorschein, bei dessen Anblick Kevin nur mit Mühe einen erschrockenen Laut unterdrücken konnte. Er hatte sich nicht getäuscht, obwohl er plötzlich wünschte, daß es so wäre. Ein unsichtbarer, stählerner Reif schien sich plötzlich um seine Brust zu legen und ihn am Atmen zu hindern. Kevin hatte das Gefühl, sein Herz würde aufhören zu schlagen.

Er wußte nun, wieso ihm die Stimme bekannt vorgekommen war, und wo er sie zuletzt gehört hatte. Er hatte den Mann mit dem zerfurchten Gesicht und den kalten, stechend blickenden Augen nur wenige Male gesehen, aber es war eine Erinnerung, die er niemals mehr in seinem Leben vergessen würde.

Darkon.

Kevin kannte nicht viel mehr als den Namen des weißhaarigen Greises, dem er vor wenigen Monaten im Heiligen Land zum ersten Mal begegnet war, aber er hatte auch keine Neugier auf mehr verspürt, denn es war eine keineswegs angenehme Bekanntschaft gewesen. Gemeinsam mit seinem Verbündeten Hasan as Sabah, dem Anführer der Haschischin, hatte Darkon ein wahrhaft teuflisches Komplott ausgebrütet. Sie hatten Susan, das Mädchen, das Kevin liebte, gefangengenommen und ihn so gezwungen, Sarim de Laurec, den erbitterten Feind der Haschischin, in eine Falle zu locken. Auf diese Weise hatten sie den Krieg zwischen König Richards Truppen und den Sarazenen Sultan Saladins weiter anheizen und sowohl Richard wie auch Saladin hinterrücks ermorden wollen. Die Intrige war fehlgeschlagen, aber ein Dolch hatte Susan tödlich verletzt. Sie war nur deshalb nicht gestorben, weil Kevin sie in die geheime Gralshöhle gebracht hatte, in der die normalen Gesetze der Welt aufgehoben waren. Seither ruhte Susan dort in todesähnlichem Schlaf, und keine Macht der Welt schien sie retten zu können.

Hasan, der die Verantwortung dafür trug, war die Flucht gelungen, doch Darkon war in Gefangenschaft König Richards geraten. Dann jedoch war etwas äußerst Mysteriöses geschehen. Noch bevor man ihn eingehender hatte verhören können, war er unter niemals ganz geklärten Umständen geradewegs aus einem schwerbewachten Zelt geflohen. Die Wachen hatten Stein und Bein geschworen, sie hätten das Zelt keinen Moment aus den Augen gelassen und eine Flucht sei unmöglich gewesen, aber die wenigen Minuten, in denen Darkon allein gewesen war, hatten ihm genügt, wie durch Zauberei zu verschwinden.

Instinktiv hatte Kevin die ganze Zeit geahnt, daß sich

ihre Wege irgendwann wieder kreuzen würden, aber er hatte nicht erwartet, daß dieses Wiedersehen bereits so schnell und unter solchen Umständen stattfinden würde. Er begriff immer weniger, was hier vorging, aber er spürte, daß es weitaus wichtiger war, als er bislang geglaubt hatte. Durch die Anwesenheit Darkons war er sich nicht einmal mehr sicher, ob dies alles tatsächlich nur Zufall war, und die Ereignisse wirklich nichts mit ihm und seiner Rückkehr nach England zu tun hatten. Atemlos beobachtete er, was weiter geschah.

Darkon griff an seinen Gürtel und zog etwas daraus hervor, das Kevin im ersten Moment für einen Dolch hielt, bis er erkannte, daß es sich in Wahrheit um eine Sichel handelte. Mit einer Bewegung, die fast zu schnell war, als das menschliche Auge ihr zu folgen vermochte, schnitt er dem Hirsch mit der Schneide der Sichel die Kehle durch. Blut strömte aus der Wunde, lief über den Altarstein und rann daran entlang zu Boden, wo es im Gras versickerte. Der unheimliche Gesang der Menge wurde noch lauter.

Einige Sekunden lang betrachtete Darkon stumm das Fließen des Blutes, dann riß er erneut die Arme in die Höhe. Schlagartig brach der Gesang ab, Totenstille breitete sich über die Lichtung.

»Es ist vollbracht. Ich bin zufrieden mit euch«, wiederholte der Greis. Er machte eine Pause. »Aber da ist noch etwas anderes. Heute bin ich nicht nur wegen des Opfers gekommen. Du da, komm her!« Er deutete auf Osred, der sich unsicher erhob und mit langsamen, zögernden Schritten in den Kreis aus Steinquadern trat. Seine Schultern waren gebeugt, und er hielt den Blick demütig gesenkt; nicht einmal, als er den blasphemischen Altar erreichte, auf dem der Hirsch mittlerweile verendet war, wagte er aufzusehen.

»Wie ich erfahren habe, beherbergt ihr in dieser Nacht

Fremde in eurem Dorf«, fuhr Darkon fort und starrte Osred durchdringend an.

»Es ... es sind nur harmlose Reisende«, erwiderte dieser. Unverkennbare Angst schwang in seiner Stimme mit. »Sie kamen bei Einbruch der Nacht, und wir konnten sie nicht mehr abweisen, sonst hätten wir wohl erst recht ihr Mißtrauen erweckt. Aber ich habe ihnen Schlafpulver in den Wein gegeben, so daß sie uns auf keinen Fall stören können. Sie werden nicht einmal merken, daß wir das Dorf verlassen haben. Ich weiß, ihre Anwesenheit ist gegen unsere Abmachung, aber –«

Mit einer scharfen Handbewegung brachte ihn Darkon zum Verstummen. »Schweig!« donnerte er. »Es geht mir nicht um den Pakt, sondern nur um die Fremden. Bei ihnen ist ein Knabe, der sich Cedric nennt. Ich will ihn sehen. Bring ihn zu mir!«

Kevins Herzschlag begann zu rasen. Das konnte kein Zufall sein. Darkon wußte, daß er einer der Fremden war, und sogar, unter welchem Namen er sich vorgestellt hatte. Es war die einzige Erklärung dafür, warum er verlangte, gerade ihn zu sehen, und das sicherlich nicht, um mit ihm gemütlich über alte Zeiten zu plaudern. Kevin war überzeugt, daß Darkon ihn genauso haßte, wie er umgekehrt den Greis.

»Jetzt, Herr?« fragte Osred ungläubig und auch ein wenig erschrocken. »Aber –«

»Hast du nicht verstanden, was ich gesagt habe?« fiel ihm Darkon so scharf ins Wort, daß Osred wie unter einem Schlag zusammenzuckte und sich ängstlich noch tiefer duckte. Dennoch gab er seinen Widerstand noch nicht auf.

»Aber wenn wir ihn herholen, wird er die Opferstätte sehen, und was wir hier tun«, sagte er. »Wir müßten ihn töten, damit er niemandem davon berichten kann, sonst werden wir alle der Ketzerei angeklagt.« Als er sah, wie sich Darkons Gesicht vor Zorn verzerrte, fügte er hastig hinzu: »Außerdem glaube ich nicht, daß er überhaupt wach werden wird. Warum nehmt ihr nicht unsere Gastfreundschaft an und kommt mit in unser Dorf, bis die Wirkung des Schlafmittels nachläßt?«

»Du wagst es, mir zu widersprechen?« donnerte Darkon wütend. Er ließ seinen Blick umherwandern, und die gesamte Menge duckte sich vor Angst tiefer. »Ist das eure Art, den Pakt zu halten? Ist das euer Dank für meine Hilfe?« Er schüttelte den Kopf. »Ihr seid nichts als jämmerliche Feiglinge. Als dieser Borg euch bedrohte, habt ihr nach Hilfe geschrien, und ich war bereit, euch zu schützen. Ich sollte euch eurem Schicksal überlassen, statt mich überhaupt mit euch abzugeben. Aber wir haben einen Pakt, und ich rate euch, mich nicht noch mehr zu erzürnen. Jetzt bringt mir den Jungen, und macht euch keine Gedanken, daß er etwas verraten könnte. Ihr braucht euch lediglich um seine Begleiter zu kümmern. Macht mit ihnen, was ihr wollt.«

Kevin hatte genug gehört. Er war schon viel zu lange geblieben, hätte sich bereits davonstehlen sollen, sobald er erfahren hatte, daß Darkon es auf ihn abgesehen hatte. Sein Vorsprung betrug im besten Fall ein paar Minuten, je nachdem, wie lange Osred sich noch sträubte, dem Befehl zu folgen.

So leise wie möglich zog sich Kevin zurück, wobei er auf Händen und Füßen kroch, weil er es nicht wagte, sich aufzurichten. Erst als er gut ein Dutzend Meter zwischen sich und die Lichtung gebracht hatte, stand er auf, um schneller voranzukommen, doch der Weg zurück durch das Dickicht war nicht einfacher als der Hinweg. Da ihm jetzt auch noch die Zeit im Nacken saß, hatte er das Gefühl, daß das Unterholz noch dichter geworden war und er noch langsamer vorwärts kam.

Es schien eine Ewigkeit zu dauern, bis sich das dornige Geäst vor ihm endlich lichtete und er den Waldrand erreichte. Seine Kleidung war vielfach zerrissen und blutverschmiert. Es schien kaum eine Stelle an seinem Körper zu geben, die nicht irgendwelche Schnitte oder Hautabschürfungen erlitten hatte.

Einen kurzen Moment zögerte er und rang keuchend nach Atem, bevor er auf das Dorf zu rannte. Darkon ging es nur um ihn allein, und es wäre das Vernünftigste gewesen, wenn er sich selbst in Sicherheit gebracht hätte. Aber er konnte Arnulf und Will nicht einfach ahnungslos ihrem Schicksal überlassen. Es war gut möglich, daß die Dorfbewohner oder aber Darkon den Zorn über seine Flucht an ihnen abreagierten.

Er mußte zurück, um sie zu warnen.

So schnell er konnte, rannte Kevin auf das Dorf zu und an dem Palisadenwall entlang. Er hoffte, ungefähr die gleiche Stelle wiederzufinden, an der er es verlassen hatte, doch von außen sahen die Baumstämme alle gleich aus, und ihm blieb keine Zeit, lange zu suchen, so daß er sich nach ein paar Sekunden für eine Stelle entschied, an der ihm das Überklettern einigermaßen einfach erschien.

Das Holz war rauh genug, um seinen Fingern und Fußspitzen Halt zu bieten, aber sich daran in die Höhe zu ziehen war dennoch sehr viel schwieriger, als Kevin es sich vorgestellt hatte. Angst und Aufregung ließen seine Hände zittern, und mehrmals wäre er fast abgerutscht und hätte noch einmal ganz von vorne anfangen müssen.

Trotzdem schaffte er es schließlich, sich über die Spitzen der Stämme zu ziehen, doch er hatte kostbare Zeit verloren. Als er sich umblickte, sah er bereits Fackelschein, der sich dem Dorf durch den Wald näherte. Man kam, um ihn zu holen. Ihm blieb keine Zeit, auf der Innenseite der Palisade erst mühsam hinabzuklettern, und er befand sich ein ganzes Stück von der Stelle entfernt, an der sich das Erdreich direkt am Wall auftürmte.

Er mußte springen. Die Baumstämme waren gut drei Meter hoch, doch von hier oben sah der Abstand zum Boden noch sehr viel größer aus. Kevin zählte in Gedanken bis drei und stieß sich ab.

Der Boden schien auf ihn zuzurasen, dann prallte er hart auf. Der aufgeweichte Morast dämpfte seinen Sturz ein wenig, dennoch wurde Kevin von den Beinen gerissen, stürzte nach vorne und überschlug sich, ehe er im Schlamm zum Liegen kam.

Sofort rappelte er sich wieder auf, wischte sich den Schmutz aus den Augen und blickte sich um. Auf dem Herweg war er durch mehrere Gassen gelaufen, die sich im Dunkeln alle wie ein Ei dem anderen zu gleichen schienen. Er wußte beim besten Willen nicht mehr, welche davon die richtige war. Er wußte nur noch, daß Osreds Haus ziemlich im Zentrum lag, und da der Ort nicht groß war, stürmte er einfach in die nächstgelegene Gasse hinein – nur um festzustellen, daß sie bereits nach einigen Dutzend Schritten vor einer Mauer endete. Kevin stieß einen Fluch aus, eilte ein Stück zurück und wählte eine Abzweigung.

Noch ein weiteres Mal mußte er die Richtung ändern, bis er den freien Platz in der Mitte des Dorfes erreichte, an dem auch Osreds Haus lag. Seine Arme und Beine taten ihm weh, und er spürte heftige Seitenstiche. Daher gelang es ihm nur mit Mühe, auf das Flachdach zu klettern und durch das Fenster in den Schlafraum zurückzukehren.

Er beugte sich über Arnulfs Lager und rüttelte ihn mit aller Kraft an der Schulter. Dazu rief er laut seinen Namen. Solange Osred und seine Begleiter noch nicht im Haus waren, spielte es keine Rolle, ob andere ihn hörten. Ein weiteres Mal brüllte Kevin seinen Namen und schlug ihm mit der flachen Hand ein paarmal hart ins Gesicht. Wieder brummte der Nordmann nur etwas Unverständliches und wollte sich auf die andere Seite wälzen, doch

Kevin gab nicht auf. Er erinnerte sich, daß in einer Ecke des Raumes auf einer Kommode eine Schüssel mit Wasser zum Waschen stand. Er tastete sich hin, stieß sich im Dunkeln an irgend etwas schmerzhaft das Schienbein und fand schließlich die Schüssel. Schwungvoll leerte er das Wasser über Arnulfs Kopf aus.

Prustend fuhr der Wikinger in die Höhe und begann wild zu fluchen. Kevin wollte ihm die Hand auf den Mund pressen, doch Arnulf packte seinen Arm und verdrehte ihn mit einem Ruck. Kevin schrie leise auf, und offenbar erkannte Arnulf seine Stimme, denn er ließ ihn los.

»Verdammt, was soll das?« zischte er wütend.

»Wir sind in Gefahr!« keuchte Kevin mit sich überschlagender Stimme. »Es ist eine Falle. Wir müssen weg!«

»Was für eine Falle? Wovon sprichst du?« Arnulfs Stimme klang immer noch schläfrig, und er war zu benommen, um sofort zu reagieren.

»Keine Zeit für Erklärungen; sie können jeden Moment hier sein«, drängte Kevin. »Schnell, hilf mir, wir müssen Will wecken. Osred hat euch ein Schlafmittel in den Wein getan.«

Endlich schien Arnulf die Dringlichkeit zu begreifen. Er sprang auf, im gleichen Moment, in dem Kevin hörte, wie unten im Haus die Tür geöffnet wurde. Das leise Tuscheln mehrerer Männer und das Knirschen der Dielenbretter war zu hören, dann begannen die Treppenstufen zu knarren.

Gemeinsam mit Arnulf bemühte sich Kevin, Will Scarlet zu wecken. Zwar hatten sie kein Wasser mehr, aber da er nicht ganz so viel Wein wie Arnulf getrunken hatte, gelang es ihnen, indem sie ihn kräftig rüttelten und Arnulf ihm schließlich zwei Ohrfeigen verpaßte, um ihm gleich darauf den Mund zuzuhalten, damit er sie nicht durch wütenden Protest verraten konnte.

Dennoch hatten Osred und seine Begleiter offenbar etwas gehört, denn sie gaben jede Zurückhaltung auf und polterten die Treppe hinauf.

»Los, verschwindet durch das Fenster«, stieß Arnulf hervor und eilte zur Tür. »Ich halte sie auf.«

»Aber –«

Kevin kam gar nicht dazu, weiter zu protestieren, weil Will, der die Gefahr trotz seiner Benommenheit sofort zu begreifen schien, ihn kurzerhand packte und mit sich zum Fenster zerrte. Hastig bückte sich Kevin und packte das Bündel mit der Rüstung. Gerade in der gegenwärtigen Situation konnte er sie unmöglich zurücklassen; es war gut möglich, daß er bei seiner Flucht dringender denn je darauf angewiesen sein würde, daß man ihn nicht erkannte.

Im gleichen Moment wurde die Tür aufgestoßen. Arnulf packte den ersten der hereinstürmenden Männer, versetzte ihm einen harten Ellbogenstoß ins Gesicht und schleuderte ihn zu Boden. Sofort warf er die Tür so wuchtig wieder zu, daß sie einem zweiten Dorfbewohner gegen den Kopf prallte und ihn zurücktaumeln ließ, wobei er noch einen weiteren Mann mit sich zu Boden riß.

Mit aller Kraft stemmte sich Arnulf gegen das Holz. »Worauf wartet ihr noch?« keuchte er, während von außen harte Schläge gegen die Tür dröhnten. »Verschwindet endlich! Ich versuche, euch zu folgen.«

Nachdem er sich mit einem raschen Blick vergewissert hatte, daß hinter dem Haus niemand auf sie lauerte, schwang sich Kevin als erster ins Freie und sprang ein weiteres Mal von dem Flachdach in die Gasse hinter dem Haus hinunter. Aus dem oberen Stockwerk drangen noch immer wuchtige Schläge und die lauten Rufe der Männer. In der Erwartung, ihn tief schlafend vorzufinden, hatte Osred offenbar nur wenige Begleiter mitgebracht, aber es konnte nicht mehr lange dauern, bis der Lärm auch die Bewohner der umliegenden Häuser, die nicht zu der Opferung gegangen waren, aufweckte.

Ohne auf Will und Arnulf zu warten, rannte Kevin los, auf den Stall zu. Eine Flucht zu Fuß wäre sinnlos gewesen. Die Dorfbewohner kannten sich in der Gegend sehr viel besser aus und hätten ihn rasch eingeholt, und selbst wenn nicht, hätte sich Kevin in den Wäldern bis zum Morgen hoffnungslos verirrt. Wenn überhaupt, dann hatte er nur mit einem Pferd eine Chance.

Er stürmte in den kleinen Stall. Neben einem alten Ackergaul waren ihre Pferde die einzigen hier. Sie waren ungesattelt, aber das war nicht anders zu erwarten gewesen. Noch vor einem halben Jahr hatte sich Kevin sogar auf einem gesattelten Pferd nur mit Mühe halten können, aber seither hatte er viel hinzugelernt, und mittlerweile hielt er sich für einen recht passablen Reiter. Er band die drei Pferde los und führte sie aus dem Stall, bevor er sich auf den Rücken der Graustute schwang.

Um ein Haar wäre er auf der anderen Seite direkt wieder heruntergerutscht. Erst im letzten Moment gelang es ihm, sich mit der freien Hand an der Mähne festzuklammern. Mit der anderen Hand, in der er auch das Bündel mit der Rüstung hielt, packte er die übrigen beiden Tiere am Zügel und ritt los. Als er jedoch die Gasse erreichte, mußte er erkennen, daß Osred anscheinend endlich die richtigen Schlüsse gezogen und einige der Männer hinters Haus geschickt hatte, um ihnen diesen Fluchtweg zu versperren. Mit einem Dolch versuchte Will, sich insgesamt vier Gegner vom Leib zu halten, wurde dabei jedoch immer weiter zurückgedrängt. Von Arnulf war nichts zu entdecken.

Als Kevin um die Ecke bog, wandten sich ihm sofort drei der vier Männer zu und versperrten ihm den Weg, während der vierte, ein wahrer Hüne von der Statur und sicherlich auch den Körperkräften eines Bären, weiter auf Will eindrang.

Kevin erkannte, daß ein Kampf gegen die Übermacht sinnlos wäre. Hätte er auf einem gesattelten Pferd gesessen, hätte er versucht, die Männer einfach niederzureiten, aber solange er sich nur mit Mühe auf dem Rücken der Stute halten konnte, wäre dies Wahnsinn gewesen. Zudem konnte es nur noch Sekunden dauern, bis die Männer Verstärkung erhielten, und dann wäre er ohnehin verloren.

Auch Will schien dies zu erkennen. »Flieh!« rief er. »Ich schlage mich schon alleine durch.«

Kevin ließ die beiden anderen Pferde frei und versetzte ihnen jeweils einen Schlag, der sie auf die Angreifer zulaufen ließ. Vielleicht würde es Will gelingen, sich auf eines zu schwingen, aber auf jeden Fall zwangen sie die Männer, zur Seite auszuweichen und verschafften ihm einige Sekunden Vorsprung.

Ohne länger zu zögern, hämmerte er der Stute seine Absätze in die Flanken, klammerte sich verbissen an der Mähne fest, und sprengte in der Gegenrichtung davon, auf das Stadttor zu. Als er den Marktplatz überquert hatte und in die direkt auf das Tor zuführende Straße einbog, sah er, daß sich wenigstens diese Hoffnungen erfüllten, denn einer der Flügel stand weit offen. Für die wenigen Minuten, die es unter normalen Umständen gedauert hätte, ihn zu holen, hatte Osred bei seiner Rückkehr wohl keine Veranlassung gesehen, das Tor extra wieder schließen zu lassen.

Kevin gewann ein paar Sekunden, bis die beiden Wachen davor begriffen, daß etwas nicht stimmte, und auch dann zögerten sie noch ein, zwei weitere Sekunden, da sie vermutlich überlegten, ob sie ihre Waffen ziehen oder das Tor noch rechtzeitig zu schließen versuchen sollten. Sie entschieden sich für letzteres, waren jedoch viel zu langsam. Kevin war heran, noch bevor sie den wuchtigen Flügel auch nur zur Hälfte bewegt hatten.

Mit raschen Sprüngen brachten sich die Wachen vor ihm seitlich in Sicherheit. Einer der Männer versuchte noch, sein Bein zu packen, um ihn vom Rücken des Pferdes herunterzuzerren, doch er war zu langsam und seine Hände griffen ins Leere.

Gleich darauf war Kevin im Freien. Er preschte auf den Waldrand zu und daran entlang, bis er einen Weg entdeckte, der breit genug war, daß er darauf reiten konnte. Erst als er weit von der Opferlichtung entfernt schließlich in die Dunkelheit des Waldes eintauchte und von Verfolgern weit und breit nichts zu sehen war, wagte er, aufzuatmen.

Siebtes Kapitel

Seit zwei oder drei Stunden, vielleicht auch schon länger, quälte sich Kevin durch den Wald nach Norden – wenigstens nahm er an, daß die Richtung, in die sich der schlammige Pfad wand, den er entlangtaumelte, Norden war. Sein Orientierungsvermögen war auf sonderbare Weise eingeschränkt; so, wie auch sein Zeitgefühl immer gründlicher durcheinanderzugeraten schien, je länger er sich in diesem Wald aufhielt. Anders als der Pfad, auf dem sie am vergangenen Abend das Dorf erreicht hatten, gabelte sich dieser immer wieder und besaß zahlreiche Abzweigungen, außerdem beschrieb er unzählige Biegungen, die es Kevin unmöglich machten, die Richtung zu bestimmen, in die er sich bewegte. Auch war der Himmel noch immer mit dichten Wolken verhangen, so daß er sich nicht am Stand des Mondes oder der Sterne orientieren konnte. Er wußte nicht einmal, ob er sich nicht schon die ganze Zeit im Kreis bewegte. In der Dunkelheit war er nicht einmal in der Lage, einige markante Punkte zu erkennen und sich einzuprägen.

Er war schon vor einiger Zeit abgesessen, weil der Pfad so schmal geworden war, daß er nicht aufrecht reiten konnte, ohne daß ihm in der Dunkelheit immer wieder Zweige schmerzhaft ins Gesicht peitschten. Daran hatte auch das Anlegen der Rüstung nichts geändert, da er das Visier hatte hochgeklappt lassen müssen, um überhaupt etwas zu sehen. Aber zum einen wärmte ihn die Rüstung ein wenig, zum anderen brauchte er sie nicht mehr bei sich zu tragen, sondern hatte beide Hände frei, um sich in der Mähne der Stute festzuhalten, und falls die Dorfbewohner ihn wider Erwarten doch noch entdecken sollten, würden sie ihn nicht auf Anhieb erkennen, und er wäre besser in der Lage, sich zu verteidigen.

Wenn man es recht überlegte, dachte Kevin düster, dann hatte er an diesem Tag so ziemlich alles falsch gemacht, was nur falsch zu machen war, zumindest hatte er alles getan, um sich in Gefahr zu bringen. Er hätte sich nicht einmischen sollen, als Astred so unvermittelt vor ihnen aus dem Wald auftauchte. Vielleicht – hätte er auf Arnulf gehört – hätten sie jetzt schon Sherwood Forest erreicht oder wären zumindest in der Nähe. Des weiteren hätte er sich nicht mit Borg anlegen dürfen, sie hätten nicht den Weg durch den Wald nehmen und nicht in dem Dorf übernachten dürfen.

Aber er hatte ja nicht wissen können, was hier vorging, daß ausgerechnet Darkon ihm längst auf der Spur war und sich mit den Dorfbewohnern verbündet hatte. Nein – richtig überlegt, traf ihn keine direkte Schuld. Er hatte getan, was er im jeweiligen Moment hatte tun müssen, und wenn er wieder in eine vergleichbare Situation geraten würde, würde er sich nicht anders verhalten. Die Umstände waren einfach gegen ihn gewesen, und er hatte nicht im Traum ahnen können, was hinter den Ereignissen steckte. Außerdem waren es immerhin die gleiche Neugier und Abenteuerlust, die ihn erst in die Gefahr gebracht hatten, letztlich aber auch gerettet hatten. Wäre er nicht auf eigene Faust losgezogen und hätte die Opferung beobachtet, so befände er sich jetzt längst in der Gewalt Darkons.

Das jedoch war nur ein geringer Trost. Der Preis, den er nun zahlte, war einfach zu hoch. Er hatte Arnulf und Will zurücklassen und sie einem ungewissen Schicksal überantworten müssen. Damit nicht genug, irrte er nun auch noch orientierungslos durch diesen unheimlichen

Wald. Hilfe für Arnulf und Will würde er höchstens in Sherwood Forest finden, doch seine Chancen, unbeschadet dorthin zu gelangen, waren gegenwärtig geringer denn je.

Kevin schreckte aus seinen düsteren Gedanken auf, als er sah, wie nicht weit vor ihm etwas rötlich durch die Bäume schimmerte. Kurz darauf, einmal aufmerksam geworden, hörte er auch Schritte; dann ein leises Knistern und Brechen, die typischen Geräusche, die ein Mensch verursachte, der in großer Hast durch den Wald lief.

Hastig wich er vom Weg ab und versteckte sich im Unterholz. Gleichzeitig zog er sein Schwert. Das Scharren, mit dem die Klinge aus der Scheide fuhr, klang in der Stille geisterhaft laut, obwohl er sich bemüht hatte, möglichst leise zu sein.

Der Feuerschein kam näher, wich einen Moment vom geraden Kurs ab und kam dann geradewegs auf ihn zu; anscheinend hatte der Mann mit der Fackel das Geräusch gehört. Kevin packte sein Schwert fester. Waren es Dorfbewohner oder welche von Borgs Leuten, so trafen sie ihn vorbereitet an.

Wie er gleich darauf erkannte, handelte es sich jedoch nur um einen einzelnen Mann, der mühsam den Weg dahinstolperte. Und nach wenigen weiteren Sekunden erkannte Kevin die einsame Gestalt auch.

Es war Astred.

Kevin wartete, um sicherzugehen, daß Astred allein war, dann erst wagte er es, das Pferd am Zügel hinter sich herziehend, aus dem Gebüsch zu treten, nachdem er sein Visier heruntergeklappt hatte. Was er tat, war ein großes Risiko, aber es gab zu viele offene Fragen, auf die gerade Astred ihm Antworten geben konnte, und immerhin war er nicht mit Osred und den anderen Dorfbewohnern bei der Opferung des Hirsches gewesen. Sein Gesicht wirkte im flackernden roten Schein der Fackel noch blasser, als es ohnehin war, und als er schwer atmend ein paar Schritte entfernt stehenblieb und Kevin ansah, machte sich eine Mischung aus Erleichterung und dumpfem Erschrecken in seinen Augen breit.

»Ihr, Herr?« stieß er überrascht hervor. In seinem Gesicht arbeitete es.

Erst jetzt wurde Kevin bewußt, daß er seine Tarnung aufgeben würde, wenn er etwas sagte, und er überlegte einen Moment, ob er antworten sollte. Obwohl das Visier seine Stimme etwas verfremdete, bestand kein Zweifel daran, daß ihn Astred erkennen würde, sobald er die ersten Worte sprach, nachdem sie sich erst vor wenigen Stunden ausgiebig unterhalten hatten.

Anderseits konnte er aber auch nicht einfach schweigen, und so griff er mit einer raschen Bewegung an seinen Helm, schob das Visier nach oben und lächelte, als er das abermalige Erschrecken in Astreds Augen gewahrte.

»Du?« murmelte Astred fassungslos. »Du bist ... ich meine Ihr ... Ihr seid –«

»Laß es beim Du«, sagte Kevin rasch. »Das ist einfacher. Was tust du hier?«

»Der Tempelritter!« murmelte Astred verstört, als hätte er seine Frage gar nicht gehört. »Du warst der Tempelritter, der mir heute vormittag geholfen hat.«

»Und der dir damit wahrscheinlich das Leben gerettet hat«, fügte Kevin hinzu. »Ich hoffe, daß du das noch nicht vergessen hast. Und jetzt beantworte meine Frage. Was tust du hier?«

»Ich habe Euch ... habe dich gesucht«, antwortete Astred. »Und nun habe ich dich zum Glück auch gefunden.«

»Und warum?« fragte Kevin scharf. »Um mich an Darkon auszuliefern?«

»Darkon?«

Astreds Unsicherheit klang echt, doch Kevin war nicht

sicher, ob er wirklich so unwissend war, wie er sich stellte. Aber es war zu dunkel, um die Reaktion auf seinem Gesicht wirklich erkennen zu können.

»Der alte Mann auf der Lichtung, der das Opfer durchgeführt hat. Seinetwegen läßt Osred mich doch suchen.«

»Ich habe bislang nicht einmal seinen Namen gewußt«, behauptete Astred. »Aber ich weiß, wen du meinst. Den Druiden.«

»Druide?« Kevin runzelte die Stirn. Er glaubte sich zu erinnern, daß er das Wort schon einmal gehört hatte, aber wenn, dann lag es zu lange zurück, als daß er noch wüßte, was es bedeutete.

»Ein uralter heidnischer Orden«, erklärte Astred. »Er wurde schon vor langem verboten, aber die Druiden treiben immer noch im geheimen ihr Unwesen. Osred hat einen Pakt mit dem alten Mann geschlossen. Es heißt, der Druide besitzt Zauberkräfte. Er hat uns Schutz vor Borg versprochen, dafür verlangt er von uns, daß wir regelmäßig diese Opferrituale vollziehen. Wie es scheint, fürchtete sich selbst Borg vor ihm, denn seither hat er sich nicht näher als ein oder zwei Meilen an unser Dorf herangewagt. Die meisten sind darüber glücklich, aber längst nicht alle sind mit diesem Pakt einverstanden. Das alles ist ... blasphemisch. Ketzerei.«

Seine Worte klangen in Kevins Ohren eine Spur zu einstudiert und gekünstelt, um wirklich überzeugend zu wirken, aber möglicherweise lag es auch nur an Astreds Angst.

»Das klingt, als ob du auch kein besonders großer Freund von Darkon wärest«, stellte er fest.

Entschieden schüttelte Astred den Kopf. »Ganz bestimmt nicht. Ich glaube, sich mit diesem Hexenmeister einzulassen, ist gefährlicher, als es Borg je sein könnte. Deshalb habe ich euch ja auch gewarnt, durch den Wald zu fahren und in unser Dorf zu kommen. Niemand darf von den Ritualen erfahren. Auf Ketzerei steht der Tod, deswegen läßt Osred überall nach dir suchen.«

»Es geht nicht nur darum«, behauptete Kevin. »Darkon sucht mich noch aus einem anderen Grund.«

»Ihr kennt euch?« fragte Astred verblüfft. »Was hast du mit dem Druiden zu schaffen?«

Kevin zuckte die Achseln. »Wir sind uns schon einmal begegnet«, antwortete er ausweichend. »Und es war keine besonders angenehme Begegnung, für beide Seiten. Weißt du, was mit Arnulf und Will geschehen ist?«

Bedauern zeichnete sich auf Astreds Gesicht ab. »Der Nordmann wurde gefangen, aber ich glaube nicht, daß Osred ihm etwas zuleide tun wird«, berichtete er. »Zumindest vorläufig nicht. Was mit deinem anderen Freund passiert ist, weiß ich nicht. Vielleicht wurde er auch gefangen, vielleicht ist ihm aber auch genau wie dir die Flucht gelungen.«

Oder er wurde getötet, dachte Kevin, verdrängte diesen Gedanken aber sofort wieder. »Kannst du mir den Weg aus diesem Wald zeigen?« fragte er statt dessen.

Astred zögerte mit der Antwort, dann schüttelte er den Kopf. »Es gibt keinen Weg hier hinaus«, sagte er. »Nicht aus diesem Wald, und vor allem nicht in dieser Nacht.«

»Unsinn«, sagte Kevin abfällig, aber er merkte, daß seine Stimme alles andere als sicher klang; im Gegensatz zu dem Nachdruck, mit dem Astred gesprochen hatte. »Es ist nur ein Wald, und aus jedem Wald führen Wege. Du mußt dich hier doch auskennen.«

»Du irrst dich«, entgegnete Astred und schüttelte erneut den Kopf. »Dies ist nicht nur irgendein Wald, jedenfalls nicht mehr. Nicht, seit dieser Druidenzauberer hier aufgetaucht ist. Seither ist irgend etwas mit dem Wald geschehen.« Er rang sich ein verlegenes und ganz und gar humorloses Lächeln ab. »Ich weiß, das klingt ziemlich verrückt, aber es ist die Wahrheit. Was glaubst du, warum sich selbst ein Mann wie Borg in der letzten Zeit nicht mehr in die Nähe unseres Dorfes traut, vor allem nicht bei Nacht? Dieser Darkon hat irgend etwas mit dem Wald gemacht, er beherrscht ihn. Und erst recht in einer solchen Nacht, in der er ein Opfer vollzogen hat. Diese ganze Gegend liegt unter einem Fluch.«

Unter anderen Umständen hätte Kevin seine Worte wahrscheinlich als abergläubisches Geschwätz abgetan, aber jetzt machten sie ihn nachdenklich. Sein Gefühl sagte ihm, daß mehr dahintersteckte. Er hatte erlebt, welche geheimnisvollen Kräfte Hasan as Sabah beherrschte, und Darkon war nicht nur ein Verbündeter des maurischen Hexenmeisters gewesen, sondern auch der einzige, wie Kevin erlebt hatte, der von diesem wie ein Gleichgestellter behandelt worden war. Es war durchaus vorstellbar, daß Darkon über die gleichen oder zumindest ähnliche Kräfte verfügte. Auch sein mysteriöses Verschwinden aus dem schwerbewachten Zelt sprach dafür. Mit einem Mal war Kevin sich nicht mehr sicher, ob sein Eindruck, der Wald wolle ihn am weiteren Vordringen hindern, welchen er beim Anschleichen an die Opferlichtung gehabt hatte, wirklich nur pure Einbildung gewesen war.

»Aber ich muß hier weg«, beharrte er. »Kannst du mich wenigstens zum Waldrand bringen?«

Astred schüttelte entschieden den Kopf. »Alle Wege führen zurück dorthin, wo sie begonnen haben. Der einzige Weg hinaus aus dem Wald würde für dich zurück zu unserem Dorf führen. Es liegt keine zwei Meilen entfernt.«

Kevin erschrak. »Aber ... das ist völlig unmöglich«, keuchte er. »Ich bin seit Stunden unterwegs, und am Anfang bin ich ziemlich schnell geritten.«

»Sicher«, bestätigte Astred ungerührt. »Aber ohne es zu merken, hast du dich die ganze Zeit nur im Kreis bewegt. Glaub mir, es gibt keinen Weg aus dem Wald, wenn Darkon es nicht will. Zumindest kann keiner von uns einen solchen Weg finden. Es sei denn ...«

»Es sei denn was?« hakte Kevin nach, als Astred nicht von sich aus weitersprach.

»Vassa könnte dir vielleicht helfen«, antwortete Astred, doch es klang widerstrebend, als wäre ihm der bloße Gedanke äußerst unangenehm.

»Und wer ist dieser Vassa?«

»Sie«, korrigierte Astred. »Vassa ist eine sie. Vassa, die Hexe. Sie ist ... eine Art Kräuterweib. Eine Einsiedlerin. Sie lebt nicht weit entfernt in einer Hütte mitten im Wald. Sogar Borg läßt sie in Ruhe, und nicht einmal Darkon hat Macht über sie. Allerdings ...« Er zögerte, schluckte ein paarmal und fuhr sich nervös mit der Zungenspitze über die Lippen. »Sie ist ... verrückt«, fügte er dann hinzu. »Meistens redet sie nur wirres Zeug über das bevorstehende Ende der Welt und dergleichen. Niemand will freiwillig mit ihr zu tun haben. Aber sie ist die einzige, die dir vielleicht einen Weg aus dem Wald hinaus zeigen kann.«

Kevin nickte langsam. Was er hörte, gefiel ihm gar nicht. Er hatte sein ganzes Leben lang nicht an Zauberei oder sonstigen Hokuspokus geglaubt. Erst in letzter Zeit hatte er immer wieder erleben müssen, daß es Kräfte gab, deren Existenz und Wirken ihm unerklärlich waren. Ob es sich dabei wirklich um Magie handelte, oder lediglich um etwas, das fremdartig genug war, um dafür gehalten zu werden, spielte dabei keine Rolle. Kräfte wie Hasan und Darkon sie beherrschten, waren ihm unheimlich, und er wollte so wenig wie möglich damit zu tun haben. Daher mißfiel ihm die Vorstellung, sich mit der Bitte um Hilfe ausgerechnet an eine angebliche Hexe zu wenden, die zudem noch verrückt sein sollte.

Kevin seufzte.

»Also gut, bring mich zu ihr«, verlangte er schließlich widerstrebend, aber er konnte das Gefühl der Beklemmung nicht verdrängen, das dabei von ihm Besitz ergriff.

Astred hatte keineswegs übertrieben. Vassas Hütte lag wirklich nicht weit weg, nicht einmal bei den schmalen, aufgeweichten Wegen, die das Vorankommen immer schwerer werden ließen, vor allem, nachdem es wieder angefangen hatte zu regnen, aber nach kaum einer Viertelstunde lag das Haus der Hexe vor ihnen.

Nur, es war keine Hütte.

Es stand in der Mitte einer kleinen, von einer Wand aus dichtem Unterholz umgebenen Lichtung, und hätte Astred ihn nicht mit einer Bewegung darauf aufmerksam gemacht, dann wäre Kevin vermutlich in wenigen Schritten Abstand daran vorübergegangen, ohne es überhaupt zu bemerken. Eigentlich war es nur noch eine Ruine – ein Teil des Daches war eingesunken, als wären die Balken aufgeweicht und hätten nicht mehr die nötige Stabilität, das Gewicht der brüchigen Schindeln zu tragen. Nirgendwo brannte Licht. An seinem hinteren Ende, dort, wo bei einer Waldhütte vielleicht ein Schuppen oder ein Stall angebaut gewesen wäre, erhob sich ein mächtiger, nachtschwarzer Turm mit quadratischem Grundriß. Seine Spitze war nicht genau zu erkennen, denn die Nacht lag wie eine schwarze Decke über dem Wald und saugte die Farbe des Steines auf, aber trotz der Dunkelheit und trotz des strömenden Regens glaubte Kevin das verwaschene Weiß einer Fahne oder eines Wimpels zu erkennen.

Für das Haus einer Hexe ein höchst sonderbarer Zierat, fand er. Trotzdem ging er mit keinem Wort darauf ein, denn ganz egal, in welchem Zustand sich das Haus befand, es bot ihnen Unterschlupf und die Aussicht, vielleicht endlich diesen mysteriösen, angsteinflößenden Wald verlassen zu können.

»Auf der Rückseite ist ein Schuppen«, sagte Astred, als sie vor dem Haus angehalten hatten. »Wenn wir mit Vassa gesprochen haben und sie nichts dagegen hat, daß du zunächst einmal hierbleibst, bis der Regen aufhört, kannst du dein Pferd dort unterbringen. Solange kannst du es hier lassen.«

Astred wollte auf das Haus zugehen, doch Kevin hielt ihn am Arm zurück. »Warum tust du das für mich, Astred?«

»Was meinst du?«

»Ich meine, daß du mir hilfst. Osred wird nicht besonders begeistert sein, wenn er davon erfährt. Du wirst Ärger bekommen.«

Astred machte eine gleichgültige Geste. »Daran bin ich gewöhnt. Und wenn du mich heute morgen nicht gerettet hättest, wäre es viel unangenehmer für mich geworden.«

»Trotzdem«, beharrte Kevin. »Nach allem, was ich heute beobachtet habe, könnte ich dem Dorf eine Menge Schwierigkeiten machen. Nicht nur Osred, sondern allen. Auch die, die nicht selbst an den Opferungen teilnehmen, machen sich durch ihr Schweigen schuldig. Es sind deine Nachbarn und Freunde. Aber dennoch hilfst du mir und nicht ihnen.«

Astred schwieg ein paar Sekunden lang. »Ich habe dir nicht ohne Grund erzählt, wie es zu diesem unseligen Pakt mit dem Druiden gekommen ist«, sagte er dann bedächtig. »Auch wenn du Osreds Handlungsweise nicht billigst, kannst du sie vielleicht wenigstens nachvollziehen. Deshalb hoffe ich, daß du schweigen wirst. Niemandem wäre gedient, wenn wir vor ein Gericht kämen. Du hast selbst erlebt, daß längst nicht alle von uns mit diesem Pakt einverstanden sind, doch nur wir allein können ihn wieder lösen.« Astred ließ seinen Blick ein paar Sekunden lang umherschweifen, dann grinste er plötzlich. »Am besten hörst du jetzt auf, mir weiter dämliche Fragen zu stellen, sonst überlege ich es mir womöglich noch anders.«

Kevin lächelte ebenfalls und band die Stute an einem Pfahl wenige Schritte vor dem Haus fest, dann folgte er Astred, der bereits die Tür geöffnet hatte und eingetreten war, ohne zu klopfen.

»Paß an der Tür auf. Hier drinnen liegt allerhand Zeug herum!«

Allerhand Zeug war ziemlich untertrieben, fand Kevin. Hinter der Tür befand sich ein hoher, überraschend großer Raum, von dessen Rückseite aus eine Treppe und zwei schräg in den Angeln hängende Türen weiter ins Innere des Gebäudes führten, die Treppe wahrscheinlich in den Turm hinauf. Der Boden war derartig mit Gerümpel und Trümmern übersät, daß man kaum einen Fuß vor den anderen setzen konnte, ohne auf irgend etwas zu treten oder über etwas zu stolpern.

Astred entzündete eine rußende Öllampe, die auf einem Tisch stand, dann deutete er auf ein reichlich wackelig aussehendes, mit grauen Lumpen bezogenes Bett an der Südseite des Raumes. »Vassa scheint nicht da zu sein.«

Kevin sah sich mit wachsendem Unbehagen um. Überall, wohin er auch blickte, sah er nichts als Verfall und Moder. Ein fast unerträglicher Geruch nach Schimmel und Fäulnis lag in der Luft. Alles war klamm und kalt, und hier und da waren sogar die Bodendielen eingebrochen, so daß das nackte Erdreich zu sehen war.

Es fiel ihm schwer zu glauben, daß in dieser Ruine ein Mensch leben sollte.

»Das ist wirklich ihr Haus?« fragte er mißtrauisch und angewidert zugleich.

Astred zuckte mit den Achseln. »Sie lebt hier«,

bestätigte er. »Manchmal. Manchmal ist sie wochenlang weg, ohne daß einer weiß, wohin. Ich habe dir ja gesagt, sie ist nicht ganz richtig im Kopf.«

»Aber das ist doch nur eine Ruine! Wie kann ein Mensch hier leben?«

»Vassa ist nicht sehr anspruchsvoll«, antwortete Astred. In seiner Stimme schwang eine ganz leise Spur von Ungeduld mit. »Sie braucht nicht viel, und was sie braucht, findet sie im Wald. Meistens kommt sie nur im Winter her, wenn es friert. Ich hatte gehofft, das schlechte Wetter der letzten Tage hätte sie hergetrieben.«

Astred schwieg einen Moment, dann deutete er mit einer Kopfbewegung auf die beiden Türen. »Ich werde nachsehen«, sagte er. »Vielleicht ist sie dort. Oder oben.« Seine Stimme klang nicht sehr überzeugt. Trotzdem wandte er sich nach abermaligem, kurzem Zögern um und trat geduckt durch die rechte der beiden Türen.

Nach kurzem Zögern ergriff Kevin die Lampe und stieg die Treppe hinauf, um im oberen Teil des Hauses nach dem Rechten zu sehen. Er machte sich keine sehr großen Hoffnungen, Vassa wirklich zu finden. Wäre sie hier und nicht völlig taub, hätte sie sie längst gehört und sich gezeigt – es sei denn, sie zog es aus irgendeinem Grunde vor, sich zu verstecken. Dann würden sie sie sowieso nicht finden. Sie hatten ja kaum das Haus gefunden – wie sollten sie dann einen einzelnen Menschen in dieser verwinkelten Ruine finden, noch dazu einen, der sich nicht finden lassen wollte?

Wie Kevin vermutet hatte, führte die Treppe in den Turm hinauf. Und was er dort sah, das paßte noch viel weniger zum Haus einer Hexe als die verfallene Ruine, durch die sie hereingekommen waren. Kevin duckte sich unter einer niedrigen Tür hindurch, deren Angeln so erbärmlich quietschten, daß es keines Blickes mehr auf das Schloß bedurfte, um ihm zu sagen, daß sie seit Jahren nicht mehr geöffnet worden war, und fand sich unvermittelt in einem runden, gut zwei Meter hohen Raum wieder. Durch die schießschartenähnlichen Fenster sickerte genug Licht herein, ihn einigermaßen sehen zu lassen.

Das Innere des Turmes hatte keinerlei Ähnlichkeit mit der Ruine an seinem Fuße. Der Raum, in dem er sich befand, war sauber aufgeräumt: es gab einen Tisch, eine überraschend große Anzahl Stühle und an der gegenüberliegenden Wand sogar einen Kamin, der zwar erloschen, aber voller frischer Asche war, als wäre er noch vor kurzer Zeit benutzt worden. Hinter dem Tisch reihten sich schmale, roh aus Holz gezimmerte Betten an der Wand, immer zwei übereinander, so daß der Raum, obgleich kaum zehn Schritte im Quadrat messend, sicherlich zwei Dutzend Männern zum Schlafen dienen konnte, ohne daß sie sich sonderlich drängeln mußten.

Kevin hätte das Schwert und die beiden Dolche, die gekreuzt neben der Tür an der Wand hingen, nicht einmal mehr zu sehen brauchen, um zu wissen, wohin ihn Astred in Wahrheit geführt hatte.

Dies hier war nicht das Haus einer Kräuterhexe. Es war es niemals gewesen. Der mächtige Turm und die Ruine an seinem Fuße, die wahrscheinlich seit Jahren leerstand, waren nichts anderes als Borgs Versteck. Entweder hatte sich diese Vassa, falls es sie überhaupt gab, mit Borg zusammengetan und deckte ihn, oder Astred hatte ihn betrogen und ihn geradewegs in eine Falle geführt.

Kevin fuhr herum, aber noch bevor er etwas tun konnte, polterte unten im Haus etwas. Plötzlich erscholl ein peitschender Knall, Glas klirrte, und dann schrie Astred vor Schmerz auf. Kevin war mit einem einzigen Satz bei der Treppe, riß das Schwert aus dem Gürtel – und erstarrte mitten in der Bewegung.

Der Anblick hatte sich völlig verändert. Die Haustür war abermals aufgestoßen worden, und fast ein Dutzend

Männer in schweren Fellmänteln, Stiefeln und Helmen und Waffen war hereingestürmt, angeführt von einem schwarzhaarigen Riesen, der genau wie seine Begleiter über und über voller Schlamm und Dreckspritzern war.

Borg erkannte Kevin im gleichen Augenblick, in dem Kevin ihn erkannte. Seine Augen flammten auf vor Zorn, und sein Gesicht verzerrte sich zu einer Grimasse. Aber das war es nicht, was Kevin wie gelähmt stehenbleiben ließ. Auch nicht der Anblick der neun bis an die Zähne bewaffneten Männer, die Borg begleiteten.

Es war der Anblick des Dolches, den dieser gegen Astreds Kehle preßte ...

»Nun, du tapferer Ritter?« fragte Borg hämisch. »Ergibst du dich freiwillig, oder soll ich erst ihn und dann dich töten?«

Kevin starrte ihn an. Borgs Gesicht war zu einer Grimasse des Hasses erstarrt, und er spürte, daß Borg seine Drohung nicht nur in die Tat umsetzen würde, wenn er eine falsche Bewegung machte, sondern daß es ihm auch noch Spaß bereiten würde. Darüber hinaus – einen Fluchtweg gab es nicht, und was hätte er allein gegen fast ein Dutzend bewaffneter und kampferfahrener Männer ausrichten können? Die Situation war aussichtslos, ihm blieb nichts anderes übrig, als sich zu ergeben.

Für die Dauer eines endlosen, schweren Herzschlages blickte Kevin den schwarzhaarigen Krieger nur wortlos an. Dann ließ er sich langsam in die Hocke sinken, legte sein Schwert auf die Treppenstufen und hob beide Hände über den Kopf. Er leistete auch keinen Widerstand, als zwei der Männer auf ihn zukamen und ihn grob packten.

Gleichzeitig ließ Borg Astred los. »Gut gemacht«, sagte er knapp.

Astred nickte und sah spöttisch zu Kevin herauf. »In deinem Alter solltest du eigentlich schon wissen, daß es gar keine Hexen gibt, mein Junge«, sagte er und lächelte.

Achtes Kapitel

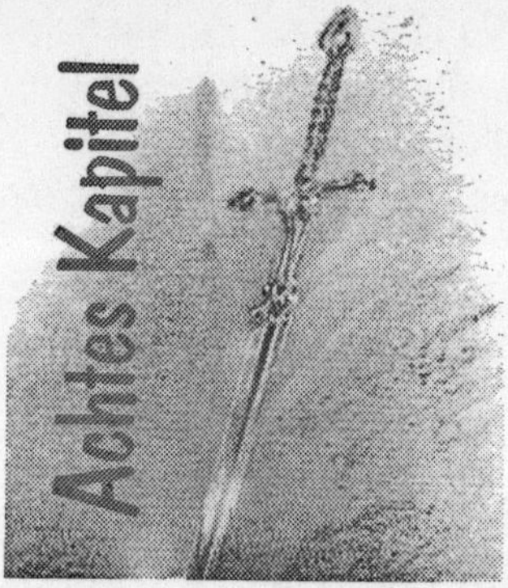

Es waren noch mehr Männer hereingekommen; insgesamt befanden sich jetzt elf von Borgs Kriegern im Haus, von draußen drangen die Schritte und Stimmen von mindestens drei weiteren herein, und auch oben im Turm wurde Lärm hörbar. Kevin hatte seine Rüstung ausziehen müssen. Anschließend hatte man ihm die Hände auf den Rücken gefesselt und ihn zunächst mehrere Minuten lang achtlos neben der Treppe liegenlassen, aber nun trat einer der Männer auf ihn zu. Die Fesseln waren so fest angelegt, daß sie weh taten, aber Kevin gab nicht den geringsten Laut von sich, als ihn der Krieger mit roher Gewalt auf die Füße zerrte und durch eine der beiden Türen in einen Raum im Erdgeschoß des Turmes stieß.

Kevin ließ seinen Blick umherwandern. Allem Anschein nach handelte es sich um Borgs Quartier. Mehrere große Truhen standen an den Wänden, es gab ein relativ sauberes Bett, und in der Mitte des Raumes stand ein Tisch mit mehreren Stühlen. Borg hatte ein Dutzend Fackeln entzündet, die das Zimmer in schon beinahe unangenehme Helligkeit tauchten, aber dazwischen waren überall huschende Schatten, die wie kleine finstere Tierchen über den Boden flitzten und so schnell vergingen, wie sie entstanden. Kevin meinte, das Unheimliche geradezu körperlich spüren zu können, das in den Steinen dieses Gemäuers nistete; eine düstere, fremde Kraft, die ihm eisige Schauder über den Rücken jagte.

»Setz dich!« befahl Borg, der selbst am Tisch Platz

genommen hatte, und musterte Kevin dabei finster. Der Krieger, der ihn hereingeführt hatte, drückte ihn grob auf einen der Stühle und verließ das Zimmer wieder.

Kevin fühlte sich niedergeschlagen und mutlos, aber auch wütend. Wütend auf Astred, der ihn verraten hatte, mehr aber noch wütend auf sich selbst, weil er so leichtsinnig gewesen war, nicht auf seine innere Stimme zu hören, sondern sich Astred so bedenkenlos anzuvertrauen. Spätestens beim Anblick des Hauses hätte er genug Mißtrauen schöpfen müssen, um die Falle zu erkennen. Aber zu diesem Zeitpunkt war es vermutlich ohnehin schon zu spät gewesen. Wahrscheinlich hatten Borg und seine Männer ganz in der Nähe gelauert, ihn beobachtet und sich königlich darüber amüsiert, wie gutgläubig er direkt in die Falle hineinmarschierte. Aber im Grunde, dachte Kevin düster, paßte das nahtlos zu der Art, wie er sich schon die ganze letzte Zeit verhalten hatte, war gewissermaßen der krönende Abschluß seines grenzenlos naiven Benehmens.

»Nun, Cedric, oder Ritter Kevin de Laurec, oder wie du auch sonst immer heißen magst«, begann Borg, nachdem er ihn eine Weile schweigend, jedoch nicht einmal unfreundlich, gemustert hatte. »Ich schätze, du hast wohl nicht erwartet, daß wir uns so bald wiedersehen, wie?«

Kevin schwieg verstockt und preßte die Lippen voller Zorn zu einem schmalen Strich zusammen. Was hätte er auch sagen sollen? Man konnte es drehen und wenden, wie man wollte – er hatte sich wie ein Dummkopf benommen, und jedes Wort, das er sagte, würde die Demütigung nur noch vergrößern.

»Ein Kind, das in eine Rüstung schlüpft und einen Tempelritter spielt«, fuhr Borg spöttisch fort, fast, als hätte er seine Gedanken gelesen. »Ich fürchte, du mußt noch eine Menge lernen, Kevin – oder Cedric? Welcher Name ist nun richtig?«

»Kevin«, antwortete Kevin leise, obwohl er am liebsten gar nichts gesagt hätte. Aber er war nicht unbedingt in der Position, sich Stolz leisten zu können.

»Also, Kevin«, fuhr Borg fort. »Wie gesagt – du mußt noch eine Menge lernen. Eine schimmernde Rüstung und ein Schwert allein reichen nicht aus, aus einem Kind einen Ritter zu machen, weißt du? Woher hast du sie überhaupt?« Kevin schwieg, aber Borg schien auch gar keine Antwort erwartet zu haben. »Die Rüstung eines Tempelritters gibt es nicht gerade bei einem Trödelhändler zu kaufen. Weißt du nicht, daß es verboten ist, sie unbefugt zu tragen? Jeder echte Templer würde dich töten, wenn er wüßte, daß du dich unrechtmäßig für einen von ihnen ausgibst.«

»Aber ich trage die Rüstung nicht unrechtmäßig«, protestierte Kevin. »Ich habe sie von einem Tempelritter geschenkt bekommen.«

»Einem echten Tempelritter, aber sicher«, höhnte Borg. »Warum nicht gleich vom Großmeister des Ordens oder sogar von König Richard persönlich?«

Zornig wollte Kevin aufbegehren, zumal Borg mit seinem Spott der Wahrheit näher gekommen war, als er ahnen mochte. Er hatte darauf verzichtet, Kevin von seinen Männern durchsuchen zu lassen, sonst hätten sie wohl auch das Schriftstück entdeckt, das er in einem Beutel um den Hals trug. Es trug das königliche Siegel, und in Anerkennung seiner Dienste hatte Richard Löwenherz selbst ihm darin das Recht verliehen, die Rüstung ehrenhalber zu tragen, ohne daß er dem Orden der Tempelritter offiziell angehörte. Aber gerade noch rechtzeitig unterdrückte Kevin diesen kindischen Trotz. Noch wußte er nicht, was Borg mit ihm vorhatte, aber in der Gewalt von Räubern und Wegelagerern würde es seine Lage sicherlich nicht verbessern, wenn man ein königliches Schriftstück bei ihm fand. Außerdem enthielt es seinen richtigen Namen, und auch wenn es sehr unwahrscheinlich war, bestand doch eine kleine Gefahr, daß Borg oder einer seiner Männer lesen konnte. Es war ein offenes Geheimnis, daß Robin Hood in Wahrheit Locksley hieß, und die Gleichheit ihrer beider Namen würde sicherlich Mißtrauen wecken. Seine Lage dürfte sich noch erheblich verschlechtern, wenn Borg herausfand, wer er wirklich war, solange er mit der Lüge prahlte, in Robins Auftrag zu handeln und diesem damit eine Mitschuld an seinen Verbrechen aufbürdete.

Nein, es war mit Sicherheit günstiger für ihn, wenn Borg ihn weiterhin für einen harmlosen Herumtreiber hielt, der gelegentlich in eine gestohlene oder sonstwie erbeutete Rüstung schlüpfte, um sich als Ritter aufzuspielen.

»Und was hast du jetzt mit mir vor?« fragte er. »Wenn du mich töten willst, dann tu es.«

»Töten?« Borg lächelte. »Warum sollte ich das tun? Ich weiß, Osred und die anderen Dummköpfe aus dem Dorf stellen mich gerne als eine Art blutrünstigen Barbaren hin, und genau das sollen sie auch glauben. Aber ich habe nicht den geringsten Grund, dich zu töten. Im Gegenteil, du gefällst mir. Für einen Jungen deines Alters hast du dich bei unserem Kampf heute vormittag recht gut geschlagen. Eine Zeitlang hast du mich sogar ganz schön in Bedrängnis gebracht. Außerdem bist du anscheinend auch noch einigermaßen clever.« Er beugte sich vor. »Ich könnte jemanden wie dich bei meiner Bande brauchen.«

Kevin konnte kaum glauben, was er hörte. Damit hatte er nun ganz gewiß nicht gerechnet.

»Niemals!« stieß er impulsiv hervor und bedauerte seine Antwort im gleichen Moment schon wieder. Sie mochte ehrlich sein, aber besonders klug war sie mit Sicherheit nicht. Wenn er überhaupt eine Chance hatte, den nächsten Sonnenuntergang noch zu erleben, dann nur, wenn es ihm gelang, sich Borgs Vertrauen zu erschleichen.

Aber Borg schien ihm seine Antwort nicht übelzunehmen, sein Lächeln vertiefte sich sogar noch. »Du solltest nichts übereilen, sondern dir etwas mehr Zeit nehmen, darüber nachzudenken«, sagte er. »Inzwischen dürftest du wohl erkannt haben, daß wir nicht ganz das sind, als was man uns darstellt.«

»Ach ja? Und was seid ihr dann?« fragte Kevin patzig. »Vielleicht ganz ehrenwerte Gauner, die nur die Reichen bestehlen, um ihre Beute anschließend unter den Armen zu verteilen? Ich hatte allerdings nicht den Eindruck, als ob Osred und die anderen Bewohner des Dorfes besonders reich wären.«

»Dummes Zeug«, erwiderte Borg ärgerlich. »Sie sind –«

»– Feiglinge, die auf die Bedrohung genau so reagiert haben, wie sie es sollten«, fiel ihm Astred ins Wort. Unbemerkt hatte er den Raum betreten und nahm nun Kevin gegenüber ebenfalls am Tisch Platz. »Wie Puppen, die herumhampeln, wenn man an ihren Fäden zieht. Du begreifst nicht, worum es hier geht.«

»Auf jeden Fall habe ich begriffen, daß du ein Verräter bist«, giftete Kevin. Es kostete ihn Mühe, auf seinem Stuhl sitzen zu bleiben, statt sich auf Astred zu stürzen. »Und du hast nicht nur mich verraten, sondern auch dein eigenes Volk. Bezahlt man dich wenigstens gut dafür?«

»Bezahlen?« Für einen kurzen Moment wirkte Astred tatsächlich betroffen, dann schüttelte er verärgert den Kopf. »Du enttäuschst mich, Kevin. Glaubst du wirklich, daß es mir um Geld geht?«

»Um was denn sonst?« Kevin war noch immer wütend auf Astred, aber er verspürte auch eine wachsende Unsicherheit. Rasch warf er einen Seitenblick auf Borg, der sich mit vor der Brust verschränkten Armen auf seinem Stuhl zurückgelehnt hatte und seinen Blick so gleichgültig erwiderte, als ginge ihn das alles nichts an. Seine Teilnahmslosigkeit machte Kevin noch wütender. »Sag schon, was hat Borg dir versprochen?«

»Nichts«, behauptete Astred und lächelte wieder. »Es gibt nichts, was er mir bieten könnte. Weißt du, das meiste von dem, was ich dir vorhin erzählt habe, stimmt, nur kennst du eben noch nicht die ganze Wahrheit. Gelogen habe ich lediglich, was meine Beziehung zu Darkon betrifft. Ich selbst war es, der ihn herholte, damit er dem Dorf Schutz bieten sollte, und es war etwas, was ihm nicht viel Mühe bereitete. Borg und seine Männer wurden von Anfang an von ihm bezahlt, damit sie Angst verbreiteten und er als Retter auftreten konnte.«

Verständnislos starrte Kevin ihn an. »Aber ... wieso?« murmelte er. Nichts von dem, was er gerade gehört hatte, schien einen Sinn zu ergeben, und doch spürte er, daß Astred die Wahrheit sagte, auch wenn diese nichts als ein monströses Zerrbild dessen war, was er bisher geglaubt hatte. »Warum das alles? So ein riesiger Aufwand, nur um mir eine Falle zu stellen?«

»Ich fürchte, jetzt nimmst du dich selbst ein bißchen zu wichtig.« Astred verzog herablassend das Gesicht. »Was hier geschieht, hatte bereits begonnen, lange bevor Darkon deinen Namen zum ersten Mal gehört hat. Bis vor zwei Wochen habe ich noch nicht einmal gewußt, daß es dich überhaupt gibt. Nein, es geht um etwas ganz anderes, aber anscheinend begreifst du es wirklich nicht, oder?«

Kevin schüttelte den Kopf. Er fühlte sich hilflos und verwirrt wie selten zuvor. Als er Astred am Vormittag zum ersten Mal begegnet war, hatte alles so klar und eindeutig geschienen, doch spielte offenbar jeder eine ganz andere Rolle, als die, nach der es zunächst ausgesehen hatte, hatte jeder nur List und Betrug im Sinn.

»Dabei ist es doch so offensichtlich«, fuhr Astred seufzend fort. »Ich dachte, du hättest dir die Wahrheit längst zusammengereimt. Die Lichtung im Wald. Ein uraltes, fast vergessenes keltisches Heiligtum. Ein Heiligtum der Druiden, und Darkon ist ein Druide. Sein Ziel war, daß dort, wie an so vielen anderen Orten, wieder Opferungen stattfinden, um die Macht des Ordens zu stärken. Aber unter normalen Umständen wäre niemand dazu bereit gewesen. Also schickte er Borg und seine Bande in diese Gegend, damit sie für Unruhe sorgten. Ein paar Herumtreiber, Wegelagerer und Söldner, die nicht einmal Richard auf seinem Kreuzzug gebrauchen konnte.«

Kevin warf Borg einen raschen Seitenblick zu und bemerkte, daß dieser grimmig den Mund zusammenkniff.

»Du solltest deine Zunge etwas besser im Zaum halten«, stieß Borg hervor, beugte sich vor und funkelte Astred zornig an. »Mir mißfällt schon seit einiger Zeit, wie du dich hier aufführst. Meine Leute und ich sind nicht deine Leibeigenen. Wir sind freie Männer, und wenn wir Richard nicht begleitet haben, dann nur deshalb, weil keiner von uns Lust hatte, für einen Hungerlohn am anderen Ende der Welt sein Leben zu riskieren. Also paß lieber auf, was du sagst.«

Astred verzog unwillig das Gesicht, ging aber nicht weiter auf Borgs Worte ein, während Kevin sehr wohl registrierte, daß die beiden vielleicht Verbündete, ganz sicher jedoch keine Freunde waren.

»Es war alles ganz einfach«, sprach Astred weiter. »Borg und seine Leute brauchten nicht einmal viel zu tun. Sie haben ein paar Leute verprügelt und ein paar Höfe niedergebrannt. Zusammen mit einigen Gerüchten über grausame Massaker genügte das schon, um Angst und Schrecken zu verbreiten. Osred und die anderen Dorfbewohner waren völlig verzweifelt. Als Darkon dann einige Zeit später auftauchte und seine Hilfe anbot, sind sie nur zu bereitwillig auf alle seine Forderungen eingegangen«, fuhr er fort und lächelte breit. »Du hast es ja selbst erlebt.«

»Das ist ...« Kevin sprang auf, aber da seine Hände immer noch gefesselt waren, verlor er das Gleichgewicht und wäre fast nach vorne auf die Tischplatte gestürzt. Unsanft fiel er auf den Stuhl zurück. »Das ist unmenschlich«, murmelte er.

»Möglich.« Astred zuckte mit den Schultern. »Aber wen interessiert das schon? Es ist auf jeden Fall äußerst wirkungsvoll, und nur das zählt.«

Kevin preßte die Zähne so fest zusammen, daß sein Kiefer zu schmerzen begann, doch er spürte es kaum. Soviel Verschlagenheit, ein ganzes Dorf zu tyrannisieren, nur um sich selbst anschließend als Retter feiern zu lassen und sich die Menschen gefügig zu machen, hätte er nicht einmal Darkon zugetraut.

»Und du?« preßte er hervor. »Welche Rolle spielst du dabei?«

»Darkon kann nicht überall sein«, erklärte Astred. »Ich sorge lediglich dafür, daß es keine Schwierigkeiten gibt, solange er nicht in der Nähe ist.«

»Und warum haben Borg und seine Leute dich heute morgen gejagt, wenn ihr in Wahrheit gemeinsame Sache macht? War das auch nur ein Spielchen? Ich hoffe, ihr habt euch wenigstens gut amüsiert.«

»Darum ging es nicht«, erwiderte Astred ernst und schüttelte den Kopf. »Das war kein Spielchen, sondern eher eine Probe. Ich wußte bereits von Darkon, daß du in unsere Gegend kommen würdest. Er hat großes Interesse an dir, weißt du, aber er hat mich auch vor dir gewarnt. Er sagte, du wärest raffiniert und gefährlich, und er hatte nicht ganz unrecht. Das unerwartete Eingreifen dieses fremden Ritters hat uns einiges Kopfzerbrechen bereitet, vor allem Borg. Daß ein Junge wie du ihn und vier seiner Leute verprügelt hat, hat ihm mächtig zu schaffen gemacht.«

Er warf Borg einen spöttischen Blick zu, der finster zurückstarrte, doch bevor er Zeit fand, etwas zu sagen, fügte Astred hinzu: »Auf jeden Fall dachte ich mir, es könne nicht schaden, zwei Eisen im Feuer zu haben, und es hat sich ausgezahlt, dein Vertrauen zu erringen. Zwar bist du der Falle im Dorf entkommen, aber dafür bist du mir dann ja völlig freiwillig gefolgt.«

»Und ich habe dir wirklich vertraut«, murmelte Kevin bitter. »Ich war überzeugt, daß du es als einziger ehrlich meinst.«

»Ehrlich«, wiederholte Astred mit sonderbarer Betonung. »Auch nur ein Wort, das man je nach Standpunkt ganz verschieden auslegen kann. Du wirst schon bald Gelegenheit haben, dich darüber mit Darkon zu unterhalten. Ich werde dich zu ihm bringen.«

»Genug jetzt, das reicht«, fiel ihm Borg ins Wort und schlug wuchtig mit der flachen Hand auf den Tisch. »Ich habe mir das jetzt lange genug angehört, und deine großmäulige Art gefällt mir ganz und gar nicht. Sie hat mir noch nie gefallen, so wenig wie du oder Darkon.«

»Wohl aber sein Geld«, erwiderte Astred nicht minder scharf. »Zumindest hast du es immer sehr bereitwillig angenommen, und ich schätze, daß du auch in Zukunft nicht darauf verzichten willst. Also spiel dich nicht so auf und tu lieber, was ich dir sage.« Er erhob sich. »Morgen früh bei Tagesanbruch reiten wir los. Ich werde Kevin selbst zu Darkon bringen. Du wirst fünf deiner Männer auswählen, die uns begleiten.«

»Das wirst du nicht!« Auch Borg sprang auf, so abrupt, daß sein Stuhl nach hinten umstürzte und zu Boden polterte. Sein Gesicht war vor Zorn rot angelaufen. »Der Junge ist immer noch mein Gefangener. Ich allein entscheide, was mit ihm geschieht, und ich sage, daß er vorläufig hierbleibt.«

Einige Sekunden lang starrten die beiden Männer sich finster an, so daß Kevin schon glaubte, sie würden im nächsten Moment wie zwei Streithähne aufeinander losgehen. Dazu kam es jedoch nicht. Sei es, daß Astred zu besonnen war, um den Streit fortzusetzen, sei es, seine Erkenntnis, daß er allein gegen den gut einen Kopf größeren und doppelt so breiten Hünen stand, der mit einem einzigen Wort mehr als ein Dutzend weiterer Männer herbeirufen konnte; jedenfalls entspannte er sich nach einigen Sekunden, seufzte und rang sich sogar ein Lächeln ab.

»Borg, alter Freund, lassen wir das«, sagte er kopfschüttelnd. »Du hast recht, der Junge ist dein Gefangener, aber doch nur, weil ich ihn hergelockt habe. Das ist kein Grund zu streiten. Auf ein paar Münzen mehr oder weniger soll es nicht ankommen. Sag einfach, was du für ihn haben willst, und wir werden uns bestimmt auch diesmal einigen.«

»Es geht nicht um Geld, Astred«, stieß Borg gepreßt hervor. »Du irrst dich, wenn du glaubst, daß du alles kaufen kannst. Wir haben lange genug nach deiner Pfeife getanzt, ohne irgendwelche Fragen zu stellen. Aber wir sind nicht deine Sklaven, sondern freie Männer.«

»Freie Herumtreiber, die gelegentlich ein paar arme Tröpfe überfallen und ausrauben, die selbst kaum genug haben, um sich über Wasser zu halten, meinst du wohl«, korrigierte Astred herablassend. »Jedenfalls wart ihr das, bevor ich euch angeheuert habe. Daran ändert sich nichts, auch wenn du noch so oft darauf pochst, wie frei ihr seid.«

»Vielleicht hast du recht, aber vielleicht sind wir auch freier als du denkst«, schnaubte Borg. Ihm war deutlich anzusehen, daß er sich nur noch mit Mühe beherrschen konnte. »Als wir angeheuert wurden, ging es nur um irgendwelchen abergläubischen Mummenschanz. Das hier jedoch ist etwas anderes. Der Junge bleibt bei mir!«

Astred schwieg einige Sekunden lang. »Ich glaube nicht, daß unser Gespräch Darkon sonderlich gefallen würde, wenn er es mitanhören könnte«, sagte er schließlich. Mit einem gezwungenen Lächeln blickte er Kevin an. »Statt wie kleine Kinder zu streiten, sollten wir den Jungen lieber selbst entscheiden lassen, bei wem er bleiben will. Ich bin überzeugt, daß er nach sorgfältiger Abwägung eine kluge Entscheidung treffen wird – für alle Beteiligten und Unbeteiligten.«

Die Kammer, in die man Kevin nach dem Gespräch mit Borg und Astred gesperrt hatte, war völlig leer und gerade groß genug, daß er sich mit leicht angezogenen Beinen auf den Fußboden legen konnte. Dafür war sie ziemlich hoch, und durch ein einzelnes, schmales Fenster in mehr als drei Metern Höhe sickerte ein klein wenig Mondlicht herein. Die Luft roch modrig, und der Fußboden fühlte sich kalt und feucht an, doch wenigstens hatte Borg ihm eine dicke Decke geben lassen, in die er sich fröstelnd hüllte. Die Fesseln hatte man ihm abgenommen, da sie nicht mehr nötig waren. Die von außen mit einem Riegel gesicherte Tür schien stabil genug zu sein, um selbst einem Rammbock standzuhalten, und das Fenster war sogar für jemanden von seiner Statur viel zu schmal, um sich hindurchzuzwängen, selbst wenn er es hätte erreichen können. Eine Flucht war unmöglich.

Nach dem ereignisreichen Tag und der nicht minder anstrengenden Nacht fühlte sich Kevin so müde, daß er kaum die Augen offenhalten konnte, doch er war zugleich innerlich so aufgewühlt, daß an Schlaf nicht zu denken war.

Die Entscheidung, die Astred und Borg ihm aufgebürdet hatten, würde sein ganzes weiteres Leben beeinflussen. Unter anderen Umständen wäre sie ihm nicht schwer gefallen – er wäre bei so ziemlich jedem lieber geblieben, als sich ausgerechnet in Darkons Hände zu begeben, außerdem standen seine Chancen nicht schlecht, Borg irgendwann zu entkommen und nach Sherwood Forest zurückzukehren. Aber er bezweifelte ganz entschieden, daß Darkon eine solche Entscheidung einfach hinnehmen würde, und die Tatsache, daß Astred ihm überhaupt eine Wahl gelassen hatte, machte ihn erst recht mißtrauisch.

Seine letzten Worte gingen ihm nicht aus dem Sinn: eine kluge Entscheidung für alle Beteiligten und Unbeteiligten. Die darin enthaltene Drohung war unverkennbar, und es gab für Kevin keinen Zweifel, daß sie sich auf Arnulf und Will bezog. Durch sie hatte Astred ein Druckmittel gegen ihn in der Hand, und falls er es nicht ausspielte, so hatte Darkon sicherlich keine Skrupel, es zu tun. Im Grunde genommen, gestand sich Kevin ein, gab es keine freie Entscheidung für ihn, sondern nur die Frage, was mit ihm geschehen würde. Er wußte nicht, was Darkon von ihm wollte, glaubte aber nicht, daß es dem Druiden nur um Rache ging. Gerade diese Ungewißheit jedoch flößte ihm Angst ein.

Er merkte, daß sich seine Gedanken zu verwirren begannen, und schließlich sank er trotz der unbequemen Lage und des Aufruhrs in seinem Inneren in einen leichten, von Alpträumen gequälten Schlaf.

Als er erwachte, fühlte er sich immer noch ebenso müde wie zuvor, aber es mußte geraume Zeit vergangen sein, denn durch das Fenster sickerte helles Tageslicht herein. Benommen richtete er sich auf und rieb sich die Augen. Es fiel ihm schwer, in die Realität zurückzufinden und die Schatten der Alpträume zu vertreiben, die seinen Geist noch immer wie Spinnweben einhüllten, und als es ihm endlich gelang, wünschte er sich fast, es nicht getan zu haben. Mit der Rückkehr der Erinnerungen wurde ihm auch wieder bewußt, daß seine reale Lage kaum weniger erschreckend und furchteinflößend als die Welt seiner Träume war, jedoch mit dem Unterschied, daß er ihr nicht so einfach entfliehen konnte, indem er die Augen öffnete.

Auch Borgs Männer waren bereits wieder auf den Beinen. Von außerhalb der Tür seines kleinen Kerkers konnte Kevin Schritte, Wortfetzen und gelegentlich Lachen vernehmen, vereinzelt auch das Klirren von Waffen, die gereinigt oder geschärft wurden.

Er schloß die Augen wieder, obwohl er wußte, daß es ihm nicht gelingen würde, noch einmal einzuschlafen, und man ließ ihm auch keine Gelegenheit dazu. Nur wenige Minuten vergingen, bis die Tür geöffnet wurde, und einer der Krieger ihn grob auf die Beine zerrte.

»Genug geschlafen. Komm mit, Bürschchen!«

Selbst wenn er gewollt hätte, hätte sich Kevin dem Befehl des wesentlich stärkeren Mannes kaum widersetzen können, und so beeilte er sich, diesem zu folgen, um sich nicht weitere schmerzhafte Knüffe und Stöße einzufangen.

Er war nicht überrascht, daß man ihn in den gleichen Raum brachte wie in der vergangenen Nacht. Borg und Astred saßen wiederum an dem Tisch, als hätten sie ihn die ganze Zeit über nicht verlassen.

»Die Zeit drängt«, sagte Astred anstelle einer Begrüßung knapp. »Du kannst später noch schlafen. Hast du eine Entscheidung getroffen?«

Kevin nickte und ließ seinen Blick zwischen den beiden Männern hin und her wandern. Noch einmal kamen ihm Bedenken, ob er nicht im Begriff stand, einen gewaltigen Fehler zu begehen. Als Astreds Gefangener würde er gar nichts mehr für Arnulf und Will tun können, mußte allein darauf vertrauen, daß Astred und Darkon ihnen nichts antaten, solange er ihnen gehorchte. Aber das war nur ein vorgeschobenes Argument; was ihn in Wahrheit hemmte, war schlicht und einfach Angst. Er fürchtete sich vor Darkon und dem, was dieser mit ihm vorhaben mochte, und alles in ihm sträubte sich dagegen, sich ihm einfach widerstandslos auszuliefern.

Trotzdem blieb ihm keine andere Wahl, und so ließ er seinen Blick schließlich auf Astred verharren und schluckte schwer. »Ich werde mit dir gehen«, sagte er leise.

Neuntes Kapitel

Aus Astreds Versprechen, er könne später noch schlafen, wurde nichts, zumindest nicht während der nächsten Stunden, denn Astred hatte es mit einem Mal ziemlich eilig, und obwohl es weit Schlimmeres gab, sich darüber Sorgen zu machen, wertete es Kevin als ein schlechtes Omen, daß die Reise direkt schon mit einer Lüge begann.

Borg hatte versucht, ihn von seiner Entscheidung abzubringen; aber weder besonders lange, noch besonders eindringlich. Anscheinend hatte er eingesehen, daß er ihn nicht umstimmen konnte. Aber auch Astreds Verhalten hatte sich geändert. Er hatte seine Maske mittlerweile völlig fallenlassen, wirkte jetzt autoritär und befehlsgewohnt. Zugleich machte er einen gehetzten Eindruck und gab sich äußerst wortkarg; was er sagte, beschränkte sich fast ausschließlich auf knappe Anordnungen. Irgend etwas mußte in den letzten Stunden passiert sein, und auch Borg spürte die Veränderung deutlich. Anders als zuvor hatte er diesmal nach nur kurzem Widerspruch nachgegeben und fünf seiner Krieger ausgewählt, als Astred seine Forderung nach einer Eskorte wiederholt hatte.

Bereits wenige Minuten später brachen sie auf, doch zuvor erlebte Kevin noch eine Überraschung, denn unverhofft sah er Arnulf wieder, als dieser mit gefesselten Handgelenken aus dem Turm geführt wurde und man ihm befahl, auf eines der Pferde zu steigen. Astred war offenbar noch in der Nacht ins Dorf zurückgekehrt und hatte Arnulf geholt, doch zu seinem Leidwesen fand

Kevin keine Gelegenheit, mit ihm zu sprechen. Auch während der ersten Stunden der Reise wurde sorgfältig darauf geachtet, daß sie einander nicht nah genug kamen, um sich zu unterhalten. Kevin ritt mit Astred an der Spitze der kleinen Gruppe, während Arnulf zusammen mit einem von Borgs Männern den Abschluß bildete. Immerhin ging es Arnulf allem Anschein nach gut, aber obwohl er unbewaffnet war, erschien er den Männern offenbar noch so gefährlich, daß sie ihm auch weiterhin die Hände gefesselt ließen, so daß er nur mit Mühe reiten konnte.

Sie hielten sich in südlicher Richtung. Kevin konnte es am Stand der Sonne erkennen, auch wenn sie sich die meiste Zeit hinter Wolken verbarg. Es regnete nicht, war aber auch nicht allzu warm, im Grunde genau das richtige Wetter für einen längeren Ritt. Daß sie längere Zeit unterwegs sein würden, vielleicht sogar mehrere Tage, verriet Kevin allein die Menge an Ausrüstung, die sie mit sich führten.

Anfangs hatte er Astred zahlreiche Fragen gestellt, über Will Scarlet, über das Ziel ihrer Reise, über Darkon und darüber, was mit ihm passieren würde, doch die einzige konkrete Antwort, die er bekommen hatte, galt Will, dem tatsächlich die Flucht gelungen war. Da er jedoch zu Fuß unterwegs war, war es nach Astreds Überzeugung nur eine Frage von Stunden, bis man auch ihn wieder einfangen würde, falls dies nicht bereits geschehen war. Auf alle anderen Fragen hatte er, wenn überhaupt, nur ausweichend geantwortet, bis Kevin seine Bemühungen schließlich aufgegeben hatte.

Außerdem brauchte er seinen Atem dringender. Sie ritten in so scharfem Tempo, daß er all seine Kraft und Geschicklichkeit aufbieten mußte, um sich im Sattel zu halten. Schon bald schien es keine Stelle seines Körpers mehr zu geben, die nicht weh tat, doch erst als die Pferde nach Stunden schließlich so erschöpft waren, daß sie ihr Tempo beim besten Willen nicht mehr halten konnten, ordnete Astred am Rande eines kleinen Wäldchens endlich eine Rast an. Am Ende seiner Kräfte rutschte Kevin mehr vom Rücken der Graustute, als daß er abstieg, und unmittelbar neben dem Tier ließ er sich keuchend ins Gras sinken. Auch jetzt achtete man darauf, ihn von Arnulf zu trennen, doch mittlerweile war es ihm egal, er war sogar fast froh darüber, denn er wäre ohnehin kaum in der Lage gewesen, eine Unterhaltung zu führen. Er wollte bloß ausruhen, alles andere war ihm im Moment gleichgültig.

Er war so erschöpft, daß er wahrscheinlich auf der Stelle eingeschlafen wäre, wenn er die Augen geschlossen hätte, doch er kämpfte gegen die Müdigkeit an. Astreds Verhalten ließ keinen Zweifel daran, daß er die Rast so kurz wie möglich halten wollte, und Kevin wußte nur zu gut, daß er anschließend nur noch müder sein würde, wenn er seiner Erschöpfung jetzt nachgab und eine halbe Stunde oder möglicherweise noch weniger schlief.

Statt dessen stand er nach ein paar Minuten wieder auf und ging zu der kleinen Quelle am Waldrand hinüber, die Astred vermutlich dazu bewogen hatte, gerade hier zu rasten. Sie entsprang als ein kaum fingerbreites Rinnsal zwischen zwei niedrigen Felsen. Ihr Wasser sammelte sich in einer flachen, aus dem Fels herausgewaschenen Schale, von wo es überlief und sich ein schmales Bachbett zwischen dem knöchelhohen Gras gebildet hatte, ehe es nach einigen Dutzend Metern im Boden versickerte. Die meisten anderen Männer und auch die Pferde hatten bereits getrunken, so daß das Wasser trübe von aufgewühltem Schlamm geworden war, der sich nur langsam wieder setzte oder weggespült wurde, doch Kevins Kehle war nach dem langen Ritt so ausgetrocknet, daß er dennoch begierig trank; auch dann noch, als sein brennendster Durst längst gestillt war. Abschließend schöpfte er sich einige Hände voll des eisigen Wassers ins Gesicht, um seine Benommenheit zu vertreiben.

Als er sich wieder aufrichtete, stand Astred neben ihm und hielt ihm einen Kanten Brot und ein Stück getrocknetes Fleisch hin. »Hier, iß das. Du mußt hungrig sein.«

Kevin nickte dankbar. Zuletzt hatte er am vergangenen Abend in Osreds Haus gegessen, und erst nach dem ersten Bissen wurde ihm bewußt, wie hungrig er tatsächlich war. Gierig schlang er auch den Rest herunter. Er war noch immer müde, doch ansonsten fühlte er sich jetzt schon wesentlich wohler, obwohl das karge Mahl bei weitem nicht ausreichte, seinen Hunger zu stillen. Aber er wollte Astred nicht um mehr bitten.

Ziellos schlenderte er ein wenig umher, ohne daß er behelligt wurde. Erst als er versuchte, sich Arnulf zu nähern, vertrat einer der Krieger ihm den Weg.

Kevin blickte ihn zornig an. »Warum, zum Teufel, darf ich nicht mit Arnulf sprechen?« stieß er hervor. »Glaubt ihr vielleicht, wir würden zu fliehen versuchen, sobald wir zusammen sind?«

»Befehl von Astred«, erwiderte der Krieger mit einem gleichgültigen Achselzucken. »Borg hat uns beauftragt, ihm zu gehorchen.«

Kevin sah ein, daß es keinen Sinn hatte, mit dem Mann zu diskutieren, und so wandte er sich nach einem letzten ärgerlichen Blick ab. Er überlegte kurz, ob er Astred zur Rede stellen sollte, doch wahrscheinlich würde er von ihm wieder nur ausweichende Antworten bekommen. Daher kehrte er zu seinem Pferd zurück und ließ sich wieder ins Gras sinken.

Wie er befürchtet hatte, dauerte die Pause kaum mehr als eine halbe Stunde, und trotzdem wäre Kevin allen Vorsätzen zum Trotz beinahe doch noch eingeschlafen, ehe Astred schließlich den Befehl zum Aufbruch gab.

Auch Borgs Krieger hatten sich offenbar eine längere Rast gewünscht, denn einige murrten leise, aber keiner wagte, offen zu widersprechen.

Sie ritten in nicht mehr ganz so scharfem Tempo, um die Pferde nicht zu überfordern. Außerdem waren die Wege für eine schnelle Gangart zu schlecht. Da er sich in der Gegend nicht auskannte, hatte es Kevin anfangs für Zufall gehalten, daß sie kein einziges Mal in die Nähe einer Stadt kamen. Lediglich vereinzelt hatte er in der Ferne einzelne Gehöfte oder auch schon einmal kleine Dörfer entdeckt. Mittlerweile jedoch war er sich sicher, daß Astred mit Absicht alle größeren Ansiedlungen mied, und sie bewußt nur schlammige, abgelegene Wege benutzten, wo sie niemandem begegneten. Hätte es Astred gewollt, hätten sie sicherlich schon längst eine gut befestigte Hauptstraße erreichen können, auf der sie nicht nur schneller, sondern auch sehr viel bequemer vorangekommen wären.

Nach weiteren zwei oder drei Stunden ertappte er sich immer wieder dabei, daß ihm die Augen zufielen, und einmal sank er sogar über dem Hals des Pferdes zusammen, und nur ein scharfer Zuruf Astreds ließ ihn aufschrecken und bewahrte ihn gerade noch rechtzeitig davor, aus dem Sattel zu rutschen und zu Boden zu stürzen.

Die Sonne hatte bereits begonnen, sich rötlich zu färben und mit den Hügeln am Horizont zu verschmelzen, als sie erneut ein größeres Waldstück erreichten, doch Astred ritt in fast unvermindertem Tempo weiter.

Unter dem dichten Blätterdach schien die Nacht bereits vorzeitig hereingebrochen zu sein, und ein tiefhängender Zweig, den Kevin zu spät entdeckte, peitschte ihm schmerzhaft ins Gesicht, bevor seine vor Überanstrengung brennenden Augen sich allmählich an das Zwielicht gewöhnen konnten.

Nicht nur er, auch die Pferde waren mittlerweile am Ende ihrer Kräfte angelangt. Die Graustute zitterte vor Erschöpfung, und immer wieder mußte Kevin sie antreiben, damit sie nicht einfach stehenblieb. Die Tiere der anderen befanden sich in keinem besseren Zustand. Noch einen weiteren solchen Tag würden sie nicht durchstehen, selbst wenn sie sich die Nacht über ausruhen konnten. Allerdings war sich Kevin dessen längst nicht sicher. So eilig, wie Astred offenbar sein Ziel erreichen wollte, war ihm zuzutrauen, daß er ihnen nicht einmal die ganze Nacht gönnte.

Noch etwa eine halbe Stunde ritten sie in glücklicherweise nur noch gemächlichem Tempo durch den Wald, bis sie eine Lichtung erreichten, und Astred den Befehl zum Halten gab. Sie stiegen ab und banden die Pferde an einem umgestürzten Baum fest. Am liebsten hätte sich Kevin an Ort und Stelle zum Schlafen niedergelegt, doch er folgte dem Beispiel der anderen, und nahm der Stute zunächst den Sattel ab. Das Fell des Tieres war vom Schweiß verklebt, und da er kaum noch Kraft in den Armen hatte, brauchte er einige Zeit, bis er es mit Grasbüscheln trockengerieben hatte.

Zwei der Krieger verschwanden im Dickicht und begannen, Feuerholz zusammenzusuchen, ein anderer zog Arnulfs Fesseln enger und fesselte ihm zusätzlich noch die Beine.

Kevin blickte einige Sekunden lang zu dem Nordmann hinüber. Trotz seiner Müdigkeit hätte er gerne mit Arnulf gesprochen, doch er wußte, daß Astred es ihm auch jetzt nicht gestatten würde. So faltete er erschöpft seine Decke auseinander und ließ sich darauf nieder. Es dauerte keine fünf Sekunden, bis er eingeschlafen war.

Sein Erwachen war völlig anders als am Morgen. Er hatte nicht geträumt, zumindest erinnerte Kevin sich nicht daran, und er verspürte auch keine Benommenheit oder sonstige Desorientierung, sondern war von einer Sekunde auf die andere wach, wußte auf Anhieb, wo er sich befand und was zuletzt geschehen war. Dennoch konnte sein Schlaf nicht allzu lange gedauert haben, höchstens zwei oder drei Stunden, und er fühlte sich immer noch erschöpft. Doch obwohl er nicht geweckt worden, sondern von allein aufgewacht war, störte ihn irgend etwas.

Kevin ließ seinen Blick umherwandern. Das Lagerfeuer war heruntergebrannt, und die meisten Männer hatten sich wie er in ihre Decken gehüllt und zum Schlafen hingelegt, lediglich ein Wachposten saß ein Stück neben dem Feuer. Erst nach einigen Sekunden erkannte Kevin, daß es sich um Astred handelte und dieser ihn unverwandt anstarrte. Kevin schloß die Augen wieder, aber er glaubte Astreds Blick weiterhin auf sich ruhen zu spüren. Es war dieser Blick, der ihn schon die ganze Zeit störte, und ihn vielleicht sogar geweckt hatte. Kevin spürte, daß Astred etwas von ihm wollte und er nicht wieder einschlafen konnte, solange dieser ihn anstarrte, so daß er nach einer Weile die Decke zurückschlug und umständlich aufstand. Langsam schlenderte er zu Astred hinüber und setzte sich neben ihn.

»Ich frage mich, warum gerade du?« murmelte Astred, nachdem sie einige Sekunden lang schweigend nebeneinander gesessen und zu Boden gestarrt hatten.

»Was?« irritiert blickte Kevin ihn an.

»Ich fragte mich, warum Darkon gerade an dir so ein starkes Interesse hat«, erklärte Astred. »Seit Wochen schon läßt er seine Verbündeten im ganzen Land nach dir Ausschau halten. Was ist ausgerechnet an dir so Besonderes?«

»Ich ... bin ihm schon einmal begegnet, und das unter nicht gerade freundschaftlichen Bedingungen«, berichtete Kevin ausweichend. »Wahrscheinlich will er sich nur an mir rächen.«

»Das hast du schon einmal erzählt.« Astred machte eine abfällige Handbewegung. »Aber das ist ganz bestimmt nicht der Grund. Du scheinst Darkon nicht besonders gut zu kennen. Er handelt nur aus Berechnung, niemals aufgrund von Gefühlen, und das bedeutet, daß er nichts ohne einen wirklich triftigen Grund tut.« Eine leichte Spur von Spott mischte sich in Astreds Stimme. »Seine hochgesteckten Ziele lassen es nicht zu, daß er seine Kraft mit Kleinigkeiten vergeudet, wie er es selbst ausdrückt. Nur um sich an irgendeinem dahergelaufenen Bettlerjungen zu rächen, würde er bestimmt keinen solchen Aufwand treiben.«

»Ich bin kein –«, begann Kevin, doch Astred schnitt ihm mit einer knappen Geste das Wort ab.

»– kein Bettlerjunge, ich weiß. Einem Dummkopf wie Borg kannst du das vielleicht weismachen, aber Bettlerjungen pflegen nicht ins Heilige Land zu reisen, und vor allem pflegen sie nicht auf einem Schiff zurückzukehren, auf dem die billigste Passage mehr kostet, als ein ehrlicher Handwerker in fünf Jahren verdient. Wie du siehst, habe ich bereits einiges über dich herausgefunden.« Er lächelte, dann seufzte er. »Also gut, damit wissen wir schon mal, was du auf jeden Fall nicht bist. Die Frage ist nur, was bist du statt dessen? Darkon muß irgend etwas in dir sehen, was mir bislang verborgen geblieben ist.«

Kevin schwieg; nicht aus Trotz, sondern weil er selbst keine Antwort wußte. Astreds Worte verwirrten ihn. Bislang war er felsenfest davon ausgegangen, daß Darkon ihn nur suchte, um sich an ihm zu rächen, daß er ihn wahrscheinlich töten würde, sobald er ihn in die Hände bekam. Was Astred sagte, ließ jedoch alles in einem völlig anderen Licht erscheinen – sofern er recht hatte. Allerdings bestätigten seine Worte, was auch Kevin zuvor schon aufgefallen war. Auch auf ihn hatte Darkon einen berechnenden Eindruck gemacht, und wenngleich das noch keine Garantie darstellte, daß er nicht dennoch rachsüchtig war, so hätte dies nicht richtig zusammengepaßt.

»Warum fragst du nicht einfach Darkon selbst?« erkundigte sich Kevin, als Astred keine Anstalten machte, von sich aus weiterzusprechen.

»Darkon«, erwiderte Astred, wobei er den Namen merkwürdig dehnte, »läßt sich nur ungern Fragen stellen, und die Aussicht, von ihm eine klare Antwort zu bekommen, ist ungefähr so groß wie die, zufällig über einen Goldschatz zu stolpern. Kaum jemand weiß etwas Genaueres über ihn, ich auch nicht. Er besitzt Macht, sogar eine ungeheuer große Macht, aber seine Position ist nicht unumstritten.«

»Seine Position?«

»Als Oberhaupt des Druidenordens.«

Die Antwort stellte keine allzu große Überraschung für Kevin dar. Es hätte nicht zu Darkon gepaßt, sich mit einem untergeordneten Rang zufriedenzugeben.

»Du hast mich gefragt, was ich bin«, sagte Kevin nach einer kurzen Pause leise. »Aber was bist du selbst, Astred? Bestimmt nicht nur irgendein einfacher Bauer oder Handwerker aus Osreds Dorf. Du gehörst auch zu ihnen, nicht wahr? Du bist ebenfalls ein Druide.«

Für einen Moment wirkte Astred ehrlich verblüfft, dann nickte er. »Ich dachte, das hättest du schon längst erkannt. Du hast recht, ich bin ebenfalls ein Druide, wenn auch nicht annähernd so stark wie Darkon. Weißt du, unser Orden war niemals besonders groß, aber bevor er verboten wurde, besaß er großen Einfluß, und diese Macht will Darkon erneuern. Vielerorts gibt es noch alte Heiligtümer, und deshalb kam ich vor einigen Jahren in

Osreds Dorf. Aber ich merkte bald, daß die Menschen freiwillig niemals bereit sein würden, den alten Kult mit seinen Opferungen und als ketzerisch verdammten Ritualen wieder aufleben zu lassen. Also machte ich mich auf die Suche nach jemandem wie Borg, und den Rest kennst du ja.«

Auch diesmal war Kevin nicht sonderlich überrascht. Astred hatte recht, er hätte sich die Wahrheit längst zusammenreimen können.

»Wohin reiten wir überhaupt?« fragte er. »Und warum haben wir es so eilig?«

»Der Name unseres Ziels würde dir wahrscheinlich nichts sagen«, erwiderte Astred. »Aber es ist noch ziemlich weit, und Darkon erwartet uns morgen bei Sonnenuntergang dort.«

»Und wo ist er jetzt?« hakte Kevin nach. »Warum sind wir nicht direkt mit ihm zusammen geritten?«

Astred zögerte ein paar Sekunden, und ein bitterer Zug erschien in seinem Gesicht.

»Darkon hat ... andere Möglichkeiten zu reisen; sehr viel schneller zu reisen als andere«, sagte er dann. »Möglichkeiten, die ich nicht beherrsche, und von denen du dir wahrscheinlich nicht einmal träumen lassen würdest. Sie sind ...« Er brach ab und schüttelte den Kopf.

Kevin erkannte, daß es keinen Sinn hatte, Astred zu diesem Punkt weitere Fragen zu stellen, und er war sich nicht einmal sicher, ob er die Antworten überhaupt hören wollte. Etwas anderes erschien ihm sehr viel bedeutsamer, obwohl er nicht sicher war, ob er sich nicht vielleicht nur etwas einbildete. Aus irgendeinem Grund war Astred momentan ziemlich redselig, und das wollte Kevin ausnutzen, um mehr zu erfahren.

»Ich habe den Eindruck, als ob du dich nicht gut mit Darkon verstehst«, sagte er möglichst beiläufig.

Astred lächelte grimmig, griff nach einem Zweig, der

vor seinen Füßen im Gras lag, und zerbrach ihn.

»Der Druidenkult war niemals so straff organisiert, wie eure christliche Kirche«, berichtete er. »Jeder Druide hatte in seinem Gebiet weitgehende Freiheit, und unsere Lehre ist im Grunde ganz einfach. Wir verehren kein höheres Wesen, keinen Gott, sondern die Natur, das Land unter unseren Füßen, die Pflanzen und Tiere. Und wir bedienen uns ihrer Kräfte auf mannigfache Weise. Aber es gab immer auch schwarze Schafe unter uns, die ihre Fähigkeiten und ihr Wissen nicht zum Heilen und Helfen verwendeten, sondern nur um Macht oder Reichtum zu erlangen. Einige von ihnen ließen sich mit fremden, finsteren Mächten ein, brachten ihnen sogar Menschenopfer dar, was schließlich zum Anlaß genommen wurde, um den gesamten Druidenkult zu verbieten.«

»Und Darkon gehört zu diesen schwarzen Schafen«, vermutete Kevin und dachte an die finstere Magie Hasan as Sabahs.

Astred wandte leicht den Kopf zu jeder Seite, als wollte er sich vergewissern, daß sie nicht belauscht wurden, dann zuckte er mit den Schultern.

»Ich weiß es nicht«, sagte er leise. »Aber ich kann es mir gut vorstellen. Er besitzt Kräfte wie kein anderer von uns, und ich bin nicht der einzige, dem sie unheimlich sind.«

»Aber warum hilfst du ihm dann?«

Astred schnaubte. »Was bleibt mir schon anderes übrig? Darkon duldet keinen Widerspruch. Er tötet jeden, der es wagt, sich gegen ihn zu stellen. Die meisten anderen glauben, daß wir in der gegenwärtigen Situation jemanden wie ihn brauchen, um unsere alte Macht wiederzuerlangen. Wer weiß, vielleicht haben sie sogar recht. Und morgen nacht wird ...«

»Was ist morgen nacht?« hakte Kevin nach, als Astred nicht von sich aus weitersprach. Er ahnte, daß es etwas war, was ihn direkt betraf, daß Darkon deshalb unbedingt wollte, daß er bis zum nächsten Sonnenuntergang bei ihm wäre. Um was auch immer es sich handeln mochte, es war bestimmt nichts Angenehmes.

»Ich weiß es nicht«, antwortete Astred. »Jedenfalls nicht genau. Aber es muß etwas sehr Bedeutsames sein. Darkon spricht schon seit langem davon. Und er legt viel Wert darauf, daß du daran teilnimmst. Ich hatte gehofft, du könntest mir sagen, weshalb er ein so starkes Interesse an dir hat, aber ich habe mich wohl getäuscht.« Er verzog verächtlich das Gesicht. »Aber vielleicht hat sich Darkon ja ebenfalls getäuscht und bildet sich nur ein, etwas in dir zu sehen, das gar nicht da ist. Ich kann jedenfalls nichts an dir erkennen, was diesen Aufwand wert wäre.«

Kevin sagte nichts, zumal er spürte, daß die letzten Worte nicht beleidigend gemeint waren, sondern nur Astreds Verbitterung entsprachen. Das Gespräch war wieder zu seinem Anfang zurückgekehrt, ohne daß es für einen von ihnen grundlegend neue Erkenntnisse gebracht hätte. Immerhin wußte er nun über einige der Hintergründe etwas besser Bescheid, doch das meiste von dem, was er gehört hatte, verwirrte ihn eher noch stärker, als daß es zur Klärung beigetragen hätte. Solange er geglaubt hatte, Darkon ginge es nur um Rache, war alles sehr viel einfacher gewesen.

»Ich werde mich wieder hinlegen, ich bin ziemlich müde.« Kevin stand auf, zögerte dann aber und drehte sich noch einmal zu Astred herum. »Warum eigentlich darf ich nicht mit Arnulf sprechen?«

»Eine Anordnung Darkons«, behauptete Astred. »Er begründet seine Befehle nicht.«

Kevin nickte. »Gut nur, daß du blindlings alles tust, was Darkon von dir verlangt, nicht wahr?«

Ohne Astred Gelegenheit zu einer Antwort zu geben, kehrte er zu seiner Decke zurück.

Zehntes Kapitel

Kevins Rechnung ging auf. Seine Bemerkung in der Nacht hatte Astred wie erhofft so provoziert, daß dieser ihm gegen Mittag erlaubte, sich in seiner Anwesenheit ein paar Minuten lang mit Arnulf zu unterhalten, unter der Bedingung, daß er nichts über Darkon und den Druidenorden erzählte. Allem Anschein nach hatte Arnulf eine ähnliche Vereinbarung getroffen, denn er hatte sich recht wortkarg und verschlossen gegeben, so daß bei dem Gespräch zu Kevins Enttäuschung nichts herauskam, das von besonderem Interesse für ihn gewesen wäre. Arnulf hatte lediglich berichtet, er sei in Osreds Haus überwältigt worden und habe das Bewußtsein verloren. Erst in Borgs Turm sei er wieder aufgewacht. Sie hatten sich also darauf beschränkt, sich gegenseitig zu versichern, daß es ihnen den Umständen entsprechend gut ginge.

Abgesehen von dieser Rast und noch einer weiteren am Nachmittag, hatten sie an diesem Tag ein ebenso scharfes Tempo vorgelegt wie am Vortag. Astred hatte ihnen und ihren Tieren das letzte abverlangt. Dennoch hatten sie ihr Ziel erst eine gute Stunde nach Sonnenuntergang erreicht, doch diese geringe Verspätung schien unbedeutend zu sein. Während der letzten Stunden waren von Westen her immer mehr schwere dunkle Wolken aufgezogen, und vereinzelt war in der Ferne Wetterleuchten zu sehen gewesen, doch der bereits seit dem Mittag erwartete Regen war zu Kevins Leidwesen bislang ausgeblieben. Er hatte wenig Lust, durch ein Unwetter zu reiten, aber der Regen hätte die ohnehin aufgeweichten Wege in solchen Morast verwandelt, daß sie nur sehr viel langsamer vorangekommen wären, ihr Ziel vermutlich gar nicht mehr an diesem Abend erreicht hätten. Dafür hätte Kevin sich bereitwillig vom Regen durchnässen lassen, aber seine Hoffnung hatte sich nicht erfüllt.

Die Gegend, in der sie sich befanden, hieß Salisbury, wie Astred erzählt hatte, doch der Name sagte Kevin nichts, was allerdings auch nicht verwunderlich war. Bis vor kurzem hatte er auf einem ärmlichen Hof gelebt, und alles, was weiter als der nächste Nachbarort entfernt lag, war ihm fremd gewesen.

Nachdem sie die Kuppe eines niedrigen Hügels überquert hatten, lag das von zahlreichen Fackeln erleuchtete Ziel nur noch eine knappe Meile vor ihnen, und der Anblick war so beeindruckend und unglaublich, daß auch Kevin sich ihm nicht entziehen konnte. Für einen Moment stockte ihm der Atem, und er weigerte sich schlichtweg zu glauben, was er sah.

Ganz entfernt ähnelte das Bauwerk vor ihm dem Heiligtum, das er in der Nähe von Osreds Dorf bereits gesehen hatte, doch war dieses hier um ein Vielfaches größer und von einer ungeheuren Wirkung. Gigantische Felssäulen, jede davon mehrfach mannshoch, waren zu drei sich umschließenden Kreisen angeordnet. Den Abschluß nach oben hin bildeten ebenso gewaltige Felsblöcke, die auf den Quadern lagen. Kevins Phantasie reichte nicht aus, um sich auch nur ansatzweise auszumalen, wie die Erbauer dieser Anlage sie dorthin bekommen hatten.

Etwa drei Dutzend Männer, die in ähnliche weiße, kuttenartige Gewänder gekleidet waren wie Darkon während der Opferung des Hirsches, bewegten sich wie huschende Gespenster zwischen den Steinsäulen und trafen irgendwelche Vorbereitungen.

Genau wie die anderen hatte Kevin, von dem Anblick

überwältigt, sein Pferd gezügelt und starrte das gewaltige Bauwerk an. Die Anlage schlug ihn in ihren Bann, doch es lag nicht nur an ihrer ungeheueren Größe und den zyklopischen Felsblöcken, aus denen sie errichtet worden war. Das waren nur Äußerlichkeiten, so beeindruckend sie auch sein mochten. Das eigentlich Ungeheuerliche jedoch war für die Augen unsichtbar; dafür spürte Kevin um so deutlicher das Fremdartige. Geheimnisvolle, unglaublich mächtige Kräfte erfüllten jeden der Steine und pulsierten innerhalb der Kreise, als warteten sie nur darauf, entfesselt zu werden. Es waren keine eindeutig finsteren, verderblichen Kräfte, wie er sie zuvor schon bei Darkon oder Hasan as Sabah gespürt hatte; sie waren einfach nur fremdartig, aber gerade das machte sie besonders unheimlich und ließ Kevin erschaudern.

»Was ... was ist das?« brachte er schließlich mühsam über die Lippen.

»Stonehenge«, antwortete Astred. Auch seine Stimme klang belegt und verriet, daß der Anblick nicht einmal an ihm spurlos vorüberging. Vielleicht gerade an ihm nicht. Er mußte die gewaltigen Energien von ihnen allen am deutlichsten spüren.

Der einzige, der beim Anblick der mächtigen Anlage nicht besonders überrascht schien, aber dafür um so erschrockener, war Arnulf, wie Kevin mit einem Seitenblick feststellte. Ganz offensichtlich hatte der Nordmann schon von Stonehenge gehört, oder war womöglich schon einmal hiergewesen. Kevin wünschte, er könnte noch einmal mit ihm sprechen, doch das ließ Astred nicht zu. Ungeduldig trieb er sie das letzte Stück voran, nachdem er Borgs Männer mit einem scharfen Befehl aus ihrer Erstarrung gerissen hatte.

Sie erreichten den äußeren der Steinringe. Einige der in Kutten gekleideten Männer kamen ihnen entgegen. Astred wechselte ein paar Worte in einer fremden Sprache mit ihnen, während Kevin sich aus dem Sattel gleiten ließ. Er war so erschöpft, daß er sich kaum noch auf den Beinen halten konnte. Einer der Kuttenträger ergriff sein Pferd und führte es fort, ein anderer forderte ihn auf, mit ihm zu kommen. Kevin sah sich nach Arnulf um, doch der Nordmann war bereits von zwei weiteren Männern in die Mitte genommen worden und wurde weggeführt.

Mit langsamen, schleppenden Schritten folgte Kevin dem Kuttenträger halb um den äußersten der Steinringe herum. Trotz seiner Müdigkeit erkannte er, daß die Anlage bei weitem nicht so neu war, wie es von weitem den Anschein gehabt hatte; im Gegenteil. Obwohl so hervorragend erhalten, mußte sie bereits sehr, sehr alt sein. Wind und Regen hatten an den Steinen deutliche Spuren hinterlassen, doch es gelang Kevin nicht, sie eingehender zu betrachten. Das flackernde Licht der Fackeln brach sich an ihnen, warf huschende Schatten und täuschte Bewegungen vor, wo keine waren, lenkte seinen Blick immer wieder ab und ließ ihn ins Leere gleiten, wodurch die unheimliche Stimmung, die von dem Bauwerk ausging, noch verstärkt wurde.

Schließlich erreichten sie einige einfache Zelte, die hinter der Anlage aufgeschlagen worden waren. Der Mann in der Kutte führte Kevin in eines davon. Durch die Stoffbahnen drang genügend Fackelschein, um das Innere zu erhellen.

»Warte hier!« befahl der Unbekannte knapp, ehe er sich umdrehte und das Zelt wieder verließ.

Es hätte seines Befehls nicht bedurft, sowenig wie der Wache, die wenige Sekunden später vor dem Zelt ihren Posten bezog. Selbst wenn er gewollt hätte, hätte Kevin gar nicht mehr die Kraft gehabt, einen Fluchtversuch zu unternehmen. Er ließ sich auf einen der beiden grob zusammengezimmerten Stühle sinken, die mit einem nicht minder wackeligen und rauhen Tisch die einzige Einrichtung des Zeltes bildeten, legte die Arme auf die Tischplatte und ließ seinen Kopf darauf sinken. Einige Minuten lang genoß er es einfach, festen Boden anstelle eines schwankenden Pferderückens unter sich zu spüren und nicht mehr ständig gehetzt zu werden, dann hörte er leise Schritte und das Rascheln von Stoff, als jemand das Zelt betrat.

»Kevin?«

Langsam hob Kevin den Kopf und erwiderte Darkons Blick. Der Druide musterte ihn ruhig, ohne eine erkennbare Gefühlsregung. Ihm war keinerlei Triumph darüber anzumerken, daß er ihn in seine Gewalt bekommen hatte, nicht einmal eine Spur von Freude, als sei es für ihn eine reine Selbstverständlichkeit, daß sie sich hier wieder begegneten. Er trug das gleiche mit fremdartigen Symbolen bestickte Gewand wie bei der Opferung vor zwei Nächten.

»Ich wußte, daß sich unsere Wege wieder kreuzen würden«, fuhr Darkon fort, als Kevin weiterhin beharrlich schwieg. Er rückte sich den zweiten Stuhl zurecht und nahm darauf Platz. »Allerdings war ich schon vor zwei Tagen überzeugt, daß du dich in meiner Falle verfangen hättest. Daß es dir fast gelungen wäre, mir ein weiteres Mal zu entkommen, beweist nur erneut, daß du etwas ganz Besonderes bist.«

»Aber … das stimmt nicht«, widersprach Kevin matt. Seine Stimme klang nicht annähernd so fest, wie er sich wünschte, doch das lag nicht nur an seiner Erschöpfung. Verwirrt suchte er nach Worten. »Ich weiß nicht, was Ihr in mir seht, aber Ihr täuscht Euch. Ich bin nur ein ganz normaler Junge wie tausend andere, und sonst nichts.«

Für einen kurzen Augenblick huschte ein amüsiertes Lächeln über Darkons Gesicht, doch gleich darauf wurde er wieder ernst. »O nein, Kevin, das bist du nicht.« Er schüttelte den Kopf und starrte Kevin eindringlich an, dann beugte er sich mit einer raschen Bewegung vor und legte ihm die Hände auf die Schultern. Kevin wollte vor ihm zurückweichen, doch er war zu langsam, und obwohl ihm Darkons Berührung so unangenehm war, daß er erschauerte, gelang es ihm nicht, sich dagegen zu sträuben. »Du bist ganz gewiß kein normaler Junge, sondern mehr als das, viel mehr. Weißt du, manche Menschen sind vom Schicksal zu etwas Besonderem auserkoren, und es hat keinen Sinn, sich dagegen zu sträuben. Du bist einer dieser Menschen, auch wenn du dir dessen selbst nicht bewußt bist. Auch Hasan hat dies erkannt, doch er war zu blind, um deine wirkliche Bedeutung zu begreifen.«

»Ich ... ich glaube das alles nicht«, stieß Kevin hervor. Es gelang ihm, sich aus Darkons Griff zu winden. Er sprang auf und wich einen Schritt zurück. »Das ist doch alles nur Unsinn!«

»Unsinn!« wiederholte Darkon. Seine Stimme klang belustigt. »Du weißt ja nicht einmal, wovon du überhaupt sprichst. Aber das wird sich schon bald ändern, verlaß dich darauf. Nichts von dem, was passiert ist, war Zufall. Es war alles Schicksal, denn es ist von Anfang an deine Bestimmung gewesen, heute hier an meiner Seite zu sein. Du und ich, wir sind Verbündete, Kevin, ob es dir gefällt oder nicht. Du kannst nicht vor deinem eigenen Schicksal davonlaufen.«

»Das ... das ist nicht wahr!« stieß Kevin stockend hervor, doch seine Stimme zitterte. »Ich glaube Euch kein Wort. Wenn Ihr nur deshalb überall nach mir habt suchen lassen, weil Ihr glaubt, ich wäre etwas Besonderes, dann war Eure Mühe umsonst. Und erst recht, wenn Ihr darauf hofft, daß ich mich Euch anschließe. Lieber sterbe ich!«

Darkon starrte ihn unverwandt an. »Das sind große Worte«, entgegnete er im gleichen belustigten Tonfall wie zuvor. »Groß und tapfer, aber zugleich auch unglaublich dumm. Wenn ich es wollte, könnte ich dich jederzeit zwingen, mir zu dienen. Dein eigenes Leben mag dir vielleicht nicht viel bedeuten, wohl aber das deiner Freunde, das hast du oft genug gezeigt. Wenn du die Wahl hättest, mir zu gehorchen, oder dem qualvollen Tod des Nordmannes zuzusehen, zweifle ich nicht, wie deine Entscheidung ausfallen würde.«

Kevin antwortete nicht, sondern starrte Darkon nur haßerfüllt an. Er hatte sich schon einmal in einer sehr ähnlichen Situation befunden, als Hasan as Sabah Susan in seine Gewalt gebracht hatte und ihn auf diese Weise erpreßte. Damals war es für Kevin um das Leben des Mädchens gegangen, das er liebte, nun ging es um das seines ältesten und besten Freundes. Wahrscheinlich hatte Darkon recht. Kevin wußte, daß er Arnulfs Tod nicht einfach tatenlos würde zusehen können. Solange Darkon die Möglichkeit hatte, ihn auf diese Art zu erpressen, würde er ihn zu allem zwingen können.

»Aber davon hätte ich nichts«, sprach der Druide nach einer kurzen Pause weiter, in der er seine Drohung hatte wirken lassen. »Schließlich hat das auch Hasan schon versucht und ist damit gescheitert. Aber es gibt noch ganz andere Wege.«

Kevin zuckte zusammen. Darkons beiläufige Andeutung erschreckte ihn beinahe mehr als die Drohung zuvor. Er dachte an die Drogen, mit denen Hasan seine Anhänger in willenlose Marionetten verwandelt hatte, an den gleichgültigen, leblosen Ausdruck in ihren Gesichtern und ihre absolute Hörigkeit gegenüber ihrem Herrn.

Anscheinend waren ihm seine Gedanken deutlich vom

Gesicht abzulesen, denn Darkons Lächeln vertiefte sich noch, und er schüttelte den Kopf.

»Im Gegensatz zu Hasan habe ich es auch nicht nötig, auf irgendwelche Drogen zurückzugreifen«, behauptete er und stand ebenfalls auf. »Mir stehen ganz andere Möglichkeiten zur Verfügung, von denen der maurische Dummkopf nicht einmal zu träumen wagen würde. Glaub mir, Kevin, ich bin nicht dein Feind. Im Gegenteil, durch mich wirst du mehr Reichtum und Macht erlangen, als du dir vorstellen kannst.«

»Ich verzichte auf Euer Angebot«, stieß Kevin hervor und wich vor Darkon zurück, bis er die hintere Wand des Zeltes erreichte. »Ich will Eure Macht und Euren Reichtum nicht.«

Darkon schien zu erkennen, wie unangenehm seine Nähe ihm war, und daß er ihn immer mehr in die Ecke gedrängt hatte, denn zu Kevins Erleichterung verzichtete er darauf, noch näher zu kommen, und blieb wenige Schritte vor ihm stehen.

»So denkst du jetzt«, sagte er ruhig und ohne eine Spur von Zweifel in der Stimme. »Aber das wird sich schon bald ändern, glaub mir. An meiner Seite kannst du es weit bringen. Noch heute nacht wirst du mir bereitwillig ewige Treue schwören.«

»Niemals!« sagte Kevin, doch es klang nicht überzeugt. Das Verhalten, vor allem die anscheinend grenzenlose Selbstsicherheit des Druiden verwirrten ihn.

Darkons Lächeln wurde noch eine Spur breiter und zugleich kälter. »O doch, das wirst du. Dies ist ein ganz besonderer Abend. Niemand wird es nach dieser Nacht noch wagen, sich mir in den Weg zu stellen. Der Druidenorden wird in seiner alten Blüte wiederauferstehen, machtvoller und einflußreicher sogar noch als früher, und heute nacht wird seine Geburtsstunde sein.« Ein triumphierendes Funkeln trat in seine Augen. »Daß du gerade jetzt nach England zurückgekehrt bist und dich hier bei mir befindest, wird die Zeremonie vollkommen machen.«

»Was … was meint Ihr damit?« fragte Kevin verwirrt. Er verstand kaum ein Wort von dem, was Darkon sagte. »Was habe ich damit zu tun?«

»Viel, Kevin, sehr viel. Du wirst schon sehen. Ich…« Kopfschüttelnd brach Darkon ab. »Lassen wir das. Alles zu seiner Zeit. Nach dem langen Ritt wirst du hungrig und durstig sein, nicht wahr?«

Kevin zögerte einen Moment. Aus purem Trotz hätte er am liebsten abgelehnt, doch damit hätte er höchstens sich selbst geschadet. Widerstrebend nickte er.

»Gut. Ich werde dich jetzt allein lassen, denn ich habe noch einige Vorbereitungen zu treffen, aber ich werde dafür sorgen, daß man dir etwas zu essen und zu trinken bringt. In der Zwischenzeit kannst du in Ruhe über alles nachdenken, was ich dir gesagt habe.«

Er wandte sich dem Zeltausgang zu, doch Kevin war noch nicht bereit, ihn so einfach gehen zu lassen. Dafür hatte er noch viel zu viele Fragen an den Druiden, mittlerweile sogar noch sehr viel mehr als bei seiner Ankunft.

»Wartet!« rief er hastig, doch Darkon beachtete ihn nicht weiter. Kevin lief ihm nach, aber kaum hatte er das Zelt verlassen, verstellte der Wächter ihm den Weg. Er hatte die Kapuze so tief in die Stirn gezogen, daß das Licht der Fackeln nicht ausreichte, um sein Gesicht zu beleuchten, so daß es aussah, als ob sich nur dräuende Schwärze unter der Kutte befinden würde.

»Laß mich vorbei!« keuchte Kevin. Er versuchte, unter den Armen des Mannes durchzutauchen, doch er war nicht schnell genug.

Der Kuttenträger berührte ihn nur ganz leicht an der Brust, doch die Berührung ließ eine Woge sengenden Schmerzes durch Kevins gesamten Oberkörper zucken. Keuchend taumelte er zurück. Schlimmer noch als der

Schmerz war etwas anderes gewesen: eine finstere, namenlose Kraft, die von dem Druiden ausging und ihn wie ein Hieb traf, eine furchtbare Kälte, die sein Inneres erfüllte und etwas Fremdes, Böses mit sich brachte. Eine eisige Hand schien geradewegs in seine Brust hineingegriffen zu haben. Bereits nach wenigen Augenblicken verflogen sowohl der Schmerz, als auch das Gefühl der Kälte wieder, doch Kevin war gewarnt.

Resignierend kehrte er ins Zelt zurück und ließ sich wieder auf seinen Stuhl sinken. Erst jetzt bemerkte er, daß seine Hände zitterten. Es war keine Folge seiner Erschöpfung, sondern seines Gesprächs mit Darkon. Wut und Trotz hatten ihm eine Kraft vorgegaukelt, die er nicht besaß. Sein Widerstand gegen Darkon war kein Mut gewesen, sondern er hatte lediglich vorübergehend seine Furcht verdrängt. In Wahrheit jedoch war sie die ganze Zeit über dagewesen, und jetzt, im nachhinein, begann er sie erst richtig zu spüren.

Kevin wußte, daß er diesmal endgültig verloren hatte. Er war ein Gefangener Darkons und ihm auf Gedeih und Verderb ausgeliefert. Trotzdem waren es nicht so sehr die düsteren Prophezeiungen und Drohungen des Druiden, die ihn mit Angst erfüllten, sondern es war bereits Darkons bloße Gegenwart gewesen. Ungleich stärker noch als bei ihrer letzten Begegnung ging etwas von ihm aus, das Kevin schaudern ließ und seine Hände zum Zittern brachte. Der Druide war nicht einfach nur ein Scharlatan, und seine Worte stellten kein leeres Geschwätz dar. Darkon – und anscheinend auch ein Teil seiner Anhänger – beherrschten Kräfte, wie Kevin sie bislang nur bei Hasan as Sabah erlebt hatte, und möglicherweise übertrafen sie die des Mauren noch.

Er blickte auf, als einer der Kuttenträger ins Zelt trat. Der Mann trug ein Tablett, auf dem sich Brot, Obst und einige Scheiben Fleisch befanden, außerdem ein tönerner

Krug. Schweigend stellte er alles auf dem Tisch ab und verließ das Zelt wieder.

Einige Sekunden lang starrte Kevin die Speisen nur an, dann sagte er sich, daß Darkon es kaum nötig hatte, ihm auf diese Art heimlich Gift oder irgendwelche Drogen zu verabreichen. Falls dies wirklich der Plan des Druiden wäre, so könnte er ihm jederzeit gewaltsam ein entsprechendes Mittel von seinen Helfern einflößen lassen.

Obwohl ein Rest von Mißtrauen blieb, griff Kevin herzhaft zu, nachdem er sich durch diese Gedanken einigermaßen beruhigt hatte. In dem Krug war frisches Quellwasser, und Obst und Braten schmeckten ihm nach den kargen Rationen, die er während der Reise bekommen hatte, doppelt köstlich.

Das Essen half ihm, für einige Minuten sogar seine Situation zu vergessen, aber sie kam ihm augenblicklich wieder zu Bewußtsein, nachdem er den letzten Bissen hinuntergeschlungen und den letzten Schluck getrunken hatte. Von düsteren Gedanken gequält, wartete Kevin, was weiter geschehen würde.

Elftes Kapitel

Die Zeremonie erinnerte Kevin unangenehm an die Opferung des Hirsches auf der Lichtung im Wald bei Osreds Dorf, und dennoch war sie zugleich ganz anders – schlimmer. In erster Linie jedoch lag dies wahrscheinlich daran, daß er selbst sich vor zwei Nächten in einer ganz anderen Lage befunden hatte. Er war lediglich neugierig gewesen, hatte herausfinden wollen, was Osred und die anderen vor ihm und seinen Begleitern unbedingt zu verheimlichen versuchten. Auch ihr ketzerisches Treiben im Wald hatte ihn eher überrascht, als daß es ihn geängstigt hatte. Möglicherweise hatte dort bereits eine ähnlich unheimliche Stimmung geherrscht, wie hier und jetzt, aber wenn, dann hatte er sie vor lauter Aufregung und Abenteuerlust nicht richtig wahrgenommen.

Erst das Erscheinen Darkons hatte alles verändert. Durch ihn war das zuvor lediglich befremdliche Geschehen plötzlich bedrohlich geworden, doch von diesem Moment an hatte Kevins Aufmerksamkeit ohnehin nur noch dem Druiden und nicht mehr der eigentlichen Opferung gegolten. Auch jetzt war Darkon wieder derjenige, der die Zeremonie leitete, doch diesmal spürte Kevin vom ersten Moment an, als er unter dem äußersten der Steinkreise durchging, die Atmosphäre des Unheimlichen, die Gefährlichkeit und die Bedeutung dessen, was hier vorging.

Die unheimliche Stimmung wurde durch das Wetter untermalt. Der Regen ließ zwar immer noch auf sich warten, doch anstelle des anfangs nur vereinzelten Wetterleuchtens in der Ferne zuckten nun immer wieder grelle Blitze über den Himmel und schlugen irgendwo in den umliegenden Hügeln ein. Der Donner grollte fast pausenlos, wurde höchstens nach einem besonders heftigen Schlag kurzzeitig leiser.

Nachdem er gegessen und getrunken hatte, hatte Kevin noch lange in dem Zelt gesessen, ohne daß sich jemand um ihn kümmerte. Er hatte erwartet, daß Darkon vor Beginn der Zeremonie noch einmal mit ihm sprechen und versuchen würde, ihn auf seine Seite zu ziehen, doch das war ein Irrtum. Auch Kevins Hoffnung, daß wenigstens Astred zu ihm kommen würde, erfüllte sich nicht, und auf seine Bitte, sich ein wenig umsehen zu dürfen, hatte der Wachposten nur mit einem stummen Kopfschütteln geantwortet.

Gelangweilt und zur Untätigkeit verdammt hatte Kevin herumgesessen und düsteren Gedanken nachgehangen. Schließlich war er sogar eine Zeitlang eingeschlafen, doch Angst und Aufregung hatten ihn schon nach kurzer Zeit wieder hochschrecken lassen. Das ungeduldige Warten machte Kevin um so wütender, wenn er daran zurückdachte, wie Astred sie während der vergangenen Tage gehetzt, wie er mit jeder Minute Rast gegeizt hatte. Aber dann erkannte Kevin, daß Darkons Worte bereits Wirkung zeigten, daß er sich selbst unbewußt immer mehr ins Zentrum des Geschehens rückte. Vielleicht war es in Wahrheit gar nicht so sehr um ihn gegangen, sondern Astred hatte sich nur deshalb so beeilt, weil vor Beginn des Rituals hier noch dringende Aufgaben auf ihn gewartet hatten.

Schließlich jedoch – nach Stunden, wie es Kevin vorkam, und er war sehr sicher, daß es inzwischen fast Mitternacht war – wurde er von zwei Männern aus seinem Zelt geholt. Die beiden Männer reichten ihm eine ebensolche, nur etwas kleinere Kutte, wie sie selbst sie trugen und bedeuteten ihm, sie überzustreifen. Widerwillig kam Kevin dem Befehl nach, dann verließ er das Zelt.

Auf den ersten Blick schien sich so gut wie nichts verändert zu haben. Die Männer in den Kutten eilten nun nicht mehr geschäftig zwischen den Felsquadern hin und her, sondern standen reglos im Zentrum der Anlage, und es schienen noch mehr Fackeln zu brennen, doch die eigentlichen Veränderungen waren von einer ganz anderen Art und nicht mit dem Auge wahrzunehmen. Dafür spürte sie Kevin um so deutlicher.

Schon bei seiner Ankunft hatte er die unsichtbaren, fremden Kräfte gefühlt, die sich inmitten der steinernen Ringe ballten, doch in den vergangenen Stunden waren sie noch um ein Vielfaches stärker geworden. Kevin konnte sie überall um sich herum spüren, in den Steinen, im Boden unter seinen Füßen, sogar in der Luft um ihn herum, und je näher er dem Zentrum der Anlage kam, desto mehr verstärkten sie sich. Als er weiterging, hüllten sie auch ihn ein und durchdrangen ihn, und obwohl sie so wenig feste Gestalt wie ein Lichtstrahl besaßen, fühlte er intensiven Widerwillen, fast schon Ekel, als wäre er besudelt worden.

Die Härchen in Kevins Nacken und auf seinen Armen richteten sich auf, und für einen kurzen Moment meinte er ein bläuliches Leuchten zu sehen, das sich wie eine winzige Ausgabe der über den Himmel zuckenden Blitze zwischen zweien seiner Finger spannte. Seine Haut prickelte, doch das seltsame Phänomen war so schnell wieder vorbei, daß er sich nicht sicher war, ob er sich nicht nur etwas eingebildet hatte. Dennoch erschreckte es ihn.

Als er den innersten Ring erreichte, sah Kevin, daß auch hier eine Art Altar aus nachtschwarzem Gestein im Zentrum der Anlage stand, doch so wie alles an

Stonehenge größer und gewaltiger als bei dem Heiligtum im Wald bei Osreds Dorf war, war auch der Steinblock ungleich beeindruckender. Er war nicht sehr hoch, kaum mehr als einen Meter, aber ansonsten so groß, daß Darkon, der wenige Schritte daneben stand, geradezu winzig wirkte.

Das jedoch nahm Kevin nur am Rande wahr. Seine Aufmerksamkeit wurde von den fremdartigen Kräften mit Beschlag belegt, die hier so stark wie nirgends sonst waren und ihn mit Schrecken erfüllten. Sie schienen das gesamte Zentrum der Anlage zu erfüllen. Wie eine unsichtbare träge Masse wogten sie hin und her, ziellos wie ein sich im Schlaf herumwälzendes Raubtier, das nur darauf wartete, erweckt zu werden.

Die Luft roch komisch; ein bißchen wie nach einem besonders heftigen Gewitter, nur war der Geruch sehr viel intensiver, obwohl das Unwetter noch nicht einmal richtig losgebrochen war.

Kevins Furcht verstärkte sich. Noch niemals hatte er Kräfte wie diese gespürt. Er wußte nicht, woher sie stammten, aber wenn es Darkon wirklich gelingen sollte, sie zu entfesseln, und sich zunutze zu machen, dann würde es wirklich nichts und niemanden mehr geben, der ihn noch aufhalten konnte. In den falschen Händen mußten die hier schlummernden Energien schrecklich genug sein, um ganze Länder zu verbrennen, um Städte und Berge dem Erdboden gleichzumachen und Ozeane zu verdampfen, und Darkons Hände waren ganz sicherlich die falschen. Seine Macht würde sich ins Unermeßliche steigern.

Abgesehen vom Donner war es totenstill. Die in ihre weißen Kutten gekleideten Druiden bildeten einen Halbkreis vor dem Altar. Bei ihnen entdeckte Kevin auch die fünf Männer, die Astred von Borg als Begleiter für den Weg hierher verlangt hatte. Auch Arnulf war bei ihnen.

Der Nordmann war immer noch gefesselt, und in seinem Gesicht standen Enttäuschung und Schrecken geschrieben. Kevin glaubte ein verzweifeltes Flehen in seinen Augen zu lesen, während Arnulf zu ihm herüberstarrte, doch dann trat einer der Druiden einen Schritt vor, so daß er genau zwischen ihnen stand und den Blickkontakt unterbrach.

Vor Kevin wich die Reihe der Druiden auseinander. Flankiert von seinen Begleitern trat er durch die Öffnung, dann blieben die beiden Männer zurück. Unsicher machte Kevin noch zwei Schritte und blieb dann ebenfalls stehen. Er glaubte die Blicke der anderen wie Berührungen in seinem Rücken zu spüren und war sich voller Unbehagen bewußt, daß er von allen angestarrt wurde.

Darkon hob eine Hand und winkte ihn zu sich heran. Zögernd setzte Kevin einen Fuß vor den anderen, obwohl ihm jeder Schritt schwerer als der vorherige fiel. Alles in ihm schrie danach, herumzufahren und so schnell er nur konnte wegzurennen, doch abgesehen davon, daß die umstehenden Druiden jeden Fluchtversuch sofort vereitelt hätten, wäre er auch gar nicht dazu in der Lage gewesen. Er hatte das Gefühl, von Darkon geradezu magisch angezogen zu werden. Seine Füße schienen sich ohne sein Zutun zu bewegen, als hätte er die Kontrolle über einen Teil seines Körpers verloren. Erst als er Darkon erreicht hatte, blieb Kevin stehen.

»Was ... was bedeutet das?« fragte er. Trotz seines Schreckens sprach er so leise, daß nur Darkon ihn hören konnte. »Was tut Ihr mit mir?«

»Nichts«, entgegnete Darkon. Seine Stimme klang dumpfer als zuvor, als käme sie aus einem finsteren Erdloch. »Das bin nicht ich, oder jedenfalls nur zu einem winzigen Teil. Du selber bist es. Der Teil von dir, der deutlich die Kräfte um uns herum spürt, der will, daß sie in dieser Nacht entfesselt werden.«

Kevin wollte instinktiv widersprechen und hatte bereits den Mund geöffnet, doch er konnte es nicht. Eine lautlose, beharrliche Stimme in seinem Kopf raunte ihm zu, daß Darkon recht hatte. Tief in sich spürte Kevin, wie etwas auf die ungeheuerlichen Kräfte um ihn herum reagierte, ein Teil von ihm, den er vorher selbst noch nicht gekannt hatte, der nun jedoch in ihm heranwuchs und mit jeder Sekunde stärker und stärker wurde.

»Du bist etwas Besonderes, Kevin, auch wenn du mir nicht glauben wolltest«, sprach Darkon weiter. »Du brauchst nur in dich hinein zu lauschen. Hast du nicht schon bei eurem ersten Zusammentreffen gespürt, daß Hasan as Sabah wirklich die dunklen Kräfte besitzt, von denen andere nur voll abergläubischer Furcht munkeln? Ein Teil in dir hat es gespürt, der Teil, der auch jetzt auf die gewaltigen magischen Energien hier reagiert. Nur wenige Menschen besitzen diese feinen, geschärften Sinne. Die meisten könnten selbst jetzt hier stehen und würden nichts Außergewöhnliches bemerken. Du jedoch ...«

Ein weiterer Blitz zuckte vom Himmel, schlug ganz in der Nähe ein, und fast im gleichen Augenblick ertönte ein gewaltiger Donnerschlag.

»Das ist nicht wahr«, keuchte Kevin, aber die Worte klangen nicht einmal für ihn selbst überzeugend. Etwas in ihm reagierte darauf, was Darkon sagte, wie ein Gift, das sich mehr und mehr in seinem Körper ausbreitete. Er empfand Angst, aber zugleich auch eine wilde Vorfreude, eine düstere Verlockung von so ungeheurer Macht, daß es ihm kaum noch gelang, sich ihr zu entziehen.

Was geschah nur mit ihm?

»Es hat keinen Sinn, die Wahrheit zu leugnen.« Darkon machte mit beiden Armen eine weitausholende Geste. »Ich habe dir gesagt, du würdest dich mir heute nacht freiwillig anschließen, denn in dieser Nacht wird sich dein Schicksal erfüllen. Sträube dich nicht dagegen, Kevin. Was du spürst ist dein eigenes Ich. Versuche, es nicht länger zu unterdrücken, laß ihm freien Lauf. Nur wenn du dich selbst annimmst, kannst du wahre Freiheit erlangen. Du und ich, Kevin, wir sind uns ähnlicher, als du glaubst.«

»Nein!« stieß Kevin hervor, doch es kostete ihn alle Kraft, Darkons Einflüsterungen und der fremden Macht um ihn herum weiterhin zu widerstehen. Er kämpfte gegen die dunkle Freude in sich an und spürte zugleich, daß es nicht mehr lange dauern würde, bis er diesen Kampf verlor, wenn er noch länger hierblieb, doch seine Beine waren wie gelähmt, so daß er nicht einmal hätte weglaufen können, wenn er es gewollt hätte. »Das ist nicht wahr, ich bin nicht so wie ihr, niemals!«

Leichter Tumult entstand hinter ihm und ließ Kevin verstummen. Als er sich umdrehte, lagen bereits drei der fünf Krieger Borgs reglos am Boden. Anscheinend waren sie von den Männern in den Kutten niedergeschlagen worden, ohne die Gefahr überhaupt zu erkennen. Die übrigen zwei hatten schneller reagiert, aber nach wenigen Sekunden wurden auch sie von der Übermacht der Druiden überwältigt.

Wieder flammte ein greller, vielfach verästelter Blitz auf, tauchte die Nacht für Bruchteile von Sekunden in gleißende Helligkeit, unmittelbar gefolgt von so lautem Donner, als ob ein ganzer Berg zusammenstürzen würde. Unwillkürlich zuckte Kevin zusammen.

»Was soll das?« fragte er. »Es sind Eure Verbündeten. Was habt Ihr ...«

»Verbündete!« fiel ihm Darkon ins Wort und zuckte gleichgültig die Achseln. »Es sind nur ein paar Halsabschneider, die gegen Lohn für mich gearbeitet haben. Aber nun sind sie überflüssig. Borg hat sich in letzter Zeit ohnehin zu einem ziemlich unzuverlässigen Handlanger entwickelt. Nach der heutigen Nacht werde ich ihn nicht mehr brauchen. Diese Dummköpfe können mir nur noch auf eine Art von Nutzen sein. Man kann keine Opferung ohne Opfer durchführen.«

Einen Moment lang weigerte sich Kevin schlichtweg zu begreifen, was Darkon meinte, dann schlug seine Verwunderung jäh in Ungläubigkeit und Entsetzen um. Er hatte bereits eine Opferzeremonie beobachtet, aber dabei war schließlich nur ein Hirsch getötet worden. Er hatte keinen Moment daran gezweifelt, daß auch diesmal wieder nur ein Tier geopfert werden würde. Der Gedanke, daß Darkon skrupellos und wahnsinnig genug war, um für seine schrecklichen Pläne nicht einmal vor einem Menschenopfer zurückzuschrecken, erfüllte Kevin mit Grauen.

Aber das betraf nur einen Teil von ihm. Ein anderer Teil seines Verstandes wußte genau, daß bei dieser Zeremonie menschliches Blut fließen mußte, und er wollte, daß es geschah. Er wollte, daß die finsteren Kräfte entfesselt wurden, die auch in ihm schlummerten und sich nun anschickten, aus ihrem Schlaf zu erwachen, so wie Darkon es vorhergesagt hatte, während er gleichzeitig verzweifelt dagegen ankämpfte.

Es dauerte nur wenige Sekunden, bis die fünf bewußtlosen Krieger an Händen und Füßen gefesselt waren und Seite an Seite auf dem schwarzen Altar lagen. Die Männer, die sie herbeigebracht hatten, zogen sich wieder zurück und sanken genau wie die übrigen Druiden auf die Knie. Ein leises Summen erklang, die gleiche unharmonische, schrille Folge von Tönen, wie sie schon die Bewohner von Osreds Dorf bei der Opferung ausgestoßen hatten. Erneut kroch Kevin eine Gänsehaut über den Rücken.

Gleich darauf stöhnte er gequält auf, als er sah, wie Darkon eine Waffe unter seinem Gewand hervorzog, doch zu seiner Überraschung handelte es sich nicht um die Sichel, mit der er den Hirsch getötet hatte, sondern um einen Dolch. Die Waffe war fast unterarmlang, mit zahlreichen Symbolen verziert und mit farbigen Edelsteinen besetzt. Am Ende des Dolchgriffes befand sich der Kopf einer Raubkatze mit einem weit aufgerissenen Maul voller furchteinflößender gebleckter Fangzähne.

Wieder zerriß ein Blitz die Nacht, doch diesmal schlug er nicht irgendwo im Umland ein, sondern traf den äußeren Steinkreis. Der Donner war so ohrenbetäubend, als würde der Fels zerschmettert werden, und für einen Moment sah Kevin blaue Flammenlinien wie zuckende Schlangen über einige der Säulen huschen. Der merkwürdige Geruch verstärkte sich, und gleichzeitig fühlte Kevin, wie die unsichtbaren Energien um ihn herum noch mehr an Stärke gewannen. Der Blitz selbst schien sie aufgeladen zu haben, und möglicherweise war es genau das, was hier geschah. Astred hatte ihm erzählt, daß die Druiden die Natur verehrten. Vielleicht war es die Aufgabe dieses Bauwerks, die Kräfte der Natur zu sammeln und zu bündeln, und gerade ein Gewitter setzte ungeheure, gewaltige Kräfte frei.

War das das Geheimnis von Darkons Macht, und alles andere, die eigentliche Opferung eingeschlossen, nichts als ein überflüssiger ritueller Bestandteil der Zeremonie?

»Du irrst dich. Nichts von dem ist überflüssig«, behauptete Darkon, als hätte er seine Gedanken gelesen, aber nicht einmal diese Vorstellung konnte Kevins Entsetzen noch steigern. Sein Widerstand bröckelte immer mehr; er war auf dem besten Wege, den inneren Kampf gegen sich selbst zu verlieren. »Und nichts von dem ist zufällig. Nicht der Ort, nicht der Zeitpunkt, nicht das Opfer«, fügte Darkon hinzu. Er mußte bereits ziemlich laut sprechen, um das immer stärker anschwellende

Summen zu übertönen. »Auch nicht deine Anwesenheit. Du weißt es, du kannst es in dir selbst spüren.«

Er packte den Dolch an Klinge und Griff gleichzeitig und hob ihn hoch über seinen Kopf. Nach einigen Sekunden ließ er ihn wieder sinken, packte ihn mit beiden Händen am Griff und beugte sich über den Altar. Fast zärtlich strich er dem ersten der gefesselten Männer mit der Klinge über die Kehle. Kevin wollte den Blick abwenden, doch er konnte es nicht. Das Geschehen erfüllte ihn mit einer düsteren Faszination.

Aber Darkon zog den Dolch wieder zurück, ohne die Haut des Bewußtlosen auch nur geritzt zu haben. Für einen kurzen Moment verharrte er reglos, dann beugte er sich wieder vor und stieß dem Mann mit einer einzigen blitzschnellen Bewegung den Dolch bis zum Heft in die Brust. Der Krieger erwachte und bäumte sich halb auf, doch es gelang ihm nicht einmal mehr, einen Schrei auszustoßen, ehe ihn der Tod ereilte. Seine Augen brachen, und er sank zurück.

Wieder zerriß ein Blitz die Nacht, traf den Steinkreis und zeichnete seinen Umriß mit blauweißen Schlangenfingern nach. Im gleichen Moment schrie Kevin auf und krümmte sich vor Schmerz zusammen. Er hatte das Gefühl, als habe ein Teil des Blitzes auch ihn getroffen. Ein unsichtbarer Nagel aus Eis schien in seinen Kopf getrieben zu werden und etwas darin auszulöschen. Kevin sank auf die Knie und preßte beide Hände gegen seine Schläfen. Der Schmerz wurde so übermächtig, daß Kevin glaubte, jeden Augenblick sterben zu müssen, dann ebbte er ebenso plötzlich ab, wie er gekommen war. Alles, was er spürte, war eine überwältigende Kälte.

Benommen blieb Kevin noch einige Sekunden lang am Boden kauern, dann hob er den Kopf und richtete sich langsam wieder auf. Nicht nur der Schmerz war verschwunden, sondern auch seine Furcht, seine Skrupel und sein Entsetzen über die Mächte, die Darkon erweckte. Seine Gefühle schienen ausgelöscht worden zu sein, an ihrer Stelle erfüllte ihn etwas Finsteres, Fremdes. Eine unbändige, lodernde Gier nach mehr von der Macht, die er gerade gekostet hatte.

»Ich wußte, daß es so kommen würde«, sagte Darkon. Triumph schwang in seiner Stimme mit, aber sie klang bei weitem nicht mehr so kräftig wie zuvor. Eine deutlich sichtbare Erschöpfung hatte von ihm Besitz ergriffen, und die Falten in seinem Gesicht waren noch eine Spur tiefer geworden, doch seine Augen schienen in einem inneren Feuer zu glühen. »Niemand kann sein wahres Ich auf Dauer unterdrücken. Meistens ist nur ein kleiner Anstoß von außen nötig, um es hervorbrechen zu lassen. Du hast geglaubt, du würdest gegen mich kämpfen, dabei warst du nur dein eigener Feind. Du und ich, wir gehören zusammen. Und nun schließe den Bund zwischen uns.«

Er hielt Kevin den Dolch entgegen, der ihn ohne Zögern ergriff. Jedes Wort, das Darkon gesprochen hatte, war wahr, das wußte Kevin jetzt. Er begriff nicht, wie er jemals daran hatte zweifeln können, wie er die Verlockungen der Macht, die stärker und stärker in ihm heranreifte, so lange hatte ausschlagen und bekämpfen können.

Mit dem Dolch in der Hand drehte er sich um und trat einen Schritt vor, bis er unmittelbar neben dem Altar stand. Ruhig hob er die Waffe, um sie dem zweiten Gefangenen ins Herz zu stoßen, wie Darkon es ihm vorgeführt hatte. Tief in sich glaubte er ein kaltes, böses Lachen zu hören.

Einige Sekunden lang blieb er reglos stehen. Seine Hände begannen zu zittern.

»Mach schon!« befahl Darkon. »Stoß endlich zu!«

Kevin wollte es tun, alles in ihm schrie danach, das Opfer zu vollziehen, wieder die unvergleichlich machtvollen Kräfte zu spüren und in sich aufzusaugen, aber er konnte es nicht. Seine Hände zitterten stärker.

Etwas in ihm bäumte sich auf wie ein getretener Wurm und sträubte sich, brachte es nicht über sich, einen Menschen zu töten. Er hatte geglaubt, sein altes Ich vollständig unterdrückt zu haben, aber nun mußte er erkennen, daß dies ein Irrtum gewesen war. Noch immer lebten Skrupel und Mitleid in ihm, er hatte sie nicht einmal annähernd so tief vergraben, wie er geglaubt hatte. Schweißperlen bildeten sich auf seiner Stirn.

»Worauf wartest du noch?« zischte Darkon ungeduldig. »Tu es schon!«

Kevin stöhnte erneut vor innerer Qual. Verbissen rangen zwei widerstreitende Impulse in ihm, ohne daß es einer Seite gelang, den Sieg davonzutragen. Der Dolch schien immer schwerer zu werden, so schwer, daß Kevin ihn kaum noch halten konnte. Langsam, ganz langsam sanken seine Arme mit der Waffe nach unten.

»Was tust du?« keuchte Darkon. Der Triumph in seiner Stimme war Unsicherheit und jähem Schrecken gewichen, als er bemerkte, daß er noch längst nicht gewonnen hatte. »Töte ihn endlich! Es ist viel leichter, als du glaubst, und es geht ganz schnell. Ein einziger Stoß mit dem Dolch, und du wirst mächtiger werden, als du es dir je erträumt hast.«

»Ich, Darkon – oder Ihr!« brachte Kevin mühsam über die Lippen. »Warum tötet Ihr ihn nicht selbst. Warum braucht Ihr ausgerechnet meine Hilfe dafür?«

»Weil wir gemeinsam eine noch viel größere Macht erlangen werden, als ich es allein jemals könnte«, erwiderte Darkon und starrte ihn eindringlich an. »Und jetzt töte ihn!«

Er log. Kevin spürte es deutlich, aber immer noch war er innerlich gespalten, und einem Teil von ihm war es egal, was der Druide sagte; dem Teil, der nur nach der

Macht gierte und bereit war, dafür zu töten und Blut zu vergießen. Dabei hatte Kevin das Gefühl, der Lösung des Rätsels ganz nah zu sein, doch jedesmal, wenn er danach zu greifen versuchte, glitten seine Gedanken ins Leere, weil er sich nicht konzentrieren konnte.

Einer der gefangenen Männer bewegte sich. Er rollte den Kopf von einer Seite zur anderen und stieß dabei ein leises Stöhnen aus, ohne aus seiner Ohnmacht aufzuwachen. Dieser Anblick genügte Kevin, den Bann vollends zu brechen. Die Vorstellung, daß er um ein Haar einen Menschen getötet hätte, ließ ihn erschauern. Mit einem Mal bereitete es ihm keine Mühe mehr, die finstere Seite in sich zurückzudrängen, wenn es denn wirklich jemals seine eigene Gier und Bösartigkeit gewesen war, die beinahe Besitz von ihm ergriffen hätte, und kein äußerer Einfluß. Dabei war gleichgültig, ob es sich um Darkon, oder den bösen Geist dieses Ortes handelte.

Instinktiv wollte Kevin den Dolch von sich schleudern, besann sich dann aber anders und fuhr zu Darkon herum, der erschrocken einen Schritt zurückwich. Kevin richtete die Klinge des Dolches auf seine Brust.

»Ihr wollt also, daß ich jemanden töte?« stieß er haßerfüllt hervor. »Ich glaube, ich habe gerade ein lohnendes Opfer entdeckt.«

Auch die umstehenden Druiden erkannten, daß etwas Außerplanmäßiges geschah. Ihr Summen brach ab. Langsam kamen sie näher, doch mit einer knappen Geste scheuchte Darkon sie zurück.

»Bleibt, wo ihr seid!« herrschte er sie an und wandte sich wieder Kevin zu. Noch immer brannte in seinen Augen das verzehrende Feuer. »Du machst einen großen Fehler, Kevin. Gib mir den Dolch!«

»Nein!« sagte Kevin mit fester Stimme. Haßerfüllt starrte er Darkon an. Alles, was er in den Augen des Greises las, war grausame Kälte, und dennoch gelang es ihm zum ersten Mal, Darkons Blick standzuhalten. Schließlich war es der Druide, der seinen Blick senkte. Ein Anflug von Angst überschattete sein Gesicht.

»Nicht, Kevin!« keuchte er und wich zurück, bis er den Altar im Rücken spürte. Abwehrend streckte er die Hände vor. »Tu es nicht! Du machst einen grauenhaften Fehler, wenn du mich tötest.«

Mitleidlos starrte Kevin ihn an, und wieder gelang es Darkon nicht, seinen Blick zu erwidern.

»Du wolltest, daß ich dir helfe, weil es gefährliche Kräfte sind, die du erweckt hast«, sagte Kevin. »Du warst nicht gestärkt, nachdem du den Mann getötet hast, sondern geschwächt. Die von dir heraufbeschworenen Kräfte verlangen ihren Preis, und sie schlagen auf den zurück, der das Opfer vollzieht. Du warst stark genug, dies einmal zu ertragen, aber danach hättest du mich gebraucht, um die Männer zu töten, ist es nicht so? Ich hätte auch mich selbst umgebracht. Ich sollte den Preis bezahlen, und du wolltest den Lohn für dich.«

»Du siehst das falsch, Kevin«, beteuerte Darkon, doch die Lüge stand ihm deutlich ins Gesicht geschrieben. »Ich ... ich kann dir immer noch zu Macht und Reichtum verhelfen, wenn du mich verschonst.«

»Nichts, was du mir anbietest, interessiert mich.«

Darkon schwieg einige Sekunden. Zusammengekrümmt und mit an den Körper gepreßten Armen starrte er Kevin an.

»Dann tu es doch endlich!« stieß er hervor. »Töte mich. Ich habe dir mehr als einen Grund dafür gegeben. Erinnerst du dich noch an das Mädchen im Heiligen Land. Es war nicht nur Hasan, der sie zu einer willenlosen Marionette gemacht und sie schließlich getötet hat. Alles war ebenso mein Plan wie seiner. Jetzt kannst du dich rächen. Also bring mich um, wenn es das ist, was du willst.«

Und für einen endlos langen Moment wollte Kevin es wirklich. Er hatte zuvor nur Abscheu vor Darkon empfunden, aber mit seinen Worten und vor allem der Erwähnung Susans hatte der Druide seinen Haß neu entfacht. Einen Haß, der heiß wie eine Flamme in Kevin emporloderte. Seine Hand umklammerte den Dolch fester. Vor ihm stand Darkon, der ihn gequält und für seine Zwecke mißbraucht hatte, der für Susans Schicksal mitverantwortlich war; ein Mann, der nur aus Lüge, Betrug und Bösartigkeit zu bestehen schien.

Kevin riß die Hand mit dem Dolch hoch.

»Nein, Kevin, tu es nicht!« brüllte Arnulf hinter ihm. »Er will nur, daß du es tust!«

Darkon stieß ein zorniges Schnauben aus und machte eine knappe Geste. Zwei der Druiden überwältigten Arnulf und rangen ihn nieder.

»Hör nicht auf ihn, Kevin! Töte mich, das ist es doch, was du willst!«

Kevin benötigte alle Kraft, um gegen das Verlangen anzukämpfen, Darkon den Dolch in die Brust zu stoßen, aber er hatte begriffen, Arnulf hatte recht, Darkon wollte, daß er seinem Haß freien Lauf ließ. Es war sein letzter Trumpf, ein letzter Versuch, ihn dazu zu verleiten, dem Bösen in ihm freien Lauf zu lassen.

Langsam ließ Kevin die Hand mit der Waffe sinken und schüttelte den Kopf. »Nein«, sagte er mit fester Stimme.

Wut flammte in Darkons Blick auf. »Du verdammter Narr!« zischte er. »Du hast alles zerstört. Aber du wirst dafür bezahlen!«

Blitzschnell sprang er auf Kevin zu. Mit der Linken umklammerte er Kevins Handgelenk wie ein Schraubstock, während er ihm mit der anderen den Dolch entriß und nun seinerseits zum Stoß ausholte.

Alles war so schnell gegangen, daß Kevin keine

Gelegenheit zum Reagieren blieb. Er war wie gelähmt. Schreckensstarr blickte er Darkon an. Er wußte, daß er hier und jetzt sterben würde, aber er war unfähig, dem Angriff auszuweichen oder sonst etwas zu tun.

Der Dolch zuckte herab, und im gleichen Moment nahm Kevin im Licht eines aufzuckenden Blitzes aus den Augenwinkeln wahr, wie etwas an ihm vorbeizischte und Darkon traf. Der Druide erstarrte. Er stieß einen von Schmerz und grenzenloser Wut erfüllten Schrei aus, der sogar den Donner übertönte. Fassungslos starrte Kevin auf den Pfeil, der aus Darkons Brust ragte.

Im nächsten Augenblick brach um ihn herum Tumult aus. Aufgeregte Rufe ertönten, dazu das Klirren von Waffen und das Donnern von Pferdehufen. Mehr als ein Dutzend Reiter preschten von Norden her auf Stonehenge zu, an ihrer Spitze ein Hüne mit einem Schwert in der Hand, der Kevin im flackernden Licht der Fackeln wie ein Dämon geradewegs aus der Hölle erschien. Erst nach Sekunden erkannte er, daß es sich um niemand anderen als Borg handelte.

Borg und seine Begleiter kamen über die Druiden wie ein Sturmwind, ritten die völlig überraschten Männer einfach nieder. In kopfloser Flucht stoben sie auseinander, aber sie überwanden ihren Schrecken in kürzester Zeit, und sie zeigten, daß sie keineswegs wehrlos waren. Die meisten von ihnen trugen Sicheln oder Dolche unter ihren Kutten, die sich als gefährliche Waffen erwiesen, und sie waren den Angreifern zahlenmäßig um mehr als das Doppelte überlegen. Binnen weniger Sekunden waren Borgs Männer in zahlreiche Einzelkämpfe verwickelt.

Auch Kevin überwand seine Erstarrung. Er blickte sich nach Darkon um, konnte ihn jedoch nirgendwo entdecken. Dafür sah er ein Stück entfernt Arnulf. Der Nordmann hatte sich von seinen Fesseln befreit, aber er wurde von zwei Druiden gleichzeitig bedrängt, und er war waffenlos. Geschickt wich er immer wieder ihren wirbelnden Sicheln aus, aber der Moment war abzusehen, in dem es ihm nicht mehr gelingen würde.

Ohne zu überlegen, rannte Kevin los, doch noch bevor er Arnulf erreichte, stolperte dieser beim Zurückweichen über ein Hindernis.

»Nein!« brüllte Kevin voller Entsetzen, als er sah, wie eine der niedersausenden Sicheln Arnulf noch im Fallen traf.

Die Verzweiflung verlieh ihm ungeahnte Kräfte. Er schleuderte den einen Druiden zur Seite, bevor dieser ihn überhaupt bemerkte, und stürzte sich auf den zweiten. Aneinandergeklammert stürzten sie zu Boden. Kevin kam auf seinem Gegner zu liegen, aber der Mann schüttelte ihn mühelos ab. Gleich darauf war einer von Borgs Männern heran und streckte den Druiden nieder.

Kevin nahm es kaum wahr. Er kroch zu Arnulf hinüber und kniete neben ihm nieder. Der Nordmann blutete aus einer tiefen, klaffenden Wunde zwischen Schulter und Hals. Er lebte, aber sein Blick war verschleiert.

»Arnulf!« brüllte Kevin. Ohne zu überlegen, riß er einen Streifen Stoff aus seiner Kutte und preßte ihn auf die Wunde. Der Nordmann stöhnte, aber sein Blick klärte sich ein wenig, als er Kevin ansah. Ein schmerzerfülltes Lächeln glitt über sein Gesicht.

»Kevin«, murmelte er. Das Sprechen bereitete ihm sichtlich Mühe, und blutiger Schaum quoll über seine Lippen.

»Es wird alles gut«, stieß Kevin wider besseres Wissen hervor. Er fühlte nicht einmal mehr Entsetzen, nur noch eine abgrundtiefe Leere. »Ich hole Hilfe und –«

Arnulfs Hand griff nach seinem Arm und umklammerte ihn so fest, daß es wehtat.

»Ich ... werde sterben, ich ... weiß es«, flüsterte Arnulf.

Sein Stimme war so leise, daß Kevin sich vorbeugen mußte, um ihn zu verstehen.

»Nein!« keuchte er. »Du wirst nicht sterben, Arnulf. Ich werde dafür sorgen, daß man dir hilft!«

»Du ... du mußt ... mir etwas versprechen. Versprich mir, daß ... du mich nach Hause bringst. Bring mich ... nach Thule. Versprich es mir.«

»Ich verspreche es«, preßte Kevin hervor, doch Arnulf hörte ihn bereits nicht mehr. Seine Gestalt erschlaffte. Er hatte das Bewußtsein verloren.

Jemand ergriff Kevin und zog ihn zur Seite. Als er den Tränenschleier vor seinen Augen weggeblinzelt hatte, erkannte er, daß es sich um Borg handelte.

Der Kampf war vorbei.

Zitternd saß Kevin auf einem Stuhl in einem der Zelte, wohin Borg ihn gebracht hatte. Er hatte sich eine Decke um die Schultern gelegt, fror aber trotzdem. Es war eine Kälte, die nicht von außen kam.

Arnulf war bei weitem nicht das einzige Opfer der Schlacht geblieben. So kurz sie auch gewesen war, so erbittert war sie von beiden Seiten geführt worden. Die meisten Druiden waren tot, die übrigen verletzt oder geflohen, aber auch mehrere von Borgs Männern hatten ihr Leben verloren. Von Darkon wie auch von Astred fehlte jede Spur.

Kevin wußte nicht, wie lange er hier saß und ins Leere starrte. Alles um ihn herum war bedeutungslos geworden. Erst als ihn jemand an der Schulter rüttelte, merkte er, daß er nicht allein war. Er blickte in Borgs Gesicht.

»Wie ... geht es ihm?« fragte er von verzweifelter Hoffnung und Angst gleichzeitig erfüllt.

Borg ließ sich ihm gegenüber auf einen Stuhl sinken und zögerte einen Moment.

»Er lebt«, antwortete er. »Aber es ist unsicher, ob er die Nacht übersteht. Seine Verletzung ist sehr schlimm.«

»Darf ich zu ihm?«

Borg schüttelte den Kopf. »Das hätte keinen Sinn. Er ist ohne Bewußtsein. Einer meiner Männer kümmert sich um ihn. Du würdest nur stören.«

»Trotzdem«, beharrte Kevin. »Er ist mein Freund.«

Wieder zögerte Borg kurz. »Später«, sagte er dann. »Es tut mir leid, Junge. Ich wünschte, wir wären früher gekommen.« Er machte eine kurze Pause. »Aber ich habe auch eine gute Nachricht für dich. Ich soll dich von Will grüßen.«

»Will?«

»Meine Männer griffen ihn in den Wäldern auf, kurz nachdem ihr aufgebrochen wart. Er hat mir alles erzählt. Ich wußte, daß ich Astred und Darkon nicht trauen konnte, deshalb bin ich euch unbemerkt gefolgt. Es war allerdings nicht leicht bei dem Tempo, das ihr vorgelegt habt. Ein paarmal hätten wir fast eure Spur verloren.«

»Was ist mit Will? Wo ist er?« erkundigte sich Kevin.

»Er ist nicht mitgekommen«, berichtete Borg. »Er ist nach Sherwood geritten, zu deinem Bruder, um ihm zu berichten, was passiert ist.«

»Du weißt ...?«

»Ich sagte doch, er hat mir alles erzählt.« Borg lächelte flüchtig. »Hätte ich schon vorher gewußt, wer du bist, hätte ich dich erst gar nicht mit Astred ziehen lassen. Weißt du, ich habe in letzter Zeit soviel über diesen Robin Hood gehört, daß ich ihn zu gerne einmal kennenlernen möchte. Ich hatte ohnehin vor, nicht mehr länger den Handlanger für Astred zu spielen, und hatte überlegt, ob ich nicht ebenfalls nach Sherwood reiten sollte. Glaubst du, daß dein Bruder noch ein paar Männer gebrauchen kann, die mit ihren Waffen umzugehen verstehen?«

»Möglich«, murmelte Kevin. Seine Gedanken kreisten

um Arnulf. Der Nordmann durfte einfach nicht sterben. Abgesehen von Susan war er der einzige Mensch auf der Welt, der ihm wirklich etwas bedeutete. Er hatte sie bereits verloren; er würde es nicht ertragen, ihn auch noch zu verlieren.

Borg schwieg einige Sekunden lang, dann stand er auf. »Wir brechen morgen früh auf«, sagte er. »Du solltest dich eine Weile hinlegen und schlafen.«

Kevin schüttelte den Kopf.

»Ich werde nicht mit euch kommen«, erklärte er mit leiser Stimme. »Ich habe ein Versprechen zu erfüllen.«

HIER ENDET DAS DRITTE GROSSE ABENTEUER VON KEVIN VON LOCKSLEY.

Der Weg nach Thule

Erstes Kapitel

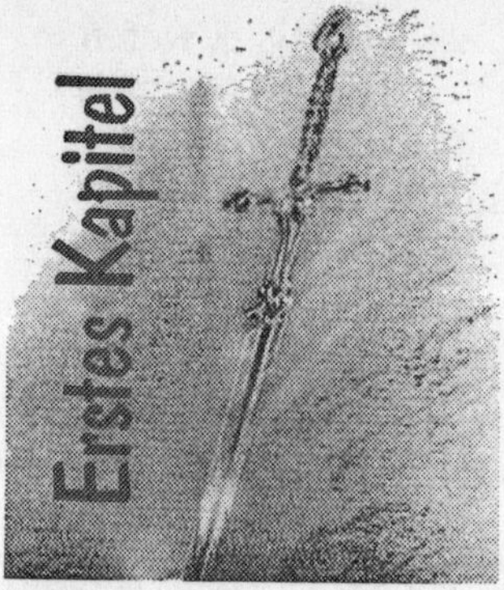

Die Sonne war vor einer Woche hinter dem Horizont verschwunden, und seither war es nicht wieder richtig Tag geworden. Auch der Schneesturm hatte nicht mehr aufgehört, der an jenem letzten wirklichen Abend, an den Kevin sich erinnerte, losgebrochen war. Manchmal ließ er in seinem Wüten ein wenig nach, aber nie für lange, und auch immer nur, um danach mit noch größerer Kraft weiterzutoben. Und es wurde kälter. Jeden Tag nur ein wenig, aber es wurde kälter.

Kevin versuchte, sich mit der linken Hand den Schnee aus den Augen zu reiben, aber seine Finger waren so ungelenk und steif vor Kälte, daß er sich statt dessen eine saftige Ohrfeige versetzte und eine Grimasse zog. Das Wolfsheulen des Sturmes verschluckte den klatschenden Laut, aber es schien so etwas wie ein hämisches Gelächter zurückzugeben.

Kevin blinzelte in die fast waagerecht dahinjagenden Schneeschleier hinaus und zog erneut eine Grimasse; diesmal nicht vor Schmerz, sondern aus Spott über seine eigenen Gedanken. Natürlich heulten dort draußen keine Wölfe, und es war auch niemand da, der ihn auslachte. Ebensowenig, wie die Schatten wirklich existierten, die er sich seit ein paar Tagen zu sehen einbildete.

Dort draußen war nichts. Nichts außer Weite, Kälte und Sturm. Und der Tod in tausendundeiner Verkleidung.

Eigentlich hätte er über diesen Gedanken nicht lachen dürfen, und wenn er ganz ehrlich zu sich selbst war, dann war es auch kein Hohn, sondern Schrecken, den er empfand. Die einzigen Gespenster, die es hier gab, waren in seinem Kopf. Er war es, mit dem etwas nicht stimmte.

Und er wußte auch, was.

Wahrscheinlich wäre es jedem an seiner Stelle so ergangen. Er war jetzt seit drei Tagen in dieser winzigen Höhle gefangen; und so, wie es aussah, konnten gut noch einmal drei Tage vergehen, ohne daß er seinen selbstgewählten Kerker verlassen konnte. Vielleicht auch fünf. Oder zehn. Oder hundert. Ein Ende des tobenden Schneesturms war nicht abzusehen, und solange die entfesselten Naturgewalten weitertobten, war an einen Aufbruch nicht zu denken.

Da mußte man ja anfangen, Gespenster zu sehen!

Er rieb sich noch einmal – jetzt aber vorsichtiger – mit dem Handrücken über das Gesicht, wandte sich um und trat gebückt wieder in die Höhle zurück.

Das Heulen des Sturmes ließ ein wenig nach, aber dafür hörte er jetzt einen anderen, beinahe noch unheimlicheren Laut: ein tiefes, vibrierendes, unablässiges Grollen, das aus dem Nichts zu kommen schien. Kevin kannte seinen Ursprung. Es war der Sturm, der mit unsichtbaren Fäusten auf den Fels über seinem Kopf einschlug, aber dieses Wissen nahm dem Geräusch nichts von seiner unheimlichen Wirkung. Für Kevin war es, als heulten rings um ihn herum Tausende von unsichtbaren Stimmen; vielleicht die Seelen all derer, die dieses mörderische Land vor ihm verschlungen hatte. Ein närrischer Gedanke. Aber er paßte zu denen, mit denen er sich seit einigen Tagen den größten Teil der Zeit vertrieb.

Und er paßte zu einem Narren wie ihm.

Er war gewarnt worden, hierherzukommen, hierher in dieses Land, und vor allem zu dieser Jahreszeit. Sein Bruder, Little John, Bruder Tuck – selbst Will Scarlett, den man nicht unbedingt zu seinen Freunden zählen konnte, alle hatten versucht, ihn von diesem Vorhaben abzubringen. Robin hatte am Schluß sogar damit gedroht, ihn mit Gewalt zurückzuhalten, aber natürlich hatten sie beide gewußt, daß er diese Drohung nicht wahr machen würde.

In den letzten beiden Wochen hatte sich Kevin mehr als einmal fast gewünscht, er hätte es getan.

Kevin bückte sich und trat in die eigentliche Höhle hinein, die hinter dem kurzen Stollen lag und wenigstens halbwegs windgeschützt war. Der rote Schein eines fast heruntergebrannten Feuers verbreitete die Illusion von Wärme, die die kümmerliche Glut nicht halten konnte. Es roch verbrannt, aber es war trotzdem bitterkalt. Der Holzvorrat ging allmählich zur Neige. Kevin wagte es kaum noch, nachzulegen. Schon seit gestern abend legte er gerade noch genug Äste nach, damit die Glut nicht erlosch, aber mehr auch nicht. Auf diese Weise hatten er und Arnulf zwar kaum Wärme, aber wenigstens Licht. Zu allem Überfluß auch noch im Stockfinstern zu sitzen, hätte Kevin nicht ertragen.

Er ließ sich neben dem Feuer in die Hocke sinken, blies in die Glut und legte einen schmalen Holzscheit nach. Neben ihm regte sich Arnulf stöhnend. Kevin sah aufmerksam zu ihm hinüber, erkannte aber sofort, daß der Wikinger auch diesmal nicht aufwachen würde. Er war seit zwei Tagen nicht mehr wach geworden. Und seit dem Vortag hatte er Fieber. Vielleicht würde er sterben. Vielleicht würden sie beide sterben.

Kevin dachte diesen Gedanken ohne Furcht oder auch nur Bitterkeit. Trotz seiner noch nicht einmal sechzehn Jahre hatte er dem Tod schon oft genug ins Auge gesehen, um sich seiner Existenz bewußt zu sein; viel bewußter jedenfalls, als den meisten anderen Knaben seines Alters. Den meisten Erwachsenen wahrscheinlich auch.

Kevin wußte, was Gefahr bedeutete, und er hatte gelernt, damit umzugehen. Er hatte sich mit Prinz Johns Häschern herumgeschlagen, die Mordanschläge des

Sheriffs von Nottingham überlebt und bei den Rebellen von Sherwood Forest gelebt. Er hatte der schwarzen Magie des Alten Vom Berge widerstanden und gegen seine Assassinen gekämpft, und er hatte dem gefürchteten Sultan Saladin Auge in Auge gegenübergestanden; er hatte sogar der uralten Magie keltischer Druiden getrotzt – aber das dort draußen war etwas anderes. Es war kein Feind, gegen den man kämpfen konnte, nichts, gegen das man sich wehren, ja, nicht einmal etwas, wovor man davonrennen konnte. Es war die Natur selbst, die angetreten war, um Kevin zu vernichten.

Arnulf bewegte sich erneut im Schlaf, und Kevin kam es vor, als wäre dies die Antwort auf seine Gedanken. Er nahm sich zu wichtig. Dieser Sturm dort draußen tobte bestimmt nicht seinetwegen.

»Du hast recht, mein Freund«, sagte er lächelnd. »Hochmut ist eine Sünde, die manchmal bestraft wird.«

Arnulf stöhnte erneut, drehte den Kopf zur Seite – und öffnete die Augen. Er war wach.

Kevin sprang so hastig in die Höhe, daß er um ein Haar mit dem Kopf gegen die niedrige Höhlendecke gestoßen wäre. »Arnulf! Du bist wach! Gott dem Herrn sei Dank, du bist wach!«

Arnulfs Blick flackerte. Für einen Moment blitzte etwas wie Erkennen darin auf, dann trübten sich seine Augen wieder. Ein Gefühl tiefer Enttäuschung machte sich in Kevin breit. »Arnulf, mein Freund«, sagte er leise und mit beinahe flehender, zitternder Stimme. »Du mußt aufwachen! Bitte! Du stirbst, wenn du nicht aufwachst!«

Wahrscheinlich würde er das auch, wenn er erwachte. Sie würden beide sterben, hier, in dieser winzigen, dunklen Höhle am Ende der Welt. Selbst wenn der Sturm jetzt aufhörte, in dieser Sekunde, hatten sie kaum noch eine Chance. Sie hatten nur noch ein Pferd – ein stämmiges, struppiges Pony, das im hinteren Teil der Höhle stand und im Stehen schlief – und so gut wie keine Vorräte mehr. Der Sturm hatte zuerst ihr Gepäck, dann ihr zweites Pferd und als letztes Kevins Mut verschlungen. Das Schlimmste aber war: Er hatte nicht die geringste Ahnung, wo sie waren.

Selbst wenn der Sturm aufhörte, blieb es dabei: Sie hatten sich hoffnungslos verirrt, in einem Land, von dem Kevin absolut nichts wußte. Es mochte sein, daß die nächste menschliche Ansiedlung tausend Meilen entfernt war. Ebensogut konnte sie auch hinter dem nächsten Hügel liegen, und sie würden vielleicht daran vorbeilaufen, ohne es auch nur zu bemerken.

»Warnen«, flüsterte Arnulf. »Ich muß sie warnen. Die Jaguarmenschen. Sie sind ... wieder da.«

Kevin lächelte traurig, streckte den Arm aus und legte dem Freund beruhigend die Hand auf die Stirn. Sie war heiß, und er konnte spüren, wie Arnulfs Puls jagte. Seit er beim Kampf gegen den Schwarzen Druiden so schwer verletzt worden war, waren diese Sätze im Grunde das einzige gewesen, was er gesagt hatte, denn schon kurz darauf war er in eine tiefe Bewußtlosigkeit gefallen, aus der er nur dann und wann wieder erwachte, und niemals für lange.

Die Jaguarmenschen ... Kevin schauderte, als das Wort mehrmals in seinem Kopf widerhallte. Niemand wußte, was dies bedeutete. Kevin wußte nicht einmal, was ein Jaguar war, aber es hörte sich gefährlich an. Unheimlich.

Plötzlich kam er zu einem Entschluß. »Wir werden weiterziehen, mein Freund«, sagte er. »Ich sterbe lieber draußen im Sturm, als in dieser Höhle zu verhungern.«

Arnulf sah ihn an, aber Kevin suchte vergeblich in seinen Augen nach irgendeiner Reaktion auf seine Worte. Aus einem Grund, den Kevin längst nicht mehr verstand, war Arnulf trotz seiner fürchterlichen Verletzung noch immer am Leben. Aber Kevin war längst nicht mehr sicher, ob er seinen Freund darum beneiden sollte. Arnulf war in seiner privaten Hölle gefangen, die vielleicht schlimmer war als alles, was er, Kevin, erlebte.

»Oh, Robin, Robin«, flüsterte Kevin. »Ich hätte auf dich hören sollen.« Er stand wieder auf, ging in den hinteren Teil der Höhle und begann den kümmerlichen Rest ihrer Habseligkeiten zusammenzupacken. Er brauchte nicht lange dazu; der Sturm hatte ihnen nicht viel gelassen.

Das Schwerste war, Arnulf auf das Pferd hinaufzubekommen. Der grauhaarige Wikinger hatte viel an Gewicht verloren, aber er wog noch immer mehr als Kevin, und es kostete den Jungen alle Kraft, ihn in den Sattel hinaufzuhieven. Das Pferd war ihm auch nicht gerade eine Hilfe dabei. Es spürte wohl, was Kevin vorhatte, und hatte verständlicherweise wenig Lust, den Schutz der Höhle zu verlassen und wieder in den heulenden Sturm hinauszugehen.

Da Kevin wußte, was ihn erwartete, nahm er einige feste Stricke und band Arnulf im Sattel fest. Anschließend überzeugte er sich gewissenhaft davon, daß seine Kleidung richtig saß und insbesondere sein Gesicht geschützt war. Bei den Temperaturen, die draußen herrschten, konnte er sich in Minuten eine Erfrierung einhandeln.

Als letztes schlüpfte er in seine eigenen warmen Kleider und trat das Feuer aus. Es waren nur noch wenige kümmerliche Äste, aber man konnte nie wissen – möglicherweise kam ja irgendwann ein anderer Wanderer des Weges, dem gerade diese wenigen Scheite das Leben retteten.

Dann wurde ihm klar, wie naiv dieser Gedanke war. Niemand würde hierherkommen. Es gab ganz bestimmt auf der ganzen Welt keinen zweiten Narren, der so dumm war, sich mitten im Winter auf den Weg nach Island zu machen, um einen Ort zu suchen, den es vielleicht nicht einmal gab …

Kevin ergriff die Zügel, zog sich mit der linken Hand die Kapuze tiefer ins Gesicht und ging auf den Ausgang zu. Für einen Augenblick sank sein Mut, als er die kochende weiße Wand sah, in die er hineintreten wollte. Schatten bewegten sich darin, und für die Dauer eines Herzschlages war er ganz sicher, tatsächlich das Heulen von Wölfen zu hören.

Und außerdem waren vor dem Eingang Spuren.

Kevin blieb wie vom Donner gerührt stehen. Der Wind drehte sich, und die Spuren verschwanden vor seinen Augen, aber er war vollkommen sicher, sie gesehen zu haben: Spuren von großen, vierzehigen Pfoten, die sich erschreckend tief in den Schnee eingegraben hatten ...

Unsinn! Kevin schüttelte ärgerlich den Kopf. Es gab keine Wölfe in diesem Land. Und selbst wenn, waren sie ganz bestimmt klüger als er und hatten sich irgendwo verkrochen, um das Ende des Sturmes abzuwarten.

Er zog den Kopf zwischen die Schultern, ergriff die Zügel fester und trat in den tobenden Sturm hinaus.

Zehn Minuten später hatte er seinen Entschluß schon bitter bereut.

Der Sturm hatte nicht nachgelassen, sondern schien im Gegenteil immer heftiger zu wüten, als hätte er die ganze Zeit, die Arnulf und er in der Höhle verbracht hatten, nur auf sie gewartet. Es war unglaublich kalt, und die Sicht war noch schlechter geworden. Kevin konnte kaum zwei Schritte weit sehen, und die schlimmste Vorstellung überhaupt war, daß sie vielleicht im Kreis liefen.

Sie – und die Schatten. Kevin sah sie jetzt immer öfter. Er versuchte immer noch, sich einzureden, daß es nichts als Einbildung war – aber wenn, dann war es eine sehr intensive Einbildung: Hinter den tobenden Schleiern aus Schnee und Eis bewegte sich etwas, und manchmal glaubte er ein Hecheln und Schnüffeln zu hören. Vielleicht gab es hier doch Wölfe.

Kevin dachte einen Augenblick lang darüber nach, seine Waffe zu holen, verwarf den Gedanken aber sofort wieder. Er hatte sowohl sein Schwert als auch seine Armbrust bei sich, aber beides befand sich sorgsam verpackt am Sattelzeug des Pferdes. Außerdem war bei diesem Sturm an ein Schießen mit der Armbrust nicht zu denken, und was das Schwert anging – Kevins Hände waren mittlerweile so steif gefroren, daß er die Waffe wahrscheinlich nicht einmal halten konnte.

Kevin mochte Schwerter nicht besonders. Er hatte notgedrungen gelernt, damit umzugehen, und beherrschte auch diese Waffe mittlerweile ganz passabel, aber er würde niemals ein meisterlicher Schwertkämpfer werden, wie zum Beispiel sein Bruder, und ...

Die tobende Wand vor ihm riß auf, und was Kevin dahinter erblickte, war so bizarr, daß er mitten in seinen Gedanken abbrach und abrupt stehenblieb.

Im ersten Augenblick dachte er, es wäre ein Wolf, aber schon der zweite Blick offenbarte ihm, daß das Geschöpf wenig Ähnlichkeit mit den grauen Jägern hatte. Es war ungefähr so groß wie ein Wolf, hatte aber ein glattes, nachtschwarzes Fell und einen viel schlankeren Körperbau. Der Kopf hätte der einer Katze sein können, aber er war zu rund und entschieden zu groß. Kevin schätzte, daß das Geschöpf mindestens siebzig oder achtzig Pfund wog, und das allermeiste davon schienen Muskeln, Krallen und nadelspitze Reißzähne zu sein. Die Augen schließlich waren ganz eindeutig die einer Katze: rund und gelb und von einem unheimlichen, glühenden Feuer erfüllt.

Die Lücke in den Sturmwehen schloß sich wieder, und das Ungeheuer verschwand. Kevins Herz klopfte. Hatte er dieses bizarre Fabelwesen tatsächlich gesehen? Oder gaukelten ihm der Sturm und seine eigene Erschöpfung nur Dinge vor, die es gar nicht gab?

Er wußte es nicht.

Die Vorstellung, einer Halluzination erlegen zu sein, war in diesem Moment sogar verlockend, aber auf der anderen Seite war der Anblick der bizarren Kreatur auch zu erschreckend gewesen, um ihn als bloße Einbildung abzutun.

Kevin überlegte noch einen kurzen Augenblick, dann ließ er die Zügel los, ging um das Pferd herum und begann mit vor Kälte steifen Fingern seinen Schwertgurt vom Sattel zu lösen. Seine Finger waren so kalt, daß ihm schon die kleine Anstrengung, den Gurt anzulegen, die Tränen in die Augen trieb, und das Gewicht der Waffe schien ihn in den Schnee hinabziehen zu wollen. Er fühlte sich nicht einmal sicherer dadurch. Seine Armbrust wäre ihm hundertmal lieber gewesen, aber der Sturm tobte einfach zu heftig; er hätte jeden Pfeil davongetragen, kaum daß er die Sehne verlassen hatte.

Sie gingen weiter. Der Sturm schien immer heftiger zu wüten und schleuderte Kevin Kälte und Millionen winziger Eiskristalle gleich kleinen Messern ins Gesicht. Zu allem Überfluß wurde der Schnee auch noch tiefer, so daß jeder Schritt mühsamer erschien als der vorhergehende. Kevin konnte jetzt deutlich spüren, wie seine Kräfte nachließen. Es war ein Fehler gewesen, die Höhle zu verlassen, aber diese Erkenntnis kam zu spät.

Ein schwarzer Schemen flog aus dem Sturm auf ihn zu. Kevin duckte sich instinktiv, und ebenso instinktiv riß er die Arme vors Gesicht – aber beides kam zu spät.

Der Aufprall riß Kevin glatt von den Füßen. Etwas fuhr heiß und brennend über seine Wange und riß sie auf. Kevin stürzte mit dem Gesicht voran in den Schnee, spürte einen furchtbaren Schmerz, der sich von seinem linken Auge bis zum Kinn hinunterzog, und schmeckte Blut.

Für einen winzigen Augenblick drohte er, das Bewußtsein zu verlieren. Alles drehte sich um ihn, und das Gewicht seines eigenen Körpers erschien ihm unerträglich. Der Schnee war mit einem Male gar nicht mehr kalt, sondern nur noch weich. Wenn er sich jetzt fallen ließ, dann hätte alles ein Ende. Die Schmerzen, die Kälte, die Furcht ... der Gedanke war verlockend: sich in die warme Umarmung des Vergessens fallen zu lassen und nichts mehr zu spüren.

Dann hörte er etwas, und der Laut riß ihn jäh in die Wirklichkeit zurück. Es war ein Schrei. Nicht der Schrei eines Menschen, sondern das schrille, panikerfüllte Wiehern eines Pferdes.

Kevin stemmte sich in die Höhe und blinzelte den Schnee weg. Was er sah, ließ ihn sowohl die Kälte als auch den brennenden Schmerz in seinem Gesicht endgültig vergessen.

Das Ungeheuer war echt.

Es war keine Halluzination, und es war auch kein Wolf, sondern tatsächlich so etwas wie eine ins Riesenhafte vergrößerte Katze, die mit einem wütenden Fauchen das Pferd attackierte.

Das verängstigte Tier wehrte sich, so gut es konnte, aber gegen den ungleich schnelleren Angreifer hatte es kaum eine Chance. Es stieg wiehernd auf die Hinterläufe und schlug mit den Hufen nach der Katze, ohne sie allerdings zu treffen. Kevin sah, daß das Pferd bereits aus einer Reihe tiefer Kratzwunden am Hals blutete.

Und er sah noch etwas: Der Angriff des schwarzen Ungeheuers galt gar nicht dem Pferd; ebensowenig, wie er ihm gegolten hatte. Es hatte ihn nur aus dem Weg geschleudert, um an sein eigentliches Opfer heranzukommen: Arnulf.

»Nein!« schrie Kevin. »Nein! Arnulf!«

Er sprang auf die Füße. Kälte und Schmerzen waren vergessen. Das Schwert glitt wie von selbst in seine Hand, und er rannte auf das Ungeheuer zu.

Trotzdem kam er zu spät. Die schwarze Bestie sprang Arnulf mit einer ungemein eleganten und kraftvollen Bewegung an. Ihre Krallen fuhren wie Messer durch die Luft, und hätte Arnulf nicht gleich zwei Mäntel und darüber noch eine dicke wollene Decke getragen, dann hätte der Hieb ihn zweifellos auf der Stelle getötet.

Aber auch so reichte der Aufprall aus, das Pferd endgültig niederzuwerfen. Arnulf, der ja im Sattel festgebunden war, wurde unter dem zusammenbrechenden Tier begraben. Er keuchte, aber der Laut ging im schmerzerfüllten Wiehern des Pferdes unter.

»Nein!« brüllte Kevin.

Er rannte schneller, stolperte und fiel der Länge nach in den Schnee. Sofort rappelte er sich wieder hoch, aber trotzdem hatte die schwarze Riesenkatze die Zeit genutzt, um in den Nacken des Pferdes hinaufzuspringen.

Das Reittier bäumte sich auf, kam aber nicht auf die Füße und versuchte in seiner Panik sogar, nach dem Ungeheuer zu beißen. Die Katze wich den zuschnappenden Zähnen spielerisch aus, fuhr herum und riß dem Pferd mit einem einzigen Krallenhieb die Kehle auf, ehe sie sich wieder dem Wikinger zuwandte, der hilflos unter dem Körper des sterbenden Pferdes eingeklemmt war.

Die tödlichen Fänge der Bestie näherten sich Arnulfs Kehle.

Kevin sprang.

Er war noch zu weit entfernt, und seine klammen Finger konnten das Schwert kaum halten, aber die Angst um Arnulf gab ihm zusätzliche Kräfte. Das Schwert verwundete die Katze nicht, sondern schleuderte sie nur zur Seite. Aber die Reißzähne, die nach Arnulfs Kehle geschnappt hatten, schlugen ins Leere. Kevin und das schwarze Ungeheuer stürzten auf verschiedenen Seiten des toten Pferdes in den Schnee.

Sofort sprang der Junge wieder hoch, aber auch die

Katze hatte sich bereits erhoben. Sie wirkte benommen. Kevin sah zu seiner Enttäuschung, daß der Schwerthieb das Tier nicht wirklich verletzt hatte. Es wirkte eher verwirrt als ängstlich, aber wenigstens ließ es für den Augenblick von seinem Opfer ab.

Allerdings wirklich nur für einen Augenblick. Nach einer Sekunde kehrte der Zorn in seine gelben Augen zurück – und diesmal galt er einem ganz anderen Ziel.

Ihm, Kevin.

Er wich zwei, drei Schritte zurück, ergriff das Schwert mit beiden Händen und suchte mit gespreizten Beinen nach festem Stand. Die Katze kam langsam um das Pferd herum. Ihre Ohren waren eng an den runden Schädel angelegt, die spitzen Zähne drohend gebleckt. Der Blick ihrer glühenden Augen ließ Kevin keinen Moment los.

Kevins Hände schlossen sich nervös um den Schwertgriff. Er hatte den Angriff des Ungeheuers auf das Pferd zu deutlich gesehen, um sich eine ernsthafte Chance auszurechnen. Das Raubtier war schnell wie der Blitz, und es schien über unvorstellbare Körperkräfte zu verfügen.

Aber Kevin würde sein Leben so teuer wie möglich verkaufen.

Die Katze kam näher, hielt unmittelbar außerhalb von Kevins Reichweite an und musterte ihn aus ihren unheimlichen, gelbglühenden Augen. Und dann tat sie etwas, das noch viel unheimlicher war: Sie trat einen Schritt zurück, sah zu Arnulf hinüber, fauchte und blickte dann wieder zu Kevin hoch. Die Bedeutung dieser Geste war ganz klar: Die Bestie wollte Arnulf. Sie war nur hier, um den Wikinger zu töten, nicht ihn, Kevin.

»Niemals«, sagte Kevin. »Weißt du, du hast vielleicht keinen Streit mit mir, aber ich mit dir.«

Und damit war alles gesagt, und die Bestie griff an. Sofort und kompromißlos.

Kevin hatte damit gerechnet, und trotzdem überraschten ihn die Kraft und Eleganz der Bewegung. Die Katze sprang vollkommen ansatzlos auf ihn zu, wie ein von der Sehne geschnellter schwarzer Pfeil. Kevin schlug mit dem Schwert zu, aber er führte die Bewegung nicht einmal halb zu Ende. Ein Tatzenhieb der Bestie prellte ihm die Waffe aus der Hand, dann prallte das Untier gegen ihn und warf ihn rücklings in den Schnee. Messerscharfe Krallen zuckten herab und zerfetzten Kevins Mantel, und hätte er darunter nicht sein Kettenhemd getragen, wäre es um ihn geschehen gewesen.

Aber auch so hatte er das Gefühl, von einem Pferd getreten worden zu sein. Die Luft wich keuchend aus seinen Lungen, und aus seinem Schmerzensschrei wurde ein ersticktes Seufzen.

Irgendwie gelang es ihm trotzdem, die Beine an den Leib zu ziehen und das Untier von sich herunterzustoßen. Während die Katze fauchend in den Schnee fiel, stemmte Kevin sich auf die Ellbogen hoch und hielt nach seiner Waffe Ausschau. Das Schwert lag nur ein kleines Stück entfernt. Es war halb im Schnee versunken, so daß nur noch der Griff hervorragte, und hätte Kevin nur einen Moment Zeit gehabt, hätte er es vielleicht erreichen können.

Aber diese Zeit würde ihm das schwarze Ungeheuer nicht lassen.

Kevin sah sich um. Die Katze war wieder aufgestanden und kaum noch zwei Schritte entfernt. Sie starrte ihn an, und in ihren Augen lag plötzlich etwas Neues, ein Ausdruck mißtrauischer Feindseligkeit, der ihn beinahe noch mehr erschreckte als die Wut, die er bisher darin gelesen hatte.

Aber vielleicht galt dieser Blick ja gar nicht ihm …

Kevin drehte zögernd den Kopf – und sein Herz machte erneut einen Sprung bis fast in seine Kehle hinauf.

Hinter ihm stand ein Wolf. Es war ein riesiges, struppiges Tier mit grauem Fell, dessen Zähne fast so lang waren wie Kevins kleiner Finger.

Und es war nicht allein gekommen. Hinter ihm spie der Sturm weitere Wölfe aus – zwei, drei, vier ... schließlich ein halbes Dutzend der großen, grauen Jäger, die einen perfekten Halbkreis um ihn und die schwarze Riesenkatze bildeten.

Kevin hätte hinterher nicht sagen können, wer den Angriff auslöste: die Katze oder der graue Wolf, der als erster aufgetaucht war. Die beiden Tiere sprangen nahezu gleichzeitig, und sie prallten unmittelbar über dem Jungen in der Luft zusammen.

Kevin warf sich instinktiv zur Seite, schlug die Arme über dem Kopf zusammen und rollte durch den Schnee davon, während die beiden ineinander verbissenen Tiere dort zu Boden fielen, wo er gerade noch gelegen hatte. Ein schrilles, vielstimmiges Heulen erklang und dazu ein Fauchen und Zischen, als wären sämtliche Dämonen der Hölle auf einmal losgelassen worden.

Kevin kroch hastig auf Händen und Knien davon, raffte sein Schwert auf und warf einen Blick über die Schulter zurück. Sämtliche Wölfe waren losgesprungen, um sich auf die schwarze Riesenkatze zu stürzen. Sie wehrte sich nach Kräften, und das sogar mit erstaunlichem Erfolg. Kevin zweifelte keine Sekunde daran, daß sie der Übermacht am Ende erliegen würde, aber vielleicht wehrte sie sich ja lange genug, um Arnulf und ihm noch eine Chance zu geben.

Er sprang auf, rannte zu dem gestürzten Pferd und begann verzweifelt an den Stricken zu zerren, mit denen er Arnulf am Sattel festgebunden hatte. Die Kälte hatte sie hart wie Stein werden lassen, so daß er die Knoten kaum aufbekam, und auch seine Finger waren noch immer steif. Er brach sich ein paar Nägel ab. Blut lief über seine Handgelenke und gefror, noch bevor es in den Schnee einsickern konnte. Kevin zerrte und riß mit verzweifelter Kraft weiter. Sein Blick suchte die Wölfe.

Obwohl er nur wenige Schritte entfernt war, hatte der Sturm die Tiere fast verschlungen. Er sah nur ein Knäuel hin und her wogender Schatten. So unglaublich es schien: die Katze wehrte sich noch immer gegen die Übermacht.

Plötzlich teilten sich die Schneewehen, und einer der Wölfe torkelte heraus. Seine Kehle war zerfetzt. Er taumelte noch zwei, drei Schritte weiter und fiel dann tot zu Boden.

Kevin zerrte und riß mit verzweifelter Kraft weiter an den Stricken. Irgendwie gelang es ihm, die Knoten aufzubekommen, auch wenn er dabei einige weitere Fingernägel einbüßte. Schließlich jedoch war Arnulf frei. Mit einer letzten verzweifelten Anstrengung zerrte Kevin Arnulf unter dem Pferd hervor und versuchte ihn aufzurichten.

Wieder sah er zu den Wölfen hinüber.

Der Kampf dauerte unglaublicherweise noch immer an. Ein zerfetztes, blutiges Fellbündel torkelte aus dem Sturm heraus und fiel sterbend in den Schnee, und das Heulen der Wölfe wurde immer schriller.

Aber es war doch unmöglich, daß dieses Geschöpf mit sechs Wölfen zugleich fertig wurde! Kein Tier auf dieser Welt konnte das schaffen!

»Arnulf, bitte!«, flehte Kevin. »Du mußt aufwachen! Hilf mir! Ich schaffe es nicht allein!«

Arnulf stöhnte zur Antwort, und für einen Augenblick stemmte er tatsächlich die Beine in den Boden, so daß es Kevin gelang, ihn aufzurichten und Arnulfs Arm um seine Schulter zu legen. Aber es war nur ein kurzes Aufblitzen der alten Wikingerkraft. Schon einen Atemzug später fühlte Kevin, wie Arnulfs Kräfte wieder wichen.

Mit zusammengebissenen Zähnen ging er los. Das Gewicht des Wikingers wollte ihn zu Boden zerren, und er sank bei jedem Schritt bis an die Knie in den Schnee. Aber er kämpfte sich tapfer weiter.

Hinter ihm spie der Sturm einen dritten sterbenden Wolf aus, doch der Rest der Tiere kämpfte noch immer unter schrillem Geheul und Gekläff. Mittlerweile war Kevin nicht mehr so sicher, wer als Sieger aus dem ungleichen Kampf hervorgehen würde, aber das spielte auch keine Rolle. Solange sich die Bestien darum stritten, wer Arnulf und ihn auffressen durfte, hatte er noch eine Chance.

Der Sturm, der bisher ihr größter Feind gewesen war, mochte nun zu ihrem einzigen Verbündeten werden. Vielleicht verlor der Sieger des ungleichen Kampfes ja einfach die Spur der beiden Menschen.

Schritt für Schritt schleppte Kevin sich weiter. Das Heulen der Wölfe blieb hinter ihm zurück, und schon nach kurzer Zeit wußte er nicht einmal mehr, in welche Richtung sie gingen. Es war auch gleich. Sie mußten nur weg. Fort von den Wölfen, ganz egal, in welcher Richtung.

Kevin taumelte weiter und weiter, bis in seinem Körper schließlich einfach keine Kraftreserven mehr waren, die er mobilisieren konnte. Erschöpft fiel er auf die Knie. Arnulfs Arm glitt von seiner Schulter herunter. Er hatte nicht mehr die Kraft, ihn zu halten. Der Wikinger fiel neben ihn in den Schnee, und auch Kevin sank nach vorne und fing seinen Sturz nur mehr im allerletzten Augenblick mit ausgestreckten Armen auf. Alles drehte sich um ihn. Er war nur noch müde.

Als er aufsah, blickte er in ein Wolfsgesicht.

Es war zerschlagen und blutig, aber nun wußte er wenigstens, wer den Kampf gewonnen hatte. Auf eine sonderbare Weise wirkte der Gedanke beruhigend. Dieser Wolf würde ihn töten, aber es war ihm lieber so. Besser der vertraute Wolf als das unbekannte Ungeheuer.

»Also komm schon«, flüsterte Kevin.

Seine Hand schloß sich fester um das Schwert, aber er wußte, daß er nicht mehr die Kraft haben würde, sich zu wehren. Vielleicht wollte er es ja nicht einmal mehr?

»Komm, mein Freund. Bringen wir es hinter uns.«

Der Wolf knurrte. Er bleckte die Zähne und spannte sich zum Sprung, und im gleichen Augenblick erschien eine riesige, ganz in schwarzes und braunes Fell gehüllte Gestalt hinter ihm und versetzte ihm einen Schlag mit einem gewaltigen Knüppel. Der Wolf heulte, brach auf der Stelle zusammen und schleppte sich ein paar Schritte weit auf dem Bauch kriechend davon, ehe er sich wieder aufrichtete.

Der Mann im Fellmantel setzte ihm nach, schwang seinen Knüppel hoch über den Kopf und spreizte die Beine. Hätte er zugeschlagen, hätte die Wucht des Hiebes zweifellos ausgereicht, dem Tier den Schädel zu zertrümmern.

Aber er schlug nicht zu.

Er stand einfach nur da und hielt den gewaltigen Knüppel hoch über dem Kopf – und für einen endlosen Augenblick starrte ihn der Wolf aus brennenden Augen an. Und dann, ganz langsam, senkte er den Kopf, klemmte den Schwanz zwischen die Hinterläufe und verschwand.

Kevin atmete hörbar aus. Seine Finger öffneten sich und ließen das Schwert fahren, und er spürte, wie sich tief in ihm drinnen noch etwas anderes löste; eine Spannung, die ihm bisher die Kraft gegeben hatte, trotz allem noch irgendwie durchzuhalten. Jetzt, als die unmittelbare Gefahr vorüber schien, war sie nicht mehr notwendig.

Er sank mit dem Gesicht in den Schnee, und diesmal kämpfte er nicht gegen die warme Umarmung an. Er verlor das Bewußtsein, noch bevor der Fremde neben ihm niedergekniet war.

Zweites Kapitel

Sehr viel Zeit verging; Stunden, die sich zu einem Tag reihten, einer Nacht und noch einem Tag.

Kevin war nicht die ganze Zeit ohne Bewußtsein, aber er war auch niemals wirklich wach, sondern trieb beständig in einem schmalen Grenzbereich aus Schlafen und Wachen dahin. Er konnte nicht länger entscheiden, ob das, was er zu erleben glaubte, Realität war oder nicht. Mal glaubte er, sich auf dem Rücken eines wild hin und her schaukelnden Pferdes zu befinden, dann wieder rannte er durch den Sturm, verfolgt von Wölfen und riesigen schwarzen Katzen. Schließlich glaubte er Stimmen zu hören, die sich in einer fremden, doch zugleich auch vertrauten Sprache miteinander unterhielten.

Erst am Abend des darauffolgenden Tages wachte er wirklich auf.

Das erste, was ihm auffiel, war, daß der Sturm aufgehört hatte. Das unheimliche Heulen und Winseln war verstummt.

Das erste, was er sah, war das Gesicht einer alten Frau, die sich über ihn beugte und mit einer Mischung aus Sorge und vorsichtiger Erleichterung auf ihn herabblickte.

Die Frau war wirklich alt – uralt. Sie war mit Sicherheit eine der ältesten Frauen, die Kevin jemals zu Gesicht bekommen hatte. Ihr Haar hing in dünnen grauen Strähnen von ihrem Schädel herab, und ihre Haut hatte die Farbe von altem Pergament und schien nur aus Runzeln und Falten zu bestehen. Aber sie hatte gütige

Augen, und irgend etwas sehr Sanftes, Warmes ging von ihr aus.

»Du bist wach«, sagte sie. »Das ist gut. Ich habe nämlich schon langsam angefangen, mir Sorgen um dich zu machen. Hier, trink das. Es wird dir guttun.«

Sie sprach mit einem schweren, Kevin allerdings wohlbekannten Akzent. Arnulf hatte diese Art zu reden.

Mit einer behutsamen Bewegung hob sie Kevins Kopf an und setzte mit der anderen Hand eine hölzerne Schale an seine Lippen. Er war viel zu schwach, um sich zu wehren, aber es gab auch keinen Grund dafür: In der Schale befand sich eine heiße, sehr wohlschmeckende Suppe, die er in kleinen, sehr vorsichtigen Schlucken trank, bis die Alte die Schale wieder absetzte.

»Das ist genug«, sagte sie. »Du bekommst später mehr, aber für den Anfang müssen wir vorsichtig sein, damit dir nicht übel wird.«

Kevin fuhr sich mit der Zungenspitze über die Lippen. Sie waren rissig und spröde, und schon diese kleine Berührung tat weh.

»Wo ...«, begann er, aber die Alte brachte ihn sofort mit einem Kopfschütteln und einer entsprechenden Handbewegung zum Schweigen.

»Versuche nicht zu reden«, sagte sie. »Ich weiß, was du fragen willst. Du bist in Sicherheit. Bei Freunden.«

Kevin schüttelte mühsam den Kopf. »Wo ist Arnulf?« krächzte er. Die Stimme, die er hörte, schien gar nicht ihm zu gehören, sondern klang wie die eines Fremden.

Die alte Frau wirkte sehr überrascht. »Das war es, was du fragen wolltest? Ich verstehe. Wer ist Arnulf? Dein Freund?« Kevin nickte schwach, und die Alte fuhr fort: »Er lebt, hab keine Furcht.«

Das war nicht die Antwort, die Kevin hatte hören wollen – aber vermutlich die beste, die er bekommen würde. Und im Grunde mehr, als er hatte erwarten können. Daß

Arnulf nach allem überhaupt noch am Leben war, grenzte an ein Wunder.

»Streng dich nicht an, mein Junge«, fuhr die Alte fort. »Deine Kräfte werden bald zurückkehren, aber du mußt noch ein wenig Geduld haben.«

Sie stand auf, stellte die Suppenschale auf ein kleines hölzernes Tischchen neben dem Bett und entfernte sich. Kevin hörte, wie sie mit jemandem redete, aber er verstand sie nun nicht mehr, denn sie bediente sich einer ihm unverständlichen Sprache.

Kurz darauf kehrte die Alte zurück, aber sie war jetzt nicht mehr allein. In ihrer Begleitung befand sich ein hochgewachsener, bärtiger Mann mit vollem schwarzem Haar, das in ungebändigten Locken bis weit über seine Schultern herabfiel.

Obwohl Kevin sein Gesicht unter all dem Haar- und Bartwuchs kaum erkennen konnte, war ihm doch sofort klar, daß es sich um einen Verwandten der Frau handeln mußte, denn der Mann hatte die gleichen gütigen Augen wie sie.

»Das ist Sven, mein Enkelsohn«, sagte die alte Frau dann auch. »Erinnerst du dich an ihn? Er und sein Vater waren es, die euch gefunden haben.«

Kevin konnte sich nicht an Svens Gesicht erinnern, aber ganz zweifellos war dies der fellbekleidete Riese, der den Wolf vertrieben hatte. Er nickte.

Sven stellte eine Frage in seiner Muttersprache. Die Frau antwortete in scharfem Ton, aber Sven wiederholte seine Frage noch zweimal, bis die Alte schließlich widerwillig übersetzte: »Er will dir ein paar Fragen stellen. Ich habe ihm gesagt, daß du noch zu schwach dazu bist, aber…«

»Es ist schon gut«, sagte Kevin mit noch leiser, aber doch schon wieder ruhiger Stimme. Er fühlte sich sehr schwach, allerdings nicht zu schwach zum Reden.

Die alte Frau runzelte überrascht die Stirn, aber dann zuckte sie nur mit den Schultern.

»Wie du meinst«, sagte sie. »Wie ist dein Name? Den deines Freundes kenne ich ja nun schon.«

»Kevin«, antwortete Kevin. »Kevin von Locksley.«

Sven stellte eine weitere Frage, und seine Großmutter übersetzte sowohl sie als auch Kevins Antwort; so, wie sie es im Verlauf des Gespräches auch weiterhin tat:

»Was hattet ihr dort draußen zu suchen?« wollte Sven wissen. »Wißt ihr denn nicht, wie gefährlich es zu dieser Jahreszeit hier ist?«

»Nein«, antwortete Kevin. »Das heißt: jetzt weiß ich es, aber ... nein, ich wußte es nicht. Um ehrlich zu sein, wir haben uns verirrt. Schon vor ein paar Tagen.«

Sven nickte, als hätte er nichts anderes erwartet, und stellte eine andere Frage: »Wohin wolltet ihr?«

»Nach Thule«, antwortete Kevin.

»Thule?«

Svens Großmutter hätte die Antwort nicht zu übersetzen brauchen. Der ungläubige Ton in seiner Stimme entging Kevin keineswegs. »Das ist nur eine Legende. Dieser Ort existiert nicht wirklich!« meinte der Hüne.

»Ich wußte, daß er das sagen wird«, antwortete Kevin. Er sah die Alte an, deutete aber auf Sven. »Sagt eurem Enkelsohn, daß ich die Wahrheit über Thule kenne. Arnulf und ich waren auf dem Weg dorthin, als uns der Sturm überraschte.«

Die alte Frau zögerte einen langen Augenblick, übersetzte Kevins Antwort aber dann gehorsam, und ihr Enkelsohn reagierte mit einem einzelnen, fast feindselig hervorgestoßenen Wort. »Warum?«

»Ich habe es Arnulf versprochen«, antwortete Kevin. »Es war sein letzter Wunsch.«

»Sein letzter Wunsch? Sterbende haben letzte Wünsche. Oder Männer, die zum Tode verurteilt worden sind.«

»Er lag im Sterben«, sagte Kevin traurig. »Er wurde bei einem Kampf in meiner Heimat verwundet. Sein letzter Wunsch war, zu Hause zu sterben, und ich habe geschworen, ihm diesen Wunsch zu erfüllen.«

»Zu Hause? Und er stammt aus Thule? Das hat er behauptet? Was weißt du über Thule?«

Kevin wählte seine nächsten Worte mit Bedacht. Er spürte instinktiv, daß er Sven und seine Großmutter nicht belügen durfte. Sie würden es wissen, wenn er die Unwahrheit sprach.

»Nicht viel«, gestand er also. »Nicht mehr, als mir Arnulf erzählt hat. Und das war wirklich sehr wenig. Aber ich glaube ihm. Arnulf würde mich niemals belügen.«

Kevin war selbst ein wenig erstaunt über seine Worte, aber diese Antwort schien Sven – zumindest für den Augenblick – vollauf zu genügen.

»Und du hast dich ganz allein auf den Weg gemacht, um einen sterbenden Mann hierher zu bringen?« fragte der Riese zweifelnd.

»Meinen Freund«, verbesserte ihn Kevin betont. »Und ich war nicht allein. Wir hatten ein Schiff. Es hat uns eine Woche von hier entfernt an Land gesetzt.«

»Nur euch beide? Einen Jungen und einen sterbenden Mann. Ganz allein?«

Diesmal zögerte Kevin mit der Antwort. Dies war eine Episode, die er am liebsten vergessen hätte, vielleicht, weil sie etwas mit gebrochenen Versprechen und Verrat zu tun hatte, den beiden Dingen auf der Welt, die er am meisten verachtete. Aber schließlich berichtete er doch:

»Es war nicht so vereinbart«, sagte er. »Wir hatten die Männer im voraus bezahlt, die uns begleiten sollten. Aber dann haben sie sich geweigert, von Bord zu gehen.«

»Hast du ihnen gesagt, wohin die Reise geht?« wollte Sven wissen.

Kevin nickte. »Das mußte ich doch.«

»Dann verstehe ich, daß sie nicht mitkommen wollten«, sagte Svens Großmutter, ohne daß dieser eigens antworten mußte. »Du kannst deinem Gott danken, daß sie deinen Freund und dich überhaupt an Land gelassen haben.«

So ganz freiwillig hatten sie das auch nicht getan, aber diesen Teil der Geschichte verschwieg Kevin lieber. Er sah nur aus wie ein fünfzehnjähriger hilfloser Junge, aber er war für alle, die ihn unterschätzten, immer für eine Überraschung gut. Im Augenblick war er allerdings kaum in der Verfassung, diese Behauptung auch glaubhaft vorzubringen.

»Sie haben uns zwei Pferde gegeben und ausreichend Nahrung und Feuerholz«, sagte er. »Am Anfang sind wir auch gut vorwärts gekommen, aber dann hat uns der Sturm überrascht. Wir haben in einer Höhle Zuflucht gesucht, doch schließlich sind unsere Vorräte zur Neige gegangen, und ich habe mich entschieden, weiterzuziehen.«

»Das war sehr leichtsinnig von dir«, sagte Sven. »Dieses Land ist grausam, und es kennt keine Gnade. Selbst wenn die Wölfe nicht gekommen wären, hättet ihr sterben können.«

»Es waren nicht die Wölfe, die uns angegriffen haben«, sagte Kevin.

»Nicht die Wölfe? Was soll das heißen?«

»Sie kamen erst später«, sagte Kevin. »Zuerst war es ein anderes Tier. Die Wölfe haben uns sogar geholfen – wenn auch sicher nicht absichtlich. Hätten sie nicht in den Kampf eingegriffen, dann wären Arnulf und ich jetzt tot.«

»Was für ein anderes Tier?« fragte Sven. »Ein Bär?«

»Eine Katze«, sagte Kevin.

Sven riß die Augen auf. »Eine Katze?«

»Es sah jedenfalls aus wie eine Katze«, antwortete Kevin. »Aber es war riesig. Fast so groß wie ein Wolf, aber viel stärker. Es hat drei Wölfe getötet, vor meinen Augen. Und es war schwarz wie die Nacht.«

»Du mußt dich irren«, sagte Sven kopfschüttelnd – allerdings erst, nachdem er eine geraume Weile über Kevins Worte nachgedacht hatte. »Ein solches Tier gibt es nicht. Sicher war es ein Bär.«

Kevin ersparte es sich zu widersprechen. Er wußte ja selbst, wie wenig glaubhaft seine Geschichte sich anhörte. Aber er wußte auch, was er gesehen hatte – und das war ganz bestimmt kein Bär gewesen.

»Es ist genug jetzt«, bestimmte die Alte. »Du brauchst Ruhe. Ihr könnt später weiter miteinander reden.«

Ihr Enkel sagte etwas in herrischem Ton. Die alte Frau widersprach, aber ihr Enkel wiederholte seine Worte und deutete befehlend auf Kevin, und schließlich fügte sich seine Großmutter. »Nun gut, noch eine allerletzte Frage. Sven möchte wissen, wem die Kleider gehören, die bei deinem Gepäck waren. Und das Schwert.«

»Der Waffenrock? Er gehört mir. Und das Schwert auch.«

»Du verstehst mich falsch. Ich rede von dem Waffenrock eines Tempelherrn, der …«

»Ich auch«, unterbrach sie Kevin. »Er gehört mir.«

»Du bist ein Tempelritter?« fragte die alte Frau ungläubig.

»Nicht … direkt«, antwortete Kevin zögernd. »Aber sie gehören mir trotzdem. Es ist eine lange Geschichte.«

»Die du uns wirst erzählen müssen«, sagte die Alte. Dann machte sie eine Handbewegung, die klarmachte, daß sie keinen weiteren Widerspruch mehr dulden würde. »Aber erst später. Ich habe dich nicht zwei Tage und eine Nacht gepflegt, um dich jetzt zu überanstrengen. Ruh dich erst einmal aus und schlafe.«

Drittes Kapitel

Als Kevin das nächste Mal erwachte, war es wieder Morgen. Aber diesmal erwachte er nicht aus einer Bewußtlosigkeit, sondern einem tiefen, erquickenden Schlaf, und er fühlte sich frisch und ausgeruht wie schon seit langem nicht mehr.

Ein angenehmer Geruch hing in der Luft, und er hörte die Stimmen zahlreicher Menschen, darunter auch die von Kindern. Langsam setzte er sich auf und drehte den Kopf in die Richtung, aus der die Stimmen kamen.

Nicht weit von seinem Bett entfernt befand sich ein langer, aus rohen Brettern zusammengefügter Tisch, an dem sich ein gutes Dutzend Personen versammelt hatten. Die Männer waren allesamt groß, dunkel – und langhaarig, und alle trugen bis auf die Brust reichende, wallende Bärte, die es schwermachten, sie voneinander zu unterscheiden oder auch nur ihr Alter zu schätzen. Kevin zählte vier Frauen – fünf, wenn er die Großmutter mitzählte, die auf dem Ehrenplatz am Ende der Tafel saß – und insgesamt drei Kinder: zwei dunkelhaarige Knaben und ein rothaariges Mädchen, die alle drei etwas jünger als er selbst sein mußten.

Seine Bewegung war nicht unbemerkt geblieben. Die Gespräche am Tisch verstummten, und alle Gesichter wandten sich in seine Richtung. Die Blicke der meisten – insbesondere die der Kinder – waren sehr freundlich, aber Kevin gewahrte auch das ein oder andere Stirnrunzeln. In den Augen von zwei oder drei Männern lag auch eine Spur von Mißtrauen, nirgendwo jedoch Feindseligkeit.

»Kevin!« Die Großmutter erhob sich mit einer für ihr Alter erstaunlich raschen Bewegung und kam auf ihn zu. »Du bist wach! Du mußt das Frühstück gerochen haben, habe ich recht?«

Kevin hatte bisher nicht einmal bemerkt, daß die Familie sich zu einer Mahlzeit an dem langen Tisch versammelt hatte, aber jetzt fielen ihm die Schalen, Teller und Krüge auf, unter deren Last der Tisch schier zusammenzubrechen drohte, und allein der Anblick all dieser aufgefahrenen Köstlichkeiten ließ ihm das Wasser im Munde zusammenlaufen. Immerhin hatte er seit annähernd zwei Tagen nichts mehr gegessen. Sein Magen schien derselben Meinung zu sein, denn er knurrte hörbar.

Kevin machte ein verlegenes Gesicht. Zwei der Kinder lachten laut, und auch auf den Gesichtern von einigen Erwachsenen breitete sich ein amüsiertes Grinsen aus. Aber die Großmutter sagte nur ein einzelnes, scharfes Wort, und das Gelächter verstummte auf der Stelle.

»Damit hat sich meine Frage, ob du hungrig bist, wohl erübrigt«, sagte sie. »Komm, setz dich zu uns. Und greif nur kräftig zu. Du mußt hungrig wie ein Wolf sein.«

Kevin verzog bei diesem Wort das Gesicht, als hätte er unversehens auf einen Stein gebissen, stand aber gehorsam auf und folgte der Alten zurück zum Tisch.

Die Großmutter deutete auf einen freien Platz gleich neben ihrem eigenen Stuhl, setzte sich und wedelte ungeduldig mit der Hand, es ihr gleichzutun. Kevin gehorchte. Sein Magen knurrte erneut und sogar noch lauter, so daß ihm die Schamesröte ins Gesicht stieg, aber die alte Frau lächelte nur noch freundlicher. Sie mußte ihre auffordernde Geste nicht wiederholen, damit Kevin zugriff.

Schon nach den ersten Bissen hatte er alles andere rings um sich herum vergessen. Anders als nach seinem ersten Erwachen hatte seine Wohltäterin heute nichts dagegen, daß er so viel aß und trank, wie er nur wollte – und Kevin griff kräftig zu.

Während der ganzen Zeit war er sich sehr unangenehm der Tatsache bewußt, angestarrt zu werden – insbesondere von den Kindern –, aber das war ihm im Augenblick egal; sein Magen knurrte mittlerweile lauter als die Wölfe gestern, und er hatte das Gefühl, nicht satt, sondern immer hungriger zu werden, ganz egal, wieviel er auch in sich hineinstopfte.

Irgendwann war er natürlich doch satt und lehnte sich zufrieden zurück. Die alte Frau sah ihn mit einem gutmütigen Lächeln an, das so warm und schutzverheißend war, wie es nur das Lächeln einer Großmutter sein kann.

»Hat es geschmeckt?« fragte sie.

»Noch ein Bissen und ich platze«, antwortete Kevin. Die Großmutter sah ihn verständnislos an, und er fügte rasch hinzu: »Sehr gut, danke. Aber jetzt kann ich wirklich nicht mehr.«

»Du hast auch unseren halben Wintervorrat aufgegessen«, antwortete die alte Frau.

Kevin erschrak. Das verräterische Glitzern in den Augen der Alten sagte ihm zwar, daß sie nur einen Scherz gemacht hatte, aber ihm fiel plötzlich wieder auf, wie einfach – um nicht zu sagen: primitiv – die Hütte im Grunde doch war. Selbst der Hof, auf dem er aufgewachsen war (und seine Eltern waren wirklich arme Leute gewesen), hätte neben dieser Hütte gewirkt wie ein Palast. Na ja, wenigstens wie ein kleiner.

»Ich habe euch doch nicht wirklich ...«, begann er, wurde aber sofort von der alten Frau unterbrochen:

»Das war nur ein Scherz. Keine Sorge. Wir sind zwar nicht mit Reichtum gesegnet, aber zu essen haben wir immer genug. Und für jeden, der es braucht, ein Dach und ein Plätzchen am warmen Feuer.« Sie blinzelte ihm zu. »Und wenn du zuviel essen solltest – keine Angst. Zur

Not finden wir eine Arbeit für dich. Der Winter ist noch lange nicht vorbei, und es sind viele Klafter Holz zu schlagen.«

Der bärtige Mann am Kopfende des Tisches stellte eine Frage, und das Lächeln der Großmutter erlosch zwar nicht ganz, trat aber merklich in den Hintergrund.

»Olof möchte wissen, wer ihr genau seid und was ihr hier zu tun habt«, übersetzte sie und deutete auf den Bärtigen. »Er ist mein ältester Sohn. Der Vorstand der Familie.«

»Aber ich habe doch schon gestern ...«

»Er möchte es noch einmal hören«, unterbrach ihn die Großmutter. »Aus deinem eigenen Mund und mit deinen Worten.« Sie lächelte. »Er spricht deine Sprache nicht, aber er versteht sie leidlich. Solange du nicht zu schnell sprichst.«

Kevin sah die grauhaarige, bärtige Gestalt am Kopfende des Tisches einen Augenblick lang nachdenklich an. Olof mußte mindestens so alt sein wie Arnulf, war aber wesentlich kräftiger, als es sein väterlicher Freund jemals gewesen war. Das wenige, was unter der wuchernden Haar- und Barttracht von Olofs Gesicht zu erkennen blieb, sah so verwittert und derb aus, als wäre es aus Fels gemeißelt, und seine Hände waren vernarbte Pranken, die geradezu furchteinflößend wirkten. Aber er hatte die gleichen, freundlichen Augen wie seine Mutter, und seine Stimme war zwar kraftvoll, aber zugleich auch sanft.

»Es geht um Arnulf«, begann Kevin schließlich.

»Deinen Freund?« Das Gespräch fand zumindest zur Hälfte auf die gleiche umständliche Weise statt wie das gestern zwischen Kevin und Sven. Olof stellte seine Fragen in seiner Muttersprache, und die Alte übersetzte; nur daß Kevin diesmal wenigstens direkt antworten konnte.

»Ja. Wie geht es ihm?«

»Nicht gut. Er hat hohes Fieber, und die Medizin wirkt nicht. Es scheint, als ob ein böser Fluch auf ihm liegt. Aber er wird leben. Wenigstens eine Weile.«

Kevin hätte nicht erschrocken sein dürfen – Olof berichtete ihm nichts anderes als das, was er seit Tagen und Wochen bereits wußte. Arnulfs Zustand war unverändert, seit sie aufgebrochen waren. Trotzdem war er zutiefst betroffen. Er wußte selbst nicht warum, aber irgendwie hatte er ganz selbstverständlich angenommen, daß sich schon alles zum Guten wenden würde, sobald sie erst einmal in Arnulfs Heimat angekommen wären.

Jetzt mußte Kevin sich eingestehen, daß dies wohl eine ziemlich naive Hoffnung gewesen war. Außerdem hatte er eine Kleinigkeit vergessen: Er hatte Arnulf versprochen, ihn in seine Heimat zu bringen, damit er dort sterben konnte.

»Wir werden sehen, was wir für deinen Freund tun können«, sagte die Großmutter von sich aus, ohne daß Olof etwas gesagt hatte. »Ich habe nach Ursa geschickt. Sie wohnt eine Tagesreise entfernt, aber sie versteht sich gut auf die Heilkunst. Wenn jemand deinem Freund helfen kann, dann sie.«

Kevin nickte dankbar, aber er blieb sehr traurig.

»Ich bin euch allen sehr dankbar«, sagte er, »aber ich glaube nicht, daß diese Ursa Arnulf noch helfen kann. Er wird sterben.« Die Worte kamen ihm glatter über die Lippen, als er selbst erwartet hatte. Sie taten nicht weh. Im Gegenteil: Sie taten gut. Manchmal erleichtert es, über einen Schmerz zu reden.

»Warum habt ihr dann diese lange und gefahrvolle Reise auf euch genommen, wenn du doch glaubst, daß dein Freund stirbt?« wollte Olof wissen.

»Weil ich es ihm versprochen habe«, antwortete Kevin.

»Wieso?«

»Er wollte in seiner Heimat sterben.«

»Und deshalb riskierst du dein Leben?« fragte Olof in einem Ton, der wohl in jeder Sprache der Welt als zweifelnd zu erkennen gewesen wäre. »Wegen eines Versprechens, das du einem sterbenden Mann gegeben hast?«

»Ich stehe zu meinem Wort«, antwortete Kevin ernst. »Und außerdem ist es nicht nur ein sterbender Mann. Er ist mein Freund. Er wurde im Kampf verletzt, als er mich verteidigte. Ich bin es Arnulf schuldig, ihm den letzten Wunsch zu erfüllen. Und der lautet nun einmal, ihn nach Thule zu bringen.«

Es wurde sehr still, und das auf eine sonderbare, beunruhigende Art. Die Leute wirkten fast erschrocken. Im ersten Augenblick dachte Kevin, es läge daran, daß Olof und die anderen seine Worte bezweifelten. Aber dann wiederholte Olof ein einzelnes Wort, und das in beinahe schon entsetztem Ton:

»Thule?«

Kevin nickte. Olof starrte ihn aus ungläubig aufgerissenen Augen an, als hätte Kevin von König Arthurs Hof oder dem Tor zur Hölle gesprochen.

»Seine Heimat«, bestätigte er. »Die Stadt, in der er geboren wurde.«

»Was weißt du von Thule?« fragte Olof plötzlich in scharfem, fast feindseligem Ton.

»Nicht viel«, antwortete Kevin verwirrt, aber wahrheitsgemäß. »Arnulf hat niemals viel von seiner Heimat erzählt. Eigentlich ... gar nichts. Ich habe diesen Namen nur drei- oder viermal von ihm gehört. Das letzte Mal in Stonehenge, nach dem Kampf gegen den Druiden.«

»Erzähle davon«, verlangte Olof.

Kevin gehorchte.

Es fiel im schwer, die Ereignisse noch einmal heraufzubeschwören, die letztendlich beinahe zu seinem und mit ziemlicher Sicherheit zu Arnulfs Tod geführt hÄtten.

Über diesen Schmerz zu sprechen, linderte ihn nicht, sondern machte ihn eher schlimmer, denn er konnte es drehen und wenden, wie er wollte: Er fühlte sich schuldig an Arnulfs Schicksal.

Trotzdem erzählte er Olof alles; angefangen von seiner Ankunft in England bis hin zu jenen schrecklichen Ereignissen im magischen Steinkreis von Stonehenge. Olof runzelte ein paarmal zweifelnd die Stirn, unterbrach Kevin aber kein einziges Mal, bis dieser geendet hatte.

Olof wandte sich nicht sofort wieder an Kevin, sondern wechselte einige besorgte Worte mit den anderen am Tisch, die die Alte auch diesmal nicht übersetzte. Erst dann widmete er sich wieder seinem jungen Gast.

»Berichte genau, was er sagte, nachdem er dem Druiden gegenüberstand«, verlangte er. »Wort für Wort. Es ist sehr wichtig!«

»Er hat mir nur das Versprechen abgenommen, ihn nach Thule zu bringen«, antwortete Kevin. »Und später ...«

»Später?« hakte Olof nach, als Kevin nicht weitersprach.

Kevin zögerte. »Nichts«, sagte er schließlich. »Er sprach im Fieber. Wirres Zeug, das keinen Sinn ergibt.«

»Das beurteile ich«, beschied ihm Olof rüde. »Was hat er gesagt?«

»Eigentlich immer nur dasselbe«, sagte Kevin. »Aber es war völlig sinnlos. Er hat ein paarmal gesagt: Die Jaguarmenschen. Die Jaguarmenschen sind wieder da. Aber ich glaube, daß er im Fieber gesprochen hat. Niemand weiß, was ein Jaguarmensch sein soll. So etwas gibt es nicht. Oder wißt Ihr, was damit gemeint sein soll?«

Olof ignorierte die Frage zwar, aber er sah mit einem Male noch besorgter aus.

»Und nun berichte von der angeblichen Katze, die die Wölfe getötet haben soll«, sagte er.

Schon die Wahl der Worte gemahnte Kevin zur Vorsicht; insbesondere, wenn er sich daran erinnerte, wie Sven gestern auf seine Erzählung reagiert hatte. Er wiederholte seine Geschichte, gab sich aber Mühe, so zu klingen, als hielte er selbst das meiste von dem, was er erlebt hatte, für Einbildung. Und so schloß er auch: »Aber es war ein schlimmer Sturm. Ich war am Ende meiner Kräfte, und ich hatte Angst. Vielleicht war es gar keine Katze, sondern ein anderes Tier.«

Olof starrte ihn an, und Kevin beeilte sich, mit einem nervösen Lächeln hinzuzufügen: »Ich meine, wer hätte je von einer Katze gehört, die es mit einem Wolf aufnehmen könnte? Oder gar gleich mit mehreren?«

»Das ist wohl wahr«, antwortete Olof – in nicht sehr überzeugtem Tonfall, wie Kevin fand. Aber sein Gastgeber ging nicht weiter darauf ein, sondern stand mit einer plötzlichen Bewegung auf und entließ Kevin mit einer beinahe abfälligen Handbewegung.

»Jetzt geh und kümmere dich um deinen Freund. Ich muß über manches nachdenken. Wir reden später weiter.«

Auch die Großmutter erhob sich, nachdem sie seine Worte übersetzt hatte, und machte eine auffordernde Geste in Kevins Richtung.

Kevin hatte es plötzlich sehr eilig, ihr zu folgen. Auch nachdem ihr Gespräch beendet war, starrten alle Anwesenden ihn weiterhin durchdringend an, und Kevin fragte sich plötzlich, ob Olof vielleicht nicht der einzige hier war, der seine Sprache zwar nicht sprach, aber sehr wohl verstand.

Die alte Frau geleitete ihn zu der einzigen Tür, die es außer dem Ausgang noch gab. Sie führte in einen kleinen, düsteren Raum, der nur ein einziges schmales Fenster hatte und gerade genug Platz für ein Bett bot.

Offenbar handelte es sich um das Schlafzimmer Olofs

und seiner Frau, das sie für den kranken Gast geräumt hatten.

Es war sehr dunkel, so daß Kevin seinen Freund Arnulf nur als Schemen mit einem geisterhaft bleichen Gesicht ausmachen konnte. Ein übler Geruch hing in der Luft, der dem Jungen weit mehr über Arnulfs Zustand verriet, als es alle Worte getan hätten.

Mit klopfendem Herzen trat Kevin an das Bett seines Freundes. Er wollte etwas sagen, aber er konnte es nicht. Seine Kehle war wie zugeschnürt. Als er schließlich sprach, klang seine Stimme leise – wie die eines Fremden – und von weit, weit her.

»Es tut mir so leid, Arnulf«, flüsterte er. »Ich habe getan, was ich konnte. Aber ich bin nicht mehr sicher, ob ich das Versprechen einhalten kann, das ich dir gegeben habe.«

Kevins Augen füllten sich mit Tränen, und diesmal kämpfte er nicht dagegen an. Er kannte Arnulf, so lange er denken konnte. Der grauhaarige Wikinger war alles für ihn gewesen: Vater, Lehrmeister, Beschützer und Bruder, aber vor allem eines: ein Freund. Vielleicht der einzige, den er jemals gehabt hatte. Er hatte alles für Kevin getan, und Kevin umgekehrt so wenig für Arnulf. Und nun war es dem Jungen nicht einmal möglich, das letzte – einzige – Versprechen zu halten, um das Arnulf ihn jemals gebeten hatte.

»Bitte verzeih mir, Arnulf«, flüsterte Kevin.

Zögernd griff er nach Arnulfs Hand und schrak im ersten Augenblick zurück, denn Arnulfs Haut fühlte sich so kalt und wächsern an wie die eines Toten. Aber dann griff Kevin um so fester zu und klammerte sich regelrecht an ihn. Wäre Arnulf wach gewesen, hätte ihm dieser Griff vielleicht Schmerz zugefügt. »Ich wollte, du könntest mich verstehen.«

»Das kann er«, sagte eine Stimme hinter ihm.

Kevin wandte nur den Kopf, blieb aber über Arnulf gebeugt stehen. Er hatte gar nicht bemerkt, daß die Großmutter ihm ins Zimmer gefolgt war.

»Glaubt Ihr?« fragte er.

Die Alte nickte. Ein warmes Lächeln breitete sich auf ihren zerfurchten Zügen aus wie Sonnenschein auf einem Felsen am Meer.

»Ganz sicher!« antwortete sie.

»Aber er ist ohne Bewußtsein. Er stirbt!«

»Vielleicht«, schränkte die Großmutter ein. Dann schüttelte sie traurig den Kopf. »Nein – ich will dir nichts vormachen. Er wird sterben. Es ist ein Wunder, daß er überhaupt noch lebt. Ich habe nie einen Menschen gesehen, der mit einer so schweren Verletzung so lange überlebt hätte. Aber der Tod ist nicht das Ende, weißt du?«

»So?« fragte Kevin bitter.

Die Großmutter schüttelte überzeugt den Kopf.

»Unser Leben währt nur kurz«, erklärte sie. »Du bist jung und kannst das vielleicht noch nicht verstehen, aber unser Leben hier ist nicht so wichtig. Es ist nur ein Übergang. Nicht viel mehr als das Warten auf den Eintritt in die andere Welt. Sein Körper mag sterben, aber er selbst wird in Walhalla eintreten, um dort an Odins Seite zu sitzen, denn er war ein tapferer Mann.«

Nach allem, was Kevin gelernt hatte, war das nichts als heidnischer Aberglaube. Aber es klang trotzdem auf sonderbare Weise tröstlich. Und – seltsam genug – nicht einmal so fremd, wie es sein sollte.

»Das glaubst du wirklich, wie?« fragte er.

»Glaubt ihr denn nicht auch an ein Weiterleben nach dem Tode?«

»Doch«, antwortete Kevin. »Aber ihr seid doch Heiden! Ich meine, ihr betet all diese fremden Götter an: Odin, Thor, und wie sie alle heißen!«

»Und wenn es nur andere Namen für ein und dasselbe wären?« fragte die Alte. »So verschieden ist unser Glaube gar nicht.«

»Das ist Gotteslästerung!« sagte Kevin impulsiv und in sehr scharfem Ton.

Seltsamerweise lächelte die alte Frau.

»Siehst du, es gibt doch Unterschiede zwischen deinem und unseren Göttern«, sagte sie. »Unsere Götter dulden andere neben sich.«

Sie ging. Und sie ließ einen sehr, sehr nachdenklichen Kevin zurück.

Viertes Kapitel

Zwei Tage vergingen, in denen Kevin im Grunde nichts anderes tat als zu essen, zu schlafen und an Arnulfs Bett Wache zu sitzen. Er sprach nicht sehr viel mit Olof und seiner Familie. Dabei war es nicht unbedingt so, daß die anderen ihn mieden. Aber sie schienen wohl zu wissen, wie es in ihm aussah, und respektierten seinen Schmerz. Dazu kam, daß sie wohl eine Menge Arbeit hatten. Kevin erfuhr nie, wovon Olof und die Seinen eigentlich lebten, oder was sie taten. Aber sie waren – alle, auch die Kinder – den ganzen Tag über fort und kamen erst nach Dunkelwerden und rechtschaffen müde zurück, so daß keiner mehr Lust auf ein ausgiebiges Gespräch zu haben schien.

Kevin war es nur recht. Er wollte nicht reden. Reden bedeutete, die Vergangenheit wieder zum Leben zu erwecken, und seit er seine Heimat in Ulster verlassen hatte, war nicht besonders viel geschehen, woran er sich im Augenblick gerne erinnert hätte.

Drei Tage nach seiner Ankunft kam Ursa, die Heilkundige, von der die Großmutter ihm erzählt hatte. Sie kam nicht allein, und sie war Kevin von Anfang an unheimlich.

Zum Großteil mochte das sicher an ihrem Aussehen liegen. Sie war noch sehr viel älter als Svens Großmutter, dabei aber überhaupt nicht gebrechlich, und hatte langes, strähniges graues Haar, das trotz ihres hohen Alters noch sehr voll war. Sie trug Kleider, die wie Lumpen aussahen, es aber nicht waren; ganz im Gegenteil hatte Kevin das sichere Gefühl, daß Ursa eine Menge Mühe darauf verwandt hatte, genau diesen Eindruck zu erwecken. Ihre Hände waren so dürr und knochig wie Vogelkrallen, und trotz ihrer wahrscheinlich siebzig oder achtzig Jahre hatte sie noch alle Zähne. Hätte Kevin diese Frau unversehens im heimatlichen Sherwood Forest getroffen, hätte er Stein und Bein geschworen, einer leibhaftigen Hexe gegenüberzustehen.

Aber es war eben nicht nur ihr Äußeres. So unheimlich sie aussehen mochte, noch viel unheimlicher war das, was Kevin spürte, als er in ihre Augen sah. Ihr Blick war durchdringend und auf eine unangenehme, fordernde Art direkt. Etwas ging von diesem Blick aus, das es Kevin unmöglich machte, ihm länger als einige Herzschläge standzuhalten, und er spürte, daß es unmöglich war, vor diesen Augen etwas geheimzuhalten oder Ursa gar zu belügen.

Ursa musterte ihn schweigend und unangenehm lange, ehe sie sich schließlich umwandte und der Großmutter in Arnulfs Zimmer folgte. Kevin blieb allein mit dem jungen Mann zurück, der in Ursas Begleitung gekommen war.

Er war sehr groß, aber wenn man sich das schulterlange Haar und den wuchernden Bart wegdachte, so konnte er nicht viel älter als Kevin sein; siebzehn, vielleicht achtzehn Jahre. Er trug einen der hier allgegenwärtigen Fellmäntel und darunter etwas, das wie eine primitive Rüstung aus Leder aussah. An seiner Seite baumelte ein Schwert, das nahezu so viel wiegen mußte wie er selbst, und über seiner Schulter hing ein gespannter Langbogen sowie ein dazu passender Köcher, prallvoll mit Pfeilen. Um das Maß vollzumachen, hielt er in der linken Hand eine Keule mit einem kinderkopfgroßen, stacheligen Eisenball am Ende. Kevin fragte sich, wie der Bursche bei all dem Gewicht, das er mit sich herumschleppte, auch nur hundert Schritte weit gehen konnte.

»Was starrst du mich so an, Kerl?« fragte der Bursche, nicht nur in unfreundlichem Ton, sondern auch nahezu akzentfrei in Kevins Muttersprache. »Hast du noch nie einen Krieger gesehen?«

»So einen wie dich noch nicht«, erwiderte Kevin gelassen. Er lächelte. »Aber ich glaube, ich weiß jetzt, warum diese Ursa zwei Tage hierher gebraucht hat, statt nur einem ... du hast sie doch begleitet, oder?«

Der andere blinzelte. »Ich ... beschütze sie, das ist richtig«, antwortete er, langsam und in einem Ton, als müsse er angestrengt über die wahre Bedeutung von Kevins Worten nachdenken. »Warum?«

»Nur so«, sagte Kevin rasch. »Nach allem, was man mir über Ursa erzählt hat, scheint sie ein sehr ... wertvoller Mensch zu sein. Sie verdient es, gut bewacht zu werden.«

»Niemand wird ihr ein Haar krümmen, solange ich in ihrer Nähe bin«, knurrte der Bursche. Er wedelte zur Bekräftigung mit seiner Keule, und als Kevin sah, mit welch spielerischer Leichtigkeit der Krieger das tat, gemahnte er sich in Gedanken, seine Zunge ein bißchen besser im Zaum zu halten. Er selbst war nicht sicher, ob es ihm gelungen wäre, diese Keule überhaupt anzuheben. Vorsichtshalber wich er einen halben Schritt zurück.

»Wie ist dein Name?« fragte er.

»Eric«, antwortete der andere. »Eric der Rote.«

»Natürlich«, sagte Kevin. Erics Haar und Bart waren strohblond.

»Man nennt mich den Roten, weil ich durch das Blut meiner Feinde zu waten pflege«, sagte Eric und kniff ein Auge zu. Vielleicht glaubte er ja, daß es beeindruckend wirkte, aber Kevin hatte alle Mühe, ein Grinsen zu unterdrücken.

»Und du bist dieser Skärling, der sich Kevin nennt?« fragte Eric.

»Skärling?«

Eric grinste. »Genau. Das ist unser Wort für Fremde, die in guter Absicht kommen.«

Etwas an dieser Erklärung gefiel Kevin nicht, aber jetzt war wohl nicht der rechte Augenblick, darüber nachzudenken.

Er wies mit einer Kopfbewegung auf die Tür, hinter der Ursa und die Großmutter verschwunden waren. »Du kennst Ursa schon lange?«

»So lange ich zurückdenken kann«, bestätigte Eric. »Sie ist nicht meine Mutter, aber sie hat mich aufgezogen. Warum fragst du?«

»Wird sie meinem Freund helfen können?« gab Kevin anstelle einer direkten Antwort zurück.

»Es gibt nicht viel, was Ursa nicht vermag«, behauptete Eric. »Sie wird ihn retten. Wenn er es wert ist, gerettet zu werden.«

»Was soll das heißen?« fragte Kevin scharf.

»Es heißt, was es heißt«, antwortete Eric. Er maß Kevin mit einem langen, ganz offen herausfordernden Blick und fuhr erst nach etlichen Herzschlägen fort: »Wenn die Götter beschließen, daß dein Freund weiterleben soll, dann wird er weiterleben.«

Kevin schwieg dazu. Er hatte das sichere Gefühl, daß Eric das ganz bestimmt nicht mit seinen Worten gemeint hatte, aber er spürte auch, daß er jetzt besser die Klappe hielt. Aus welchem Grund auch immer: Eric war auf Streit aus. Und sich mit jemandem anzulegen, der aussah, als könne er einem mit der linken Hand alle Knochen im Leib zerbrechen, während er sich mit der anderen gemächlich in der Nase bohrte, erschien Kevin im Augenblick nicht besonders angeraten.

Zudem kamen in diesem Moment Ursa und die Großmutter zurück, und ihr Anblick ließ ihn Eric und seine fehlenden Manieren auf der Stelle vergessen.

Die beiden Frauen waren sehr aufgeregt. Sie diskutierten heftig in ihrer Sprache, die Kevin unverständlich war, und zumindest Ursa sah regelrecht zornig aus, während die Großmutter eher bestürzt wirkte.

»Was ist?« fragte Kevin erschrocken. »Ist irgend etwas mit Arnulf? Geht es ihm schlechter?«

Ursa blickte ihn aus zornfunkelnden Augen an und schwieg, aber die Großmutter antwortete nach einer Weile. »Nein. Hab keine Angst. Es geht nicht um Arnulfs Zustand.«

»Worum dann?« fragte Kevin. Er spürte genau, daß die Großmutter ihm nicht die ganze Wahrheit sagte.

»Um ...« Die alte Frau brach ab, schüttelte den Kopf und machte zugleich eine abwehrende Bewegung mit beiden Händen. »Später. Jetzt haben wir Wichtigeres zu erledigen. Eric, geh und hole Olof und die anderen. Sie sollen rasch herkommen. Und du, Kevin, erzählst Ursa noch einmal die ganze Geschichte.«

Kevin verzog das Gesicht. Er hatte seine und Arnulfs Geschichte in der letzten Zeit schon so oft erzählt, daß er sie beinahe selbst nicht mehr hören konnte. Aber jetzt war nicht die Zeit, um zu diskutieren. Und schon gar nicht mit Ursa.

Während Eric überraschend leichtfüßig das Haus verließ, begann Kevin zu erzählen.

Ursa hörte ihm geduldig zu und unterbrach ihn nur wenige Male, wenn er so schnell sprach, daß die Großmutter nicht mehr mit übersetzen nachkam. Als er fertig war, war der Zorn von ihrem Gesicht verschwunden und hatte einem Ausdruck tiefer Bestürzung und des Schreckens Platz gemacht.

»Aber was ist denn nun mit Arnulf?« fragte Kevin schließlich.

»Es geht ihm nicht besser und nicht schlechter als gestern«, antwortete die Großmutter.

Es dauerte einen Augenblick, bis Kevin wirklich begriff, was diese Antwort bedeutete. »Ursa kann nichts für ihn tun«, sagte er. »Er stirbt.«

»Vielleicht«, antwortete die alte Frau ausweichend. Etwas wie ein Schatten schien über ihr Gesicht zu huschen, dann sah sie Kevin fest an und sagte: »Ja. Ich will dich nicht belügen. Er wird sterben. Seine Wunden sind zu tief. Und er ist ein alter Mann.«

Nicht annähernd so alt wie du, dachte Kevin, sprach es aber nicht laut aus. Er wußte selbst nicht genau warum, aber er vertraute dieser alten Frau vorbehaltlos. Und er mochte sie.

Nach einer Weile wandte er sich direkt an Ursa, obwohl er wußte, daß sie seine Sprache nicht sprach.

»Wird er ... wird er wenigstens so lange leben, daß ich mein Versprechen erfüllen kann?« fragte er stockend.

Ursa antwortete nicht darauf, aber sie tat etwas anderes; etwas, das Kevin vollkommen überraschte: Plötzlich lächelte sie, hob die Hand und strich ihm damit sanft über die Wange. Ihre Haut war so rauh wie alte Baumrinde, und die Berührung jagte Kevin ein Frösteln über den Rücken. Doch er widerstand dem Impuls, vor der Berührung zurückzuweichen.

»Wenn die Götter es wollen«, sagte die Großmutter an Ursas Stelle. »Ich werde für ihn beten. Und Ursa auch. Es ist wichtig, daß er nach Thule gelangt. Wichtiger, als du dir vorstellen kannst.«

Kevin sah die beiden Frauen abwechselnd an, dann deutete er auf die Tür zum Schlafraum. »Was ist dort drinnen geschehen?« fragte er.

Statt zu antworten, stellte die Großmutter eine Gegenfrage: »Was weißt du über Arnulf?«

»Über Arnulf? Alles! Was soll diese Frage? Er ist mein Freund, und ...«

»Aber was war er, bevor er dein Freund wurde?«

unterbrach ihn die Alte. Sie lächelte. »Hat er nie mit dir über die Zeit davor gesprochen? Was er getan hat, und wo er herkam?«

»Er war ein Freund meines Vaters«, antwortete Kevin verwirrt. »Sein Beschützer. So wie ... so wie Eric der Rote Ursas Beschützer ist.«

Das Lächeln der alten Frau wurde ein wenig wärmer. »Nun, das sicher nicht. Aber ich sehe schon: Du weißt nicht, was ich von dir will. Es macht nichts.«

»Wenn du mir sagen würdest, was du wissen willst, könnte ich dir vielleicht helfen«, sagte Kevin.

Die Großmutter wollte sogar antworten, wurde aber von Ursa mit einem einzigen, scharfen Wort zum Verstummen gebracht. Sie schien großen Respekt vor der Heilerin zu haben.

Enttäuscht wandte sich Kevin ab und wollte zu Arnulf gehen, doch Ursa hielt ihn auch davon ab. Sie machte eine eindeutige, herrische Handbewegung.

Kevin musterte sie feindselig. Allmählich reichte es ihm. Ursa mochte ja bei diesen einfachen Leuten hier über einen gewissen Ruf verfügen, und wahrscheinlich brauchten sie sie auch dringend, weil sie sich so vortrefflich auf die Heilkunst verstand – aber sie benahm sich, als wäre sie die Königin dieses Landes. Kevin hatte Leute noch nie gemocht, die einen naturgegebenen Vorteil ausnutzten, um sich über andere zu erheben. Er setzte zu einer scharfen Antwort an.

In diesem Moment wurde jedoch die Tür geöffnet, und Eric, Olof und der Rest der Familie kamen zurück. Olof mußte nur wenige Worte mit Ursa wechseln, damit sich die gleiche, erschrockene Bestürzung auf seinem Gesicht ausbreitete wie vorhin auf dem Ursas, und beinahe augenblicklich begann ein gewaltiges Durcheinandergerede und Debattieren, an dem sich alle beteiligten – auch die Kinder.

Natürlich verstand Kevin nichts von alledem, aber er mußte die Sprache auch nicht sprechen, um zu verstehen, daß sie nicht unbedingt über gute Neuigkeiten redeten. Schon die erschrockenen Blicke, die immer wieder auf die Tür fielen, hinter der Arnulf schlief, sagten ihm genug.

Schließlich wurde es Kevin zuviel.

»Ich will jetzt endlich wissen, was hier los ist!« sagte er laut. »Was ist mit Arnulf? Was erschreckt euch alle so?«

»Nichts«, sagte Olof. Die anderen debattierten aufgeregt weiter, ohne Kevins Einwurf auch nur zur Kenntnis zu nehmen.

»Das glaube ich nicht«, antwortete Kevin.

»Es ist nichts, was ich dir jetzt erklären könnte«, beharrte Olof. »Und es betrifft auch nicht dich.«

»Das glaube ich auch nicht«, sagte Kevin. »Hier geht etwas vor. Ich bin doch nicht blind. Es hat mit Arnulf zu tun, und ich habe ein Recht, es zu erfahren. Er ist mein Freund!«

»Wir haben etwas zu bereden«, sagte Olof geduldig. »Ich verstehe dich ja gut, mein Junge, aber jetzt ist wirklich nicht der Moment, darüber zu reden.«

»Wenn nicht jetzt, wann dann?« fragte Kevin. Er schrie fast. »Ich will jetzt endlich wissen, was ...«

Er kam nicht weiter. Eine gewaltige Hand ergriff ihn am Kragen, hob ihn ohne sichtbare Anstrengung hoch und trug ihn durch den Raum. Kevin bekam keine Luft mehr, so daß er nicht schreien konnte, aber er strampelte kräftig mit den Beinen und schlug um sich. Es nutzte nichts: Eric hielt ihn mühelos mit nur einer Hand fest, öffnete mit der anderen die Tür, und einen Augenblick später lag Kevin ausgestreckt im Schnee und rang japsend nach Luft.

»Das wird dich lehren, in Zukunft den Mund zu halten, wenn Erwachsene reden«, sagte Eric.

Kevin spuckte hustend einen Mundvoll Schnee aus,

fuhr sich mit dem Handrücken über das Gesicht und funkelte Eric feindselig an.

»Bist du verrückt geworden?« fauchte er. »Laß mich sofort wieder ins Haus!«

Eric verschränkte grinsend die Arme vor der Brust. »Versuch doch, mich zur Seite zu schieben. Du hast den ersten Schlag gut.«

Einen Atemzug lang war Kevin tatsächlich in Versuchung, die Faust zu ballen und Eric das herausfordernde Grinsen aus dem Gesicht zu schlagen. Im letzten Augenblick besann er sich jedoch eines Besseren. Eric wollte ihn provozieren, das war klar. Aber Kevin würde ihm keinen Vorwand liefern.

»Ich werde erfrieren«, sagte er.

Eric grinste noch breiter, drehte sich aber kurz darauf herum, um für einige Augenblicke im Haus zu verschwinden und mit einer Pelzjacke, die Kevin nicht gehörte, zurückzukommen. Er warf sie ihm zu, warf allerdings – mit voller Absicht, da war Kevin sicher – zu kurz, so daß sie in den Schnee fiel und er sich danach bücken mußte.

Während er hineinschlüpfte, fragte er geradeheraus. »Warum bist du eigentlich so feindselig? Ich bin nicht euer Feind.«

Zu seiner Überraschung antwortete Eric sogar: »Aber auch nicht unser Freund.«

Kevin schüttelte fröstelnd den Schnee aus den Jackenärmeln. »Was soll das heißen? Du kennst mich doch gar nicht!«

»Das muß ich auch nicht«, antwortete Eric verächtlich. »Ich kenne euch! Skärlinge! Wo ihr auftaucht, gibt es Ärger! Und wo ihr einmal gewesen seid, ist das Land nicht mehr, was es war!«

Kevin schwieg einen Augenblick. Erics Antwort hatte ihn überrascht; nicht, was er sagte, sondern, wie er es sagte. Eric mußte sehr, sehr schlechte Erfahrungen mit Skärlingen gemacht haben.

»Wo hast du unsere Sprache so gut gelernt?«

»Spielt das eine Rolle?« fragte Eric. Seine Augen blitzten. »Ich beherrsche sie eben, basta!«

Es erschien Kevin angeraten, das Thema zu wechseln. Eric kochte innerlich vor Wut. Kevin wußte nicht einmal, warum, aber er spürte, daß er sich wahrscheinlich eine gehörige Tracht Prügel einhandeln würde, wenn er nicht sehr, sehr vorsichtig war.

Kevin begann im Schnee vor dem Haus auf und ab zu gehen, wobei er ab und zu stehenblieb und mit den Füßen aufstampfte, um die Kälte aus seinen Zehen zu vertreiben. Er hatte das Haus seit drei Tagen nicht verlassen, und er hatte in dieser Zeit fast vergessen, wie kalt es in diesem Teil der Welt war.

Eric beäugte ihn die ganze Zeit über mißtrauisch, aber er sagte nichts mehr.

Schließlich hielt Kevin in seinem ruhelosen Hin und Her wieder inne.

»Wie lange soll ich hier draußen frieren?« fragte er. »Bis sie da drinnen entschieden haben, was mit Arnulf und mir passiert?«

»Genau«, sagte Eric ungerührt.

»Was geschieht dort drinnen?« fragte Kevin stur. »Ich habe ein Recht, es zu erfahren! Immerhin betrifft es mich auch!«

»Versuch doch, an mir vorbeizukommen«, wiederholte Eric seine Aufforderung von vorhin. »Vielleicht erfährst du es ja dann.« Er legte herausfordernd die Hand auf das Schwert, aber Kevin schüttelte nur den Kopf.

»Ich kämpfe nicht mit dir«, sagte er.

Eric schnaubte.

»Hast du Angst, dich zu schneiden?« fragte er hämisch. »Ich denke, du bist ein Ritter?«

»Selbst wenn ich das wäre, würde ich nicht mit dir kämpfen«, antwortete Kevin ernst. »Ein Schwert ist kein Spielzeug, sondern eine tödliche Waffe.«

Eric ballte grinsend die Fäuste. »Dann mit bloßen Händen.«

»Ich bin doch nicht verrückt«, antwortete Kevin. Erics geballte Rechte war größer als Kevins Kopf.

»Du bist ein Feigling«, sagte Eric.

Er wollte ihn herausfordern, das war klar. Und wahrscheinlich würde er nicht aufgeben, bevor er nicht bewiesen hatte, daß er besser war als Kevin.

»Also gut«, fuhr Eric fort. »Ich überlasse dir die Wahl der Waffen. Was immer du willst ... Spinnräder, Stopfnadeln, Kochlöffel ...«

»Wie wäre es mit einer Partie Schach?« schlug Kevin vor.

Eric runzelte die Stirn. »Schach. Wie spielt man das? Mit Fäusten oder Waffen?«

»Mit dem Kopf«, antwortete Kevin. »Aber streng dich nicht an ...« Er deutete auf Erics Bogen. »Was ist damit? Kannst du damit umgehen?«

»Und du?« Eric schüttelte den Bogen von der Schulter und reichte ihn Kevin.

Kevin griff nach der Waffe, wog sie einen Moment prüfend in der Hand und spannte die Sehne.

Wenigstens versuchte er es. Die Sehne rührte sich nicht.

Eric grinste noch hämischer.

»Ja, da braucht es ein bißchen Kraft«, sagte er.

Kevin versuchte es noch einmal, aber auch diesmal ohne Erfolg. Um diesen Bogen zu spannen, brauchte es die Kraft eines Bullen.

»Dieser Bogen muß ... eine gewaltige Durchschlagskraft haben«, sagte er zögernd.

»Er durchdringt jeden Schild«, bestätigte Eric. Seine

Stimme klang hörbar stolz. »Zu schwer für Euch, tapferer Ritter?«

»Ich bevorzuge ein kleineres Kaliber«, antwortete Kevin und reichte ihm den Bogen zurück.

»Ja, das habe ich gehört. Eine Armbrust.«

Eric zog spielerisch die Sehne des Bogens durch und ließ sie knallen. Es klang wie ein Peitschenhieb. Dann griff er unter seinen Mantel und zog zu Kevins maßlosem Erstaunen nichts anderes als seine, Kevins, Armbrust hervor.

»Eine Waffe für Weiber und Feiglinge. Siehst du den Baum dort?« fragte der Rote.

Er deutete in die Dunkelheit hinaus. Kevins Blick folgte der Geste bis zu einem Baum, ungefähr dreißig Schritte entfernt. Ein leichtes Ziel, selbst in der Nacht.

»Traust du dir zu, ihn zu treffen?« fragte Eric.

»Ich habe keine Pfeile«, antwortete Kevin.

»Aber dafür immer eine Ausrede parat, wie?« Eric zog einen seiner eigenen Pfeile aus dem Köcher, maß Kevins Waffe mit Blicken ab und brach den Pfeil in drei gleiche Teile. »Hier.«

Kevin runzelte die Stirn, griff aber trotzdem nach dem zerbrochenen Pfeil und legte das Mittelstück auf die Armbrust. Es war kein richtiger Bolzen; zumindest keiner, mit dem er wirklich präzise schießen konnte. Aber um den Baum zu treffen, reichte er allemal.

Trotzdem sagte er: »Das ist nicht besonders fair.«

»Stimmt«, antwortete Eric lachend. »Und?«

Kevin zuckte mit den Schultern, drehte sich nachlässig rum und schoß den Bolzen ab, ohne sichtbar zu zielen. Da der Pfeil keine Spitze hatte, blieb er nicht im Baum stecken, sondern prallte von der Rinde ab. Aber Erics verblüffter Gesichtsausdruck bewies, daß ihm der Treffer nicht entgangen war.

»Jetzt du«, forderte Kevin ihn auf.

Eric blinzelte. Er zog einen Pfeil aus dem Köcher, zielte sorgfältig und traf mit Müh und Not den Baum.

Kevin nickte anerkennend. »Nicht übel«, sagte er. »Kannst du das noch mal?«

Während Eric einen zweiten Pfeil aus dem Köcher zog, legte Kevin den hinteren, gefiederten Teil des zerbrochenen Pfeiles auf. Das zersplitterte Ende ergab sogar eine leidliche Spitze. Diesmal zielte er sehr sorgfältig.

Er zog den Abzug den Bruchteil eines Augenblickes durch, nachdem Eric den Pfeil von der Sehne schnellen ließ. Das kleinere und viel schnellere Geschoß traf Erics Pfeil dicht vor dem Baum (den er übrigens verfehlt hätte) in der Luft und zerbrach ihn in zwei Teile.

Eric riß ungläubig die Augen auf.

»Das ist ... unmöglich!« keuchte er. »Das ist ein Glückstreffer!«

»Eine Waffe für Weiber und Feiglinge«, sagte Kevin ruhig. »Sie durchschlägt vielleicht nicht jeden Schild, aber dafür dringt sie durch den schmalsten Spalt einer Rüstung ... wenn man damit umgehen kann.«

Er weidete sich einige Augenblicke lang ganz unverhohlen an Erics Fassungslosigkeit, ehe er sich umdrehte und langsam auf den Baum zuging. Es erschien ihm eine gute Idee, Eric den zerbrochenen Pfeil zu bringen. Einen kleinen Denkzettel hatte der Angeber verdient.

Zwei Schritte bevor er den Baum erreichte, blieb er wie angewurzelt stehen. Die Sonne war schon vor Stunden untergegangen, doch der Mond schien von einem fast wolkenlosen Himmel, so daß Kevin seine Umgebung trotzdem klar erkennen konnte. Der frisch gefallene Schnee war makellos – bis auf den zerbrochenen Pfeil, der in einiger Entfernung lag. Und die Spuren der wolfsgroßen, nachtschwarzen Katze, die zwanzig Schritte entfernt dasaß und Kevin aus ihren unheimlichen, glühenden Augen ansah.

Kevins Herz schlug ihm plötzlich bis zum Hals. Seine Hände begannen zu zittern. Während der letzten Tage war die Erinnerung an das schwarze Ungeheuer mehr und mehr verblaßt, bis er am Ende selbst nicht mehr sicher war, ob er dieses Fabelwesen nun tatsächlich gesehen oder es sich nur eingebildet hatte.

Jetzt gab es keinen Zweifel mehr. Das Ungeheuer saß vor ihm, zum Greifen nahe. Und es war zweifellos gekommen, um zu Ende zu bringen, was es vor drei Tagen im Sturm begonnen hatte.

Als hätte sie seine Gedanken gelesen, erhob sich die Katze im gleichen Augenblick aus dem Schnee und begann sich auf ihn zuzubewegen. Ihre Augen funkelten. Nadelspitze Fänge blitzten.

Kevin wußte, daß die Bestie gekommen war, um ihn zu töten, aber er war einfach nicht in der Lage, sich zu bewegen. Er konnte sich nicht rühren, geschweige denn, die Flucht ergreifen. Und mit bloßen Händen hatte er keine Chance gegen diese gewaltige schwarze Bestie.

Die Riesenkatze kam näher. Kevin sah, wie sich ihre Muskeln zum Sprung spannten. Er war immer noch wie gelähmt.

»Duck dich!«

Was der Anblick der schwarzen Katze nicht vermocht hatte, das bewirkte Erics Schrei. Kevin ließ sich fallen und gleichzeitig zur Seite kippen, und nur einen Atemzug später zischte ein Pfeil über ihn hinweg; so dicht, daß er Kevin vermutlich getroffen hätte, wäre er stehengeblieben.

Er verfehlte die Katze und bohrte sich mit einem dumpfen Geräusch vor ihr in den Schnee. Trotzdem fuhr das Tier mit einem zornigen Fauchen zurück. In seinen Augen loderte die pure Mordlust, doch es griff nicht noch einmal an.

Einen Herzschlag lang stand es noch da und starrte

Kevin mit einem Versprechen in den Augen an, das ihn schaudern ließ, dann fuhr es herum und verschwand mit einer eleganten Bewegung in der Nacht.

Eric langte schwer atmend neben Kevin an, noch bevor dieser sich vollends erhoben hatte.

»Bist du verletzt?« keuchte der Rote. »Ist sie weg?«

»Ja und nein«, antwortete Kevin. Er mußte schon wieder den Schnee aus Jackenärmeln und Kragen schütteln. »Ja, sie ist weg, und nein, ich bin nicht verletzt.«

»Du mußt völlig verrückt geworden sein«, fuhr Eric kopfschüttelnd fort. Sein Atem ging schnell, und trotz der Dunkelheit konnte Kevin sehen, wie blaß er geworden war. »Ich frage mich, wie du es geschafft hast, lebend hierherzukommen. Weißt du denn nicht, daß man einem Wolf niemals direkt in die Augen blicken darf?«

»Wolf?« fragte Kevin. »Was für ein Wolf? Das war eine Katze.«

Eric blinzelte. »Eine Katze?«

»Die Riesenkatze, von der ich erzählt habe. Ich habe sie mir nicht nur eingebildet, versteh doch.«

»Eine Katze?« fragte Eric noch einmal und das in einem Ton, der Bände sprach.

»Aber du mußt sie doch gesehen haben!« sagte Kevin. »Ich meine, sie ... sie war hier. Keine fünf Schritte von mir entfernt. Du hast auf sie geschossen!«

»Das war doch ein ... Wolf«, murmelte Eric. Es klang ein wenig unsicher, und Kevin begann zu ahnen, daß der Bursche in Wirklichkeit wahrscheinlich nur einen Schatten gesehen hatte.

»Was soll es denn sonst gewesen sein?« fuhr Eric fort.

»Es war die Katze«, beharrte Kevin. »Versteh doch. Sie ist mir gefolgt. Wir müssen es den anderen sagen!«

»Was?« fragte Eric. Er lachte unsicher. »Daß wir eine Katze gesehen haben, die so groß war wie ein Hund? Du bist verrückt!«

Seine Stimme gewann langsam an Festigkeit zurück, aber in Kevin begann sich im gleichen Maße fast so etwas wie Verzweiflung breitzumachen. Eric würde seine Geschichte nicht bestätigen. Schon, um sich nicht zu blamieren, das wurde Kevin immer klarer.

Plötzlich hatte er eine Eingebung.

»Und die Spuren?« fragte er. »Sind das etwa die Spuren eines Wolfes?«

Er deutete triumphierend in den Schnee – allerdings nur für einen Augenblick. Da waren nicht mehr besonders viele Spuren. Eric – und vor allem er selbst! – hatten die Fährte der schwarzen Katze gründlich zertrampelt. Man konnte noch sehen, daß dort etwas gelaufen war, aber nicht mehr, was.

»Du hast es dir bestimmt nur eingebildet«, sagte Eric. »Die Dunkelheit kann einen narren. Es ist nicht jedermanns Sache, einem Wolf Auge in Auge gegenüberzustehen, glaub mir.«

»Es war kein Wolf«, antwortete Kevin – allerdings nicht mehr sehr laut.

Eric schwieg.

»Von mir aus kannst du mich jetzt für verrückt halten«, fuhr Kevin fort. »Aber ich gehe jetzt ins Haus und werde Olof und den anderen sagen, was ich gesehen habe.«

Eric schwieg auch dazu, zuckte aber vielsagend mit den Schultern.

Kevin starrte ihn noch einmal mit einer Mischung aus Verzweiflung und Zorn an, dann drehte er sich mit einem Ruck herum und stapfte durch den Schnee ins Haus zurück.

Natürlich kam es genau so, wie Eric prophezeit hatte: Olof und die anderen hörten sich Kevins Geschichte zwar geduldig an, aber sie glaubten ihm kein Wort, und vermutlich hielten sie ihn hinterher endgültig für verrückt. Immerhin verließen Olof, Sven und zwei der anderen

Männer das Haus noch einmal, um nach den Spuren der vermeintlichen Riesenkatze zu suchen, kehrten aber schon nach kurzem unverrichteter Dinge wieder zurück. Sie hatten weder Spuren noch die Katze selbst gesehen.

Kevin, der es leid war, von allen wie ein zweiköpfiges Wundertier angestarrt zu werden, ging in Arnulfs Zimmer und setzte sich neben das Bett seines Freundes. Ursas Besuch hatte nichts an Arnulfs Zustand geändert: Er war noch immer ohne Bewußtsein, und seine Haut fühlte sich noch immer heiß und trocken an.

Kevin saß noch eine Weile neben ihm, hielt seine Hand und schwieg. Er hätte Arnulf gerne erzählt, was geschehen war, schon um selbst Erleichterung zu finden und sich alles von der Seele zu reden, aber er hatte nicht vergessen, was die Großmutter über Arnulf gesagt hatte: Es war unwahrscheinlich, aber es konnte sein, daß Arnulf verstand, was um ihn herum gesprochen wurde, und Kevin wollte ihn nicht beunruhigen.

Nach einer Weile kam die Großmutter zu ihm. Kevin sah sie an, aber sie schüttelte nur den Kopf, noch bevor er seine Frage in Worte kleiden konnte. Schweigend nahm sie auf der anderen Seite von Arnulfs Bett Platz.

»Ursa ist sehr beunruhigt«, sagte sie, nachdem sie eine Zeitlang einfach schweigend dagesessen und auf Arnulf herabgesehen hatte.

»Seinetwegen?«

»Nein. Aber etwas ... geschieht.«

»Etwas?«

»Nichts Gutes.« Die Großmutter löste ihren Blick mit sichtlicher Anstrengung von Arnulfs Gesicht und sah nun Kevin an. »Ursa ist mehr als eine Frau, die sich auf die Heilkunst versteht, mußt du wissen. Sie sieht Dinge. Dinge, die kommen.«

»Sie ist eine Seherin?« fragte Kevin. Er war nicht einmal sehr überrascht.

»Nicht wirklich«, antwortete die Großmutter, so hastig und in einem Ton, als hätte sie regelrecht Angst, Kevins Frage zu bejahen. »Doch sie hat ... Ahnungen. Und meist trifft es ein, wie sie es vorausahnt. Sie ist sehr erschrocken. Olof hat beschlossen, ein Thing einzuberufen.« Sie lächelte flüchtig, als sie Kevins verwirrten Gesichtsausdruck sah. »Ein Treffen der Ältesten«, fuhr sie fort. »Sven und ein paar der anderen sind bereits losgegangen. Alle versammeln sich bei Sonnenaufgang am Thingplatz, eine Stunde nördlich von hier. Sie möchten, daß du dabei bist.«

»Ich dachte, sie glauben mir nicht«, sagte Kevin.

Wieder lächelte die alte Frau. Es wirkte traurig.

»Vielleicht wollen sie dir nicht glauben, weil sie das, was du erzählst, zu sehr erschreckt«, sagte sie. »So oder so, du wirst Gelegenheit haben, deine Geschichte allen zu erzählen. Und jetzt solltest du ein wenig schlafen. Der Weg ist nicht sehr weit, aber anstrengend. Und ihr werdet sehr früh aufbrechen.«

Kevin zögerte. Er war nicht müde, aber vermutlich hatte die Alte recht: Er sollte etwas schlafen. Er hatte sich in den letzten Tagen zwar sehr gründlich ausgeruht, aber der Weg hierher war doch sehr anstrengend gewesen, und er hatte das Gefühl, daß die Abenteuer noch lange nicht vorbei waren. Möglicherweise würde er all seine Kräfte brauchen.

Er wußte noch nicht, wie recht er mit dieser Vermutung haben sollte.

Fünftes Kapitel

Als Olof ihn weckte, hatte Kevin trotz allem das Gefühl, die Augen gerade erst geschlossen zu haben. Müde und umständlich erhob er sich von seinem Lager, trank ein Glas warme, mit Honig gesüßte Milch und fand nicht einmal Zeit, richtig wach zu werden, ehe sie auch schon aufbrachen.

Kevin hatte damit gerechnet, daß sie alle – zumindest alle Männer der Familie – zu dem Thing gehen würden, doch zu seiner Überraschung brachen nur Sven, Olof und Eric der Rote zusammen mit ihm auf.

Der Weg war so, wie die Großmutter prophezeit hatte: nicht einmal besonders weit, aber sehr anstrengend. Während der Nacht war wieder Wind aufgekommen, und die Temperaturen mußten noch weiter gefallen sein, denn die Böen schnitten wie unsichtbare eisige Messer in Kevins ungeschütztes Gesicht. Dazu kam, daß der Boden sanft, aber stetig anstieg, je weiter sie nach Norden kamen.

Sie erreichten den Thingplatz mit Einbruch der Dämmerung, doch obwohl der Tag gerade erst erwachte, fühlte sich Kevin bereits wieder so erschöpft und müde, als wären sie die ganze Nacht über, und nicht nur eine Stunde marschiert.

Olof, Sven, Eric und er waren die letzten, die eintrafen. Im grauen Licht der heraufziehenden Dämmerung erkannte Kevin mehr als ein Dutzend großer, in schwere Fellmäntel gekleideter Gestalten, die heftig diskutierend dastanden und ganz offensichtlich auf sie warteten.

Olof wurde von fünf oder sechs Männern regelrecht

überfallen, die allesamt gleichzeitig auf ihn einredeten und ihm kaum Gelegenheit gaben, auf ihre zahllosen Fragen zu antworten. Kevin verstand nicht, was sie redeten, aber Olof deutete oft genug in seine Richtung.

Während er darauf wartete, seine Geschichte erneut erzählen zu müssen, sah Kevin sich zum ersten Mal wirklich aufmerksam um.

Der Thingplatz bot einen beeindruckenden Anblick, obwohl – oder vielleicht gerade weil? – er in dem schwachen Licht gar nicht richtig zu erkennen war. Er wurde von einem Halbkreis gut doppeltmannshoher, aufrecht stehender Felsblöcke gebildet, in deren Mitte sich ein etwas flacherer, an einen Altar erinnernder Stein befand. Jeder einzelne dieser Blöcke mußte Tonnen wiegen, und was auf den ersten Blick wie von Wind und Jahrhunderten zernagte Oberfläche aussah, das entpuppte sich beim zweiten Hinsehen als kunstvolle Reliefarbeit: In den Stein waren Runen, Symbole und kunstvolle Bilder hineingemeißelt worden. Obwohl er viel kleiner und wahrscheinlich nicht annähernd so alt war, erinnerte der Thingplatz Kevin mehr als alles andere an Stonehenge.

Es war keine gute Erinnerung. Kevin verscheuchte sie.

Um auf andere Gedanken zu kommen, löste Kevin seinen Blick von den gewaltigen Steinpfeilern und sah sich weiter um. Viel gab es allerdings nicht zu sehen. Alles, was weiter als fünfzehn oder zwanzig Schritte entfernt war, verschwamm noch immer in grauer Dämmerung, und das wenige, das Kevin erkennen konnte, war so trostlos und öde wie fast alles, was er bisher von diesem Land zu Gesicht bekommen hatte. Alles, was er sah, waren weißer Schnee und schwarzer Fels und dazwischen unzählige Abstufungen von Grau.

»Worüber denkst du nach?« fragte Eric. Er war unbemerkt neben ihn getreten und sah so mißtrauisch und feindselig aus wie eh und je. »Über einen Weg, möglichst schnell von hier zu verschwinden, wenn sie dir deine verrückte Geschichte nicht glauben?«

Kevin ignorierte seinen herausfordernden Ton.

»Ich vermisse etwas«, sagte er.

»Was?«

»Grün«, antwortete Kevin.

»Grün?«

»Gras. Blumen und Felder. Den Wald. Hier ist alles so ... trist. Ich frage mich, wovon die Leute hier leben.«

»Es ist hier nicht immer so«, antwortete Eric. Er klang ein wenig verwirrt. »Im Sommer verwandelt sich dieses Land. Dann ist hier alles grün und fruchtbar.«

»Das ist schwer zu glauben«, murmelte Kevin.

»Aber es ist so«, beharrte Eric. »Dieses Land ist wunderschön, glaub mir. Aber die Winter sind hier viel härter als in England. Und länger.«

»Kennst du es denn?« wollte Kevin wissen. »Warst du schon einmal in England?«

Eric antwortete nicht. Sein Gesicht war plötzlich ausdruckslos wie Stein, und Kevin hatte das Gefühl, etwas gefragt zu haben, was er lieber nicht hätte fragen sollen. Er war offenbar nicht der einzige hier, der Erinnerungen hatte, die er lieber vergessen würde.

Für eine Weile standen sie in betretenem Schweigen nebeneinander, dann endlich kam Olof zurück und führte Kevin zu den anderen.

Wie er erwartet hatte, mußte er alles noch einmal erzählen, angefangen von dem Tag, an dem Arnulf und er seine Heimat in Ulster verlassen hatten bis hin zu ihrem letzten Kampf in den Ruinen von Stonehenge. Es war eine sehr lange Geschichte, und während Kevin sie erzählte, nutzte er die Gelegenheit, sich die Männer genauer anzusehen.

Sie unterschieden sich sehr voneinander, was Alter und Statur betraf, und trotzdem ähnelten sie einander auch wieder. Sie trugen alle die gleichen, schweren Fellmäntel und -stiefel, fast alle hatten langes, ungepflegtes Haar, und alle trugen gewaltige Bärte, die den Großteil des Gesichtes verdeckten.

Es war ein seltsames Gefühl: Kevin fühlte sich plötzlich zurückversetzt in eine Zeit, die er selbst niemals erlebt hatte. Er stand inmitten einer Horde von Wikingern: wilder, ungestümer Gestalten, die schon durch ihren bloßen Anblick Furcht und Schrecken zu verbreiten imstande waren.

»Und es hat sich alles wirklich genau so zugetragen, wie du erzählt hast?« fragte Olof, als Kevin mit seinem Bericht zu Ende war.

»Ganz genau so«, sagte Kevin. »Ich verstehe ja vieles selbst nicht.«

Olof überlegte eine Weile. Er sah sehr besorgt aus, und nicht zum ersten Mal hatte Kevin das Gefühl, daß das, was er erzählt hatte, vielleicht mehr bedeuten mochte, als ihm selbst klar war.

»Dieser Mann, von dem du erzählt hast«, sagte Olof schließlich. »Der Druide, der Arnulf verletzte ...«

»Darkon.«

»Ja. Was ist dir an ihm aufgefallen? Wie sah er aus? Wie hat er gesprochen?«

Kevin verstand die Frage nicht wirklich, zumal er schon so oft von und über den vermeintlichen Druiden gesprochen hatte, daß er glaubte, alles gesagt zu haben, was es zu sagen gab. Aber er tat, was Olof von ihm erwartete, und versuchte sich Darkons Gesicht vorzustellen, so, wie er es das erste Mal gesehen hatte, im weit entfernten Heiligen Land.

»Er sah ... ungewöhnlich aus«, sagte er zögernd. »Sehr ... edel.«

»Edel?« Olof runzelte die Stirn, aber Kevin konnte nur mit den Schultern zucken.

»Anders kann ich es nicht beschreiben«, sagte er. »Er sah streng aus und irgendwie ... edel. Er hat eine große Nase«, fügte er nach kurzer Pause hinzu.

»Was war mit seiner Haut?« wollte Olof wissen. »War sie so wie unsere? Heller? Dunkler?«

Es war seltsam: Jetzt, wo Kevin sich wirklich auf die Erinnerung an Darkon konzentrierte, sah er dessen Gesicht mit jedem Augenblick, der verstrich, deutlicher vor sich.

»Sie war dunkler«, sagte er. »Aber nicht so wie die der Nubier, die ich im Heiligen Land gesehen habe, sondern ...«

»Wie Kupfer«, sagte Olof.

Kevin sah ihn verblüfft an. »Woher weißt du das?«

Statt zu antworten, stellte Olof eine weitere Frage. »Sag, Kevin: hat Arnulf dir gegenüber jemals das Wort Vinland erwähnt?«

»Vinland?« Kevin schüttelte impulsiv den Kopf. Er hatte dieses Wort ganz bestimmt noch nie gehört, aber alle anderen hier offensichtlich schon. Er sah aus den Augenwinkeln, wie Eric erschrocken zusammenfuhr. Und auch die anderen wirkten plötzlich merklich angespannter.

Er schüttelte noch einmal den Kopf. »Nein. Niemals«, sagte er überzeugt. »Was bedeutet dieses Wort?«

Olof antwortete ihm nicht, sondern wandte sich wieder an die anderen Ältesten, und sie fuhren mit ihrer aufgeregten Diskussion fort.

Kevin verstand davon so wenig wie zuvor, aber der Ton der Unterhaltung schien darauf hinzuweisen, daß ihnen allen die Furcht im Nacken saß. Beinahe hilfesuchend wandte er sich an Eric.

»Was bedeutet das alles?« fragte er. »Was geht denn hier nur vor? Was ist dieses Vinland?«

Eric sah ihn sehr ernst an. Für einige Augenblicke war

Kevin fest davon überzeugt, daß er gar nicht antworten würde, aber dann tat er es doch: »Du hast wirklich keine Ahnung, wie?«

»Nein«, antwortete Kevin. Er beherrschte sich nur noch mühsam. Erics Stimme klang eindeutig verächtlich. »Sonst würde ich nicht fragen. Verdammt, was geht denn hier vor? Was hier geschieht, macht mir angst!«

»Dazu hast du auch allen Grund«, sagte Eric ernst. »Wenn es das ist, was ich glaube, dann hast du etwas hierhergebracht, das uns alle ins Verderben stürzen kann! Und du weißt es nicht einmal!«

Kevin schluckte die wütende Antwort herunter, die ihm auf der Zunge lag. Er würde von Eric ohnehin nichts erfahren, das wußte er. Aber er spürte auch, daß Erics neu erwachte Feindseligkeit nicht echt war, sondern nur ein Schutz, hinter dem sich eine große Unsicherheit verbarg. Vielleicht sogar Angst. Wenn Kevin weiter in ihn drang, würden sie nur in Streit geraten. Statt dessen wandte er sich wieder um und sah Olof und den anderen zu.

Aus der aufgeregten Debatte schien mittlerweile fast so etwas wie ein Streit geworden zu sein. Olof und die anderen schrien sich zwar noch nicht an, standen aber sichtbar kurz davor. Kevin hätte gerne etwas getan, um den Streit zu schlichten, zumal er ja zumindest indirekt dafür verantwortlich war, aber es gab nichts, was er tun oder sagen konnte. Voller Unbehagen begann er im Schnee auf und ab zu gehen.

Plötzlich blieb er stehen. Die Dämmerung hatte sich weiter aufgehellt. Der Himmel war jetzt überall grau, nicht mehr schwarz. Trotzdem war es noch dunkel genug, um den düsterroten, flackernden Schein zu erkennen, der den Himmel im Süden aufhellte …

»Olof«, sagte er. Olof reagierte nicht, so daß Kevin seinen Namen ein zweites Mal rufen mußte, diesmal merklich lauter und in schärferem Ton.

Olof unterbrach tatsächlich sein Gespräch und drehte sich mit deutlichen Anzeichen von Verärgerung zu Kevin um. »Bitte, Kevin! Wir haben wichtige ...«

»Sieh doch!« unterbrach ihn Kevin. Er deutete nach Süden. »Was ist das?«

Olofs Blick folgte Kevins Finger. Er brach mitten im Satz ab, und Kevin konnte sehen, wie jede Farbe aus seinem Gesicht wich.

»Unser Hof!« flüsterte er. »Das ... das ist unser Hof. Es brennt!«

Die beiden letzten Worte hatte er geschrien.

Olof rannte so schnell los, daß Kevin und die anderen Mühe hatten, ihm zu folgen.

Sechstes Kapitel

Für den Weg, der sie in der Morgendämmerung gut eine Stunde gekostet hatte, brauchten sie jetzt nicht einmal ein Drittel der Zeit, und obwohl Olof der Älteste von ihnen war, stürzte er so schnell voran, daß selbst Kevin und Eric alle Mühe hatten, mit ihm Schritt zu halten. Seine Kräfte schienen nicht nachzulassen; ganz im Gegenteil: Je näher sie dem Hof kamen, um so schneller wurde Olof.

Vielleicht lag es an dem flackernden roten Licht, das den Himmel vor ihnen erhellte. Obwohl die Dämmerung nun immer rascher dem heraufziehenden Tag wich, nahm das rote Leuchten nicht ab, sondern schien heller aufzulodern. Schon lange bevor sie den Hof erreichten, war Kevin klar, daß dort vor ihnen kein kleiner Brand tobte, sondern eine gewaltige Feuersbrunst.

Trotzdem wurden seine schlimmsten Befürchtungen noch übertroffen. Der Hof brannte nicht einfach; er spie Flammen und grellweiße Funken wie ein ausbrechender Vulkan, und die Hitze, die die brennenden Gebäude ausstrahlten, war so gewaltig, daß der Schnee im Umkreis einer halben Meile geschmolzen war und der Boden dampfte.

Kevins Herz machte einen entsetzten Sprung, als sie dem Hof näher kamen. Alle drei Gebäude standen in Flammen, und das Licht war so grell, daß es ihm die Tränen in die Augen trieb. Trotzdem konnte er eine Anzahl regloser Gestalten erkennen, die im Morast vor den brennenden Gebäuden lagen.

Olof schrie plötzlich auf, warf seinen Mantel von den

Schultern und rannte noch schneller. Auch Eric und Kevin beschleunigten ihre Schritte, während die meisten anderen Männer ihre Waffen zogen und ausschwärmten, wohl um nach denen zu suchen, die für diese Verheerung verantwortlich waren.

Olof schrie ununterbrochen, aber das Prasseln der Flammen verschluckte seine Stimme. Kevin verstand bald nicht mehr, wie der Mann die Hitze ertrug; ihm selbst gelang es nicht, sich dem brennenden Haus weiter als auf fünfzehn oder zwanzig Schritte zu nähern, und selbst dort erschien ihm die Hitze schon unerträglich. Sein Gesicht und seine Hände fühlten sich an, als würden sie brennen, und seine Augen tränten ununterbrochen.

Zitternd vor Aufregung und Furcht, knieten Eric und er neben einer der reglosen Gestalten nieder. Es war einer von Olofs Brüdern, und Kevin sah sofort, daß hier jede Hilfe zu spät kam. Der Mann war tot. Seine Kehle und ein großer Teil seiner Brust waren von scharfen Klauen aufgerissen worden, und das offenbar so schnell, daß ihm nicht einmal Zeit geblieben war, sich zu verteidigen. Er hatte das Schwert in der rechten Hand, aber die scharfgeschliffene Klinge war makellos sauber.

Und der Mann war nicht der einzige Tote. Kevins Augen tränten mittlerweile so stark, daß er nur noch wie durch einen Schleier sehen konnte. Trotzdem erkannte er, daß auf dem Hof noch zwei weitere von Olofs Brüdern lagen – und zu seinem Entsetzen auch Olofs Mutter und eines der drei Kinder. Die Angreifer waren nicht wählerisch gewesen.

Die Hitze hielt sie davon ab, sich auch um die anderen Toten zu bemühen, so daß sich Eric und Kevin darauf beschränkten, Olofs erschlagenen Bruder an Armen und Beinen zu ergreifen und ein Stück weit von den brennenden Gebäuden wegzutragen.

Völlig erschöpft sanken sie neben dem Toten auf die

Knie. Kevin war bis ins Innerste erschüttert, aber zugleich auch von einer Mischung aus Schuldgefühl und Zorn erfüllt. Er hatte nicht vergessen, was Eric vorhin am Thingplatz zu ihm gesagt hatte: Du hast etwas hierher gebracht, das uns alle ins Verderben stürzen kann.

»Bei Odin!« murmelte Eric kopfschüttelnd. Sein Gesicht hatte jede Farbe verloren, aber die prasselnden Flammen überschütteten es mit zuckendem Rot, so daß er aussah, als hätte man ihn in Blut getaucht. »Wer tut so etwas? Welche ... welche Waffe vermag solche Wunden zu schlagen?«

»Keine Waffe«, antwortete Kevin halblaut. »Zähne. Zähne und Krallen.«

»Niemals«, antwortete Eric, zu schnell und in fast erschrockenem Ton. »Nicht einmal ein Bär kann solche Wunden schlagen.«

»Ein Bär vielleicht nicht«, erwiderte Kevin. »Aber eine Katze. Sie muß nur groß genug sein.«

Eric starrte ihn an. Seine Augen waren groß und fast schwarz vor Furcht. »Aber ... aber dann ...«

»Dann ist es genau so, wie du gesagt hast«, fiel ihm Kevin ins Wort. Er stand auf. »Dann ist es meine Schuld, denn ich habe sie hierhergebracht. Du mußt es nicht aussprechen. Ich weiß es auch so!«

Er drehte sich mit einem Ruck herum, ging ein paar Schritte und blieb wieder stehen. Sein Herz hämmerte. Er zitterte plötzlich am ganzen Leib, und für einen Augenblick begann alles vor seinen Augen zu verschwimmen. Der Zorn auf seinen unsichtbaren Feind wurde so gewaltig, daß er am liebsten geschrien hätte.

Sehr viel Zeit verging, in der Kevin einfach nur dastand und nichts anderes fühlte als Wut und Verzweiflung, zwei Gefühle, die einander immer neue Nahrung gaben. Er registrierte kaum mehr, was rings um ihn herum vorging.

Die Flammen, die durch die Gebäude tobten, verloren allmählich an Kraft, und die Hitze sank im gleichen Maße wieder auf ein erträgliches Niveau herab.

Es wurde endgültig Tag, und die Männer, die im näheren Umkreis ausgeschwärmt waren, um nach dem Feind zu suchen, kehrten einer nach dem anderen unverrichteter Dinge zurück.

Kevin bemerkte nichts von alledem. Er stand nur da und sah dann und wann zu Olof hin, der zwischen den Ruinen auf und ab ging und seine toten Brüder und Enkel beweinte. Und allmählich verrauchte Kevins Zorn, und auch die Verzweiflung verschwand. Doch an ihrer Stelle machte sich etwas in ihm breit, das fast schlimmer war: ein Gefühl der Leere, das so tief war, daß es einem echten körperlichen Schmerz gleichkam.

Schließlich hörte er Schritte hinter sich, und als er sich umdrehte, blickte er in Erics Gesicht.

»Was willst du?« fragte er.

»Es waren die, die dich verfolgt haben, nicht wahr?« fragte Eric. »Die schwarze Riesenkatze und der Mann mit der Bronzehaut.«

»Wenn du gekommen bist, um mir zu sagen, daß das alles hier meine Schuld ist, dann spar dir deinen Atem«, sagte Kevin bitter. »Ich weiß es selbst.«

»Es ... es ist meine Schuld«, antwortete Eric. »Ich hätte auf dich hören sollen. Du hast sie gesehen. Gestern abend noch. Aber ich habe dir nicht geglaubt.«

»Wie auch«, sagte Kevin.

Aber Eric schüttelte nur den Kopf und fuhr mit zitternder, nur noch mit letzter Kraft beherrschter Stimme fort: »Vielleicht wäre das alles hier nicht geschehen, wenn ich dir geglaubt hätte. Ich hätte die anderen warnen müssen. Auf uns beide hätten sie sicher gehört.«

Und vielleicht stimmte das sogar.

Es war überdeutlich, daß Eric auf ein Wort des Trostes

oder der Vergebung von Kevin wartete, aber dieser hatte einfach nicht die Kraft dazu.

An seiner Stelle sagte plötzlich Olofs Stimme hinter ihnen: »Es ist nicht deine Schuld, Eric.«

Kevin und Eric drehten sich beide um. Keiner von ihnen hatte bemerkt, daß Olof herangekommen war, doch Kevin erschrak zutiefst, als er in das Gesicht des Mannes sah. Was ihn so sehr erschreckte, war jedoch nichts, was er darin erblickte – Entsetzen, Zorn oder Trauer –, sondern vielmehr etwas, das nicht mehr da war. Olofs Gesicht war wie aus Stein gemeißelt, eine Maske ohne das geringste Gefühl, ohne den mindesten Ausdruck. Etwas in Olof war erloschen. Vielleicht für immer.

»Und auch nicht deine, Kevin«, fuhr er mit einer Stimme fort, die ebenso ausdruckslos und tot schien wie sein Gesicht. »Alles ist so gekommen, wie es kommen mußte.«

»Aber ...«

»Wir haben immer gewußt, daß sie eines Tages wiederkommen würden«, erklärte Olof.

Kevin lauschte vergeblich auf eine Spur von Vorwurf oder Zorn in seiner Stimme. Ihm wäre fast lieber gewesen, er hätte sie gehört.

»Aber es ... es ist so sinnlos«, sagte Kevin.

»Einen Menschen zu töten ist immer sinnlos«, antwortete Olof. »Doch es ist ihre Art, Schrecken zu verbreiten. Sie tauchen auf wie Geister aus der Nacht, töten und verschwinden wieder. Auf diese Weise säen sie Furcht in die Herzen der Menschen.«

»Sie?«

»Die Jaguarmenschen«, antwortete Olof. »Sie waren es, die unsere Väter aus Vinland vertrieben. Und nun sind sie hier.«

»Vinland? Die Jaguarmenschen?«

»Eric wird es dir erklären«, antwortete Olof. »Ich ...

habe jetzt nicht die Kraft dazu. Und ich muß nach der Scheune sehen. Das Feuer ist fast erloschen.«

Kevin starrte ihn fassungslos an.

Olof hatte natürlich recht: so wütend die Flammen gewesen waren, so schnell hatten sie ihre Nahrung aufgezehrt. Nicht nur in der Scheune, sondern überall war das Feuer fast erloschen; ganz einfach, weil es nicht mehr viel gab, was brennen konnte.

Aber wie konnte Olof jetzt daran denken, nach seinem Haus zu sehen?

Er tauschte einen fassungslosen Blick mit Eric, doch auch der junge Wikinger konnte nur verblüfft schauen und mit den Schultern zucken.

»Also?« fragte Kevin. »Was bedeutet das alles? Was ist Vinland?«

»Eine Legende«, antwortete Eric. »Nichts als ein dummes Märchen, das ...«

»Ja?« fragte Kevin, als Eric plötzlich abbrach und mit gerunzelter Stirn in Olofs Richtung blickte.

Eric schwieg jedoch weiterhin, blickte immer nachdenklicher drein und fuhr plötzlich herum, von einer Sekunde auf die andere voller Aufregung.

»Der Keller!« keuchte er. »Natürlich! Warum bin ich nicht gleich darauf gekommen! Der Keller! Komm mit, Kevin!«

Er rannte los.

Kevin folgte ihm, so schnell er konnte. Er sparte sich den Atem, Eric zu fragen, was seine Worte bedeuteten. Er hätte ohnehin keine Antwort bekommen. Außerdem hatten sie die heruntergebrannte Scheune schon fast erreicht, und als er Olof sah, glaubte er, die Antwort auf seine Frage bereits zu kennen.

Olof ging mit vorsichtigen kleinen Schritten zwischen den noch immer rauchenden Trümmern auf und ab. Manchmal rüttelte er an einem Balken oder versuchte einen ausgeglühten Mauerrest beiseite zu schieben, wurde aber von der immensen Hitze immer wieder zurückgetrieben.

Trotzdem war klar, daß er nach etwas ganz Bestimmtem suchte.

»Warum hast du mir nicht gesagt, daß es einen Keller gibt?« wollte Kevin von Eric wissen, während sie über qualmende Trümmer hinwegstiegen und noch immer glimmenden Balken auswichen, um sich Olof zu nähern.

»Weil ich es nicht wußte«, antwortete Eric. »Nicht alle Häuser hier haben einen Keller. Aber es sind zu wenige Tote. Ich dachte, sie hätten sie verschleppt, aber jetzt ...«

Ist es möglich, daß sie noch leben, führte Kevin den Satz in Gedanken zu Ende. Plötzlich fühlte er eine jähe Hoffnung in sich aufsteigen. Er hatte es bisher irgendwie vermeiden können, an Arnulf und die anderen zu denken, deren Leichen nicht draußen im Morast lagen. Angesichts der allumfassenden Zerstörung hatte er es jedoch als ganz selbstverständlich angenommen, daß auch sie tot waren. Wenn es allerdings einen Keller gab, in dem sie möglicherweise Unterschlupf vor den Flammen gefunden hatten ...

Plötzlich waren ihm die Hitze und alles andere gleichgültig. Mit einem einzigen Satz war er neben Olof, griff nach einem rauchenden Balken und zerrte mit aller Kraft daran, ohne darauf zu achten, daß er sich beide Hände verbrannte.

Arnulf.

Vielleicht war Arnulf ja noch am Leben. Und alle anderen auch.

Auch Eric griff kräftig zu, und als die anderen Männer sahen, was sie taten, kamen auch sie herbei. Da sie nun mehr als zwölf waren, gelang es ihnen trotz der Hitze rasch, die Trümmer beiseite zu schaffen. Bald hatten sie eine rechteckige, aus massiven Eichenbalken gefertigte

Klappe freigelegt, die in den Boden eingelassen war. Das Holz war versengt und schwarz, aber die Klappe sah auch massiv genug aus, um selbst der ärgsten Hitze standzuhalten.

»Glaubst du, daß sie noch leben?« fragte Kevin.

Olof zuckte mit den Schultern. Sie hatten die Klappe freigelegt, aber die Metallbeschläge und der schwere eiserne Riegel waren noch zu heiß, um sie zu berühren.

»Vielleicht«, antwortete er, während er einen langen Stoffstreifen aus seinem Hemd riß und sich die rechte Hand damit umwickelte. »Der Keller ist sehr groß. Sie können leben, wenn ihnen das Feuer nicht alle Luft genommen hat.«

Er war fertig. Mit der bandagierten Hand griff er nach dem Riegel, verzog das Gesicht, als die Hitze trotzdem seine Haut verbrannte, und zog den schweren Deckel mit zusammengebissenen Zähnen hoch. Aus der Tiefe drang ein Schwall warmer, verbrannt riechender Luft zu ihnen empor, sonst nichts.

Kein Licht.

Kein Laut.

Nicht einmal ein Stöhnen.

»Licht!« verlangte Olof.

Er wickelte sich den Verband von der Rechten – Kevin sah, daß der grobe Stoff an einigen Stellen zu glimmen begonnen hatte – und ergriff eine brennende Fackel, die ihm einer der anderen reichte.

Schnell, aber trotzdem weitaus langsamer, als nötig gewesen wäre – so, als hätte er Angst vor dem, was er finden könnte –, drehte Olof sich um und stieg über die Leiter, die im flackernden Licht der Fackel sichtbar wurde, in die Tiefe hinab.

Kevin folgte ihm so dicht auf den Fersen, daß die Flammen von Olofs Fackel ihm fast die Beine versengten. Aber das war ihm gleich. Er hatte die furchtbare Vision, daß Olof und er über diese Leiter in einen Keller voller Toter hinabsteigen würden: Olofs Familie, aber auch Arnulf und Ursa, die vor einem gnadenlosen Feind in diesen unterirdischen Raum geflohen waren, nur um zu ersticken oder von der Hitze getötet zu werden.

Doch so unerträglich diese Vorstellung auch war, noch viel schlimmer erschien Kevin, nicht zu wissen, was Arnulf und den anderen widerfahren war.

Nur einen Atemzug nach Olof erreichte er das Ende der Treppe. Der Keller war tatsächlich sehr groß, aber nicht besonders hoch, so daß sie nur gebückt dastehen konnten und die Flammen der Fackel an der Decke leckten. Es war sehr heiß, und die Luft war so schlecht, daß Kevin kaum noch atmen konnte.

Im ersten Augenblick sah er außer Olof keinen anderen lebenden Menschen. Erst als Olof herumfuhr und mit schnellen Schritten nach rechts lief, erkannte er eine Anzahl regloser Körper, die sich im entferntesten Winkel des Raumes zusammengedrängt hatten, wohl um der Hitze zu entgehen, die wie ein höllischer Gluthauch durch den Leiterschacht herabgeströmt war.

»Arnulf!« schrie Kevin verzweifelt. »Arnulf, lebst du?«

Ein halblautes Stöhnen antwortete ihm. Er konnte nicht sagen, ob es wirklich Arnulfs Stimme war, aber zumindest lebte hier noch irgend jemand.

Rasch knieten Olof und er neben den halb bewußtlosen Gestalten nieder und begannen, sie zu untersuchen. Die meisten waren bewußtlos und glühten vor Hitze, aber anscheinend waren alle noch am Leben; selbst Arnulf, der mit geschlossenen Augen und heftig phantasierend im Winkel an der Rückwand des Kellers lag.

»Wir müssen sie hier rausschaffen«, sagte Olof. »Schnell. Die Hitze und die schlechte Luft bringen sie um!«

Kevin war nicht der einzige, der kräftig mit zugriff.

Hinter Olof und ihm waren die meisten anderen ebenfalls in den Keller herabgestiegen; trotzdem war es eine langwierige und äußerst schwierige Angelegenheit, die zum größten Teil völlig bewußtlosen Männer und Frauen über die steile Leiter nach oben zu schaffen.

Natürlich kümmerte sich Kevin zuerst um Arnulf; wenigstens versuchte er es. Es gab allerdings nicht viel, was er für seinen väterlichen Freund tun konnte.

Arnulf war nach wie vor bewußtlos und fieberte. Er murmelte ständig unverständliche Worte in seiner Muttersprache vor sich hin, die allerdings auch Eric nicht zu deuten wußte, denn der Rote lauschte zwar einen Augenblick, zuckte aber dann nur mit den Schultern und ging weiter. Wie sich herausstellte, hatten alle, die in den Keller geflohen waren, den Brand überlebt, wenngleich niemand ohne mehr oder minder schwere Verletzungen davongekommen war. Es gab Brandblasen, Schürfungen und die eine oder andere Schnittwunde, die Kevin zeigte, daß die Flucht in den Keller nicht kampflos erfolgt war.

Vor allem Sven und Ursa hatte es übel erwischt. Ursa mußte von der Leiter gestürzt sein, denn ihr linkes Bein war gebrochen; eine Verletzung, die bei einer Frau ihres Alters durchaus ernst zu nehmen war. Svens linker Arm war bereits dick bandagiert und an seinen Körper gebunden, als Kevin neben ihm anlangte, aber der Verband färbte sich schon wieder rot. Svens Gesicht war bleich, glänzte aber vor Schweiß, und sein Atem ging so schnell, daß er nur leise und abgehackt sprechen konnte.

»Wird er überleben?« fragte Kevin leise.

Olof unterbrach sein Gespräch mit Sven gerade lange genug, um Kevin einen kurzen, fast erschrockenen Blick zuzuwerfen. Dann nickte er und wandte sich wieder an seinen Sohn. Aber als er weitersprach, tat er es in Kevins Sprache. Offenbar übersetzte er nur, was Sven zu sagen hatte.

»Sie kamen eine halbe Stunde, nachdem wir fort waren«, sagte er. »Es waren viele. Mehr als zehn. Große Männer mit schwarzem Haar und Kupferhaut.«

Wie der Druide Darkon, dachte Kevin. Er sprach es jedoch nicht laut aus.

»Sie kämpften wie die Dämonen«, fuhr Olof fort. »Meine Brüder und Söhne versuchten sie aufzuhalten, aber sie wurden niedergemacht. Bei ihnen war die schwarze Katze.«

Er atmete tief ein, sah nun Kevin direkt an und fuhr mit leiser, bebender Stimme fort: »Der Jaguar. Du hattest von Anfang an recht, Kevin. Wir hätten auf dich hören sollen. Dann wäre vielleicht nichts von alldem hier passiert.« Seine Stimme und sein Blick wurden härter. »Aber sie werden dafür bezahlen«, versprach er. »Sie werden mir für jeden Tropfen Blut bezahlen, der hier vergossen wurde, das schwöre ich.«

Kevin spürte plötzlich einen dicken, bitteren Kloß im Hals. Es gab vieles, was er hätte sagen können: Er hielt nichts von Rache. Er hatte dieses Gefühl selbst zu oft verspürt, um nicht zu wissen, daß es niemals nutzte, sondern immer nur noch mehr Schaden anrichtete und neues Leid gebar. Es erleichterte nicht einmal. Aber er wußte auch, daß es wenig Sinn hatte, Olof das jetzt klarmachen zu wollen.

Eric trat neben ihn. Auch sein Gesicht war wie Stein, aber in seinen Augen loderte ein Zorn, der Kevin erschreckte.

»Ursa verlangt nach dir«, sagte der Rote.

Kevin stand auf und folgte ihm zu der alten Heilerin.

Auch Ursas Wunden waren mittlerweile versorgt worden, aber sie hatte trotzdem große Schmerzen. Kevin war plötzlich nicht mehr sicher, ob sie diesen Tag noch überleben würde.

»Hör mir zu, Kevin von Locksley«, begann sie. »Du

mußt fort. Auf der Stelle. Sie sind gekommen, um Arnulf zu töten, und sie werden es wieder versuchen. Du und dein Freund, ihr müßt fort. Arnulf hat uns alle gerettet. Ich weiß nun, daß er einer der Alten ist. Ich hätte es gleich erkennen müssen, aber ich war blind.«

»Arnulf?« fragte Kevin erstaunt.

»Es war seine Idee, das Feuer zu legen«, sagte Eric an Ursas Stelle. »Sie haben sich in den Keller zurückgezogen und die Scheune angezündet. Sonst wären sie alle getötet worden.«

»Ist das wahr?« fragte Kevin.

Ursa nickte schwach. »Ja. Doch sie werden wiederkommen. Sie sind Dämonen, gegen die Schwerter nichts ausrichten. Du mußt Arnulf nach Thule bringen, hörst du? Nur dort ist er sicher. Du mußt ihn dorthin bringen, koste es, was es wolle. Eric wird dich begleiten.«

»Ich lasse dich nicht allein!« begann Eric, wurde aber sofort von Ursa mit einer herrischen Bewegung zum Schweigen gebracht.

»Du gehst«, sagte sie streng. »Um mich mußt du dich nicht sorgen. Sie werden nicht wiederkommen, wenn ihr fort seid. Du wirst Arnulf und diesen Jungen beschützen, als ginge es um mein eigenes Leben, ist das klar? Der Weg nach Thule ist weit, und die Jaguarmenschen werden nichts unversucht lassen, um euch aufzuhalten.« Sie richtete sich mühsam auf die Ellbogen hoch und winkte Olof herbei.

»Du und die Hälfte der anderen werdet sie begleiten, bis ihr Yversund erreicht. Fragt dort nach Tyr, dem ältesten Sohn des Schmieds. Wenn ihr ihm erzählt, was geschehen ist, wird er euch weiterhelfen. Und beeilt euch. Ihr habt vielleicht weniger Zeit, als ihr glaubt.«

Yversund lag im Norden, wie der Thingplatz, allerdings nicht eine Stunde, sondern mehr als einen Tagesritt entfernt. Da das Feuer Olofs gesamten Besitz vernichtet hatte, gab es keine Vorbereitungen für ihren Aufbruch mehr zu treffen. Die Männer, die zum Thing gekommen waren, versprachen, sich um Ursa und Olofs Familie zu kümmern und ihnen Pferde und die für die Reise notwendige Ausrüstung zum Thingplatz zu schicken.

Nicht einmal eine Stunde nachdem sie zum Hof zurückgekehrt waren, machten Kevin und seine neuen Gefährten sich zum zweiten Mal auf den Weg nach Norden. Einer von Olofs Brüdern hatte sich ihnen angeschlossen, so daß sie sich immer zu zweit darin abwechseln konnten, die einfache Bahre zu tragen, die sie für Arnulf gebastelt hatten. Trotzdem brauchten sie diesmal weitaus länger als eine Stunde, um den Thingplatz zu erreichen.

Von den versprochenen Pferden und der Ausrüstung war keine Spur zu sehen. Olof zeigte sich darüber jedoch kaum beunruhigt, sondern erklärte nur, daß die anderen Höfe sehr viel weiter entfernt lägen als sein Haus und seine Freunde den Weg ja schließlich zweimal zurücklegen mußten – einmal hin und dann mit den Pferden und allem anderen wieder zurück. Die Erklärung klang in Kevins Ohren nicht besonders überzeugend, aber er widersprach auch nicht, als Olof entschied, am Thingplatz zu lagern und auf die anderen zu warten.

Welche Wahl hatte er auch schon?

Trotzdem war Kevin nicht wohl in seiner Haut.

Es war mittlerweile vollkommen hell geworden, doch die gewaltigen Steinquader des Thingplatzes hatten nichts von ihrer unheimlichen Ausstrahlung verloren. Ganz im Gegenteil kamen sie Kevin jetzt beinahe noch düsterer und fremdartiger vor als in der Nacht. Es war, als strahlten diese Steine etwas aus, was er nicht sehen oder anfassen, dafür aber um so deutlicher spüren konnte: das Wissen, sich an einem verbotenen Ort zu befinden.

Vielleicht lag es an den Bildern, die in den Stein hineingemeißelt worden waren. Auch bei Tage konnte Kevin nur wenige identifizieren. Bei den meisten handelte es sich wohl um Runen, die verwirrende Bilderschrift der Nordvölker, die so ungeschlacht und grob aussah wie die Menschen, die sie benutzten.

Aber es gab auch einige wenige Bilder, die Kevin erkennen konnte. Die meisten zeigten Schiffe; die charakteristischen Drachenboote der Wikinger, aber auch andere, noch viel seltsamer geformte Schiffe, wie Kevin sie noch nie zuvor gesehen hatte.

»Leif«, sagte Eric plötzlich hinter ihm.

Kevin drehte sich zu ihm um und blinzelte. »Wie?«

»Leif Ericsson«, sagte Eric noch einmal. Er deutete auf die in den Stein gemeißelten Bilder. »Das da ist die Antwort auf deine Fragen.«

»Aha!« sagte Kevin.

Eric blieb ernst. »Es ist ein großes Geheimnis, Kevin«, sagte er. »Vielleicht das größte unseres Volkes. Ich verstehe nicht, daß Olof und Ursa entschieden haben, es dir zu verraten. Aber wenn es ihr Entschluß ist, dann habe ich ihn zu respektieren.«

»Du kannst mir vertrauen«, sagte Kevin. »Ich werde es niemandem verraten.«

»Solltest du es jemals tun, werde ich dich töten«, antwortete Eric. Seine Stimme klang überhaupt nicht drohend. Er hatte sie nicht einmal erhoben. Aber vielleicht war es gerade das, was Kevin klarmachte, daß die Worte tödlich ernst gemeint waren.

»Leif Ericsson war einer unserer größten Seefahrer«, fuhr Eric nach einer Weile fort. »Er war es, der die neue Welt entdeckte. Vinland.«

»Welche neue Welt?« fragte Kevin. »Wo soll sie liegen?«

»Im Westen«, antwortete Eric.

»Im Westen ist nichts«, erwiderte Kevin überzeugt. »Nur der Ozean. Und das Ende der Welt.«

»Das ist es, was ihr glaubt. Aber es ist nicht wahr. Im Westen liegt ein gewaltiger Ozean, so groß, daß ein schnelles Schiff Wochen braucht, um ihn zu überqueren, und er ist voller gewaltiger Gefahren. Doch dahinter liegt ein Land, Kevin. Ein gewaltiges Land, fruchtbar und reich und unglaublich groß. Größer als unser Land, größer als eures ... vielleicht größer als alle Länder zusammen, die du kennst. Vinland.«

»Und Leif Ericsson hat es entdeckt?«

»Vor mehr als hundert Jahren«, bestätigte Eric. »Er kehrte zurück, und er fuhr noch einmal dorthin. Er nahm andere mit sich, die in der neuen Welt siedeln wollten.«

»Aber die Bewohner dieser neuen Welt hatten etwas dagegen«, vermutete Kevin.

»Anfangs nicht«, antwortete Eric. »Es gab Menschen dort, doch sie waren freundlich und lebten lange Jahre friedlich mit unseren Brüdern und Schwestern zusammen. Doch dann trafen die Siedler auf die Jaguarmenschen, ein Volk von stolzen Kriegern, das von gewaltigen Magiern angeführt wird. Es gab einen Krieg. Einen langen, blutigen Krieg. Unsere Männer wehrten sich mit der Kraft von Wölfen.«

»Aber am Ende haben sie verloren«, vermutete Kevin.

»Selbst das schärfste Schwert nutzt nichts gegen

schwarze Magie«, sagte Eric zornig. »Die Krieger der Jaguarmenschen fielen zu Hunderten, doch schließlich riefen sie ihre heidnischen Götter zu Hilfe.«

»Und die waren stärker als eure Götter.«

Offensichtlich war diese Formulierung nicht besonders klug gewählt, denn in Erics Augen blitzte es für einen Augenblick so zornig auf, daß sich Kevin nicht gewundert hätte, wenn Eric sich auf ihn gestürzt hätte. Aber Eric fuhr nur herum und schlug so heftig mit der flachen Hand gegen den Stein, daß es klatschte.

»Ihre Götter sind furchtbar«, sagte er. »Sie beten die Sonne an. Ihre Götter sind Dämonen: gefiederte Schlangen, die fliegen, und Katzen, größer und stärker als jeder Wolf. Unsere Brüder kämpften bis zum letzten Blutstropfen, doch am Schluß mußten sie weichen. Vinland wurde aufgegeben.«

»Aber sie sind euch gefolgt.«

»Nein!« antwortete Eric heftig. »Jedenfalls ...«

»Jedenfalls dachtet ihr das«, führte Kevin den Satz zu Ende.

Er sah Eric durchdringend an, und plötzlich mußte er sich mit aller Macht beherrschen, um nicht loszuschreien.

»Und ich dachte, ich hätte das Unglück zu euch gebracht«, sagte er statt dessen.

»Wer sollte ahnen, daß sie hierherkommen?« antwortete Eric zornig. »Es ist mehr als hundert Jahre her! Und bisher hat niemand von ihnen gehört.«

»Aber sie offenbar von uns«, murmelte Kevin.

Plötzlich begriff er so vieles, was ihm bisher unverständlich geblieben war. Hinter der Verschwörung gegen König Richard standen in Wahrheit weder Abdul Alhafzreds Assassinen noch die keltischen Druiden, auf die Kevin und Arnulf in Stonehenge gestoßen waren. Sie alle waren in Wahrheit nur Werkzeuge einer ganz anderen, viel gewaltigeren und gefährlicheren Macht, eines

Volkes von Zauberern, das jenseits des großen Meeres lebte, in einem Land, von dessen Existenz die meisten Menschen noch nicht einmal gehört hatten.

Aber wie sollten sie sich gegen einen Feind wehren, den sie nicht einmal kannten?

»Was wollen sie hier?« murmelte er.

Eric zuckte mit den Schultern.

»Das weiß ich nicht«, sagte er. »Vielleicht Rache. Vielleicht sinnen sie auf Eroberung.«

»Oder sie fürchten uns«, sagte Kevin.

»Fürchten?« Eric runzelte zweifelnd die Stirn. »Sie sind ein Volk von Zauberern, das über Dämonen und fliegende Ungeheuer gebietet. Was sollten sie fürchten?«

»Vielleicht, daß eines Tages ein neuer Leif Ericsson kommt«, sagte Kevin, »und ein neues Vinland gründet. Eines, das sie nicht mehr zerstören können. Vielleicht wollen sie unsere Welt zerstören, bevor wir zu ihnen kommen und die ihre vernichten.«

»Lächerlich«, sagte Eric. »Du weißt ja nicht, wie gewaltig Vinland ist. Dort ist Platz für alle Menschen.«

Kevin sagte nichts mehr dazu. Es war sinnlos, die Diskussion fortzuführen, zumal er selbst spürte, auf welch dünnem Eis er sich bewegte. Vielleicht waren die Drahtzieher jener geheimnisvollen Verschwörung gegen den Thron und König Richard tatsächlich die Jaguarmenschen, aber vielleicht war auch alles ganz anders. Er wußte einfach nicht genug, um sich auf eine Diskussion mit Eric einzulassen.

Außerdem war er immer noch ziemlich wütend. So manches, was in den letzten Tagen geschehen war, wäre vielleicht anders gekommen, hätte er gewußt, was er nun wußte.

Mit einem Ruck drehte er sich um und ließ Eric einfach stehen.

Arnulf schlief, und da er zum ersten Mal seit langer

Zeit nicht von Fieberphantasien und Alpträumen geplagt zu werden schien, ging Kevin nicht zu ihm, um ihn nicht zu stören. Und nach Olofs Gesellschaft war ihm schon gar nicht zumute. Er spürte im Augenblick genug eigenen Schmerz, als daß er auch noch den eines anderen hätte teilen können.

So entfernte er sich von den anderen und blieb erst stehen, als der Abstand groß genug geworden war, daß er Olofs Stimme nicht mehr hören konnte. Kevin war immer noch sehr aufgewühlt. Vielleicht mußte er einfach eine Weile allein sein, um einen klaren Kopf zu bekommen.

Der Thingplatz lag auf der Kuppe eines kleinen Hügels, der zu einer ganzen Kette flacher, aber felsiger Erhebungen gehörte, die das Land in nahezu gerader Linie teilten. Vielleicht war es eine gute Idee, wenn er auf einen der höheren Grate stieg, um nach den Männern Ausschau zu halten, auf die sie warteten. Alles erschien Kevin im Augenblick besser, als zurückzugehen und weiter mit Eric zu reden.

Er visierte einen Hügel in westlicher Richtung an, der vielleicht fünf Minuten entfernt lag und hoch genug erschien, um von dort das Land in weitem Umkreis überblicken zu können. Dann marschierte er los.

Allerdings bedauerte er seinen Entschluß schon bald. Der Schnee lag in der eingeschlagenen Richtung viel höher, als er erwartet hatte, und war zudem so locker, daß Kevin bei jedem Schritt bis über die Knie einsank. Statt der erwarteten fünf Minuten brauchte er fast die dreifache Zeit, um den Hügel zu erreichen, und als er schließlich dort anlangte, war Kevin völlig außer Atem.

Vielleicht rettete ihm das das Leben.

Hätte er nämlich noch genügend Luft in den Lungen gehabt, hätte er bestimmt vor Schreck und Überraschung laut aufgeschrien, als er den Hügelkamm erreichte und auf der anderen Seite hinabsah.

Nur ein kleines Stück unter ihm, so nahe, daß er ihn mit ausgestreckten Armen fast hätte berühren können, stand der Jaguarmensch.

Es gab keinen Zweifel an seiner Identität, obwohl Kevin ihn bisher nur ein einziges Mal gesehen hatte, und auch das nur kurz und undeutlich: damals im Sturm, als Olof und Sven ihn und Arnulf gerettet hatten. Trotzdem wußte Kevin sofort, wen er vor sich hatte. Er hätte ihn nach Erics und Olofs Erzählung selbst dann erkannt, wenn er ihn noch nie zuvor gesehen hätte.

Der Fremde war sehr groß und sehr breitschultrig und trotz der beißenden Kälte auch jetzt beinahe nackt. Er trug nichts als einen bis zu den Knien reichenden, schreiend bunten Rock und dünne Schnürsandalen, und seine Haut hatte einen so intensiven Kupferton, daß er fast wie eine Statue aussah.

Kevin konnte das Gesicht des Jaguarmenschen nicht erkennen, da dieser nicht in seine Richtung blickte, aber der Fremde hatte schwarzes Haar, das zu einem bis zur Mitte seines Rückens herunterfallenden Zopf zusammengebunden war, und er trug einen sonderbaren Kopfschmuck, der so etwas wie eine Mischung aus Diadem und Federschmuck zu sein schien. Er war sehr muskulös, und um beide Oberarme und Handgelenke spannten sich breite, goldene Bänder.

Bewaffnet war er mit einem Schwert, dessen Klinge erstaunlicherweise aus Stein zu bestehen schien, und einem langen Rohr, dessen genauer Zweck Kevin verborgen blieb; ebenso wie der des Köchers am Gürtel des Jaguarmenschen. Die Handvoll Pfeile darin waren geradezu lächerlich klein. Außerdem hatte er augenscheinlich nichts dabei, um sie abzuschießen.

Als wäre all dies noch nicht genug, bemerkte Kevin plötzlich einen zweiten, noch sehr viel weniger willkommenen Schatten: den einer gewaltigen, pechschwarzen

Katze, die unmittelbar neben dem Jaguarmann stand und wie dieser gebannt nach Westen starrte. Aus irgendeinem Grund hatten sie beide bisher keinerlei Notiz von Kevin genommen.

Aber das würde vielleicht nicht mehr lange so bleiben.

Kevin spürte plötzlich wieder den schneidenden Wind, der ihm direkt ins Gesicht blies und wahrscheinlich der einzige Grund war, aus dem die riesige Katze seine Witterung bisher noch nicht aufgenommen hatte, und erwachte im gleichen Moment aus seiner Erstarrung. Schnell, aber nicht so hastig, daß er ein verräterisches Geräusch gemacht hätte, ließ er sich auf Hände und Knie herabsinken und spähte mit klopfendem Herzen über den Rand des Felsens hinweg.

Erst jetzt kam ihm zu Bewußtsein, daß sowohl der Jaguarmann als auch sein dämonischer Begleiter in die falsche Richtung blickten. Der Thingplatz lag im Osten, doch der unheimliche Fremde sah in die entgegengesetzte Richtung. Als erwarteten sie etwas. Oder jemanden.

Kevins Gedanken rasten. Er mußte zurück, um die anderen zu warnen. Aber irgend etwas sagte ihm auch, daß es wichtig war, herauszufinden, worauf der Mann mit der Bronzehaut wartete.

Gebannt blickte auch Kevin nach Westen. Im ersten Moment konnte er so gut wie nichts erkennen. Die Ebene erstreckte sich makellos und scheinbar unendlich bis zum Horizont, und der frisch gefallene Schnee reflektierte das Sonnenlicht so stark, daß Kevin fast blind wurde.

Doch dann, gerade als Kevin aufgeben und zu den anderen zurücklaufen wollte, gewahrte er eine Anzahl dunkler Punkte, die sich aus westlicher Richtung auf ihn zu bewegten. Nach einer Weile identifizierte er sie als Reiter; vier, fünf, sechs Pferde und vielleicht noch einmal die gleiche Anzahl Pferde ohne Reiter. Die Männer, auf die Olof wartete.

Und plötzlich wußte er, warum der Jaguarmann und sein vierbeiniger Begleiter gekommen waren.

Aber es war zu spät.

Kevin hätte in diesem Moment ohne zu zögern sein eigenes Leben riskiert, um die Männer dort drüben zu warnen, doch sie waren viel zu weit entfernt, und selbst wenn es anders gewesen wäre: es war zu spät.

Der Jaguarmann riß in einer plötzlichen, befehlenden Geste den Arm in die Höhe und schrie ein einzelnes Wort – und im gleichen Moment war es, als brächen unter dem Schnee beiderseits der Reiterkolonne ein halbes Dutzend Geysire aus. Der Schnee stob zu zwei-, dreifacher Mannshöhe auf, und Kevin konnte sehen, wie die Pferde erschrocken scheuten und auszubrechen versuchten. Zwei, drei Reiter wurden abgeworfen, und auch die anderen hatten plötzlich alle Hände voll damit zu tun, ihre Tiere im Zaum zu halten, um nicht abgeworfen zu werden.

Aus den brodelnden Schneewolken schälten sich plötzlich Gestalten. Kevin konnte nicht genau erkennen, wer sie waren, doch etwas an ihren Bewegungen war sonderbar: Sie stapften mit mühsamen, eckigen Schritten durch den Schnee, und einige schienen gewaltige Mühe zu haben, sich überhaupt auf den Beinen zu halten.

Aber es waren sehr viele, und unter dem Schnee richteten sich immer mehr auf. Sie griffen die Reiter an, und obwohl ihre Bewegungen schwerfällig, ja, fast tolpatschig erschienen, war ihre Übermacht so gewaltig, daß am Ausgang des Kampfes von Anfang an kein Zweifel bestand. Die Reiter wurden einer nach dem anderen aus dem Sattel gezerrt, doch die Angreifer begnügten sich nicht damit und rangen auch die Pferde nieder.

Kevin hatte genug gesehen – eigentlich schon sehr viel mehr, als er wollte. Behutsam richtete er sich auf und drehte sich um.

Trotz aller Vorsicht vielleicht nicht behutsam genug. Sein Fuß stieg gegen einen Stein, der lautstark davonkollerte und schließlich von einem größeren Stein abprallte, ein kleines Stück weit durch die Luft flog – und genau zwischen den Vordertatzen der Katze landete.

Das Tier und sein Herr fuhren im gleichen Augenblick herum. Die Katze stieß ein wütendes Fauchen aus und spannte sich zum Sprung, während sich auf den Zügen des Mannes ein Ausdruck vollkommener Fassungslosigkeit ausbreitete. Nur den Bruchteil einer Sekunde später wurde aus dieser Überraschung Zorn, und dann ein so mörderischer, lodernder Haß, daß Kevin nun tatsächlich einen gellenden Schrei ausstieß und mit einem einzigen Satz von dem Felsgrat heruntersprang.

Noch bevor er im weichen Schnee aufprallte, sah er einen gewaltigen, schwarzen Schatten dort durch die Luft wirbeln, wo Kevin eben noch gestanden hatte.

Kevin fiel der Länge nach in den weichen Pulverschnee, bekam einen Augenblick lang keine Luft mehr und richtete sich hustend und halb blind wieder auf.

Links von ihm brodelte der Schnee. Kevin sah nicht mehr als ein weißes Stieben und Wirbeln und dazwischen einen schwarzen Schatten. Aber er hörte ein so wütendes Fauchen und Knurren, daß er fast von selbst auf die Füße kam und losrannte.

Er kam kaum von der Stelle. Der lockere Pulverschnee gab unter jedem seiner Schritten nach. Es war, als versuche er durch Treibsand zu waten, und er mußte wild mit den Armen rudern, um nicht das Gleichgewicht zu verlieren.

Immer wieder sah Kevin über die Schulter zurück. Die Katze hatte zur Verfolgung angesetzt, schien aber mit dem Schnee noch größere Probleme zu haben als der Junge. Sie konnte nicht richtig rennen, sondern bewegte sich mit großen, fast grotesken Sprüngen voran und versank nach jedem fast bis zu den Ohren im Schnee. Wäre es bei diesem Wettrennen nicht um Kevins Leben gegangen, hätte er den Anblick vielleicht sogar komisch gefunden. So aber rannte er noch schneller und begann aus Leibeskräften zu schreien.

Plötzlich flog irgend etwas an ihm vorbei und fuhr mit einem leisen ›Plop‹ in den Schnee. Kevin konnte nicht erkennen, was es war; zurück blieb nur ein winziges, rundes Loch. Es interessierte Kevin im Augenblick auch nicht besonders. Er versuchte, noch schneller zu laufen, verlor dadurch aber nur das Gleichgewicht und fiel ein zweites Mal in den Schnee.

Sofort war er wieder auf den Beinen, hatte aber einen Gutteil seines ohnehin kleinen Vorsprunges verloren. Die Sätze, die die Katze machte, sahen vielleicht komisch aus, waren aber alles andere als langsam.

Zumindest hatte Kevins Geschrei Eric und die beiden anderen alarmiert. Sie stürmten ihm mit Riesensätzen entgegen, wurden durch den Schnee aber genauso behindert wie er. Olof und sein Bruder hatten ihre Schwerter gezogen, während Eric versuchte, im Laufen einen Pfeil auf die Sehne zu legen. Kevin betete, daß er statt der Katze oder des Jaguarmannes nicht versehentlich ihn traf.

Irgend etwas bohrte sich in seine Schulter. Es tat nicht weh, und der Schlag war nicht einmal heftig genug, um ihn aus dem Gleichgewicht zu bringen. Trotzdem stolperte er aus reinem Schrecken, fiel auf ein Knie und drehte sich gleichzeitig halb herum. Die Katze war noch fünf Schritte von ihm entfernt – einen, allerhöchstens zwei ihrer plötzlich ganz und gar nicht mehr komisch anmutenden Sprünge.

Eric schoß seinen Pfeil ab. Er hatte nicht auf die Katze gezielt – vielleicht, weil er selbst kein größeres Zutrauen in die eigene Treffsicherheit hatte wie Kevin –, sondern auf den Jaguarmann, der jetzt hoch aufgerichtet auf dem

Felsen stand. Und die Götter – oder das Schicksal – schienen ausnahmsweise einmal auf der Seite von Kevin und seinen Gefährten zu sein.

Erics Pfeil traf den Jaguarmann in die rechte Schulter und schleuderte diesen zurück. Mit einem Schrei verschwand der Fremde auf der anderen Seite des Felsgrates, und im gleichen Augenblick fuhr auch die Katze herum und rannte mit gewaltigen Sätzen in die Richtung zurück, aus der sie gekommen war.

Kevin sank erschöpft in den Schnee. Sein Herz hämmerte, und mit einemmal begann sich alles um ihn herum zu drehen. In seinen Ohren rauschte das Blut so laut. Er hörte noch, daß Eric und Olof etwas schrien, aber nicht mehr, was.

Irgendwie gelang es ihm, die Ohnmacht zurückzudrängen, die sich seiner bemächtigen wollte, doch als er die Augen wieder öffnete, waren Eric und Olofs Bruder bereits an ihm vorbeigestürmt. Olof selbst kniete neben ihm nieder und sah abwechselnd in sein Gesicht und zum Felsgrat empor.

»Was ist passiert?« fragte er. »Was hast du getan?«

»Die Männer«, antwortete Kevin keuchend. »Die Männer mit den Pferden ... sie haben sie getötet!«

»Was?« fragte Olof.

»Ich habe es gesehen! Auf der anderen Seite! Es war ein Hinterhalt! Die ... die Krieger des Jaguarmannes haben auf sie gewartet! Sie waren unter dem Schnee verborgen! Sie ... sie sind alle tot!«

»Was redest du da?« schnappte Olof. »Du hast ...« Er stockte. Seine Augen rundeten sich vor Schrecken, und er sog hörbar die Luft ein.

»Was hast du?« fragte Kevin.

»Bei Odin! Rühr dich nicht!« keuchte Olof. »Keine Bewegung! Atme nicht einmal!«

Kevin verstand nicht, was Olof meinte, aber der

Schrecken in dessen Stimme war zu echt, um den Jungen nicht auf der Stelle zur Salzsäule erstarren zu lassen. Olof beugte sich vor, griff über Kevins Schulter, und als er die Hand zurückzog, hielt er mit spitzen Fingern einen winzigen, gefiederten Pfeil. Kevin erinnerte sich plötzlich wieder an den Schlag, den er gespürt hatte.

»Bei allen Göttern!« flüsterte Olof.

Er hielt den Pfeil so weit von sich weg, wie er nur konnte. So, wie er ihn ansah, hätte man meinen können, daß es sich um eine giftige Schlange oder einen tödlichen Skorpion handelte.

»Hat er dich verletzt?« fragte er.

»Nein«, antwortete Kevin. Ganz automatisch hob er die Hand und tastete nach seiner Schulter. Der Pfeil hatte ihn zwar getroffen, war aber offenbar in der dicken Felljacke steckengeblieben, ohne sie ganz zu durchdringen.

»Bist du sicher?« fragte Olof, dann schüttelte er den Kopf und beantwortete seine eigene Frage: »Nein, natürlich nicht. Du hast unglaubliches Glück gehabt, mein Junge, weißt du das?«

»Nein«, antwortete Kevin ehrlich. »Das weiß ich nicht.«

Olof wedelte mit dem Pfeil in der Luft herum. »Wenn dich dieser Pfeil auch nur geritzt hätte, dann wärst du gestorben, noch bevor du Zeit gefunden hättest, einen Schrei auszustoßen.«

»Gift?« fragte Kevin mit klopfendem Herzen.

»Das teuflischste, das du dir vorstellen kannst«, bestätigte Olof. »Es tötet im Bruchteil eines Lidschlages. Und es ist nur eines ihrer dämonischen Werkzeuge.« Er schleuderte den Pfeil von sich, so weit er konnte, und stand auf.

Während er Kevin die Hand entgegenstreckte, um ihm ebenfalls hochzuhelfen, fragte er noch einmal:

»Bist du verletzt?«

»Nein«, antwortete Kevin. Dann grinste er schief und zuckte mit den Schultern. »Jedenfalls glaube ich das. Du hast sie jetzt auch gesehen, nicht wahr?«

»Sie?«

»Die Katze«, antwortete Kevin. »Du mußt sie gesehen haben.«

Olof zögerte, dann zuckte er mit den Schultern.

»Ich weiß nicht genau, was ich gesehen habe«, sagte er.

Kevin wollte auffahren, aber Olof hob rasch die Hand und fuhr fort: »Ich konnte es nicht genau erkennen. Aber ich weiß, daß es kein Wolf war. Und auch kein Hund. Ich habe so etwas noch nie gesehen, wenn ich ehrlich sein soll.«

»Dann glaubst du mir endlich?«

Olof lächelte bitter. »Das habe ich vom ersten Moment an getan, mein Junge«, sagte er. »Aber manchmal fällt es leichter, die Wahrheit zu verdrängen, statt sie zu akzeptieren.« Er seufzte. »Komm! Laß uns sehen, was Eric und Heymar erreicht haben.«

Achtes Kapitel

Kevin war nicht überrascht, als Eric und Olofs Bruder nach einiger Zeit zurückkehrten und erzählten, daß sie weder von dem Mann mit der Kupferhaut noch von seinem unheimlichen Begleiter eine Spur gefunden hatten – abgesehen von einigen Tropfen Blut, die Eric auf einem Felsen entdeckt hatte.

Auch von den Reitern, die Kevin gesehen hatte, war nichts mehr zu finden, so daß niemand widersprach, als Olof zum sofortigen Aufbruch drängte.

Das Schicksal schien sich jedoch entschlossen zu haben, zumindest einen kleinen Teil der Schuld zurückzuzahlen, die es ihnen gegenüber hatte, denn sie waren kaum zehn Minuten unterwegs, als sie ein herrenloses Pferd fanden.

Das Tier war vollkommen verängstigt; sie brauchten eine geraume Zeit des geduldigen Zuredens und Herantastens, bis es Eric schließlich gelang, die Zügel des Tieres zu ergreifen. Zaumzeug und Sattel waren voller Blut, das Pferd selbst war allerdings nicht verletzt.

Zumindest mußten sie nun Arnulf nicht mehr tragen.

Sie kamen im tiefen Schnee auch mit dem Pferd nicht wesentlich schneller voran, aber doch wenigstens leichter. Trotzdem war nicht nur Kevin zum Umfallen erschöpft, noch bevor sich die Mittagsstunde näherte.

Sie rasteten eine Stunde, dann marschierten sie weiter.

Der Tag – obwohl viel kürzer als in den Breiten, die Kevin gewohnt war – schleppte sich dahin, und als die Sonne sank, war Yversund noch immer nicht in Sicht.

Kevin begann sich allmählich zu fragen, wie Olof

eigentlich den richtigen Weg fand. Für ihn sah jede Richtung gleich aus; eine unendliche, weiße Einöde, die sich in allen Richtungen bis zum Horizont hin erstreckte und das Sonnenlicht so stark reflektierte, daß es ihm die Tränen in die Augen trieb.

Mit der Nacht kam auch die Kälte zurück. Die Luft war bald wie Glas und so eisig, daß ihre Berührung auf der Haut weh tat und selbst das Atmen zu einer Tortur wurde. Trotzdem bestand Olof darauf, daß sie weitermarschierten; angeblich, weil sie in der Kälte erfrieren würden, wenn sie nicht in Bewegung blieben. Kevin vermutete jedoch, daß er einen ganz anderen Grund hatte, hütete sich jedoch, diesen Gedanken laut auszusprechen. Olof hatte durchaus recht gehabt, als er am Morgen sagte, daß es manchmal leichter war, die Augen vor der Wahrheit zu verschließen.

Der Himmel hatte sich kurz nach Einbruch der Dunkelheit mit schweren, tief hängenden Wolken bezogen, so daß die Reisenden nicht einmal mehr den Mond sehen konnten. Kevin wußte nicht, wie spät es war, schätzte aber, daß es auf Mitternacht zugehen mußte, als sie Yversund endlich erreichten.

Wäre er allein gewesen, wäre er vermutlich einfach daran vorbeigelaufen.

Yversund war keine Stadt, wie er erwartet hatte, sondern bestand nur aus einer Handvoll ärmlicher Hütten und einem Steg, der ein Dutzend Schritte weit ins halb zugefrorene Meer hineinreichte. Zwischen den zerborstenen Eisschollen dümpelte ein kleines Drachenboot, das trotz der herrschenden Dunkelheit einen völlig heruntergekommenen Eindruck machte. Kevin bezweifelte, daß sie ihre Reise damit würden fortsetzen können, wie er es insgeheim gehofft hatte.

Außerdem lag der Ort in vollkommener Dunkelheit da. In keiner der vielleicht zehn oder zwölf Hütten brannte ein Licht, und die Stille, die herrschte, war schon beinahe unheimlich.

Olof hämmerte mit den Fäusten gegen die erstbeste Tür.

Es dauerte lange, bis eine Reaktion erfolgte: Aus dem Innern des Hauses erscholl eine unwillige Stimme, und kurz darauf wurde eine winzige Klappe in der Tür geöffnet. Ein müdes, aber trotzdem sehr mißtrauisches Augenpaar lugte zu den Reisenden heraus, und für eine erstaunlich lange Zeit entspann sich eine hitzige Diskussion zwischen Olof und dem Mann hinter der Tür. Schließlich aber wurde ihnen geöffnet.

Kevin hatte nicht mehr die Kraft, Arnulf zu tragen, doch er wartete, bis Eric und Heymar seinen bewußtlosen Freund vom Pferd gehoben und ins Haus gebracht hatten, ehe er als letzter eintrat.

Was er sah, weckte nicht unbedingt seinen Optimismus. Ihr Gastgeber hatte mittlerweile ein kleines Feuer entzündet, so daß Kevin den Raum im flackernden roten Licht des Kamins halbwegs überblicken konnte.

Die Einrichtung war einfach – um nicht zu sagen ärmlich – und so schwer und grobschlächtig wie der Mann, der ihnen die Tür geöffnet hatte. Dieser Mann war sehr groß und besaß das hierzulande übliche wirre lange Haar und den dazugehörigen Bart. Er trug ein Nachtgewand, das so schmutzig war, daß man dessen ursprüngliche Farbe nicht einmal mehr erraten konnte. Und das auch dementsprechend roch.

Eric und Olofs Bruder trugen Arnulf zum Kamin und legten ihn davor auf den Boden. Kevin setzte sich zu ihm, zerrte sich mit den Zähnen die Handschuhe herunter und hielt die klammen Finger über die Flammen. Sie waren so kalt, daß er nicht einmal mehr Schmerz empfand, als die Flammen seine Haut berührten. Trotzdem zog er die Hände hastig ein Stück zurück.

Sein Blick suchte Arnulfs Gesicht, und was er sah, ließ seinen Mut noch weiter sinken.

Noch vor Tagesfrist hätte er es nicht einmal für möglich gehalten, doch Arnulf sah tatsächlich noch kranker und erbärmlicher aus als zuvor. Seine Haut hatte praktisch keine Farbe mehr. In seinem Bart, den Augenbrauen und dem Haar glitzerte Eis, und seine Wangen waren so eingefallen, daß sein Gesicht mehr einem Totenschädel als dem Antlitz eines lebenden Menschen glich. Sein Atem ging stoßweise, und er roch so schlecht, daß Kevin das Gesicht abwenden mußte.

»Er dürfte gar nicht mehr leben«, sagte Eric plötzlich. Kevins Blick und vor allem der besorgte Ausdruck auf seinem Gesicht waren ihm nicht verborgen geblieben.

»Was?« fragte Kevin.

»Ich habe noch nie einen Menschen gesehen, der so verbissen um sein Leben kämpft«, antwortete Eric. »Ich hoffe, er hält noch durch.«

»Bis wir Thule erreichen?« Kevin war nicht einmal sicher, ob er sich das wünschen sollte. Er hatte Angst, daß die unheimliche Kraft, die Arnulf noch immer am Leben hielt, endgültig versiegen würde, sobald sie ihr Ziel erreicht hatten. »Wie weit ist es noch?«

»Nach Thule?« Eric hob die Schultern. »Ich weiß es nicht. Ich war noch niemals dort. Es heißt, wie weit der Weg wäre, das läge an dem, der ihn geht.«

»Aha«, sagte Kevin.

Eric lächelte. »Ich weiß, das klingt seltsam. Aber weißt du ... hättest du mich vor zwei Tagen nach Thule gefragt, dann hätte ich dich ausgelacht. Die meisten glauben, daß es nur eine Legende ist.«

»Und du?«

Eric zuckte abermals mit den Schultern.

»Ich weiß nicht mehr, was ich noch glauben soll«, gestand er. »Katzen, die größer sind als ein Wolf. Männer, die durch einen bloßen Blick töten können ... ich verstehe nichts mehr. Und ich will es im Moment auch gar nicht verstehen. Ich will nur noch schlafen. Ich bin müde.«

Das konnte Kevin nur zu gut verstehen. Auch auf ihn übten die Ruhe und das Knistern des Kaminfeuers eine ständig stärker werdende, einschläfernde Wirkung aus. Und er brauchte dringend Ruhe. Die Verlockung, sich auf dem Boden auszustrecken und die Augen zu schließen, wurde für einen Augenblick übermächtig.

Statt ihr nachzugeben, stand Kevin jedoch auf und ging zu Olof, der zusammen mit ihrem Gastgeber am Tisch saß und noch immer heftig debattierte.

Auf dem Gesicht des Fremden war keine Spur von Müdigkeit mehr zu sehen, doch wirkte er noch erschrockener als vorhin – und auch ein bißchen zornig, fand Kevin. Er verstand nicht, was die beiden redeten, glaubte jedoch, ein paarmal die Worte Vinland und Thule zu hören. Immer, wenn eines dieser Worte fiel, traf ihn ein mißtrauisch-zorniger Blick aus den Augen des Fremden.

Nach einer Weile wurde die Tür geöffnet, und ein gutes halbes Dutzend weiterer Männer trat ein. Die Nachricht vom Eintreffen einer Gruppe Reisender schien sich herumgesprochen zu haben.

Die meisten von ihnen sahen aus wie ihr Gastgeber: langhaarig, übermüdet und nicht besonders sauber. Einer der Männer unterschied sich jedoch grundlegend von den übrigen. Auch er war sehr groß und hatte schulterlanges, blondes Haar, schien jedoch als einziger Bewohner dieses Dorfes schon einmal gehört zu haben, daß man Haare auch waschen konnte. Auch hatte er keinen Bart, sondern ein glattrasiertes, kantiges Gesicht. Und ihm fehlte die rechte Hand. Wo sie sein sollte, war nur ein mit einem weißen Tuch umwickelter Stumpf. Er hatte strahlend blaue, sehr freundliche Augen, in denen dennoch eine große Stärke lag.

Ohne daß Kevin sagen konnte, warum, wußte er sofort, daß dies Tyr sein mußte, der Mann, von dem Ursa gesprochen hatte.

Der blonde Hüne trat auch geradewegs auf ihn zu, ohne sich mit einer Begrüßung aufzuhalten, musterte Kevin einen Augenblick lang aus seinen beunruhigend klaren Augen und trat dann an den Kamin, um sich über Arnulf zu beugen.

»Er ist es«, sagte er. »Ursa hatte recht.«

Diese Worte überraschten Kevin so sehr, daß ihm im ersten Moment gar nicht auffiel, daß Tyr nicht in seiner Muttersprache redete, sondern in Englisch. Die Worte galten Kevin, keinem der anderen. Aber wie konnte er wissen, daß Ursa sie geschickt hatte? Er hatte doch bisher kein Wort mit einem von ihnen gewechselt!

Nachdem er eine kurze Zeit wortlos auf Arnulf hinabgesehen hatte, drehte Tyr sich um, kam an den Tisch zurück und wandte sich – immer noch auf englisch – an Olof.

»Ihr könnt hier nicht bleiben«, sagte er. »Sie werden euch suchen. Und wir sind zu wenige, um uns gegen sie zu verteidigen.«

Kevin war regelrecht schockiert. Während des endlosen Marsches hierher war der Gedanke an Yversund beinahe das einzige gewesen, das ihm die Kraft gegeben hatte, immer noch weiter durchzuhalten. Aber die versprochene Sicherheit gab es nicht. Vielleicht nicht einmal die wenigen Stunden Schlaf, nach denen er sich so dringend sehnte.

»Aber wir können nicht weiter«, sagte er. »Arnulf stirbt, wenn er nicht ein wenig Ruhe bekommt.«

»Tyr hat recht«, sagte Olof traurig. »Erinnere dich, was in der vergangenen Nacht geschehen ist. Das gleiche wird hier passieren. Wir dürfen diese Leute nicht auch noch in Gefahr bringen.«

»Aber wir können nicht weiter!« protestierte Kevin.

»Jasse liegt auf der anderen Seite des Fjords«, sagte Tyr. »Nur eine Stunde mit dem Schiff entfernt. Dort gibt es genug Männer und Waffen, um jedem Feind die Stirn zu bieten.«

»Mit dem Schiff?« krächzte Kevin beinahe entsetzt. »Du meinst diesen ... diesen halb leckgeschlagenen Kahn, den ich draußen am Steg gesehen habe?«

Olof runzelte mißbilligend die Stirn, aber Tyr lächelte nur.

»Das Schiff ist besser, als es den Anschein hat«, sagte er. »Wir werden zwei, allenfalls drei Stunden brauchen, um es zu bemannen und zum Auslaufen vorzubereiten. So lange kannst du dich ausruhen. Es tut mir leid, daß ich dir und deinen Freunden keine längere Rast gewähren kann, aber ich kann meine Leute nicht in Gefahr bringen. Ihr müßt fort, bevor die Dämmerung anbricht.«

»Wieso?«

»Während der Nacht beschützen uns die Götter«, sagte Olof ernst. »Doch die Jaguarmenschen beten die Sonne an. Ihre Magie wird stärker, wenn der Tag anbricht. Und nun geh. Leg dich ans Feuer und schlaf!«

Neuntes Kapitel

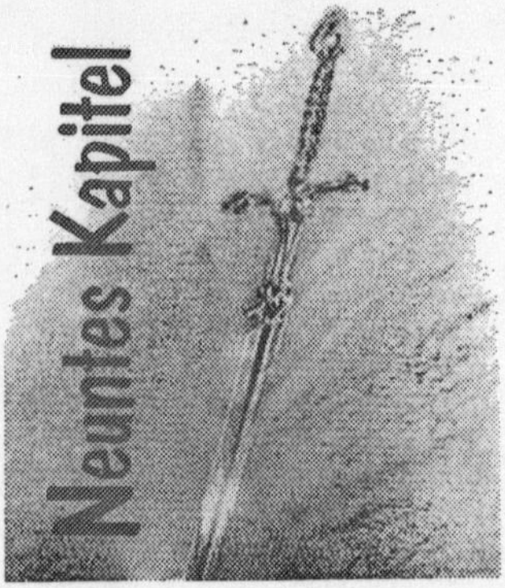

Kevin schlief so schnell ein, daß er sich später nicht einmal mehr daran erinnerte, sich neben dem Kamin ausgestreckt zu haben, und zu seiner Überraschung fühlte er sich sogar halbwegs ausgeruht und erfrischt, als Olof ihn nach knapp drei Stunden weckte.

Arnulf war bereits an Bord des Schiffes gebracht worden, so daß Kevin nichts anderes mehr zu tun hatte, als seine wenigen Habseligkeiten zusammenzusuchen und ebenfalls an Bord zu gehen.

Als Kevin das Haus verließ, erlebte er eine Überraschung.

Yversund hatte sich vollkommen verändert. Das verschlafene Nest war von zahllosen Fackeln und Feuern nahezu taghell erleuchtet. Und der Ort hatte auch sehr viel mehr Einwohner, als Kevin bisher angenommen hatte: Er schätzte, daß sich mindestens fünfzig Männer, Frauen und Kinder auf der einzigen Straße des Ortes versammelt hatten. Fast alle waren bewaffnet, und fast alle machten nicht nur einen aufgeregten, sondern auch einen besorgten Eindruck.

Und noch etwas war bei fast allen gleich: Als Kevin das Haus verließ, verstummten plötzlich ringsum alle Gespräche, und alle starrten ihn an. Möglicherweise bildete er es sich ja nur ein – aber er hatte das Gefühl, daß die meisten Blicke, die ihm nachgeworfen wurden, nicht besonders freundlich waren. So schnell er konnte, steuerte Kevin den Landungssteg und das dort wartende Drachenboot an.

Auch das Schiff hatte sich verändert. An Bug und Heck

waren Becken mit glühenden Kohlen aufgestellt worden, die rotes Licht und wenigstens die Illusion von Wärme verstrahlten. Außer Olof, Tyr und den anderen hielten sich mindestens noch ein Dutzend weiterer Männer an Deck auf.

Das Segel offenbarte sich im flackernden roten Licht tatsächlich als so unbrauchbar und zerfetzt, wie Kevin befürchtet hatte, doch es gab eine Anzahl großer Ruder, die bereits ins Wasser getaucht worden waren. Offensichtlich war das Schiff bereit zum Auslaufen und wartete nur noch auf seinen letzten Passagier.

Während Kevin über die vereiste Planke an Bord balancierte, hob er den Blick in den Himmel. Er war noch immer von beruhigendem Schwarz. Bis zum Sonnenaufgang mußten es noch Stunden sein.

»Gibt es da oben etwas Besonderes zu sehen?« begrüßte ihn Eric.

»Nein«, antwortete Kevin. »Ich hätte mir nur nie träumen lassen, eines Tages Angst davor zu haben, daß es Tag wird.«

»Und das brauchst du auch in Zukunft nicht zu haben«, sagte eine Stimme hinter ihm.

Kevin drehte sich um und starrte Tyr an, der seine einfache Kleidung gegen eine prachtvolle Rüstung aus schwarzem Leder und poliertem Kupfer eingetauscht hatte. Auf seinem Kopf thronte ein gewaltiger Hörnerhelm, und an seinem linken Arm prangte ein mächtiger Rundschild, der annähernd Kevins Gewicht haben mußte.

Obwohl er nur eine Hand hatte, trug Tyr zwei Waffen am Gürtel: ein mächtiges Breitschwert auf der einen und eine ebenso gewaltige, zweischneidige Streitaxt auf der anderen Seite. Er wirkte unglaublich beeindruckend. Wenn Kevin jemals einen Wikinger-Krieger gesehen hatte, dann ihn.

»Bist du sicher?« fragte Kevin.

Tyr lachte, ein rauher und trotzdem irgendwie sympathischer Laut, der weit über das Wasser rollte und die Schrecken, die sich in den Schatten der Nacht verborgen hielten, zu vertreiben schien.

»Sobald wir Jasse erreicht haben, sind wir in Sicherheit«, meinte Tyr. »Dort sind genug Krieger und Schiffe, die uns den Rest unseres Weges geleiten werden. Legt ab!«

Die beiden letzten Worte hatte er mit erhobener Stimme gerufen, und sie galten den Männern an den Rudern. Unverzüglich wurden diese ins Wasser getaucht, und schon im nächsten Augenblick bewegte sich das Boot schaukelnd vom Anlegesteg fort. Kevin spreizte rasch die Beine, um auf den vereisten Decksplanken nicht das Gleichgewicht zu verlieren.

In der Mitte des Bootes war ein niedriges, rotweiß gestreiftes Zelt aufgestellt worden.

Kevin balancierte vorsichtig dorthin, mußte sich aber auf Hände und Knie herablassen, um hineinzukommen. Neben Arnulf befanden sich auch Olof und Eric darin, so daß der verbliebene Platz für Kevin gerade noch ausreichte, um sich mit angezogenen Knien halbwegs aufzusetzen. Trotzdem war es drinnen immer noch ungleich angenehmer als draußen. Der Boden wankte natürlich auch hier im Takt der Ruderschläge, aber Kevin war wenigstens aus dem schneidenden Wind heraus.

Eric griff unter seine Jacke, zog ein zusammengefaltetes Tuch hervor und reichte es Kevin.

Als dieser es auseinanderfaltete, fand er darin zu seiner Überraschung zwölf handlange Bolzen für seine Armbrust. Vier davon hatten eiserne Spitzen, während die anderen sorgsam zurechtgeschnitzt worden waren.

Verblüfft sah Kevin auf Erics Köcher. Der junge Wikinger hatte vier seiner eigenen Pfeile geopfert, um diese Geschosse anzufertigen. Kevin war so überrascht, daß er im ersten Augenblick gar nichts sagen konnte.

Eric grinste. »Ich dachte mir, du könntest sie besser gebrauchen«, sagte er.

»Ja, aber ...«

»Nichts aber«, unterbrach ihn Eric. »Das heute morgen war nur ein Zufallstreffer, glaub mir. Ich bin kein besonders guter Schütze. Lieber zwölf sichere Treffer als vier mögliche.«

»So gut schieße ich nun auch wieder nicht«, sagte Kevin.

Eric lachte.

»Das habe ich gesehen«, sagte er spöttisch. »Nur keine Bescheidenheit. Ich weiß mittlerweile, wer du bist.«

»So?« fragte Kevin.

»Du bist der Bruder Robin Hoods, nicht wahr?«

»Nur sein Halbbruder«, antwortete Kevin hastig.

Eric legte den Kopf schräg. »Heißt das, daß du auch nur halb so gut schießt?«

»Nein«, antwortete Kevin lachend. »Robin war ein guter Lehrer. Aber woher weißt du, wer ich bin? Ich habe es niemandem erzählt.«

»Irgend jemandem offensichtlich schon«, erwiderte Eric. »Tyr hat uns erzählt, wer du bist.«

»Tyr?« fragte Kevin überrascht.

»Es gibt nicht viel, was er nicht weiß«, antwortete Eric. »Laß dich nicht von seiner Jugend täuschen. Er ist sehr klug. Und er ist der tapferste Krieger, dem ich je begegnet bin.«

Eric lehnte sich zurück und nickte in Richtung der Armbrustbolzen in Kevins Hand. »Steck sie nur ein. Und keine Angst um mich. Ich weiß mich meiner Haut schon zu wehren. Sollte es hart auf hart kommen, fühle ich mich damit ohnehin sicherer.« Er schlug mit der flachen Hand auf den Griff seines Schwertes, daß es klatschte.

»Rechnest du denn damit?« fragte Kevin.

»Daß es hart auf hart kommt?« Eric lachte. »Du etwa nicht? Sie werden sich kaum solche Mühe machen, dich und deinen Freund zu jagen, um uns jetzt so mir nichts, dir nichts entkommen zu lassen.«

»Aber in Jasse ...«

»Jasse ist weit«, unterbrach ihn Eric. »Und Jasse ist nicht Thule. Ich an deiner Stelle wäre wachsam.«

Kevin hatte nicht vorgehabt, unaufmerksam zu werden. Trotzdem erschreckte ihn Erics Warnung mehr, als er selbst wahrhaben wollte. Nun, da sie endlich nicht mehr allein, sondern in Begleitung Tyrs und seiner Krieger waren, hatte er angefangen, sich zumindest halbwegs sicher zu fühlen. Erics Worte zerstörten diese Illusion wieder. Vielleicht gerade noch rechtzeitig.

Sie redeten noch eine Weile über dies und das; zumeist Belanglosigkeiten, an die sich Kevin schon im nächsten Augenblick nicht mehr erinnern konnte – selbst wenn er es gewollt hätte.

Doch in all der Zeit lauschte ein anderer, sehr aufmerksamer Teil von ihm ungeduldig auf das Verstreichen der Zeit, denn irgendwann mußte die Stunde ja vorüber sein, von der Tyr gesprochen hatte.

Endlich änderte sich etwas im Takt der Ruder, so daß Kevin das Zelt verlassen konnte, ohne das Gesicht zu verlieren.

Er kroch hinaus, richtete sich auf und sah am hochgezogenen Drachenbug des Bootes vorbei nach Norden.

Er war darauf gefaßt, Lichter oder vielleicht auch nur eine Linie noch tieferer Dunkelheit vor der Schwärze der Nacht zu entdecken, das erste Zeichen von Land. Doch vor ihnen lag nur das Meer.

Trotzdem hatte sich etwas geändert; die Ruder bewegten sich nicht mehr.

Mit zwei schnellen Schritten trat Kevin neben Tyr, der

hoch aufgerichtet im Bug des Schiffes stand und nach Norden blickte.

»Jasse?« fragte er.

Tyr schüttelte andeutungsweise den Kopf.

»Ich fürchte, nein«, sagte er. Seine Stimme war fest, trotzdem aber kaum mehr als ein Flüstern. Es war fast so, als fürchte er, irgend etwas zu wecken, das dort draußen auf dem Meer auf sie lauerte. Seine ganze Haltung drückte Anspannung aus. Keine Furcht.

»Was dann?«

Es war nicht Kevin, der die Frage stellte. Eric war ihm fast lautlos gefolgt, und auch Olof trat nun neben sie.

Statt laut zu antworten, hob Tyr den rechten Arm und deutete mit seinem Handstumpf nach vorne und ein kleines Stück nach links.

Kevins Blick folgte dem ausgestreckten Arm. Im ersten Moment sah er nichts. Aber dann sog Eric erschrocken die Luft zwischen den Zähnen ein, und im gleichen Augenblick erkannte auch Kevin einen langgestreckten, erschreckend großen Schatten, der nicht sehr weit vor ihnen über das Meer glitt.

»Was ist das?« murmelte er – obwohl er die Antwort im Grunde genau kannte.

»Leise!« sagte Tyr. »Vielleicht bemerken sie uns nicht!«

Es war eine schwache Hoffnung, das wußte Kevin. Das andere Schiff war gar nicht so gewaltig, wie er auf den ersten Blick angenommen hatte. Es war ihm nur so groß vorgekommen, weil es so nahe war. Kevin schätzte, daß keine hundert Schritte die Boote voneinander trennten. Offenbar hatte Tyr das andere Schiff erst entdeckt, als es schon beinahe zu spät war.

Kevins Herz pochte plötzlich so laut, daß er sich einbildete, man müsse das Geräusch drüben auf dem anderen Boot hören.

Tyr wechselte den Schild vom linken an den rechten

Arm, um seine einzige Hand frei zu haben. Eric löste mit behutsamen Bewegungen den Bogen von der Schulter und zog einen Pfeil aus dem Köcher, und auch Olof zog sein Schwert, wobei er die Klinge zwischen Daumen und Zeigefinger hindurchgleiten ließ, damit sie kein verräterisches Geräusch verursachte.

Tyr machte eine Bewegung mit der Hand, und die Männer, die bisher noch immer reglos an den Rudern gesessen hatten, duckten sich plötzlich hinter ihre Schilde und hoben Bogen oder Schwerter.

Kevin spürte ein eisiges Frösteln, als ihm klar wurde, was er da beobachtete.

»Was ... was tut ihr, Tyr?« flüsterte er.

Tyr legte die linke Hand auf den Schwertgriff.

»Sie sind zu schnell für uns«, sagte er. »Wir können ihnen nicht entkommen.«

Danach hatte Kevin nicht gefragt. Aber er wußte auch so, was hier vor sich ging. Was er beobachtete, das waren ganz eindeutig die Vorbereitungen für einen Angriff!

»Dieses Schiff ist mindestens doppelt so groß wie unseres!« flüsterte er.

»Und hat mit Sicherheit die dreifache Besatzung«, bestätigte Eric. Er grinste. »Das macht es ja gerade so spannend.«

»Still jetzt!« sagte Tyr streng. »Vielleicht bemerken sie uns nicht!«

Natürlich würden sie sie bemerken. Die beiden Schiffe bewegten sich im rechten Winkel aufeinander zu. Kevin hatte wenig Erfahrung darin, Kurs und Geschwindigkeit von Schiffen zu schätzen, aber er glaubte nicht, daß sie am Ende in einem Abstand von deutlich mehr als zehn Schritten aneinander vorbeigleiten würden. Die Männer an Bord des anderen Schiffes mußten schon blind sein, um sie nicht zu sehen.

Sie waren es nicht.

Die beiden Schiffe waren noch ungefähr dreißig Schritte voneinander entfernt, als sich hinter der Reling des anderen Bootes eine dunkle Gestalt aufrichtete.

Im nächsten Augenblick erscholl ein gellender Schrei.

»Bei Odin!« brüllte Tyr. »Greift an!«

Bogensehnen sirrten. Ein halbes Dutzend der tödlichen Pfeile schoß zu dem größeren Schiff hinauf, und mindestens zwei oder drei trafen ihr Ziel. Der warnende Schrei brach ab, und nur einen Moment später ertönte ein Klatschen, als ein schwerer Körper ins Wasser stürzte.

Tyr schrie einen Befehl. Die Ruder wurden ins Wasser getaucht, und plötzlich schoß das Drachenboot wie von der Sehne geschnellt vorwärts. Die Distanz zwischen den beiden Schiffen schmolz rasend schnell zusammen.

Als sie noch zehn Schritte voneinander entfernt waren, wurde es auf dem anderen Schiff lebendig. Hinter seiner Reling erschienen die Schatten von fünf, sechs Männern.

Allerdings nicht für lange Zeit.

Wieder sirrten die Bogensehnen, und diesmal fanden die Pfeile mehr als ein Ziel. Drei, vier Männer brachen getroffen zusammen, die anderen zogen sich hastig in Deckung zurück.

Im nächsten Augenblick stießen die beiden Schiffe zusammen.

Der Aufprall war hart, aber trotzdem nicht annähernd so furchtbar, wie Kevin befürchtet hatte. Die wenigen Ruderschläge hatten das Drachenboot enorm beschleunigt, doch statt des erwarteten, splitternden Geräusches von zerberstendem Holz hörte Kevin nur einen sonderbar weichen, dumpfen Laut; als hätte eine Faust in Lehm geschlagen.

Die Erschütterung ließ ihn auf ein Knie herabsinken, doch er sah auch, wie sich das andere, viel größere Schiff deutlich auf die Seite legte. Von seinem Deck erscholl ein Chor überraschter, aber auch wütender Schreie.

Die beiden Schiffe hatten sich ineinander verkeilt, und Kevin sah, wozu der hochgezogene Drachenbug des Wikingerbootes nutze war.

Angeführt von Tyr, der wie ein leibhaftig gewordener nordischer Kriegsgott schrie und seine gewaltige Axt schwang, benutzten die Männer den Drachenkopf als Leiter, um das viel größere, feindliche Schiff zu entern. Lauthals die Namen ihrer barbarischen Götter schreiend und ihre Waffen schwingend, stürmten die Krieger auf das Schiff hinauf und griffen dessen Besatzung an.

Auch Kevin wurde mitgerissen, beinahe gegen seinen Willen. Noch bevor er richtig wußte, wie ihm geschah, fand er sich auf dem Deck des anderen Schiffes wieder und hielt ein Schwert in der Hand, das ihm irgend jemand zugeworfen hatte.

Im ersten Augenblick war es beinahe zu leicht. Allein der ungestüme Schwung, mit dem der Angriff der Wikinger vorangetragen wurde, trieb die Verteidiger hoffnungslos zurück. Von den fünf oder sechs Männern, die den Pfeilregen überlebt hatten, fiel die Hälfte unter den ersten, wütenden Hieben der gehörnten Nordmänner, und der Rest suchte sein Heil in der Flucht.

Kevin registrierte allerdings auch voller Schrecken, um wie viel größer das andere Schiff war: nicht doppelt, sondern mindestens dreimal so groß wie ihr eigenes Schiff – wenn nicht mehr.

Entsprechend groß war auch die Übermacht, der sie gegenüberstanden.

Der Angriff hatte die Fremden vollkommen überrascht, aber dieser Vorteil würde nicht mehr allzulange anhalten. Der Vormarsch von Tyr und seinen Wikingern geriet bereits ins Stocken. Zwischen den fremdartig geformten Aufbauten des Schiffes richteten sich immer mehr und mehr Männer auf, Gestalten mit schwarzem Haar und kupferfarbener Haut, die Keulen und kurze

Schwerter mit rasiermesserscharfen Steinklingen schwangen. Trotzdem trieben Tyrs Wikinger die Verteidiger weiter zurück.

Der Kampf tobte mit gnadenloser Härte, und beide Seiten führten ihre Waffen mit großer Meisterschaft, doch wo die steinernen Klingen der Bronzehäutigen auf die stählernen Schwerter und Äxte der Wikinger prallten, gewann fast immer der Stahl. Die Waffen der Verteidiger zersplitterten, und mehr als einer von ihnen blieb tot oder sterbend hinter den Reihen der vorrückenden Wikinger zurück.

Vielleicht hätten Kevin und seine Gefährten den Kampf sogar gewonnen, wäre er mit den gleichen Waffen zu Ende geführt werden, mit denen er begonnen worden war.

Doch das wurde er nicht.

Irgend etwas sirrte durch die Luft – mit einem Geräusch, das Kevin im ersten Moment sowohl fremd als auch auf unangenehme Weise bekannt vorkam. Einen Augenblick später wiederholte es sich.

Der Mann unmittelbar neben Kevin griff sich an den Hals und verzog das Gesicht. Dann zog er die Hand zurück. Zwischen Daumen und Zeigefinger hielt er einen geradezu lächerlich kleinen Pfeil: kaum mehr als eine gefiederte Nadel, die seine Haut höchstens geritzt haben konnte.

»Heda!« sagte er. »Was …«

Er sprach nicht weiter. Plötzlich huschte ein Ausdruck furchtbarer Pein über sein Gesicht. Er ließ den Pfeil fallen, schwankte. Seine Augen wurden glasig. In der nächsten Sekunde brach er wie vom Blitz getroffen zusammen.

Noch bevor Kevin richtig verstand, was er da sah, brachen ein zweiter und dritter Mann zusammen, von dem gleichen unsichtbaren Feind gefällt wie der erste.

Die Wikinger rückten noch immer vor; wahrscheinlich

hatten die meisten noch nicht bemerkt, was geschah. Doch dann traf es den Krieger unmittelbar neben Tyr, und fast gleichzeitig bohrte sich eines der winzigen Geschosse in den Schild des Mannes mit dem Armstumpf.

Der riesige Wikinger reagierte sofort. Er schrie ein einzelnes Wort in seiner Muttersprache, und der Vormarsch seiner Krieger geriet ins Stocken. Blitzschnell änderten sie ihre Taktik. Statt weiter mit Äxten und Schwertern auf ihre halbnackten Gegner einzudringen, duckten sie sich hastig hinter ihre Schilde, um den winzigen, tödlichen Geschossen zu entgehen, die aus dem hinteren Teil des Schiffes auf sie herabregneten.

Kevin sah noch immer niemanden, der einen Bogen oder eine andere Schußwaffe in der Hand hielt. Auf dem etwas höher gelegenen Deck des Schiffes jedoch machte er ein halbes Dutzend bronzehäutiger Krieger aus, die die gleichen, langen Stäbe in den Händen hielten, wie ihn auch der Jaguarmann am Thingplatz gehabt hatte. Sie setzten das eiserne Ende an den Mund, während sie mit dem anderen auf Tyrs Krieger zielten – und kurz darauf ergoß sich ein weiterer Hagel der winzigen, gefiederten Todesbolzen auf die Nordmänner.

Die Salve forderte diesmal keine Opfer, weil sich Tyrs Krieger rechtzeitig hinter ihre Schilde duckten, doch aus dem ungestümen Vormarsch wurde von einem Augenblick auf den anderen ein fast planloser Rückzug.

Und noch bevor die Krieger die Hälfte des Rückweges hinter sich gebracht hatten, fanden die tödlichen Blasrohrgeschosse zwei weitere Opfer.

Tyr schrie zornig auf und schleuderte seine Axt. Die Waffe traf einen der Krieger auf dem Achterdeck und fällte ihn, doch sofort nahm ein anderer seinen Platz ein, und der Pfeilregen, der auf die flüchtenden Wikinger herabprasselte, wurde eher noch stärker.

Nur die Hälfte der Männer, die das Schiff geentert hatten, kehrte lebend an Bord des Drachenbootes zurück.

Und damit war es noch lange nicht vorbei. Einige von Tyrs Männern hasteten zu den Rudern und versuchten, das Boot vom Rumpf des größeren Schiffes wegzustaken, während die anderen ihnen mit hochgerissenen Schilden Deckung gaben – allerdings nur mit mäßigem Erfolg. Hinter der Reling des anderen Schiffes erschienen immer mehr Männer mit langen Blasrohren, die ihre Pfeile auf die Wikinger herabregnen ließen.

»Wir kommen nicht los!« schrie Tyr. »Rudert! Rudert um euer Leben!«

Das Schiff zitterte, als sich die Männer mit aller Gewalt gegen die Ruder stemmten, aber es gelang ihnen nicht, sich von dem anderen Boot zu lösen. Vielleicht wäre es möglich gewesen, hätten sie mit vereinten Kräften rudern können, doch die Hälfte der Männer war vollauf damit beschäftigt, den Rest – und sich selbst – mit ihren Schilden gegen den Pfeilhagel zu schützen.

Trotzdem trafen die tödlichen Geschosse immer wieder, denn es war vollkommen gleich, wo sie ihre Opfer verletzten; ob ein tödlicher Stich in die Halsschlagader oder ein Kratzer an Arm oder Bein – die Wirkung war immer die gleiche. Zwei, drei weitere Männer sanken getroffen zu Boden, und mit jedem, der fiel, wurden die Lücken in der Deckung der anderen größer.

Schließlich gelang es den Wikingern doch, sich von dem riesigen Schiff zu lösen.

Ein harter Ruck ging durch den Rumpf des Drachenbootes, der nahezu jeden, der sich nicht an einem Ruder festklammerte, von den Füßen riß. Irgend etwas fiel mit einem dumpfen Poltern auf das Deck herab, und die Luft war plötzlich von flatterndem, wirbelndem Gelb erfüllt.

Das Drachenboot schoß rückwärts ein gutes Stück von

dem anderen Schiff fort, wurde langsamer und begann sich dann träge auf der Stelle zu drehen.

Kevin richtete sich zitternd auf. Die meisten Männer waren wie er zu Boden gestürzt und hockten benommen da oder krochen auf die Ruder zu. Für kurze Zeit waren sie alle fast deckungslos, wurden aber nicht angegriffen, denn das andere Schiff schwankte so stark, daß Kevin einen Augenblick lang hoffte, es würde umschlagen. Die Reling war leer. Der Ruck, mit dem sich die beiden Schiffe voneinander gelöst hatten, war so stark gewesen, daß er wohl auch dort drüben alle von den Füßen gefegt hatte.

Kevin wunderte sich fast darüber, daß das Drachenboot noch nicht sank. Die Wucht, mit der die beiden Schiffe zusammengestoßen waren, hätte es eigentlich leckschlagen müssen.

Während sich das Boot weiter drehte, kroch Kevin auf Händen und Knien zum Bug, um nachzusehen, was da vorhin auf das Schiff herabgefallen war. Zu seiner maßlosen Verblüffung fand er bloß ein zusammengeschnürtes, an beiden Seiten zerfetztes Bündel.

Schilf.

Kevin starrte eine Sekunde lang fassungslos auf das, was er da gefunden hatte. Dann erinnerte er sich jäh daran, daß die Luft ebenfalls voller wirbelnder gelber Fetzen gewesen war. Und jetzt fiel ihm noch mehr ein; der sonderbar dumpfe, weiche Laut, mit dem die beiden Schiffe zusammengestoßen waren, das seltsame Gefühl, als er auf das Deck des anderen Bootes sprang – viel zu weich und nachgiebig, irgendwie zwar fest, aber trotzdem federnd. Und vor allem der Geruch.

Es gab nur eine einzige Erklärung, auch wenn sie noch so unwahrscheinlich klang. Das andere Schiff war nicht aus Holz gebaut, sondern aus …

»Tyr!« schrie er. »Tyr! Das Boot ist aus Schilf gebaut!«

Tyr hörte ihn nicht. Er war voll und ganz damit

beschäftigt, seinen Männern Befehle zuzuschreien, und auch von Eric und Olof war nichts zu sehen. Kevin wußte nicht einmal genau, ob sie noch lebten. Er ersparte es sich, Tyr noch einmal anzusprechen – zumal er in diesem Moment etwas sah, das sein Herz vor Schrecken schneller schlagen ließ ...

Auch in das andere Schiff war Bewegung gekommen. Der sonderbar geformte Bug schwenkte herum und richtete sich genau auf das Drachenboot, begann langsam Fahrt aufzunehmen. Noch waren die Bronzemänner außer Schußweite, doch Kevin hatte nicht vergessen, daß Tyr vorhin gesagt hatte, das andere Schiff sei schneller als sie. Und da hatten sie fast doppelt so viele Männer an den Rudern gehabt.

Kurz entschlossen lief er zu dem kleinen Zelt in der Mitte des Schiffes, suchte mit fliegenden Fingern seine Armbrust und das Tuch mit den Bolzen, die Eric ihm geschnitzt hatte. Mit dem Bündel Schilf unter dem einen und seiner Armbrust unter dem anderen Arm hastete er zum Heck.

Das Drachenboot hatte seine Drehung beendet und wurde schneller, doch Kevin sah, daß das andere Schiff ebenfalls stetig beschleunigte. Er konnte in der Dunkelheit nicht erkennen, wodurch es angetrieben wurde – durch Ruder, Segel oder irgendeinen Zauber –, aber eines erkannte er ohne jeden Zweifel: Tyr hatte recht. Das andere Schiff war schneller. Es holte bereits auf.

Mit vor Aufregung zitternden Händen wickelte Kevin eine Handvoll Stroh um seinen ersten Bolzen, setzte ihn an dem Kohlebecken in Brand und legte ihn auf die Armbrust. Die Waffe war nicht dazu gedacht, brennende Pfeile zu verschießen. Kevin verbrannte sich die Finger, als er die Sehne spannte, aber das war ihm gleich. Er zielte nur kurz und riß den Abzug durch.

Der erste Bolzen verfehlte das Schiff in weitem

Abstand, aber der Schuß hatte ohnehin nur den einen Zweck gehabt, Windrichtung und Entfernung zu prüfen.

Kevin legte einen zweiten brennenden Bolzen auf, und diesmal hatte er besser gezielt; das winzige Geschoß flog in einer langgestreckten Kurve durch die Luft, Flammen und kleine Funken wie den Schweif eines brennenden Sternes hinter sich herziehend, und traf den Bug des anderen Schiffes mit großer Präzision.

Zu Kevins Enttäuschung griffen die Flammen nicht sofort um sich, erloschen aber auch nicht, sondern begannen sich träge, fast behäbig im Material des anderen Schiffes auszubreiten. Natürlich versuchte die Besatzung das Feuer sofort zu löschen, doch Kevin schoß bereits einen zweiten Bolzen ab, dann einen dritten, vierten und fünften, bis die Reling von einem Dutzend kleiner Brandnester übersät war, die schneller wieder aufloderten, als sie gelöscht werden konnten.

Und endlich, nachdem Kevin seinen letzten Bolzen verschossen hatte, wurde das andere Schiff langsamer.

Kevin gab sich nicht wirklich der Hoffnung hin, daß es verbrennt, aber zumindest dieses Wettrennen würden die Wikinger gewinnen. Die Krieger mit der Bronzehaut hatten genug damit zu tun, ihr Schiff zu löschen.

Plötzlich fiel Kevin auf, daß die Ruder des Drachenbootes nicht mehr schlugen. Verblüfft drehte er sich um und stellte fest, daß alle ihn anstarrten. Tyr stand unmittelbar hinter ihm. Er blickte abwechselnd ihn und das brennende Schilfboot an, und auf seinem Gesicht lag ein Ausdruck, der zwischen Verblüffung und ungläubiger Freude schwankte.

»Woher wußtest du …?« fragte er.

Kevin stieß mit dem Fuß gegen den Schilfballen, den er mitgebracht hatte.

»Das ist herausgefallen, als wir das Schiff gerammt haben«, sagte er.

Tyr blickte kopfschüttelnd auf den Strohballen hinab.

»Mein Fehler«, sagte er seufzend. »Ich hätte es wissen müssen. Das war sehr klug von dir, Kevin. Du hast uns vielleicht allen das Leben gerettet.«

»Ich habe vor allem mir das Leben gerettet«, murmelte Kevin – wie er meinte, so leise, daß nicht einmal Tyr die Worte verstand, doch der einhändige Wikinger schüttelte den Kopf und widersprach heftig und sehr laut:

»Keine falsche Bescheidenheit, Kevin von Locksley. Ich habe einen Fehler gemacht. Ich habe unsere Feinde unterschätzt, obwohl ich wußte, daß sich diese Skärlinge nicht zu einem fairen Kampf stellen würden!«

»Skärlinge?« fragte Kevin.

Er entdeckte Eric unter den anderen und versuchte ihm einen fragenden Blick zuzuwerfen, aber Eric schien plötzlich irgend etwas furchtbar Interessantes zwischen seinen Fußspitzen entdeckt zu haben. Er sah ein wenig verlegen aus.

Tyr überging Kevins Frage.

»Ich habe sie unterschätzt«, grollte er. »Ein unverzeihlicher Fehler. Die Männer, die gestorben sind, sind meinetwegen gestorben.«

»Du konntest nicht wissen, daß sie ein Schiff haben«, sagte Olof.

»Natürlich nicht«, antwortete Tyr höhnisch. »Ich dachte bisher, sie wären den Weg von Vinland aus geschwommen.« Plötzlich runzelte er die Stirn und sah auf Kevins Hände hinab. »Was ist mit deinen Händen? Du hast dich schlimm verbrannt.«

Kevin blickte auf seine Finger und erschrak. Er hatte den Schmerz bisher nicht einmal gespürt, aber Tyrs Worte weckten ihn – nachhaltiger, als ihm lieb gewesen wäre.

Trotzdem biß er die Zähne zusammen und behauptete: »Das ist nichts.«

»Für nichts sieht es ziemlich schlimm aus«, antwortete

Tyr bestimmt. »Olof soll sich um deine Hände kümmern. Die anderen gehen wieder an die Ruder. Wir ändern den Kurs! Nach Osten!«

Zehntes Kapitel

Kurz bevor die Sonne aufging, ankerten sie. Sie hatten Jasse gemieden, um den Feind nicht dorthin zu locken, wie Tyr sagte. Statt dessen hatten sie Unterschlupf in einem der zahllosen Fjorde gesucht, die die Küsten dieses Landes in ein Labyrinth verwandelten, das schon so manchem Schiff zum Verhängnis geworden war.

Tyrs Männer kannten sich jedoch offensichtlich gut aus, denn sie manövrierten das Drachenboot trotz der fast vollkommenen Dunkelheit mit erstaunlicher Präzision durch das Gewirr von Untiefen und Riffen, bis das Wasser so seicht wurde, daß der Kiel über den Meeresgrund schrammte.

Während sie durch die zu Ende gehende Nacht glitten, kümmerte sich Olof um Kevins Hände, wie Tyr befohlen hatte. Er säuberte die Wunden und trug eine Salbe auf, die im ersten Augenblick mehr schmerzte als die Verbrennung, kurz darauf aber herrlich kühlte. Anschließend legte Olof Kevin einen Verband an.

Kevin blickte mißmutig auf die weißen Bandagen, die Olof um seine Finger wickelte.

»Damit werde ich mich kaum bewegen können«, murmelte er. »Und schon gar nicht schießen.«

»Das mußt du auch nicht«, sagte Eric. Er war zu ihnen in das kleine Zelt in der Bootsmitte gekrochen und sah mit unverhohlener Schadenfreude zu, was Olof mit Kevins Händen tat. »Wenn sie das nächste Mal kommen, machen wir ein hübsches Freudenfeuerchen aus ihrem Schiff.«

»Wenn sie das nächste Mal kommen, sind sie auf brennende Pfeile vorbereitet«, unkte Olof.

Eric sah ihn einen Augenblick lang irritiert an, aber dann grinste er wieder.

»Sagte ich dir nicht, daß die Pfeile bei dir besser aufgehoben sind?« fragte er. »Das nächste Mal solltest du auf mich hören. Ich weiß Bescheid, wenn es ums Kämpfen geht.«

»Das ist sonderbar«, sagte Olof. »Wo es doch dein erster Kampf war.«

Eric blinzelte. »He!« sagte er. »Was ist denn in dich gefahren? Unser Feind ist dort draußen auf dem Meer, hast du das schon vergessen?«

»Nein«, antwortete Olof in einem Ton, der Eric unwillkürlich ein Stück zurückweichen ließ.

Kevin sah Olof an, daß er sich nur noch mühsam beherrschte. »Aber du hast anscheinend vergessen, daß das hier kein Spaß ist!« fuhr der Mann fort. »Acht unserer Brüder sind tot, und vielleicht hätte keiner von uns überlebt, wenn Kevin nicht gewesen wäre! Wir waren Narren, zu glauben, daß es so leicht sein würde.«

»Aber was ... was ist denn plötzlich los?« stammelte Eric. Er verstand offenbar nicht einmal ansatzweise, warum Olof plötzlich so zornig war. Und eigentlich verstand Kevin es auch nicht. »Wo ist dein Mut geblieben, Olof?«

»Mut?« So wie Olof das Wort aussprach, klang es eher nach einer Verwünschung. Er lachte bitter. »Wer weiß ... vielleicht habe ich Mut mit Tollkühnheit verwechselt. Wir haben uns mit Mächten eingelassen, derer wir vielleicht nicht mehr Herr werden.« Er hatte den Verband um Kevins Linke zwar noch nicht ganz fertig gewickelt, wandte sich aber trotzdem mit einem Ruck ab, kroch aus dem Zelt und richtete sich draußen auf.

Eric machte eine Bewegung, als wolle er ihm folgen,

zuckte aber dann nur mit den Schultern und ließ sich wieder zurücksinken.

»Er wird zu alt für den Kampf«, murmelte er.

Kevin sah ihn nachdenklich an, aber er verbiß sich die Antwort, die ihm auf der Zunge lag – nämlich die Vermutung, daß er – Eric – vielleicht ein bißchen zu jung für den Kampf war.

Eric war um etliches größer und sicherlich auch stärker als Kevin, aber Olofs Eröffnung, daß Eric noch keine Kampferfahrung hatte, hatte Kevin im Grunde nicht einmal überrascht. Er hatte es Eric nicht erzählt, weil er prinzipiell nicht gerne mit seinen Abenteuern prahlte, doch Kevin selbst hatte schon zahlreiche Kämpfe auf Leben und Tod miterlebt – und darunter waren zwei ausgewachsene Schlachten gewesen.

Nicht einer dieser Kämpfe hatte Kevin in irgendeiner Form Freude oder auch nur Genugtuung bereitet. Das Gegenteil war der Fall: Das einzige Gefühl, das er hinterher gehabt hatte, war Erleichterung gewesen, noch am Leben zu sein; und nur zu oft eine tiefe Niedergeschlagenheit, Leben ausgelöscht zu haben. Es war nie ein gutes Gefühl, zu töten. Nicht einmal dann, wenn man es tun mußte, um sein eigenes Leben zu verteidigen.

Doch Kevin sparte es sich, Eric irgend etwas davon zu sagen. Er wußte, daß der junge Wikinger es nicht verstanden hätte.

Statt dessen fragte er: »Warum sind wir nicht nach Jasse gefahren, wie Tyr vorhatte?«

Eric zuckte mit den Schultern. »Vielleicht hat er Angst, die Jaguarmenschen dorthin zu führen.«

»Obwohl es eine solch gewaltige Festung mit zahllosen Kriegern ist?« fragte Kevin.

Eric hob abermals die Schultern.

»Tyr ist dafür bekannt, gerne und oft zu übertreiben«, sagte er. »Ich war noch nie in Jasse, doch ich weiß, daß es keine Festung ist. Es ist eine große Stadt, das ist wahr. Es gibt an die hundert Männer dort. Ich weiß nicht, was Tyr fürchtet.«

Nach Kevins Maßstäben war eine Stadt mit hundert Männern und den dazugehörigen Frauen und Kindern alles andere als groß. Und nach dem, was sie in dieser Nacht erlebt hatten, konnte er Tyrs Vorsicht gut verstehen. Sicher würde das Schiff aus Vinland keine ernsthafte Gefahr für Jasse darstellen, doch Tyr wollte nicht noch mehr Menschenleben aufs Spiel setzen.

Doch auch dies sprach Kevin nicht aus, denn Eric hätte es ebensowenig wie alles andere verstanden. Statt dessen versuchte er ungeschickt, seinen Verband selbst fertig anzulegen, warf schon fast gewohnheitsmäßig einen Blick auf den schlafenden Arnulf und verließ schließlich das Zelt.

Es begann wieder zu dämmern, und auf dem Schiff herrschte eine schon fast unheimliche Ruhe. Der Boden hatte aufgehört, unentwegt unter Kevins Füßen zu schwanken, und die meisten Männer waren über ihren Rudern zusammengesunken und schliefen. Einige wenige unterhielten sich noch, aber so leise, daß ihre Stimmen praktisch nicht zu hören waren.

Tyr stand im Bug des Schiffes und blickte starr nach Westen. Kevin wollte zu ihm gehen, überlegte es sich dann aber anders. Er hatte das sichere Gefühl, daß Tyr jetzt allein sein wollte.

Statt dessen legte Kevin den Kopf in den Nacken und sah nach oben. Und im nächsten Augenblick wußte er auch, warum.

Oben auf dem Mast saß ein Rabe.

In der grauen Dämmerung war er fast nur als Schatten zu erkennen. Trotzdem sah Kevin, daß es ein außergewöhnlich großer Vogel war, ein wahrer Riese mit schwarzen, wie lackiert glänzenden Federn und großen

Augen, die unmittelbar auf ihn herabsahen: nicht nur ungefähr in seine Richtung, nicht zufällig, sondern sehr direkt und sehr bewußt. Es mußte dieser Blick gewesen sein, den Kevin gespürt und der ihn bewogen hatte, nach oben zu sehen. Es war unheimlich.

Für eine geraume Weile saß der Vogel einfach nur da und sah auf den Jungen herab, dann breitete er plötzlich die Schwingen aus und verschwand mit raschen Flügelschlägen in der Dämmerung.

Kevin sah ihm nach, bis er vollkommen verschwunden war, dann drehte er sich wieder um ...

... und erstarrte.

Er sah jetzt, warum Tyr so gebannt nach Westen geblickt hatte.

Der Horizont dort hinten glühte in einem düsteren, flackernden Rot ...

Mit wenigen, schnellen Schritten war er am Bug und blieb neben Tyr stehen. Der Wikinger schien im ersten Augenblick gar keine Notiz von ihm zu nehmen und blickte weiter mit unbewegtem, starrem Gesicht nach Westen. Doch dann sagte er plötzlich: »Yversund.«

»Bist du ... sicher?« flüsterte Kevin stockend.

Die Frage, das wußte er, war vollkommen überflüssig. Doch kurze Zeit klammerte Kevin sich an die Hoffnung, daß es das fremde Schiff sein könnte, das dort brannte. Aber dafür war das Feuer viel zu gewaltig. Tyr sagte nichts.

»Aber ... aber warum denn?« stammelte Kevin. »Sie ... sie haben ihnen doch gar nichts getan.«

»Das haben Olofs Leute auch nicht«, antwortete Tyr leise. »Sie töten alle, die mit Arnulf oder dir gesprochen haben.«

Kevin starrte ihn aus weit aufgerissenen Augen an. »Weißt du, was du da sagst?«

Tyr drehte sich langsam zu ihm um, aber er sah nicht

ihn, sondern Olof an, der nur ein kleines Stück hinter den beiden stand. Als auch Kevin sich umdrehte, sah er in Olofs Augen einen Ausdruck von so abgrundtiefem Schrecken, daß es dem Jungen schier das Herz zerriß.

Dort hinten brannte Tyrs Haus, und es waren Tyrs Leute, die starben, aber Olof mußte die Worte des Einhändigen so deutlich gehört haben wie Kevin, und offenbar war ihm viel rascher klargeworden, was sie wirklich bedeuteten; die Fremden waren dabei, jeden Beweis für ihr Hiersein auszulöschen. Sie würden niemanden am Leben lassen, der von ihnen wußte. Das galt für sie alle hier an Bord, das galt für die unglückseligen Einwohner von Yversund, und es galt vermutlich auch für Olofs Leute, die zurückgeblieben waren.

Es war nicht das erste Mal, daß Kevin die Stimme versagte und er kein Wort des Trostes fand.

Nur um überhaupt etwas zu sagen und das Schweigen nicht allzu belastend werden zu lassen, wandte er sich an Tyr: »Also fahren wir nicht nach Jasse?«

»Wir können es auf See nicht mit ihnen aufnehmen«, antwortete Tyr kopfschüttelnd. »Nicht mit einem Schiff wie dem unseren und so wenigen Kriegern. Doch wir haben einen kleinen Vorsprung, den wir ausnutzen sollten. Wir lassen das Boot hier und ziehen an Land weiter. Wenn wir jene Bergkette dort im Westen überwinden, erreichen wir wieder das offene Meer.«

Kevin sah zwar nach Westen, erkannte jedoch nichts als ineinanderfließende Schatten. Vielleicht war es auch ganz gut so. Tyr hatte von Bergen gesprochen, nicht von Hügeln.

»Wie weit ist es?« fragte er.

Der Wikinger hob die Schultern.

»Einen Tag und eine Nacht, wenn sich das Wetter hält und wir nicht aufgehalten werden«, antwortete er.

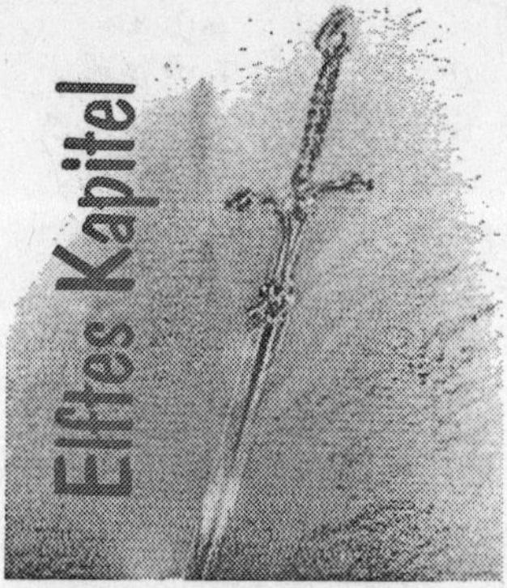

Elftes Kapitel

Als es hell wurde und sie aufbrachen, waren sie noch zu elft – Arnulf nicht mitgerechnet.

Auf Tyrs Befehl hin hatten die Männer das Schiff wieder ein Stück weit aufs Meer hinausgerudert und an einer tieferen Stelle versenkt; eigentlich ein durchaus vernünftiges Vorgehen, denn so hinterließen sie keine Spuren, falls ihre Verfolger auf die Idee kommen sollten, die Küste nach ihnen abzusuchen. Trotzdem brach es Kevin schier das Herz, als er zusah, wie das Schiff langsam versank, denn es war zugleich ein Anblick von düsterer Symbolik. Sie konnten jetzt nicht mehr zurück, selbst wenn sie es gewollt hätten. Spätestens von diesem Augenblick an hatten sie nur noch die Wahl, ihr Ziel zu erreichen – oder zu sterben.

Entsprechend niedergedrückt war auch ihre Stimmung, als sie losmarschierten. Niemand sprach ein Wort. Selbst Eric hüllte sich in verbissenes Schweigen, und auch Kevin war nicht unbedingt nach Reden zumute. Außerdem schmerzten seine Hände immer mehr. Er hatte das fremde Schiff zwar in die Flucht geschlagen, aber einen hohen Preis dafür bezahlt. Wahrscheinlich würde er seine Armbrust viele Tage oder gar wochenlang nicht mehr benutzen können.

Den ganzen Morgen über marschierten sie nach Westen. Die Berge, von denen Tyr gesprochen hatte, erwiesen sich gottlob als doch nicht ganz so hoch, wie Kevin befürchtet hatte, aber die Gefährten kamen ihnen auch nicht merklich näher.

Zudem wurde das Vorankommen immer schwieriger,

denn sie marschierten abwechselnd durch knietiefen Schnee und über messerscharfe Felsen, auf denen Eis eine gefährliche Schicht bildete, so daß jeder Schritt zu einem Abenteuer wurde.

Gegen Mittag rasteten sie für eine Stunde. Sie hatten nichts bei sich, um Feuer zu machen, so daß es nur geschmolzenen Schnee zu trinken und kaltes Pökelfleisch zu essen gab. Kevin hätte seine rechte Hand dafür gegeben, eine Stunde schlafen zu können, aber Tyr trieb sie unbarmherzig weiter.

Am frühen Nachmittag begann es zu schneien.

Tyr begrüßte die lautlos fallenden weißen Flocken erfreut, denn sie würden bald ihre Spuren überdecken, so daß sie vor einem eventuellen Verfolger nun wohl endgültig sicher waren, doch das Wetter wurde immer schlechter; nach einer Stunde marschierten sie durch heulenden Wind und so dichtes Schneegestöber, daß Kevin das Ende der kleinen Kolonne schon nicht mehr sehen konnte. Und es wurde immer kälter.

Als die Nacht hereinbrach, erreichten sie die ersten Ausläufer der Berge. Die eisverkrusteten Grate und Felsen schützten sie zwar ein wenig vor dem Wind, machten das Gehen aber noch schwieriger, so daß Tyr ihnen schließlich doch eine weitere Rast gestattete.

Kevin war zu müde, um irgend etwas zu essen oder zu trinken. Ohne ein weiteres Wort legte er sich neben Arnulf in den Windschatten eines Felsens und schlief auf der Stelle ein.

Allerdings nicht für lange.

Zwei Dinge weckten ihn: der Klang aufgeregt miteinander debattierender Stimmen und das intensive Gefühl, angestarrt zu werden.

Kevin sah auf und erblickte Olof und Tyr, die ein kleines Stück entfernt dastanden und miteinander zu streiten schienen. Er konnte nicht verstehen, worum es ging, doch

Tyr schüttelte immer wieder den Kopf und machte dabei heftige, verneinende Gesten. Keiner der beiden Männer sah in seine Richtung.

Langsam drehte Kevin den Kopf und blickte in ein Paar großer, nachtschwarzer Augen.

Es war der Rabe.

Kevin wußte sofort, daß es das gleiche Tier war, das am Morgen oben auf dem Mast des Schiffes gesessen hatte.

Und diesmal konnte er sich nicht mehr selbst beruhigen oder sich sagen, daß er sich nur etwas einbildete: Es gab keinen Zweifel daran, daß dieses Tier ihn ansah. Und daß es seinetwegen gekommen war.

»Was ... was willst du von mir?« fragte Kevin stockend.

Er kam sich überhaupt nicht komisch dabei vor, mit einem Tier zu reden. Ganz im Gegenteil. Was immer dieser Rabe war, eines war er ganz bestimmt nicht: ein ganz normales Tier.

»Was willst du?« fragte er noch einmal, und jetzt mit kräftigerer Stimme. »Willst du mir etwas sagen? Oder mich vor etwas warnen?«

Der Rabe legte den Kopf zuerst auf die eine, dann auf die andere Seite und stieß ein leises Krächzen aus. Es klang fast wie eine Antwort. Doch genau in diesem Augenblick wurden hinter Kevin Schritte laut.

Der Rabe breitete erschrocken die Flügel aus und verschwand in der Nacht.

Enttäuscht drehte sich Kevin um und blickte in Erics verschlafenes Gesicht.

»Was ist los mit dir?« fragte Eric. Der müde Anflug eines Grinsens huschte über seine Züge. »Führst du jetzt schon Selbstgespräche?«

»Nein«, antwortete Kevin. »Da war ... ein Rabe.«

»Ein Rabe?« Eric sah sich um. »Wo?«

»Eben war er noch da«, antwortete Kevin. Er konnte

sich gerade noch auf die Zunge beißen, um nicht hinzuzufügen: Er wollte mir etwas sagen.

»Unsinn«, sagte Eric überzeugt. »Hier gibt es keine Raben. Und schon gar nicht zu dieser Jahreszeit.«

Irgend etwas sagte Kevin, daß es besser war, nicht auf dem Thema zu beharren. Um vom Thema abzulenken, deutete er auf Tyr und Olof. »Worüber streiten die beiden?«

Eric zuckte mit den Schultern und machte zugleich eine wegwerfende Geste. »Olof kennt eine Abkürzung, die uns vier oder fünf Stunden Marsch erspart. Aber Tyr will sie nicht nehmen.«

»Warum denn nicht?« wunderte sich Kevin.

»Weil er abergläubisch ist«, antwortete Eric. »Er sagt, das Tal wäre von Übel. Er hat wohl Angst vor den Geistern der Toten.« Er gähnte demonstrativ, machte eine Bewegung, als wolle er sich setzen, und ließ es dann doch bleiben.

»Besser, du schläfst nicht noch einmal ein«, sagte er. »Wir gehen gleich weiter – sobald Tyr und Olof sich einig geworden sind, in welche Richtung.«

Eric wandte sich um und ging. Kevin stand umständlich auf. Er hatte nicht lange geschlafen und fühlte sich nicht ausgeruht. Alle seine Glieder waren steif und wie mit Blei gefüllt. Obwohl er sich damit wieder dem eisigen Wind auslieferte, trat er aus dem Schutz des Felsens heraus, um sich ein wenig Bewegung zu verschaffen.

Sich in Olofs und Tyrs Debatte einzumischen, erschien Kevin nicht ratsam, so daß er sich einige Schritte entfernte und dabei kräftig mit den Füßen aufstapfte, um das Blut wieder richtig zirkulieren zu lassen. Es half zwar nichts, aber er konnte sich so wenigstens einbilden, ein wenig Wärme zu verspüren.

Als er zu den anderen zurückgehen wollte, sah er den Raben wieder.

Er hockte auf einem Felsen und starrte Kevin an, gerade so weit entfernt, daß er noch als blasser Schatten vor dem Nachthimmel zu erkennen war. Kevin überlegte einen Herzschlag lang, ob er nach Eric rufen sollte, um ihm das Tier zu zeigen, das es ja angeblich gar nicht geben durfte, drehte sich aber statt dessen lieber vollends um und ging auf den Raben zu.

Das Tier wartete, bis er fast heran war, dann breitete es die Flügel aus, flatterte ein Stück davon und ließ sich auf einem anderen Felsen nieder. Kevin folgte ihm.

Der Rabe wartete wieder, bis Kevin ihn fast erreicht hatte, dann flog er weiter und ließ sich diesmal auf einem etwas höher gelegenen Felsbrocken nieder, so daß der Junge ein gutes Stück klettern mußte, um ihn einzuholen. Aber er hatte mittlerweile begriffen, daß der Vogel ihn nicht etwa narrte, sondern ihn in eine ganz bestimmte Richtung führte.

Eine ziemlich anstrengende Richtung.

Die Felsen, auf die Kevin stieg, wurden immer steiler, und das Klettern bereitete ihm mit seinen bandagierten Händen enorme Mühe. Mehr als einmal war er nahe daran, aufzugeben, biß dann aber die Zähne zusammen und stieg weiter, bis er schließlich ganz oben auf einem Felsbuckel anlangte, der das Lager weit überragte.

Der Rabe flog nicht weiter, sondern blieb auf Armeslänge neben ihm sitzen und sah ihn aus großen, klugen Augen an.

»Und jetzt?« fragte Kevin schwer atmend. »Sag nicht, daß du dir nur einen Spaß mit mir erlaubt hast.«

Der Rabe starrte ihn weiterhin an, und wäre der Gedanke nicht zu abwegig gewesen, dann hätte Kevin in diesem Augenblick geschworen, daß er in den Augen des Tieres so etwas wie ein spöttisches Glitzern sah.

Dann erblickte der Junge etwas, das ihn den Raben auf der Stelle vergessen ließ.

Der Felsen war so hoch, daß Kevin nicht nur das Lager in der einen, sondern auch die schneebedeckte Ebene in der anderen Richtung weit überblicken konnte. Der Sturm hatte ein wenig nachgelassen. Es schneite nicht mehr, so daß sich die Landschaft wie ein gewaltiges, makellos weißes Tuch unter dem Jungen ausbreitete.

Makellos – bis auf zwei winzige Punkte, die, weit entfernt, gerade noch in Sichtweite, auf das Lager der Wikinger zumarschierten ...

Kevins Herz machte einen entsetzten Sprung. Er wußte sofort, wen er vor sich hatte, obgleich der Mann und sein kleinerer, vierbeiniger Begleiter nur als fingernagelgroßer Umriß sichtbar waren.

Es waren der Jaguarmann und die schwarze Riesenkatze!

Drei, vier endlose Herzschläge lang starrte Kevin die beiden Umrisse auf dem Schnee nur aus schreckgeweiteten Augen an, dann fuhr er so hastig herum, daß er auf dem vereisten Fels beinahe den Halt verloren hätte, bildete mit den Händen einen Trichter vor dem Mund und schrie, so laut er nur konnte:

»Tyr! Olof! Kommt her! Schnell!«

Die beiden Angesprochenen reagierten sofort. Tyr fuhr mit einer hastigen Bewegung herum und suchte sichtbar verwirrt nach Kevin, dann flog sein Kopf in den Nacken, und Kevin konnte trotz der großen Entfernung und des schlechten Lichtes sehen, wie Tyr vor Schrecken erbleichte, als er den Jungen hoch oben auf dem Felsen entdeckte.

Kevin ließ ihm jedoch keine Zeit, etwas zu sagen, sondern wedelte weiter aufgeregt mit den Armen und schrie:

»Hierher! Schnell!«

Wäre Kevin nicht viel zu aufgeregt gewesen, hätte ihn wahrscheinlich der pure Neid gepackt, als er sah, wie mühelos Tyr und Olof die Felsen hinaufturnten, die er eben so mühsam erklommen hatte. Es vergingen nur wenige Augenblicke, bis die beiden Männer neben ihm anlangten.

»Was ist los?« fragte Tyr. »Was tust du hier oben?«

Statt zu antworten, deutete Kevin nach Osten.

Tyrs Blick folgte seinem ausgestreckten Arm, und Kevin sah, wie auch noch das letzte Blut aus dem Gesicht des Einhändigen wich.

Olof stieß einen Fluch in seiner Muttersprache aus.

»Der Jaguarmann«, murmelte Tyr. »Kein Zweifel, er ist es.«

»Aber wie ist das denn möglich?« fragte Kevin verstört. »Der Sturm hat doch all unsere Spuren verwischt!«

»Er ist ein Magier«, sagte Tyr gepreßt. »Er braucht unsere Spur nicht zu sehen, um ihr folgen zu können.« Er schüttelte zornig den Kopf, seufzte tief und wandte sich dann an Olof. »Unser Streit ist überflüssig geworden, mein Freund. Ich fürchte, nun bleibt uns keine andere Wahl mehr, als den Weg durch Hallmarks Klamm zu nehmen.«

Olof nickte düster, während sich Tyr wieder zu Kevin herumdrehte.

»Wie es aussieht, hast du uns abermals alle gerettet, Kevin«, sagte er. »Allmählich stehen wir tief in deiner Schuld.«

Ja, dachte Kevin verbittert. Wenn man von der Kleinigkeit absieht, daß ihr ohne mich erst gar nicht in diese Situation geraten wärt.

Nach kurzem Zögern fügte Tyr hinzu: »Aber wie bist du eigentlich hier herauf gekommen?«

Kevin war nicht sicher, ob er da nicht eine Spur von Mißtrauen in Tyrs Stimme hörte.

»Es war … ein Rabe«, antwortete der Junge zögernd.

»Ein Rabe?«

»Ich weiß, daß es sie in dieser Gegend nicht geben dürfte«, antwortete Kevin. »Und auch nicht zu dieser

Jahreszeit. Aber ich schwöre, daß es so war. Es war ein Rabe. Der größte, den ich je gesehen habe. Und ich habe ihn schon einmal gesehen. Heute morgen auf dem Schiff.«

»Hugin!« flüsterte Olof. In seiner Stimme lag nicht die Spur eines Zweifels oder gar Spott, sondern ein fast ehrfürchtiges Zittern.

»Hugin?« wiederholte Kevin fragend. »Was soll das sein?«

»Einer von Odins Raben«, antwortete Tyr. »So könnte es sein.« Plötzlich war er sehr aufgeregt. »Wenn es wirklich Hugin war, den du gesehen hast, dann ist vielleicht noch nicht alles verloren. Denn dann bedeutet es, daß wir Thule schon nahe sind.«

»Warum hast du uns nicht schon heute morgen gesagt, daß du den Raben gesehen hast?« fragte Olof.

»Ich habe mir nichts dabei gedacht«, gestand Kevin. »Und außerdem meinte Eric ...«

»Eric«, unterbrach ihn Olof mit einer Härte in der Stimme, die Kevin nicht verstand, »kennt sich mit unseren Sitten und Gebräuchen vielleicht nicht ganz so gut aus, wie er selbst es glaubt. Wenn du das nächste Mal etwas siehst, das dir ungewöhnlich erscheint, dann sagst du es mir, und zwar sofort, hast du das verstanden?«

»Das spielt jetzt keine Rolle.« Tyr deutete mit einer Kopfbewegung auf die Ebene hinaus. »Uns bleibt nicht viel Zeit. Der Jaguarmann wird in spätestens einer Stunde hier sein. Bis dahin müssen wir den Einstieg in Hallmarks Klamm hinter uns gebracht haben.«

Zwölftes Kapitel

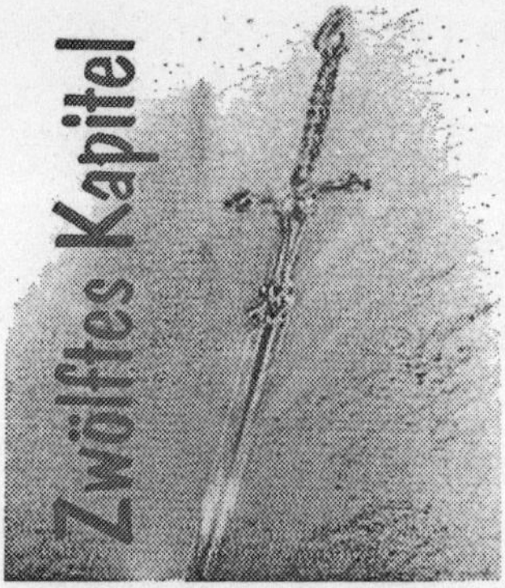

Ihr Weitermarsch war im Grunde kein Weitermarsch mehr, sondern eine Flucht. Obgleich sie nur von einem einzelnen Mann verfolgt wurden, trieb Tyr seine Krieger zur Eile an, daß man glauben konnte, eine ganze Armee wäre hinter ihnen her. Zudem wurde das Gelände immer schwieriger. Sie hatten ihren Kurs ein wenig geändert und zogen nun steil ins Gebirge hinauf; wie es schien, direkt auf eine massive, nahezu senkrecht aufstrebende Wand zu, die Kevin im Dunkeln so hoch wie der Himmel selbst vorkam.

Immer wieder sah sich Kevin nach dem Jaguarmenschen und seinem unheimlichen Begleiter um. Von ihren Verfolgern war zwar noch nichts zu sehen, aber Kevin glaubte, ihr Näherkommen regelrecht zu fühlen. Wenn er sie erst einmal sah, dann war es vermutlich ohnehin zu spät.

Der Aufstieg begann jetzt immer schwieriger zu werden. Der Boden war mit lockerem Geröll übersät, das vom Eis zwar ein wenig zusammengehalten wurde, aber nicht sicher genug war, um ihren Schritten zuverlässigen Halt zu bieten. Sie liefen ständig Gefahr, einen Stein – und damit vielleicht eine ganze Lawine – loszutreten, und je mehr sie sich dem Fuß der eigentlichen Felswand näherten, desto öfter fragte Kevin sich, was sie eigentlich dort oben wollten. Die Felswand kam ihm immer unüberwindlicher und massiver vor.

Erst als sie den Berg beinahe erreicht hatten, entdeckte Kevin einen schmalen, wie mit dem Lineal gezogenen Spalt, der den Berg in zwei Hälften teilte. Er war so hoch wie die Felswand, allerdings auch so eng, daß bereits ein normal gewachsener Mann Schwierigkeiten haben würde, sich hindurchzuzwängen. Für jemanden mit Tyrs Gestalt schien es Kevin eine unmögliche Aufgabe zu sein.

Kevin ließ sich ein wenig zurückfallen, um so an Erics Seite zu gelangen – wie er sich selbst einredete. Die Wahrheit war wohl eher, daß er auf diese Weise noch einige weitere Sekunden gewann, ehe er diesen angstmachenden Spalt im Berg betrat.

»Ist das Hallmarks Klamm?« fragte er, als Eric zu ihm aufgeschlossen hatte.

Eric nickte. »Ja. Der Spalt durchzieht den ganzen Berg. Es dauert eine Stunde, um hindurchzukommen, aber man spart einen halben Tag, den der Weg um den Berg herum dauern würde.«

Kevin blickte zu dem schmalen Spalt im Felsen hoch. Die ersten Männer verschwanden bereits im Inneren des Berges. Sie mußten sich schräg bewegen und konnten nur sehr langsam gehen.

»Kein Wunder, daß Tyr den anderen Weg nehmen wollte«, sagte er.

Ihm selbst schauderte schon bei der bloßen Vorstellung, sich eine geschlagene Stunde lang durch einen Felsspalt zwängen zu müssen.

»Weiter drinnen wird der Spalt noch enger«, sagte Eric. »Aber das ist nicht der Grund für Tyrs Zögern. Er fürchtet etwas anderes.«

»Und was?«

»Nichts«, antwortete Eric. »Wir können später darüber reden. Es ist ohnehin nur Unsinn. Ein dummer Aberglaube, mehr nicht.«

»So wie der Rabe?« fragte Kevin.

Eric schwieg, aber Kevin, der das Thema nun einmal angesprochen hatte, fuhr fort: »Wo wir schon einmal dabei sind: was, sagtest du noch, heißt Skärling genau?«

»Da gibt es ... mehrere Übersetzungen«, antwortete Eric ausweichend.

»Aber ich nehme an, Fremde, die in Frieden kommen, gehört nicht dazu.«

»Nicht ... unbedingt«, gestand Eric. »Wir sind da. Komm. Wir können später über alles reden.«

Es paßte Kevin ganz und gar nicht, daß Eric ihm schon wieder entwich, aber er hatte recht: Sie hatten die Felswand erreicht.

Die meisten Männer waren bereits in dem Spalt im Fels verschwunden. Außer Eric und ihm befand sich nur noch Tyr selbst auf dieser Seite des Berges, und daß der Wikinger Eric und ihm nicht gestatten würde, den Abschluß zu bilden, war klar.

Kevin wartete, bis Eric in dem finsteren Felsspalt verschwunden war, dann raffte er all seinen Mut zusammen und folgte ihm.

Fast sofort wurde es dunkel um ihn. Er konnte nichts mehr sehen, sondern war ganz auf seinen Tastsinn und sein Gehör angewiesen. Seine ausgestreckten Hände fuhren über rauhen, überraschend warmen Fels. Er hörte die Schritte der anderen und die lang nachhallenden, verwirrenden Echos, die sie hervorriefen. Und nachdem sich seine Augen einmal an die herrschende Finsternis gewöhnt hatten, erkannte er sogar einen schmalen Streifen dunkelblauen Nachthimmels über sich.

Es war die schlimmste Stunde seines Lebens.

Hatte er es am Anfang noch als fast angenehm empfunden, den Fels nicht zu sehen, der ihn einschloß, so wünschte er sich schon bald, er könnte es. Das Vorwärtstasten durch nahezu vollkommene Finsternis wurde zur Qual, und mit jedem Schritt, den Kevin zurücklegte, mußte er sich heftiger gegen die schreckliche Vorstellung wehren, im nächsten Augenblick steckenzubleiben.

Er wußte natürlich, daß es Unsinn war – dieser Durchgang durch den Berg existierte vermutlich seit Jahrtausenden, und vor ihm waren Männer hindurchgegangen, die weitaus breitschultriger und kräftiger gewesen waren als er.

Nur – dieses Wissen nutzte nicht viel. Er bedauerte es jetzt bitter, Eric nicht nachdrücklicher gefragt zu haben, vor welcher Gefahr Tyr sich so fürchtete. Eric hatte zwar behauptet, daß es nichts in der Klamm selbst war, aber Kevins Phantasie schlug wilde Purzelbäume und gaukelte ihm die entsetzlichsten Dinge vor, die in der Dunkelheit auf ihn lauern mochten.

Kevin hatte bis zu diesem Augenblick noch nie Platzangst gehabt oder Angst vor der Dunkelheit, aber in diesem engen, lichtlosen Schacht, durch den er sich nahezu eine Stunde lang seitwärts gehend hindurchquälte, lernte er beides kennen.

Als er nach einer Ewigkeit wieder in eine Nacht hinaustrat, die ihm plötzlich wie ein heller Morgen vorkam, zitterte er am ganzen Leib, und trotz der grausamen Kälte war er in Schweiß gebadet.

Er war der vorletzte, der den Berg verließ. Dicht hinter ihm stolperte Tyr ins Freie. Der einhändige Wikinger war so bleich wie Kevin selbst, und in seinen Augen stand ein Ausdruck, der dem Jungen klarmachte, daß auch dieser bärenstarke Riese die Furcht kennengelernt hatte. Tyr war vollkommen erschöpft – wie sie alle –, schüttelte aber nur den Kopf, als Kevin sich auf einen Stein sinken lassen wollte, um sich eine kurze Verschnaufpause zu gönnen.

»Weiter«, sagte Tyr. »Wir haben keine Zeit zu verlieren. Unsere Verfolger werden bestimmt nicht rasten.«

Kevin stand gehorsam wieder auf, blickte jedoch noch eine Weile nachdenklich auf den schmalen Felsspalt, aus dem Tyr gerade herausgetreten war.

»Wäre das nicht ein hervorragender Platz für einen

Hinterhalt?« fragte er. »Man könnte den Jaguarmenschen hier zumindest eine Weile aufhalten.«

»Eine gute Idee«, antwortete Tyr ruhig. »Sieht man davon ab, daß derjenige, der es versucht, dieses Vorhaben mit dem Leben bezahlen würde.« Er deutete mit einer Kopfbewegung auf die Männer, die ein Stück weiter unten am Hang standen und warteten. »Willst du denjenigen aussuchen, der es versucht, oder soll ich es tun?«

Kevin senkte betroffen den Blick.

»Entschuldige«, murmelte er.

»Schon gut.« Tyr winkte ab. »Auch ich muß mich immer wieder daran erinnern, daß wir es nicht mit einem normalen Feind zu tun haben. Wie ich es hasse, gegen Zauberer zu kämpfen!«

Sie gingen langsam weiter.

Der Spalt endete auf dieser Seite, wie er auf der anderen begonnen hatte: vor einem gewaltigen, mit Schutt und Felstrümmern übersäten Geröllhang, auf dem das Gehen nur äußerst mühsam und unter großer Vorsicht möglich war. Dahinter schloß sich eine vielleicht dreißig Meter breite Schlucht an, die an beiden Seiten von scheinbar himmelhoch aufstrebenden, senkrechten Felswänden flankiert wurde. Ihr jenseitiges Ende war nicht zu erkennen, doch irgendwo in der Dunkelheit, noch sehr weit entfernt, glaubte Kevin, das matte Schimmern von Mondlicht auf dem Wasser ausmachen zu können. Eric hatte ihm ja erzählt, daß sie die Küste auf diesem Wege weitaus schneller erreichen würden.

»Na?« begrüßte ihn Eric, nachdem Kevin wieder zu ihm aufgeschlossen hatte. »Noch am Leben? Und mit sauberen Hosen?«

»Witzbold«, knurrte Kevin. »Erzähl mir nicht, daß du dich dort drinnen wohl gefühlt hast.«

»Und wie!« Eric schüttelte sich. »Das nächste Mal gehe ich außen rum, das schwöre ich dir.«

Das nächste Mal? Allein bei diesen Worten sträubten sich Kevin die Haare, aber er verzichtete wohlweislich darauf, Eric zu fragen, was genau er damit gemeint hatte.

Er konnte Eric jedoch nur zu gut verstehen. Auch er hätte lieber einen stundenlangen Marsch durch den Schnee und die Kälte in Kauf genommen, als sich noch einmal durch diesen schmalen Felsspalt zu zwängen.

»Du hast mir immer noch nicht erzählt, wovor sich Tyr hier eigentlich so fürchtet«, fragte Kevin nach einer Weile. Sie hatten ungefähr die Hälfte des Hanges hinter sich gebracht, und ihm fiel auf, daß sich der einhändige Wikinger immer wieder umdrehte, um zum Felsspalt zurückzublicken.

»Er ist so abergläubisch, wie er groß ist«, antwortete Eric und zog eine Grimasse. »Wie die meisten von ihnen. Sie fürchten dieses Tal hier.«

Kevin sah aufmerksam auf den schneebedeckten Grund des Tales hinab. Er konnte nichts entdecken, wovor man Angst haben mußte.

»Wieso?« fragte er.

»Hier hat eine Schlacht stattgefunden«, antwortete Eric. »Es ist mehr als fünfzig Jahre her, aber wie gesagt: Sie sind ein abergläubisches Volk.«

»Eine Schlacht?«

»Zwei verfeindete Sippen«, erklärte Eric. »Sie führten schon lange Krieg gegeneinander. Schließlich vertrieb die eine Sippe die andere aus ihrem Dorf. Sie flohen mit einem Schiff, aber ihre Feinde verfolgten sie bis zu dem Strand, der dort vorne liegt. Hier in diesem Tal versammelten sich die Überlebenden zum letzten Widerstand. Sie wurden alle niedergemacht. Männer, Frauen, Kinder ... alle.«

Kevin schauderte. »Wie furchtbar!«

»Es war ein Gemetzel«, bestätigte Eric. »Keiner wurde verschont. Unter dem Schnee da unten ist der Boden übersät mit den Gebeinen der Toten. Aber es war nicht nur eine Schlacht – es war ein Verbrechen, denn sie töteten nicht nur die Krieger, sondern auch ihre Familien. Seither gilt dieses Tal als verflucht, und die Menschen meiden es.«

Das konnte Kevin gut verstehen. Gerade er, der ja in Gesellschaft eines echten Wikingers aufgewachsen war, wußte, daß die Nordmänner nicht zu Unrecht in dem Ruf standen, ein hartes Volk zu sein. Allerdings waren sie nicht dafür bekannt, Frauen und Kinder zu ermorden. Kevin konnte plötzlich viel besser verstehen, warum sich Tyr geweigert hatte, durch dieses Tal zu gehen.

Nachdem sie endlich das Ende der Geröllhalde erreicht hatten, hielten sie einen kurzen Augenblick an, um neue Kraft zu schöpfen.

Niemand sprach, und vielleicht war es gerade diese Stille, die Kevin die sonderbar drückende Atmosphäre, die in dem schmalen Tal herrschte, besonders schlimm empfinden ließ. Er versuchte vergeblich, sich einzureden, daß es nur an Erics Geschichte lag. Doch es blieb dabei: Dies war ein verfluchter Ort, und sie taten besser daran, von hier zu verschwinden, so schnell sie nur konnten.

Gerade, als Kevin weitergehen wollte, bemerkte er eine Bewegung am Himmel. Er sah auf und stellte ohne große Überraschung fest, daß es der Rabe war, der mit behäbigen Flügelschlägen über sie hinwegglitt.

Er war auch nicht überrascht, als er den Kurs des großen schwarzen Vogels mit Blicken verlängerte und die beiden Schatten sah, die über ihnen vor der Felswand standen: eine große, schlanke Gestalt, die trotz der Kälte fast nackt war, und ein kleines, vierbeiniges Ungeheuer mit glühenden Augen.

»Tyr«, sagte er halblaut.

Der Wikinger nickte. »Ich weiß. Er steht schon eine ganze Weile dort oben und beobachtet uns.«

»Aber warum?«

»Ich weiß es nicht«, antwortete Tyr. »Aber es macht mir angst.«

Kevin erging es nicht anders. Der Anblick, so unheimlich er auch sein mochte, erinnerte ihn an etwas. Aber er konnte einfach nicht sagen, woran. Nur, daß es nichts Gutes war.

»Weiter«, befahl Tyr. »Sobald wir aus dem Tal heraus sind, können wir ihn vielleicht abschütteln.«

»Warum fliehen wir vor ihm?« fragte Kevin. »Er ist nur ein einzelner Mann!«

»Er ist ein Zauberer«, sagte Tyr.

»Aber nicht unverwundbar, oder?«

Tyr zögerte eine Sekunde. Dann sagte er: »Nein.«

»Also warum kämpfen wir nicht? Er ist nur ein Mann, und wir sind zehn.«

»Später«, antwortete Tyr. »Hier ist kein guter Platz zum Kämpfen.«

Und damit wandte er sich um und schritt so schnell weiter, daß Kevin schon eine Menge guten Willen aufbringen mußte, um es nicht als Flucht anzusehen.

Kevin hatte eigentlich damit gerechnet, daß der Jaguarmann und sein unheimlicher Begleiter sie in sicherem Abstand weiter verfolgen würden, aber der seltsame Fremde stand nur da und sah auf sie herab, während die Spur der Gefährten in dem unberührten Schnee auf dem Talgrund immer länger wurde, und dann ...

... wußte Kevin es.

Die Erkenntnis traf ihn so plötzlich, daß er abrupt stehenblieb und einen leisen, erschrockenen Ruf ausstieß:

»Olof!« rief er. »Der Thingplatz!«

Olof sah ihn erschrocken, aber auch sehr aufmerksam an.

»Was?« fragte er.

»Gestern morgen!« antwortete Kevin aufgeregt.

»Genau so hat er dagestanden, als sie eure Freunde am Thingplatz überfallen haben!«

»Was redest du da?« fragte Eric. »Hier ist niemand, der ...«

Er brach mitten im Satz ab.

Es war nicht mehr still. Das fast stofflich anmutende Schweigen, das über dem verschneiten Tal gelegen hatte, war plötzlich einem sonderbaren, raschelnden Schleifen und Wispern gewichen: ein Geräusch, das nicht einmal sehr laut war, aber aus allen Richtungen zugleich zu kommen schien.

»Was ist das?« flüsterte Kevin. »Tyr, was bedeu...«

Tyr brachte ihn mit einer abrupten Handbewegung zum Verstummen. Die Augen des einhändigen Wikingers waren groß und fast schwarz vor Entsetzen. Und plötzlich schrie er so laut, daß seine Stimme überschnappte:

»Dauger!«

Im gleichen Augenblick begann sich der Schnee zu bewegen, und zugleich wurde das Rascheln, Knistern und Schleifen lauter. Und es hörte sich nicht nur so an – unter dem Schnee bewegte sich tatsächlich etwas!

Rings um Kevin zogen die Männer ihre Waffen und sahen sich wild, mit gehetzten, angsterfüllten Blicken um.

Es war genau wie am vergangenen Morgen, aber diesmal sah Kevin alles aus unmittelbarer Nähe – und sehr viel deutlicher, als ihm lieb gewesen wäre. Der Schnee schlug plötzlich Wellen und kleine, staubige Kreise, als kröche unter seiner Oberfläche etwas rasend schnell auf sie zu.

Und dann geschah alles auf einmal ...

Zwischen Tyrs Männern schoß eine brodelnde, mehr als doppeltmannshohe Wolke aus pulverfeinem Schnee in die Höhe, unmittelbar gefolgt von einer zweiten, dritten und vierten. Und aus diesen brodelnden Schneewolken brachen ... Gestalten hervor, riesige, groteske ...

Dinger, die lautlos, aber mit unglaublicher Kraft und Rücksichtslosigkeit über Tyrs Krieger herfielen.

In einem Punkt hatte Kevin sich am Morgen geirrt: Es waren nicht die Krieger des Jaguarmannes gewesen, die unter dem Schnee gelauert hatten, um über die ahnungslosen Reiter herzufallen. Es waren überhaupt keine Menschen. Zumindest keine lebenden Menschen.

Was da aus dem Schnee hervorbrach, das waren Tote: taumelnde, grotesk anzuschauende Gestalten mit leeren Augenhöhlen, grinsenden Totenkopf-Gesichtern und halb vermoderten Kleidern. Sie bewegten sich schwankend, als hätten sie in all den Jahren, die sie unter dem Schnee gelegen hatten, vergessen, wie sie ihre Glieder zu benutzen hatten. Trotzdem waren sie erstaunlich schnell. Und sie kämpften mit einer Furchtlosigkeit, wie sie wohl nur Kreaturen aufbringen können, denen der Tod nichts mehr anzuhaben vermag.

Die ersten fünf, sechs Dauger fielen unter den wuchtigen Schwert- und Axthieben der Wikinger, aber aus dem Schnee tauchten immer neue lebende Tote auf, und auch die, die getroffen wurden, richteten sich zum größten Teil sofort wieder auf. Ihre Wunden bluteten nicht. Die Hiebe, die auf sie niederprasselten, vermochten ihnen kaum etwas anzuhaben.

»Sammelt euch!« schrie Tyr. »Kevin! Eric! Zu mir!«

Kevin wollte gehorchen, doch er kam nicht dazu.

Plötzlich zuckte eine dürre, von trockener weißer Haut bedeckte Hand aus dem Schnee und legte sich mit gnadenloser Kraft um Kevins Fußgelenk.

Kevin schrie vor Schmerz und Panik auf, warf sich zurück und trat mit dem freien Fuß nach der Knochenhand. Es war sinnlos. Der Griff des Daugers lockerte sich nicht, sondern wurde im Gegenteil noch fester, so daß der Schmerz Kevin nun tatsächlich die Tränen in die Augen trieb. Er zerrte und trat gleichzeitig mit aller Kraft, erreichte damit aber nur, sich selbst aus dem Gleichgewicht zu bringen.

Plötzlich war Tyr neben ihm. Der riesige Wikinger schwang brüllend sein Schwert, trennte die Klauenhand dicht über dem Gelenk ab und versetzte Kevin zugleich einen Stoß mit der Schulter, der diesen meterweit zurücktaumeln ließ.

Irgendwie gelang es Kevin, nicht in den Schnee zu stürzen, aber er schrie noch immer vor Furcht. Die Skeletthand hielt weiterhin sein Fußgelenk umklammert. Verzweifelt versuchte er sie abzuschütteln, doch Tyr ließ ihm keine Zeit dazu. Rücksichtslos stieß er ihn weiter.

Tyrs Männer hatten sich mittlerweile zu einem Kreis formiert, um sich so Rücken an Rücken besser verteidigen zu können. Und hätten sie gegen Feinde aus Fleisch und Blut gekämpft, dann hätte diese Taktik auch sicher Erfolg gehabt.

Doch ihre Gegner kannten weder Furcht noch Schmerz.

So weit Kevin sehen konnte, hatte der Schnee zu brodeln begonnen, und überall richteten sich zerlumpte, leblose Gestalten auf. Vor den Verteidigern türmten sich die Körper derer auf, die trotz allem unter den Hieben der Wikinger gefallen waren, doch für jeden Dauger, der liegenblieb, schien der Schnee zehn neue auszuspeien.

Es war ein Kampf ohne die geringste Aussicht auf einen Sieg. Unmittelbar neben Kevin wurde einer der Krieger von sieben oder acht der grinsenden Monster zugleich gepackt und zu Boden gerissen. Der Mann wehrte sich verzweifelt, doch all seine Gegenwehr nutzte nichts. Noch bevor ihm seine Kameraden zu Hilfe eilen konnten, wurde er von den Daugern unter den Schnee gezogen und war verschwunden.

Kevin versuchte mit verzweifelter Hast, die Verbände von seinen Händen zu zerren, um wenigstens sein Schwert ziehen zu können.

Er wußte, daß sie verloren waren. Der Kampf würde nur noch Augenblicke dauern.

Schon verschwand ein zweiter Krieger unter dem Schnee, und die Zahl ihrer unheimlichen Gegner wuchs ständig weiter an. Das gesamte Tal schien zu furchtlosem, unheiligem Leben erwacht zu sein.

Plötzlich ertönte über ihnen in der Luft ein schriller Vogelruf. Kevin sah nach oben und erblickte den Raben, der mit ausgebreiteten Schwingen, aber vollkommen reglos, über dem Tal schwebte.

Der Rabe schrie ein zweites Mal, und im gleichen Augenblick begannen die Dauger langsamer zu werden. Ihre Bewegungen erlahmten, wurden noch tolpatschiger, und sie verloren sichtlich auch noch die letzte Kontrolle über ihre Glieder. Viele stürzten einfach in den Schnee, und die anderen schienen plötzlich jedes Interesse an ihren Gegnern zu verlieren und begannen blindlings umherzutaumeln.

»Hugin!« schrie Tyr. »Das ist Hugin! Odin hat seinen Raben geschickt, um sie aufzuhalten!«

Hugin schrie ein drittes Mal, und weitere Dauger stürzten in den Schnee, plötzlich der unheimlichen Kraft beraubt, die sie zu unheiligem Leben erweckt hatte.

Aber längst nicht alle Monster brachen zusammen.

Kevin sah, daß einige Dauger aus leeren Augen in ihre Richtung blickten. Andere legten die Köpfe schräg, als lauschten sie auf etwas, und der ein oder andere begann sich bereits wieder zögerlich in ihre Richtung zu bewegen.

Erschrocken sah Kevin zu dem Jaguarmann hoch.

Der fremde Zauberer stand noch immer oben vor der Felswand, aber inzwischen hatte er sich zu regen begonnen. Er hatte beide Arme erhoben und machte komplizierte, beschwörende Gesten in Hugins Richtung, und Kevin begriff plötzlich, daß er einen zweiten, lautlosen

Kampf beobachtete, der mit der gleichen Verbissenheit und Härte geführt wurde wie der hier unten: eine lautlose Schlacht mit den Waffen der Magie und Zauberei. Und ihr Ausgang stand keineswegs fest.

Auch Tyr hatte die neuerliche Gefahr bemerkt. Er reagierte sofort.

»Lauft!« schrie er. »Lauft, solange Hugin sie aufhält! Lauft zum Strand! Sie werden uns nicht ins Wasser folgen!«

Seine Krieger gehorchten sofort. Rasch fuhren sie herum und begannen auf das Ende des Tales zuzurennen. Kevin wollte zu Arnulf hasten, aber Tyr schüttelte nur den Kopf und warf sich Kevins bewußtlosen Freund ohne sichtbare Anstrengung über die Schulter. Das zusätzliche Gewicht schien ihn nicht zu behindern. Kevin hatte alle Mühe, mit ihm Schritt zu halten.

Oben am Himmel schrie der Rabe, und hinter ihnen tobte das lautlose Duell der Magier weiter. Kevin versuchte, den Daugern, die ziellos durch den Schnee taumelten, so gut es ging auszuweichen, aber es waren sehr viele, so daß er ihnen nur zu oft unangenehm nahe kam.

Manchmal wurde eine Hand nach ihm ausgestreckt oder ein schwerfälliger Schritt in seine Richtung getan. Nichts davon war wirklich gefährlich, aber die Bedeutung dessen, was er sah, war Kevin klar: Hugins Kräfte begannen zu erlahmen. Es würde nicht mehr lange dauern, bis die Dauger sie wieder angriffen.

Die Männer, die nach dem mehr als einen Tag dauernden Gewaltmarsch und dem Kampf gegen die Dauger ohnehin am Ende ihrer Kräfte waren, hielten das Rennen im knietiefen Schnee nicht sehr lange durch – aber immerhin lange genug, um aus der unmittelbaren Gefahrenzone zu entkommen.

Der Jaguarmann hatte eine ganze Armee von Untoten heraufbeschworen, doch diese konzentrierte sich auf ein relativ kleines Gebiet am Fuß der Geröllhalde, eben dort, wo der Überfall stattgefunden hatte. Als die Schritte der Männer wieder langsamer wurden, befanden sich nur noch einige wenige Dauger in der Nähe; und diese waren langsam genug, um nicht länger eine wirkliche Gefahr darzustellen.

Trotzdem waren die Gefährten keineswegs in Sicherheit. Kevin warf im Laufen einen Blick über die Schulter zurück und sah gleich drei Dinge, die ihn über die Maßen erschreckten:

Odins Rabe hatte sein regloses Schweben über dem Tal aufgegeben und glitt jetzt mit schnellen Flügelschlägen über sie hinweg, um rasch in der Nacht zu verschwinden. Hugin floh! Er hatte das magische Duell verloren.

Der Jaguarmann stand noch immer dort, wo er aus dem Berg herausgetreten war, hatte die Arme aber nicht mehr gegen den Himmel, sondern weit über das Tal hinweg ausgestreckt. Auch seine grauenerregende Armee sammelte sich bereits wieder.

In der Dunkelheit waren die Untoten beinahe nur als eine einzige, große Masse zu erkennen, aber Kevin schätzte doch, daß es weit über hundert der schrecklichen Ungeheuer sein mußten. Und sie alle bewegten sich in ihre Richtung; nicht einmal besonders schnell, aber Kevin war sicher, daß diese Kreaturen weder Müdigkeit noch Kapitulation kannten.

»Wie weit ist es noch?« fragte er schwer atmend.

»Nicht mehr weit«, antwortete Tyr. »Wäre es heller, könnten wir den Strand schon sehen.«

»Und dann?« Kevin sprach endlich die Frage aus, die ihm schon lange auf der Seele brannte. »Wir können nicht schwimmen. Nicht bei dieser Kälte.«

»Das brauchen wir auch nicht«, antwortete Tyr, machte jedoch darüber hinaus keinerlei Anstalten, seine Worte irgendwie zu erklären.

Statt dessen fragte Olof plötzlich in scharfem Ton:
»Warum hast du nicht gesagt, daß es Dauger waren? Hätte ich geahnt, daß er die Macht hat, sie zu beschwören, wären wir niemals hier entlang gegangen!«
»Aber ich wußte es doch nicht«, verteidigte sich Kevin. »Ich wußte ja nicht einmal, daß es diese ... diese Dauger gibt! Ich weiß ja nicht einmal, was sie sind.«
»Tote, die keine Ruhe finden«, antwortete Tyr an Olofs Stelle. »Ermordete. Oder Tote, die in unheiligem Boden beigesetzt wurden. Manchmal treten sie in Tiergestalt oder auch als körperlose Geister auf – und manchmal auch in ihren alten, halb verfallenen Körpern.« Er schüttelte sich. »Aber ich habe noch nie gehört, daß sie so etwas tun. Sie greifen niemals Menschen an. Es sei denn, um sich an ihren Mördern zu rächen.«
»Er hätte es uns sagen müssen!« beharrte Olof. »Drei deiner Männer könnten noch leben, wenn er uns gewarnt hätte.«
»Oder wenn ich nicht auf dich gehört hätte«, erwiderte Tyr. »Wessen Schuld ist es nun? Seine? Deine? Oder meine?« Er schüttelte zornig den Kopf, als Olof abermals widersprechen wollte. »Keiner von uns ist es gewohnt, gegen schwarze Magie zu kämpfen.«
Olof sagte jetzt nichts mehr; vielleicht, weil er spürte, daß es sinnlos war, weiter mit Tyr zu streiten; vielleicht auch einfach, weil er seine Kräfte dringender brauchte, um durch den knietiefen Schnee zu stampfen.
Auch Kevin fiel es immer schwerer, einen Fuß vor den anderen zu setzen, und keinem der anderen Männer erging es viel besser – mit Ausnahme von Tyr vielleicht, der das Wort Erschöpfung nicht zu kennen schien.
Gottlob war der Weg jedoch tatsächlich nicht mehr allzuweit. Es konnten kaum mehr als fünf Minuten vergangen sein, da begannen die Wände der Schlucht allmählich auseinanderzuweichen, und nach weiteren drei oder vier

Dutzend Schritten erreichten sie einen weiten, schneebedeckten Geröllstrand, hinter dem sich die offene See erstreckte.

Das Meer war mit zerbrochenen Eisschollen bedeckt, so weit man sehen konnte – was allerdings nicht allzuweit war. Alles, was mehr als eine Pfeilschußweite entfernt war, lag hinter einer Mauer aus wattigem grauem Dunst verborgen. Trotz der grausamen Kälte war Nebel aufgekommen.

Sie gingen weiter, bis sie das Wasser fast erreicht hatten. Tyr sah sich unschlüssig um. In seinem Gesicht arbeitete es. Zur Linken erstreckte sich der eisige Strand bis zu einer senkrecht emporstrebenden, unbesteigbaren Felswand, auf der anderen Seite verschwand er nach etlichen Dutzend Schritten einfach in der Dunkelheit.

Tyrs Aufmerksamkeit galt jedoch zum größten Teil dem Meer. Sein Blick saugte sich regelrecht an der grauen Nebelbank über dem Wasser fest. Man hätte schon blind sein müssen, um nicht zu sehen, daß Tyr nach etwas ganz Bestimmtem Ausschau hielt. Und es nicht fand.

Gerade als Kevin eine entsprechende Frage stellen wollte, sah er eine Bewegung inmitten des Nebels. Im ersten Augenblick war es kaum mehr als ein flüchtiges Huschen, ein Schatten, der kurz aufflackerte und gleich darauf wieder verschwand. Einen Atemzug später tauchte er jedoch wieder auf, und diesmal verschwand er nicht wieder, sondern gewann rasch an Masse und Substanz und wurde schließlich zu einem Schiff, das in scharfem Tempo aus dem Nebel auftauchte und auf den Strand zuhielt.

Aber es war nicht das Schiff, auf das Tyr gewartet hatte.

Es war das Schiff des Jaguarmenschen.

Olof stöhnte vor Schrecken und Entsetzen auf.

»Unmöglich!« flüsterte er. »Das ... das ist vollkommen

unmöglich! Es kann noch nicht hier sein! So schnell ist kein Schiff der Welt!«

Unmöglich oder nicht, es war das Schiff; nicht ein ähnliches Schiff, sondern genau das, auf das sie auf dem Sund gestoßen waren. Kevin erkannte es ohne Zweifel wieder: Die beschädigte Stelle am Bug, wo die beiden Schiffe zusammengestoßen waren, und die brandgeschwärzte Reling aus geflochtenem Schilf identifizierten es zweifelsfrei.

Und es kam rasend schnell näher.

Kevin sah sich verzweifelt um. Hinter ihnen drängten die Dauger heran. Noch waren sie so weit entfernt, daß sie Minuten brauchen würden, um den Strand zu erreichen. Aber erreichen würden sie ihn. Und vom Meer her wurde jeder Fluchtweg von dem Schiff abgeschnitten. Kurz: Kevin und seine Gefährten saßen in der Falle.

»Also gut«, sagte Tyr.

Rasch, aber dennoch sehr vorsichtig, ließ er Arnulf von den Schultern gleiten, richtete sich wieder auf und zog sein Schwert. »Dann laßt uns unser Leben wenigstens so teuer wie möglich verkaufen. Liefern wir ihnen einen Kampf, von dem sie noch in hundert Jahren reden werden!«

Kevins Einschätzung nach würde es kaum einen großen Kampf geben. Hinter der Reling des Schilfschiffes stand eine erschreckende Anzahl von Kriegern – dreißig, vielleicht sogar vierzig oder mehr Männer, die kaum so dumm sein würden, sich auf einen Nahkampf einzulassen, sondern sie von der sicheren Höhe ihres Schiffes herab mit ihren tödlichen Giftpfeilen beschießen würden.

Obwohl Kevin wußte, wie hoffnungslos es war, zog auch er sein Schwert und bereitete sich auf den Angriff des Schiffes vor.

Es kam nicht dazu.

Plötzlich teilte sich der Nebel, und ein zweites Schiff

brach daraus hervor, das mit geblähtem Segel und wie rasend arbeitenden Rudern auf das Schilfschiff zuschoß.

Es war ein Drachenboot; das gewaltigste und größte Wikingerschiff, das Kevin jemals gesehen hatte. Alles an ihm war schwarz: das Segel, die Ruder, der Rumpf, selbst der gigantisch geschnitzte Drachenkopf an seinem Bug. Das Schiff glänzte, als wäre es frisch lackiert oder bestünde zur Gänze aus Knochen oder poliertem Stahl.

War das Schiff der Jaguarmenschen Kevin bisher gewaltig vorgekommen, so degradierte das schwarze Wikingerschiff es zu einem Zwerg.

»Nagelfahr!« schrie Tyr. »Das ist Nagelfahr! Wir sind gerettet!«

Seine Männer brachen in lauten Jubel aus, an dem sich nur Kevin nicht beteiligte. Er war viel zu fasziniert – aber auch erschrocken – vom Anblick des riesigen schwarzen Schiffes, das ihm auf seine Art beinahe ebensogroße Furcht einjagte wie das Schilfboot. Und für seinen Geschmack kam der Jubel von Tyrs Männern vielleicht ein wenig zu früh. Und wie sich zeigen sollte, zu Recht.

Der Steuermann des Schilfbootes reagierte sofort auf den neu aufgetauchten Gegner: Das Schiff der Bronzekrieger schwenkte herum, um dem Angreifer die Breitseite zuzuwenden, doch die Zeit und der Platz reichten nicht mehr aus.

Nagelfahr schoß mit wirbelnden Rudern heran, drehte sich ebenfalls und keilte das Schilfboot regelrecht zwischen sich und dem Strand ein. Im gleichen Augenblick begann der Beschuß.

Der Anblick war mehr als unheimlich. Obwohl Nagelfahr jetzt nahe genug heran war, konnte Kevin hinter der Reling nicht einen einzigen Menschen sehen. Das Drachenschiff war vollkommen leer. Trotzdem ergoß sich von seinem Deck ein unaufhörlicher Strom von Pfeilen, Bolzen und Brandgeschossen auf das Schilfboot.

Die Wirkung war verheerend.

Fast die Hälfte der Bronzeleute wurde schon von der ersten Salve niedergestreckt, und das Schiff ging nahezu augenblicklich in Flammen auf. Diesmal war es eine lodernde, brüllende Feuersbrunst, die sich in Windeseile ausbreitete und eine solche Hitze ausstrahlte, daß Tyrs Männer ein Stück weit vom Ufer zurückwichen.

Die Jaguarmenschen, die den Angriff des Wikingerschiffes bisher überstanden hatten, sprangen verzweifelt von Deck. Einige wenige begingen den Fehler, ins Wasser zu springen, das so kalt war, daß sie binnen Sekunden vor Kälte gelähmt waren und ertranken. Die meisten Flüchtenden brachten sich jedoch mit gewagten Sprüngen ans Ufer in Sicherheit ...

... wo sie sofort von Tyrs Kriegern empfangen wurden.

Die Krieger mit der Bronzehaut waren den Wikingern an Zahl noch immer um das Dreifache überlegen, aber sie waren plötzlich keine Angreifer mehr, sondern befanden sich in kopfloser Flucht, und im Nahkampf waren sie den schwer gepanzerten und viel besser bewaffneten Wikingern nicht gewachsen.

Wäre dies die einzige Gefahr gewesen, die Tyrs Männern drohte, so hätte der Ausgang des Kampfes so gut wie festgestanden.

Kevin registrierte jedoch eine zweite, noch viel schlimmere Bedrohung.

Der fremde Zauberer und seine Armee des Schreckens waren nahezu heran. Diesmal beschränkte sich der Jaguarmann nicht darauf, sein Heer von Toten in die Schlacht zu schicken, sondern führte sie selbst an, begleitet von seinem vierbeinigen Ungeheuer.

Und sein Ziel war ganz eindeutig er – Kevin.

Über ihnen in der Luft erscholl ein schriller Vogelruf, der trotz des tobenden Schlachtlärmes weit über den

Strand schallte. Kevin sah kurz auf und erblickte zu seiner Überraschung nicht nur Hugin, sondern noch einen weiteren nachtschwarzen Vogel: Munin, den zweiten von Odins Raben. Die beiden Tiere schwebten reglos und mit weit ausgebreiteten Flügeln über dem Strand.

Trotzdem rückten die Dauger weiter vor. Die Armee torkelnder, wankender Ungeheuer befand sich zehn Schritte hinter dem Jaguarmann und der Raubkatze, und somit vielleicht zwanzig Schritte von Kevin und den anderen entfernt, aber sie rückte unaufhaltsam näher. Kevin begriff voller dumpfer Verzweiflung, daß sich das Schlachtenglück im letzten Augenblick noch einmal wenden würde. Tyrs Krieger hatten ihre Gegner fast ins Meer zurückgetrieben, doch bald würden die Dauger heran sein, und diesmal gab es nichts mehr, wohin die Wikinger fliehen konnten.

Über ihnen am Himmel schrien Hugin und Munin, aber ihr Zauber versagte.

Kevin ergriff sein Schwert fester und versuchte, den Blick des Jaguarmannes zu fixieren. Der Bronzehäutige starrte ihn aus haßerfüllten Augen an, und Kevin begriff plötzlich, daß dieser Ausdruck ganz allein ihm galt. Der Zauberer hatte begriffen, daß seine Mission gescheitert war. Die meisten seiner Männer waren tot, sein Schiff verbrannt, und offensichtlich gab er Kevin allein die Schuld an seiner Niederlage. Er war nur noch gekommen, um Rache zu üben.

Seltsamerweise spürte Kevin kaum Furcht. Er wußte, daß er sterben würde – weder Tyr noch einer seiner Männer konnte ihm zu Hilfe eilen, und er selbst war dem kräftigen Mann und seinem höllischen Begleiter mit Sicherheit nicht gewachsen.

Aber wenn er schon sterben mußte, dann war es Kevin immer noch lieber, durch die Hand eines Menschen zu fallen – oder auch unter den Krallenhieben der Raubkatze

–, statt von den Daugern in ihr dunkles, kaltes Reich unter dem Schnee herabgezerrt zu werden.

Kevins Hände schmerzten so heftig, daß er das Schwert kaum halten konnte. Trotzdem hob er die Waffe, trat dem Jaguarmann einen Schritt entgegen und schrie, so laut er konnte:

»Also gut! Bringen wir es zu Ende!«

Doch der Magier griff ihn nicht an. Statt dessen blieb er plötzlich stehen, machte eine befehlende Geste, und an seiner Stelle sprang der Jaguar vor.

Kevins Abwehrbewegung kam viel zu spät. Die gewaltige Raubkatze stieß sich mit einer fließenden, unvorstellbar schnellen und ungeheuer kraftvollen Bewegung ab, flog wie ein schwarzer Blitz durch die Luft und riß Kevin von den Beinen. Das Schwert wurde ihm aus der Hand geprellt und flog meterweit davon. Er überschlug sich, rollte meterweit durch den Schnee und keuchte vor Schmerz, als er sich aufzurichten versuchte. Trotz der dicken Pelzjacke, die er trug, hatten die Krallen des Ungeheuers seine Haut aufgerissen, und das Atmen tat ihm höllisch weh. Wahrscheinlich, so vermutete er, hatte er sich eine Rippe gebrochen.

Noch bevor Kevin sich ganz in die Höhe stemmen konnte, war die Raubkatze wieder heran.

Der Junge riß in einer verzweifelten Bewegung die Arme vors Gesicht. Ein furchtbarer Tatzenhieb schleuderte ihn rücklings in den Schnee. Kevin brüllte erneut vor Schmerz, zog die Knie an den Leib und versuchte, die Katze von sich herunterzustoßen, doch er war zu schwach.

Das Ungeheuer schlug mit einem Prankenhieb Kevins Arme beiseite und riß mit einem wütenden Fauchen das Maul auf. Die Zähne der Bestie waren halb so lang wie Kevins kleiner Finger und spitz wie Nadeln. Kevin bereitete sich schon innerlich auf den grauenhaften Schmerz vor, mit dem diese Fänge sich in seine Kehle graben würden …

… doch der Schmerz kam nicht.

Über der Raubkatze wuchs plötzlich ein riesiger, mißgestalteter Schatten in die Höhe, und dann griffen dürre, aber unmenschlich starke Knochenhände nach dem Jaguar und rissen ihn von Kevin herunter.

Die Raubkatze fauchte vor Überraschung und Wut, biß und schlug mit allen vier Pfoten um sich, doch nicht einmal ihre Kräfte reichten, um den Griff des Daugers zu sprengen.

Der lebende Tote hob das Tier hoch in die Luft und schmetterte es dann mit solch entsetzlicher Wucht in den Schnee, daß Kevin hören konnte, wie das Genick der Bestie brach.

Alles begann sich um Kevin zu drehen. Sein Herz hämmerte wie wild, und die ganze Welt begann vor seinen Augen zu verschwimmen. Wie durch einen wogenden, immer dichter werdenden Nebel sah er, wie der Jaguarmann von gleich drei Daugern gepackt und unter den Schnee gezerrt wurde.

Die anderen Untoten wankten und torkelten an Kevin vorbei. Er sah nicht mehr wirklich, wie sie zwischen Tyrs Männern hindurchtorkelten und die noch lebenden Jaguarkrieger angriffen. Und er erfuhr erst viel später von Tyr, daß die Dauger auch dann noch nicht haltmachten, sondern auf das brennende Schilfboot hinaufkletterten, um in den lodernden Flammen endlich die Ruhe zu finden, nach der sie sich so lange vergeblich gesehnt hatten.

Alles wurde dunkel, unwirklich, und plötzlich spürte Kevin keine Kälte mehr, sondern fühlte sich wohlig warm und schwer.

Über ihm am Himmel schrien Hugin und Munin.

Dreizehntes Kapitel

Alpträume wechselten sich mit Fieber ab, düstere Visionen mit Schüttelfrost, und viel Zeit verging. Kevin konnte hinterher nicht sagen, wie viel Zeit, aber es mußten etliche Tage gewesen sein; einigemal wachte er auf, und zwei- oder dreimal spürte er auch, daß ihm etwas zu essen oder Wasser eingeflößt wurden.

Als Kevin schließlich erwachte, geschah es schlagartig, von einer Sekunde auf die andere. Und noch etwas war sonderbar: Er fühlte sich vollkommen wohl. Seine Rippen taten nicht mehr weh, die entsetzliche Müdigkeit war verschwunden, und das Erstaunlichste war – selbst seine Hände schmerzten nicht mehr.

Überrascht öffnete Kevin die Augen, setzte sich mit einem Ruck auf und hob die Hände vors Gesicht. Der Verband war verschwunden. Kevins Haut war makellos, unversehrt und rosig wie die eines frischgebadeten Babys. Er spürte nicht den geringsten Schmerz.

Hinter ihm ertönte ein leises, gutmütiges Lachen. Das Lachen einer Stimme, die er kannte!

Kevin fuhr so abrupt herum, daß ihm von der plötzlichen Bewegung schwindlig wurde, aber das war ihm in diesem Augenblick vollkommen gleichgültig. Fassungslos starrte er in das schmale, von grauem Haar und einem gleichfarbigen, sorgsam gestutzten Bart beherrschte Gesicht des Mannes, der neben ihm auf einem Schemel saß.

»Nur keine Sorge, mein Freund. Du wirst auch in Zukunft so meisterlich mit deiner Armbrust umgehen können wie bisher.«

»Arnulf!« murmelte Kevin fassungslos. »Du? Aber du ... du solltest ...«

»Tot sein?« half ihm Arnulf aus. Er lächelte. »Nun, das wäre ich auch beinahe gewesen.«

»Aber wie ...«, stammelte Kevin.

Seine Stimme versagte. Er wußte nicht, was er sagen, ja, nicht einmal, was er denken sollte. Er war in dieses Land gekommen, damit sein Freund in Ruhe sterben konnte, und nun saß Arnulf unversehrt und sichtlich guter Dinge neben ihm – und sah besser und gesünder aus als seit Jahren.

»Wie das sein kann?« Arnulf lächelte erneut. »Wir sind hier in Thule, Kevin. Dies ist ein magischer Ort, an dem so manches anders ist als dort, wo du herkommst.«

»Thule?« Kevin richtete sich weiter im Bett auf. »Dann ... dann haben wir es geschafft?«

Er sah sich aus weit aufgerissenen Augen um. Doch was immer er erwartet hatte: Das Zimmer, in dem er sich befand, war ein ganz normaler, sogar recht einfach eingerichteter Raum. Kein Palast. Die Möbel waren massiv und genügten wohl eher Ansprüchen an die Robustheit als an die Ästhetik. Sie hätten ebensogut in einem Bauernhaus stehen können.

Das einzig Ungewöhnliche an dem Raum waren vielleicht die Wände. Genau wie der Boden und die Decke bestanden sie nicht aus Mauerwerk oder Holz, sondern aus massivem Fels, als wäre der gesamte Raum aus dem Berg herausgemeißelt worden. Es gab nur ein einzelnes, schmales Fenster, durch das helles Sonnenlicht hereinströmte.

»Thule?« murmelte Kevin noch einmal.

»Du hast mich hergebracht«, bestätigte Arnulf. »Wie du es versprochen hast. Ich wußte, daß du dein Wort hältst.«

»Aber ich dachte, du wolltest hierher, um ... um ...«

»Um zu sterben? Sprich es ruhig aus. Ich wäre es auch fast. Für eine Weile war es nicht einmal sicher, ob die Magie dieses Ortes ausreichen würde, um mein Leben zu retten. Aber die Götter waren wohl der Meinung, daß die Zeit für mich noch nicht gekommen ist, meinen Platz in Walhalla einzunehmen.«

Noch vor gar nicht langer Zeit wären diese Worte Kevin lächerlich vorgekommen. Obwohl er schon Dinge gesehen und erlebt hatte, die die meisten anderen Menschen nicht einmal dann glauben würden, wenn sie sie mit eigenen Augen sahen, hatte Kevin bis zu diesem Augenblick nicht wirklich an Zauberei und Magie geglaubt; oder sich zumindest erfolgreich eingeredet, es nicht zu tun. Doch nach dem, was am Strand geschehen war, konnte er diese Lüge nicht länger aufrechterhalten.

»Was ist geschehen?« murmelte er. »Das Schiff und die fremden Krieger ...?«

»Sie sind vernichtet«, antwortete Arnulf. Sein Lächeln erlosch. Mit einemmal wirkte er sehr ernst und sehr nachdenklich. »Es ist vorbei, Kevin. Jedenfalls für den Moment.«

»Der Strand war eine Falle«, vermutete Kevin.

Arnulf nickte. »Ja. Aber nicht für euch. Es tut mir leid, daß es so geschehen mußte, doch es war der einzige Weg. Wir mußten sichergehen, daß keiner von ihnen entkommt. Der Mann, den sie geschickt haben, war einer ihrer mächtigsten Zauberer. Nur all unsere Magie reichte aus, um ihn und seine Bronzekrieger zu zerstören.«

»Magie ...«, murmelte Kevin.

»Dies hier ist Thule«, antwortete Arnulf. »Die Stadt unserer Götter. Wir haben euch mit Nagelfahr hierher gebracht.«

Kevin sah auf. »Bist du ...?«

»Ein Gott?« Er lachte. »Nein.«

»Aber Ursa hat gesagt ...«

»Manche von uns«, fiel ihm Arnulf ins Wort, »wissen ein wenig mehr als die anderen. Doch bis zu einem Gott ist es noch ein weiter Weg. Falls es so etwas wie Götter wirklich gibt, heißt das«, fügte er ganz leise und – Kevin war sicher – nur zu sich selbst gewandt hinzu.

Arnulf stand auf und begann mit kleinen, sehr langsamen Schritten im Zimmer auf und ab zu gehen. Auf seinem Gesicht lag ein sonderbar nachdenklicher Ausdruck, und eine ebenso sonderbare und nicht unbedingt gute Stimmung begann sich zwischen ihm und Kevin auszubreiten.

Trotz Kevins Freude, Arnulf nicht nur lebend, sondern vollkommen unversehrt vor sich zu sehen, fühlte er sich plötzlich befangen und beinahe niedergeschlagen. Da war noch etwas, das unausgesprochen, aber unumgänglich war. Und es war nichts Gutes.

»Also ist es vorbei«, sagte Kevin nach einer Weile.

Arnulf ging noch einige Schritte weiter, ehe er stehenblieb und antwortete, ohne sich dabei umzudrehen oder Kevin anzublicken:

»Ja. Zumindest für dich«, sagte er.

»Für mich? Was soll das heißen?«

»Du wirst dich noch einige Tage ausruhen, und dann kannst du nach Hause.«

»Soll das heißen, daß du nicht mit mir kommst?« fragte Kevin stockend. »Du … du bleibst hier?«

»Nein.«

Arnulf ging zum Fenster und stützte sich mit beiden Fäusten auf der steinernen Brüstung ab. Er sah mit unbewegtem Gesicht nach draußen, als er weitersprach:

»Wir haben damals einen furchtbaren Fehler gemacht, Kevin. Wir fuhren über das große Meer und fanden eine neue Welt, und wir waren so dumm und überheblich, es als vollkommen selbstverständlich anzunehmen, daß wir sie uns nehmen können, wie wir uns stets alles einfach genommen haben, was wir wollten. Doch nun ist der Krieg, den wir in die neue Welt getragen haben, zu uns zurückgekehrt.«

»Aber sie sind doch tot!« sagte Kevin. »Ihr Schiff ist gesunken!«

»Sie werden wiederkommen«, antwortete Arnulf ernst. »Vielleicht in einem Jahr, vielleicht in zehn, vielleicht auch erst in hundert Jahren, doch sie werden wiederkommen. Diesmal ist es uns gelungen, den Angriff abzuwehren, weil wir Glück hatten und die Götter auf unserer Seite standen. Das nächste Mal wird vielleicht niemand da sein, der sie aufhalten kann.«

Kevin hätte ihm gerne widersprochen, doch er konnte es nicht. Er wußte ja am besten, wie recht Arnulf mit seinen Befürchtungen hatte. Die Verschwörung der Jaguarmenschen hätte um ein Haar nicht nur zum Tode König Richards und dem Scheitern des Kreuzzuges geführt, sondern möglicherweise zum Untergang des gesamten Abendlandes.

Kevin stand auf, trat neben Arnulf ans Fenster und sah hinaus. Er war nicht besonders überrascht, als sein Blick auf einen gewaltigen, von der Hand der Natur geschaffenen, halbrunden Hafen fiel. Ein gutes Dutzend schlanker Drachenboote ankerte darin, und am Ufer herrschte hektische Aktivität.

Hunderte von Männern waren damit beschäftigt, die Schiffe mit Steinen und anderem Baumaterial zu beladen.

»Was habt ihr vor?« fragte Kevin.

»Wir müssen uns vorbereiten«, antwortete Arnulf. Seine Stimme klang hart. »Wir werden Thule befestigen, um für einen erneuten Angriff gewappnet zu sein – nur für alle Fälle«, fügte er hastig hinzu, als er das Erschrecken auf Kevins Gesicht bemerkte. »Ich glaube nicht, daß sie noch einmal kommen, aber wir sollten besser vorbereitet sein. Mach dir keine Sorgen.«

»Dann ... ist es vorbei?« fragte Kevin zögernd.

Arnulf machte eine Bewegung, die zwischen einem Nicken und einem Achselzucken lag. »Darum bete ich«, antwortete er. »Keiner von uns will das Töten fortsetzen. Doch wir müssen für die Sünden büßen, die unsere Väter begangen haben. Ich werde alles tun, was in meiner Macht steht, um weiteres Blutvergießen zu vermeiden, das verspreche ich dir.« Plötzlich lächelte Arnulf. »Aber zu unseren Lebzeiten wird es wohl nicht mehr geschehen. Wir können unsere Töchter und Söhne vorbereiten. So wie viele von uns aus den Fehlern unserer Väter gelernt haben, sollten sie aus unseren Fehlern lernen. Wissen ist schärfer als jede Klinge. Und wenn es mit Güte einhergeht, läßt sich vielleicht sogar ein erneuter Krieg vermeiden, sollten irgendwann tatsächlich wieder Menschen von jenseits des Meeres kommen. Bis dahin haben wir viel Zeit, und wir sollten sie nutzen.«

Kevin sah nach draußen und auf die mächtige Flotte der Wikingerschiffe. Die Sonne glitzerte auf Eisenbeschlägen und funkelte auf Rüstungen und Waffen. Kevin wandte den Blick ab und ließ ihn über das gewaltige Rund des Hafens gleiten. Täuschte er sich, oder sah er da wirklich Grün zwischen dem Schnee, die ersten Zeichen des Frühlings?

Kevin seufzte. Er hatte viel gelernt auf seinen Abenteuern, und Arnulf hatte recht. Er würde dieses Wissen weitergeben, in der Hoffnung, daß die Menschen irgendwann endlich aus ihren Fehlern lernen würden.

»Komm?« hörte er die Stimme Arnulfs neben sich. »Sei nicht so betrübt. Wir haben ein großes Abenteuer bestanden und uns eine Belohnung verdient, vor allem du. Heute abend wird dir zu Ehren ein großes Fest gegeben. Hast du Lust?«

Kevin wandte den Blick vom Fenster und sah zu seinem Freund , der ihn breit angrinste. Und Kevin lächelte.

Helmut W. Pesch
Horst von Allwörden
DIE RINGE DER MACHT
Roman
BASTEI LÜBBE

Liebe Leserinnen, liebe Leser!

Im folgenden finden Sie eine Leseprobe aus dem spannenden Abenteuerroman um

DIE RINGE DER MACHT

von Helmut W. Pesch und Horst von Allwörden (Bastei Lübbe, Band 20 333), über den die Presse urteilt: ›Ein ganz großer Wurf, eine High-Fantasy der feinsten Art, die keinen Vergleich mit anderen, ähnlich gelagerten Tolkien-Pastiches zu scheuen braucht, sondern im Gegenteil die meisten von diesen locker in die Tasche steckt.‹
(Hermann Urbanek, *Space View*)

Viel Spaß beim Lesen!

DIE RINGE DER MACHT

Elderland ist eine kleine, von Bergen und Meer umschlossene Provinz. Dort lebt das Ffolk, abgeschieden von der großen Welt – bis zu jenem Abend, als Gilfalas, ein Waldelb, in die Idylle platzt und schutz sucht im Haus von Kimberon Veit, dem neuen Kustos des Ffolksmuseums. Wie Kimberon trägt auch Gilfalas einen geheimnisvollen Ring, dessen Bedeutung jedoch im Dunkel der Zeit verborgen liegt. Gilfalas bringt schlechte Nachricht: Die Schattenelben planen eine Invasion. Um den König in Telmirandor zu warnen, brechen Kim und Gilfalas sofort auf, zusammen mit den Freunden Fabian, Prinz von Telmirandor, und Buri, dem Sohn des Zwergenkönigs. Noch ahnen sie nicht, welche Abenteuer auf sie warten und daß sie auf dieser Reise auch das Geheimnis der Ringe der Macht entschlüsseln werden.

Verdammt, schoß es ihm durch den Kopf, *die bleiche Haut, die wir mit unseren dunklen Brüdern gemein haben, wird mich noch verraten!*

Aus der Ferne hörte er die Rufe seiner Verfolger, die näher kamen. Die Hetzmeute ließ ihm keine Atempause. Doch er durfte nicht aufgeben. Erneut raffte er sich auf und lief im Schutz der Hecke in nördlicher Richtung. Regen hing in der Luft, doch noch drang das Licht der Sterne durch die Lücken in den Wolken, und Gilfalas konnte es nicht wagen, sich über das offene Gelände in den kleinen Wald zu schlagen, der ihm zumindest eine kurze Verschnaufpause bringen würde. Trotz aller Eile mußte er versuchen, so vorsichtig wie möglich vorzugehen.

Er verfluchte dieses Land, das wie ein einziger großer Garten war, welcher so wenige Verstecke und so viel offenes Gelände bot. Und gerade das mochte ihm den Tod – oder Schlimmeres – bringen, wenn ihm nicht bald etwas einfiel, um seine Jäger abzuschütteln.

Die Angst trieb ihn weiter, und jeder, der ihn gesehen hätte, wäre vor der Furcht, die sein ebenmäßiges, feingeschnittenes Antlitz zeichnete, ja, verzerrte, zurückgeschreckt. Bolgs und Dunkelelben hatten sich auf seine Fährte geheftet, um zu verhindern, daß er von dem erzählen konnte, was er gesehen hatte.

Fackeln näherten sich von Westen her. Es mußten mehrere Dutzend der dunklen Schergen sein, die, getrieben von ihren Anführern, an seinen Fersen klebten, ihn jagten wie einen tollwütigen Fuchs, den man zur Strecke bringen will.

Sein Lederwams, seine Hose und auch seine Stiefel waren von der langen Flucht gezeichnet. Das Schwert schlug beim Laufen gegen seinen Unterschenkel. Die Waffe war inzwischen schartig und stumpf, aber er durfte sich nicht davon trennen, hatte sie ihm doch schon mehrfach das Leben gerettet und würde dies vielleicht noch einige Male tun müssen, bis es ihm gelungen war, den Häschern zu entkommen. Oder bis ihn das Schicksal ereilte.

Doch daran durfte er gar nicht denken, nicht jetzt, nicht in diesem Moment. Er mußte von dem, was er gesehen hatte, berichten. Sonst mochte alles zu Ende sein: Freiheit, Leben und Licht. Dann würden seine dunklen Brüder alles vernichten, was sich ihnen in den Weg stellte ...

Einen Augenblick lang mußte er völlig von seinen Gedanken gefangen gewesen sein; denn spät, fast zu spät hörte er den Hufschlag. Er warf sich nach vorn und schlitterte über den nassen, steinigen Grund. Auf der anderen Seite der Hecke galoppierte der Reiter an ihm vorbei, ohne ihn zu bemerken. Zum Glück hatte das dichte Dornengestrüpp in den letzten Wochen genügend Blätter getrieben. Ohne ihren Schutz wäre er verloren gewesen.

Gilfalas, du bist ein Trottel, fluchte er in sich hinein. Das war verdammt knapp gewesen.

Mühsam rappelte er sich wieder hoch, sammelte noch einmal alle Kraft, die ihm verblieben war, und lief los.

Diesmal war er vorsichtiger, versuchte nur noch auf seine Umgebung zu achten, sich nicht mehr von den Gedanken an das Unfaßbare ablenken zu lassen. Die Hecke machte hier einen Bogen, aber er konnte sehen, daß sie weiter auf den Wald zu führte, so daß er nicht über offenes Gelände zu laufen brauchte. So schnell er konnte, rannte er über den unebenen Grund auf das kleine Waldstück zu, das sich dunkel vor ihm aus der mondlosen Nacht schälte.

Plötzlich Schritte vor ihm! Bolgs, es mußten Bolgs sein. Denn wäre es einer seiner dunklen Brüder gewesen, hätte dieser ihn unweigerlich entdeckt. Auch die Dunkelelben sahen in der Finsternis recht gut, so wie er selbst. Die Bolgs waren nur grobe Abbilder ihrer Herren und Schöpfer, Menschen ähnlicher als den Eloai, den Erweckten.

Hastig blickte Gilfalas sich um. Es gab nur einen Ausweg. Er schlug sich in die Hecke. Die Dornenzweige zerrten mit ihren spitzen Stacheln an seinen Kleidern, drangen wie Nadeln in das weiche Leder von Hose und Wams, rissen es wie Dutzende winziger Zähne in Fetzen. Der Elbe sog scharf die Luft ein, um nicht aufzuschreien. Es stach wie eine Folter von vielen kleinen Messern;

Gilfalas spürte, wie Blut aus den kleinen Wunden trat und warm seinen Körper hinabrann.

Und er erkannte, daß der Schutz durch die Hecke trotz des Blattwerks unvollkommen war, da man ihn sehen konnte. Sein verfluchtes bleiches Antlitz und das helle Haar! Der Elbe versuchte tiefer in die Dornenhecke einzudringen, um sich zu verbergen; doch hier waren die Zweige so dicht verflochten, daß es kein Durchkommen mehr gab. Er wünschte sich seinen Kapuzenumhang zurück, aber der war gleich zu Beginn seiner Flucht verloren gegangen.

Wie lang war das her? Ewigkeiten. Immer wenn er geglaubt hatte, die Verfolger abgeschüttelt zu haben und ein wenig Ruhe zu finden, hatten sie ihn wieder eingeholt. Er hatte inzwischen jedes Zeitgefühl verloren; es war Nacht geworden und Tag und wieder Nacht – mehr als ein voller Sonnenlauf, daß sie ihn so hetzten.

Seine Hand griff in etwas Weiches; er fühlte, wie Wasser seine Finger umspielte.

Eine Pfütze! Schlamm!

Gilfalas griff tief in das vom Wasser aufgeweichte Erdreich, und in aller Eile, aber so vorsichtig und leise wie möglich rieb er sich den Schlamm ins Gesicht und ins Haar, versuchte, keine Stelle auszulassen; denn jeden Augenblick konnten die Bolgs an seinem Versteck vorbeikommen.

Wieder glaubte er Schritte zu hören; aber die Nacht war voller Geräusche, und die Jagd hatte sein feines Gehör verwirrt. Er konnte nur hoffen, daß er bei seiner Maskerade nichts vergessen hatte und nun gänzlich mit der Dunkelheit in der Hecke verschmolz.

Die Schritte der vierschrötigen Kriegssklaven der Dunkelelben klangen unmittelbar neben ihm auf. Nur das scharfe Ohr eines Elben hatte sie rechtzeitig wahrnehmen können, denn die weiche Erde schluckte selbst den Tritt der schweren, genagelten Stiefel. Die Bolgs waren nicht schnell zu Fuß; das hatte er bald erkannt. Im ausgeruhten Zustand und auf trockenem Boden hätte er ihnen mühelos entkommen können. Doch in diesem regendurchnäßten Gelände, wo jeder Schritt an den Stiefeln saugte, gereichten ihre sture, unbeirrbare

Hartleibigkeit und ihre schier unerschöpfliche Zahl ihnen zum Vorteil. Und er war so müde ...

Nun erschien Gilfalas der Reiter, der ihm fast zum Verhängnis geworden wäre, als Geschenk des Schicksals; denn wäre er ebenso überraschend auf die Bolgs gestoßen wie auf diesen Reiter, hätte es sein Ende bedeutet. Nie und nimmer hätte er die verfluchten Kreaturen schnell genug töten können, um zu verhindern, daß sie Verstärkung herbeiriefen.

Sich zur Geduld zwingend, hockte der Elbe in der Dornenhecke, ertrug mit zusammengebissenen Zähnen das Stechen und Kratzen der Dornen an Kleidung und Haut und widerstand dem Bedürfnis, möglichst schnell seinen Weg fortzusetzen; denn die Hecke war nicht nur lebensrettendes Versteck, sondern auch sein größter Feind, wenn man ihn darin fand. Er würde nicht rasch genug an sein Schwert kommen, um sich zu verteidigen, und tot sein, noch bevor er ein Gebet sprechen konnte. Die Feinde würden ihn abstechen wie ein Tier in der Falle.

Also harrte er aus, bis er sicher war, daß die Verfolger weit genug weg waren. Dann kroch er – langsam, viel langsamer als zuvor und jedesmal zusammenzuckend, wenn ein peitschender Dornzweig ihn traf – aus der Hecke und setzte humpelnd seinen Weg in Richtung auf das Waldstück fort. Im Laufen sah er sich um und lauschte. Deutlich konnte er im Westen den Schein von Fackeln und Hufgetrappel ausmachen. Der Feind durchkämmte das Land und versuchte, ihn in die Enge zu treiben.

Ungehindert näherte Gilfalas sich Schritt für Schritt dem Waldstück. Für den Augenblick schien er die Verfolger abgeschüttelt zu haben. Wie sehr wünschte er sich in diesem Augenblick sein Pferd herbei; aber der Schimmel war gleich zu Beginn seiner Flucht von mehreren Pfeilen getroffen zusammengebrochen. Gilfalas hatte dem treuen Wallach nur noch einen Dienst erweisen können: Seine Klinge hatte dem Leiden des Tieres ein schnelles Ende bereitet. Seither war er zu Fuß unterwegs.

Nur noch wenige hundert Schritt, dann würden die Bäume des Gehölzes ihm Deckung geben, die er nützen konnte, um eine größere Distanz zwischen sich und die Verfolger zu legen.

Zum erstenmal seit Beginn der Jagd kam in ihm so etwas wie Hoffnung auf. Die Meute war auf der falschen Fährte, suchte ihn weiter westlich.

Jetzt in den Wald! Er wollte auflachen, wollte jubeln, als er die Grenze überschritten und dieses verfluchte offene Land hinter sich gelassen hatte. Für einen Augenblick hielt er inne.

Ein vertrauter Geruch stieg ihm in die Nase. Nicht weit entfernt mußte es einen Fluß geben: eine Möglichkeit, seine Spur endgültig zu verwischen und seinen Jägern zu entkommen.

Gilfalas rannte los – und erstarrte! Vor ihm standen, kaum mehr als drei Armlängen entfernt, zwei Bolg-Krieger, die ihn ebenso verblüfft anstarrten wie er sie. Aber die Geschöpfe der Dunkelelben waren Kampfmaschinen und viel zu dumm, um wirklich lange überrascht zu sein. Beinahe instinktiv fuhren ihre Hände zu den Schwertern.

Gilfalas' Hochstimmung war von einem Augenblick zum anderen verflogen. Es war der Mut der Verzweiflung, der ihn zum Handeln trieb.

Noch bevor die Bolgs ihre Klingen gezogen hatten, warf sich der junge Elbe nach vorn und rammte mit den Schultern einen der beiden zu Boden. Der andere hatte sein Schwert gezogen, aber ein Tritt in den Bauch warf ihn zurück.

Während er rückwärts taumelte und mit rudernden Armen nach Halt suchte, stolperte er über eine Baumwurzel und schlug der Länge nach hin.

Gilfalas spürte die Müdigkeit, die ihn wie ein dunkler Nebel von allen Seiten umfing und in seine Glieder kroch. Er wußte, er durfte es auf keinen Kampf mehr ankommen lassen. Allein der Lärm würde die Meute auf seine Spur führen, und dies konnte nur tödlich für ihn enden.

Der Fluß!

Das war seine Chance. Er stürzte davon, ohne die Bolgs weiter zu beachten. Seine gute Nachtsicht half ihm nun, Hindernissen wie tiefhängenden Ästen auszuweichen, und verhinderte, daß er stolperte oder in ein Loch trat. Jede Rücksicht auf ein lautloses Vorwärtskommen war vergessen. Gilfalas rannte um sein Leben.

Hinter sich hörte er die beiden Bolgs, die wie Olifanten durch das Unterholz brachen. Beide hatten die Verfolgung aufgenommen.

Gilfalas sandte ein Stoßgebet zum Herrn, daß nicht noch mehr Feinde im Dunkel des Waldes lauerten. Ein weiteres Mal würde er nicht so glimpflich davonkommen.

Mit jedem Schritt spürte der Elbe, wie ihm die Beine schwerer wurden, wie ihm die Atemluft in den Lungen stach. Jede Bewegung wurde zur Mühsal, und er merkte, daß er an Geschwindigkeit verlor. Gleichzeitig wurde das Geräusch der durch das Unterholz brechenden Verfolger lauter.

Wo war der Fluß? Für einen Augenblick überkam ihn die Angst, daß er gar nicht darauf zulief, aber die Richtung stimmte; deutlich konnte er das Wasser riechen, das Rauschen der Ströumg vernehmen. Ja, er konnte es schaffen! Vielleicht ...

Diese Einsicht verlieh ihm noch einmal die Kraft, seine Schritte zu beschleunigen. Er flog förmlich durch das Unterholz. Schon konnte er Weiden und Pappeln erkennen, die gerne nahe am Fluß wuchsen. Das Strauchwerk wurde dünner, der Boden sandiger.

Ein letztes Mal holte er alles aus sich heraus. Und trotzdem kamen seine Verfolger näher.

Schilf tauchte vor Gilfalas auf. Endlich! Der Fluß!

Der Elbe durchbrach den Schilfgürtel, nahm einen letzten tiefen Atemzug und warf sich vorwärts! Er spürte noch, wie etwas seine Schulter streifte, eine feurige Spur hinterlassend. Dann schlugen die eisigen Fluten über ihm zusammen. Er schwamm unter Wasser, spürte, wie sich Arme und Beine zu verkrampfen drohten.

Todesfurcht griff mit klammen Fingern nach seinem Herzen: die Angst, von Krämpfen geschüttelt, jämmerlich in einem kleinen Fluß zu ertrinken. Doch er hatte Glück, die Muskeln schmerzten zwar, aber sie blieben geschmeidig.

Gilfalas tauchte erst auf, als er glaubte, seine Lungen müßten platzen. Er durchstieß die Oberfläche und sog gierig die Luft ein. Dann warf er einen Blick zurück zum Ufer. Deutlich konnte er die Bolgs am Rande des Schilfs erkennen, dunkle, massive Schattengestalten im hüfthohen Wasser. Ihre Oberkörper pendelten suchend hin und her, nach rechts und links und wieder zurück, und wenn ihre schweifenden Blicke in seine Richtung irrten, dann glaubte er ein Blinken von Haß in ihren stumpfen Augen zu lesen. Aber vielleicht bildete er sich das auch nur ein.

Die letzten Sterne waren nun erloschen; der Himmel lag wie eine riesige nachtschwarze Decke über dem Land. Der Fluß hatte, angeschwollen durch die Regenfälle der letzten Tage, Gezweig und Baumstrünke mit sich gerissen und auch das eine oder andere Kleingetier, und Gilfalas bemühte sich, eins zu werden mit dem Treibgut. Über dem Rauschen des Flusses und dem Pochen des Blutes in seinen Ohren konnte er nicht hören, ob die Bolgs sich unterhielten – sofern sie überhaupt dazu imstande waren. Schließlich wandten sich beide um und stapften durch das flache Wasser zum Ufer hinauf, um ihre Kameraden zu holen.

Gilfalas schwamm noch einige Züge, um in die Mitte des Flusses zu gelangen, wo ihn die Strömung davontragen konnte. Er versuchte sich die Karte Elderlands in Erinnerung zu rufen. Nach fast zwei Tagen auf der Flucht vor den Dunkelelben und deren Soldaten konnte er beim besten Willen nicht mehr sagen, wo er war. Nur eines wußte er: Der Fluß mußte der Elder sein. Aber befand er sich südlich oder nördlich von dem Punkt, wo dieser sich mit dem zweiten Hauptfluß des Landes, dem Ander, vereinigte? Er wußte es nicht. Doch wenn er an Land gehen würde, dann nur am Ostufer. Dort würde er sich dann entscheiden müssen, in welche Richtung es weitergehen sollte.

Das Schwert an seinem Gürtel zog ihn nach unten, und Gilfalas spürte, wie seine Kräfte erlahmten. Lange würde er es in dem kalten Wasser nicht mehr aushalten können. So entschloß er sich, die relative Sicherheit des Wassers gegen das ungeschützte, aber trockene Ufer einzutauschen.

Als er wieder festen Boden unter den Füßen fand, hatte ihn die Strömung ein gutes Stück flußabwärts getragen. Mit Mühe schleppte sich Gilfalas das sandige Ufer hinauf und ließ sich der Länge nach zu Boden fallen. Er hätte endlos lange so liegen bleiben können. Doch er durfte nicht einschlafen. Er hatte eine Aufgabe zu erfüllen.

Erschöpft wie er war, kroch Gilfalas mit letzter Kraft vom Strand weg, wo ihn die scharfen Augen seiner dunklen Brüder bald ausgemacht haben würden, auf ein Gebüsch zu, das Deckung versprach. Dort blieb er liegen und holte schnaufend Luft. Die Müdigkeit übermannte ihn, und er merkte, daß der Schlaf bald sein Recht fordern würde.

Kurz nur blickte er auf – und sah vor sich einen Schatten. Eine Gestalt! Er hatte sie nicht kommen hören.

Viel zu langsam griff Gilfalas zu seinem Schwert; aber er wußte, es würde ihm ohnehin nichts nützen. Seine Finger erschlafften.

Es war vorbei; er hatte versagt. Tränen schossen ihm in die Augen.

Umsonst, alles umsonst. Entweder würde er gleich tot am Strand liegen oder in die Gefangenschaft verschleppt werden. Während die Schatten der Verzweiflung sich herniedersenkten, wartete er auf den Todesstoß oder den harten Griff der Bolgs.

»*Thai na Eloï metanneth*«, drang eine Stimme an sein Ohr, und gleichzeitig spürte er eine sanfte Berührung an der rechten Schulter.

»Was ...?« Gilfalas kniff die Augen zusammen, und nun erkannte er, daß die Gestalt viel zu klein war für einen Bolg oder einen Dunkelelben. Dies mußte, trotz der elbischen Begrüßung, jemand vom Ffolk sein, den Bewohnern dieses Landes.

»Seid gegrüßt, Erweckter«, sagte der Ffolksmann in der Gemeinsamen Sprache. »Ich bin Magister Adrion Lerch, Kustos des Ffolksmuseums von Aldswick und Mitglied des Rates von Elderland. Ich habe Euch erwartet, und Ihr habt von mir nichts zu befürchten.«

»Wie ... kommt Ihr hierher?« fragte Gilfalas verwirrt. Er hatte den Tod erwartet, und nun ward ihm Hilfe zuteil. Bisher hatte er das Ffolk gemieden; denn er konnte sich ausmalen, was Bolgs mit jenen machen würden, die einem wie ihm Beistand leisteten.

»Ich habe Euch erwartet«, wiederholte der Ffolksmann.

»Ihr dürft mir nicht helfen! Geht, Euer Leben ist in Gefahr! Geht!« stammelte Gilfalas, der den Sinn der Worte noch gar nicht erfaßt hatte. »Die Bolgs werden Euch ...«

»Kommt, ich bringe Euch zu Freunden!« Geduldig, aber bestimmt unterbrach Magister Adrion den Redefluß des Erschöpften. Mühsam raffte sich Gilfalas auf und folgte wie im Traum seinem Retter, der zielstrebig zu einem Feldweg ging, wo ein kleiner Planwagen wartete, der von einem Pony gezogen wurde.

»Steigt ein«, wies der Magister ihn an, und Gilfalas ließ sich auf die Ladefläche fallen, zu schwach, weiter gegen das Hilfsangebot zu protestieren.

Kaum lag Gilfalas auf den harten Brettern, fielen ihm die Augen zu, und er merkte nicht einmal mehr, wie die ersten Regentropfen zu fallen begannen ...

»Welch ein Kraut!« ließ sich Fabian vernehmen, als er genüßlich an der Meerschaumpfeife zog und den würzigen Tabakrauch inhalierte. Es gab doch nichts Besseres, als hier im Trockenen zu sitzen und zu schmauchen, während draußen der Regen gegen die Butzenscheiben prasselte.

»Ja, nicht?« meinte Kim und stieß eine Rauchwolke aus. »Hier in Elderland wird die Kunst des Rauchens und der Tabakzucht seit Jahrhunderten gepflegt. Es heißt, das Ffolk hätte das Pfeifenkraut mit sich gebracht, als es vor mehr als siebenhundert Jahren über das Sichelgebirge kam. Es gibt im Museum mehr Ausstellungsstücke, Urkunden, Patente und Abhandlungen über den Tabak und seinen Genuß als Berichte über den Krieg gegen die Dunkelelben in der Bibliothek von Allathurion.«

»Nun übertreibst du aber«, meinte Burin.

»Aber nicht sehr«, entgegnete Kim trocken.

Kims Befürchtung, daß an diesem Abend so viel Bier fließen würde wie zu seiner Studentenzeit, hatte sich nicht bewahrheitet. Der reichhaltige und gute Eintopf hatte selbst Burin so gesättigt, daß er nur gelegentlich nachzapfte.

Nach dem Essen hatten die drei noch einen kleinen

Spaziergang am Fluß entlang gemacht, bis der Regen sie wieder ins Haus gescheucht hatte. Nun saßen sie am warmen Kaminfeuer in der Bibliothek, nachdem Burin das Faß mit dem Bier vom Speisesaal dorthin geschafft hatte. Die Nächte wurden allmählich kühler, und der nahende Herbst kündigte sich an. Vom Fluß her rauschte die Flut, schmutzigbraun und angeschwollen. Nicht mehr lange, und Aldswick würde wieder fast den ganzen Tag unter dem grauen Tuch liegen, das der Nebel in den Flußauen ausbreitete.

Kim hatte seine Pfeifensammlung und eine Auswahl seiner besten Tabake herbeigeholt. Hierin unterschied er sich in keiner Weise vom Rest des Ffolks. Schon während ihrer gemeinsamen Zeit an der Universität hatte er den Freunden Unterricht im Pfeifenrauchen gegeben. Er hatte ihnen gezeigt, wie man den Tabak stopfen mußte, daß er weder zu locker noch zu fest saß, und wie man den höchsten Genuß beim Rauchen hatte, ohne das Kraut ständig wieder entzünden zu müssen. Inzwischen waren auch Fabian und Burin keine Anfänger mehr; was an diesem Abend zelebriert wurde, war gewissermaßen die Hohe Schule der Pfeifenkunst.

Einer der größten Vorteile, die das Amt des Kustos mit sich brachten, war gewiß – wenn man es zu schätzen wußte – ein monatliches Kontingent an Pfeifenkraut; und so besaß Kim inzwischen schon eine beachtliche Sammlung von bestem Knaster. Es gab einfach nichts Schöneres, als nach getaner Arbeit am Kamin zu sitzen und sich ein Pfeifchen schmecken zu lassen, während man das Züngeln der Flammen beobachtete.

»Noch jemand 'n Bier?« fragte Burin und erhob sich, aber sowohl Fabian als auch Kim winkten träge ab.

Marina hatte sich zurückgezogen und war zu Bett gegangen. Kim wußte genau, daß sie in dieser Nacht kaum Schlaf finden würde; zu sehr freute sie sich auf all den Klatsch, den sie am nächsten Tag würde verbreiten können.

Doch Kim hatte schon mehrmals im Zentrum der Mutmaßungen und Gerüchte in Aldswick gestanden; er würde es auch diesmal überstehen. Und wenn Marina zudem erzählte, daß der Prinz des Imperiums unerkannt als Gast bei ihm weilte, würde das seinem Ansehen womöglich eher nützen als schaden.

Tief sog er den Rauch ein und genoß den Abend, der ihn an die unbeschwerte Zeit seines Studiums erinnerte. Auch Burin und Fabian schienen ähnlichen Gedanken nachzuhängen.

»Welch ein Abend«, meinte Fabian. »Das ist es, was ich im letzten Jahr am meisten vermißt habe. Ein Abend ohne den lästigen Pomp, die ständigen Intrigen um Posten und Pöstchen, ohne langweiliges Daherreden mit Abgesandten und Botschaftern. Endlich einmal wieder nur unter Freunden sein.«

»Nun tu mal nicht so, als hättest du keinen Spaß daran, Botschafter an der Nase herumzuführen, Intriganten gegeneinander auszuspielen oder den Hofdamen bei Empfängen schöne Augen zu machen«, entgegnete der Zwerg. »Du hast doch Sinn für derartige Belustigungen. Ihr Menschen habt manchmal einen seltsamen Humor!«

»Den haben sie«, meinte Kim. »Ich kann mich noch gut erinnern, als Fabian den Gesandten ...«

»Weißt du, Bubu, wie sich das anhört?« unterbrach Fabian seinen Freund.

»Wie meinen?« brummte der Zwerg und nuckelte in Erwartung einer Antwort an seiner Pfeife.

»Als wären wir verdammt alte Männer, die nur noch von der Vergangenheit leben«, erklärte Fabian.

»Wir sind nicht alt; nur hat jeder inzwischen Aufgaben und Pflichten, die uns keine Zeit mehr für solche Späße lassen«, sagte Kim. »Das bedeutet aber nicht, daß unser Leben zu Ende wäre. Erst wenn wir unsere Pflichten ablegen und dann feststellen, daß nur noch die Erinnerung bleibt und sonst nichts, dann sind wir alt. Wir werden Greise, wenn wir keine Aufgaben mehr finden – ob aus freiem Willen übernommen oder vom Schicksal auferlegt.«

»Du hättest auf die philosophische Akademie gehen sollen, Kim«, meinte Fabian. »An dir hätten sie dort ihre Freude gehabt.«

»Dafür bin ich nicht geeignet. Ein Philosoph hätte für das, was ich eben gesagt habe, mindestens eine halbe Stunde gebraucht«, erklärte Kim, der eine Abneigung gegen jede Art von weitschweifigen Theoretikern besaß.

»Und sage das mal an der Philosophischen Fakultät, und sie werden dich drei Tage lang nicht mehr gehen lassen, und in dieser Zeit werden sie dir zu erklären versuchen, warum die Gegensätze, die du siehst, in Wirklichkeit gar keine sind, sondern ein und dasselbe, was aber kein gewöhnlicher Denker, sondern eben nur ein Philosoph zu erkennen vermag«, erklärte Fabian und holte Luft.

»Darum hatte ich auch immer meine Axt dabei, wenn ich Schriften einsehen wollte«, brummte Burin. »Diesem Doppelargument ist kein Philosoph gewachsen.«

»Ich glaube, ich werde bald zu Bett gehen«, meinte der Prinz ächzend. »Dann können wir morgen früh mit dem Studium der Schriften anfangen.«

»Aber doch hoffentlich nicht schon bei Morgengrauen?« fragte Kim.

»Nein, nein! Als Prinz kommt man doch selten vor der Mittagsstunde aus den Federn«, sagte Burin, um seinen Freund ein wenig zu foppen.

»Sei lieb, Dicker«, entgegnete Fabian. »Ich denke, wir sollten erst mal ausschlafen. Mit klarem und wachem Kopf studiert's sich besser.«

»Wir werden doch alt«, murmelte Burin. »Das hat sich früher anders angehört.«

»Aber bevor wir uns schlafen legen, werden wir erst noch dieses gute Kraut zu Ende schmauchen.«

Gerade wollte Kim die Pfeife wieder ansetzen, als heftig an die Vordertür gepocht wurde.

»Aufmachen!« drang gedämpft eine Stimme durch die Halle in die Bibliothek.

Kim hatte die Stimme sofort erkannt und war schon auf dem Weg zur Tür, als Fabian und Burin sich an seine Fersen hefteten.

»Wer ist das? So spät am Abend ...«, brummte der Zwerg.

»Das ist mein Mentor und Freund Magister Adrion Lerch, mein Vorgänger als Kustos des Ffolksmuseums. Er neigt nicht zu Leichtfertigkeiten, und auch die Neugier auf meine Besucher treibt ihn nicht so an. Da ist etwas im Gange.«

Inzwischen hatte das Klopfen auch Marina aus dem Bett getrieben. Sie hatte sich rasch einen Hausmantel übergeworfen und erreichte, eine Laterne in der Linken, noch vor Kim die Tür.

»Macht auf!« tönte es von draußen, als Marina gerade die Klinke herunterdrückte.

Ein Regenschauer peitschte herein, als die Tür aufging, so daß Kim instinktiv die Hand vor die Augen hielt.

»Was für ein Sauwetter!« entfuhr es dem Magister, als er in die Halle stolperte.

Zu Kimberons und der anderen Überraschung kam er nicht allein. Ein Fremder war bei ihm. Eine bleiche, schmächtige Gestalt, hochgewachsen, mit hellem, mondblassem Haar, das im Licht der Laterne wie weißes Gold schimmerte. Er war größer als ein Ffolksmann, doch diese feingeschnittenen Züge mit den hohen Wangenknochen, den geschwungenen Ohren und den juwelenfunkelnden Augen waren nicht die eines Menschen ...

Kim riß vor Staunen den Mund auf. Er wollte schon zu einer höflichen Begrüßung ansetzen, doch er konnte sich an keines der Worte aus der Elbensprache erinnern, die er gelernt hatte; und dann sah er, wie es um ihren Besucher stand.

Dem Elben war seine Erschöpfung nur zu deutlich anzumerken. Er sah aus, als käme er aus einer Schlacht. Überall trug er blutige Kratzer, die Kleidung war zerrissen und durchnäßt, das Haar hing wirr am Kopf herunter, dunkle Ringe hatten sich auf der bleichen Haut unter den Augen gebildet. Furcht und Entsetzen standen ihm noch ins Gesicht geschrieben.

»Was ist geschehen?« fragte Fabian.

»Seht Ihr denn nicht, der junge Mann ist völlig fertig«, mischte sich Marina ein. »Herr Kimberon, würdet Ihr so nett sein, ein paar Decken zu holen? Herr Burin wärmt derweil das Essen auf; könnt Ihr das?« Burin nickte nur verdutzt. »Ich kümmere mich um die Wunden. Helft mir, äh ... Hoheit!« Die praktische Marina hatte das Kommando übernommen.

Der Elbe fügte sich zunächst einmal in sein Schicksal und ließ sich mit Fabians Hilfe versorgen. Seine Wunden erwiesen sich als oberflächlich, bis auf eine tiefe

Schramme über der rechten Schulter, wo ihn eine Klinge gestreift hatte.

Zunächst wollte er auch nichts essen; erst als er die Suppe gekostet hatte, schien er zu merken, wie hungrig er eigentlich war. Nur das ihm angebotene Bier verschmähte er, trank dafür jedoch um so gieriger einen ganzen Krug Wasser.

Als der Fremde gegessen und getrunken hatte und in Decken gehüllt in einem Sessel der Bibliothek saß, atmete er spürbar freier. Die Erschöpfung war noch nicht völlig gewichen, aber er schien sich zusehends zu erholen.

»Der Segen des Herrn sei mit Euch«, sagte der Elbe, »und die Gunst der Herrin.« Seine Stimme war leise, aber so melodisch, daß jeder im Raum sie verstehen konnte. »Ich danke Euch für Eure Hilfe«, fuhr er fort, »aber ich kann hier nicht verweilen. Ich muß so schnell wie möglich ins Reich der Menschen.«

»Was wollt Ihr im Imperium?« fragte Fabian, scheinbar beiläufig.

Doch die Freunde, die ihn kannten, sahen, wie angespannt er plötzlich war. Hatte ihn das Erscheinen des Elben und dessen Zustand bislang eher neugierig gemacht, so versetzten ihn die Worte in Besorgnis.

»Ich habe eine wichtige Nachricht für das Herrscherhaus. Es ist eine Sache von Leben und Tod.«

»Oh, gut«, brummte Burin. »Ich glaube, der große Kerl, der da so neugierig fragt, wird Euch einen Teil des Weges ersparen können.«

»Ich verstehe nicht, Meister.«

»Nennt mich nicht Meister«, sagte Burin schroff. »Dafür ist mein Name noch zu kurz. Aber, wenn's Euch interessiert, dieser junge Mensch hier wird, wenn ihm nichts dazwischenkommt, eines Tages auf dem Thron sitzen. Ihr habt die Ehre mit Fabian, Fürst von Thurion, Kronprinz des Imperiums und Erbe des Adlerthrons von Magna Aureolis.«

»Bitte«, meinte Fabian. »Du erschreckst ja alle Leute.«

»Euch hat die Herrin gesandt!« entfuhr es dem Elben. »Ich bin Gilfalas, Inglorions, des Königs von Talariël Sohn.«

»Na«, ließ sich Burin wieder vernehmen, »da haben wir

aber eine illustre Gesellschaft versammelt: Zwei Prinzen sowie den alten und neuen Kustos des Ffolksmuseums. Da komme ich als kleiner Zwerg ja ziemlich schlecht weg. Ich sollte nichts mehr sagen.«

Dafür erntete Burin einen genervten Blick Fabians.

»Ich muß Euch etwas mitteilen, Hoheit ...«, begann Gilfalas.

»Mein Name ist Fabian, Erweckter«, sagte der Prinz.

»Dann nennt mich Gilfalas«, entgegnete der Elbe.

»Bitte, erzählt Eure Geschichte von Beginn an«, mischte sich Magister Adrion ein.

»Ich weiß nicht, ob das –«, setzte Gilfalas zum Widerspruch an.

»Ich glaube, es muß sein«, sagte Lerch bestimmt. Trotz seiner kleinen Gestalt sprach der Alte mit dem grauen Vollbart und den buschigen Brauen wie einer, der gewohnt war, daß man seinen Anweisungen folgte. Seine braunen Augen blickten streng.

»Bitte«, fügte Fabian hinzu.

Der Elbe überlegte. Dann begann er: »'s ist ein Geheimnis meines Volkes, dem ich auf der Spur bin, und mir ist nicht gestattet, darüber zu reden, so mich mein Vater nicht von diesem Bann entbindet oder Gefahr für mein eignes Leben droht. Doch kann ich soviel sagen: daß die Spur, der ich folgte, mich nach Westen und Norden führte, vorbei an den Sümpfen nach Elderland. Oberhalb der Flußmünde gibt es einen alten, verfallenen Wachtturm der Elben, Tor Andraeth geheißen, der Turm des Westens, und dort sollte ein Schlüssel zu dem, was ich suche, verborgen sein ...«

»Und was habt Ihr gefunden?« fragte Kim, den die Geschichte seines Landes immer interessierte, auch wenn er in diesem Fall die Antwort schon ahnte.

»Ich fand den Turm verfallen, eine Ruine, vom Wind und den Gezeiten zernagt. Doch von seiner geborstenen Spitze aus sah ich das Meer ...«

Seine Stimme nahm einen anderen Klang an, wurde sanft und melodisch:

Ai, na védui thalaina evannieth,
Thai elessa a-glas tívai n-Andraeth,
Túvai mellui alta mór-annieth,
Lúvai a-morniё ...

Er schüttelte den Kopf, als erwache er aus einem Schlaf. »Wenn die Eloai träumen«, sagte er, »träumen sie vom Meer.« Er schwieg, dann fuhr er fort: »So stand ich da und blickte auf die niemals ruhenden Wellen hinaus, und mein Blick ging weit, weit über den Horizont, bis zu jener Grenze, wo der Blick sich verirrt und ein Schimmer von Licht wie ein blinder Spiegel über dem Wasser liegt ...«

»Der Banngürtel«, sagte Fabian atemlos.

»... und dort sah ich ein Segel. Ein *schwarzes* Segel.«

»Aber das ist unmöglich«, sprach der Prinz. »Der Banngürtel *kann* nicht bezwungen werden. Er ist unüberwindlich.« Doch in seiner Stimme lag Zweifel.

»Aus dem einen Segel wurden viele, aus dem ersten Schiff, das ich erspähte, eine gewaltige Flotte. Schon da hätte ich mich umwenden und fliehen sollen, aber ich konnte nicht glauben, was ich sah, und so schlich ich mich näher an den Strand heran. Ich lag im hohen Schilf verborgen, als die Schiffe über der Kimm auftauchten, hörte das Knirschen ihrer Kiele, als sie anlandeten, den Tritt schwerer Stiefel im Sand. Oh, ich kenne jene Kreaturen, und ich fürchte sie nicht, aber dann wurde ich in meiner Begierde zu unvorsichtig. Und dann sah ich sie, meine dunklen Brüder. Und einer von ihnen sah mich.

Dies ist meine Botschaft an die Freien Völker: *Die Dunkelelben sind über uns gekommen.*

Als ich mich zur Flucht wenden wollte, wurde ich von meinen dunklen Brüdern und ihren Kreaturen gestellt und gehetzt. Ich erreichte mein Pferd, das ich in der Nähe verborgen hatte, aber ein Pfeil traf es, eh' ich entkommen konnte. Ich mied die Stadt, die an der Mündung des Flusses liegt, und schlug einen Bogen zurück nach Norden, doch lief ihnen dabei wieder in die Quere. Sie trieben mich vor sich her wie Jagdwild, immer tiefer ins Elderland hinein, einen Tag und eine Nacht und noch einen weiteren Tag. Schließlich konnte ich sie abschütteln, indem ich durch den Fluß schwamm. Am Ende fand mich

Magister Lerch, als ich völlig erschöpft am Ufer des Flusses lag. Es sah aus, als hätte er mich erwartet.«

»Die Dunkelelben!« Fabian war aufgestanden. Verschwunden war der Eindruck eines unbeschwerten jungen Mannes; jetzt war er jeder Zoll ein Prinz, der eine große Verantwortung trug. »Und eine ganze Armee von ihren Kreaturen, sagst du?«

»Ai bhelegim«, bestätigte der Elbe.

»Bolgs«, übersetzte Magister Adrion.

»Aber ... ich habe gedacht, Bolgs, die gibt es nur in alten Legenden«, sagte Kim. Er hatte das Gefühl, als würde ihm der Boden unter den Füßen weggezogen. Ja, alte Geschichten und Überlieferungen, das war sein Lebensinhalt. Aber das hier war nicht Geschichte. Das war Wirklichkeit.

»Wir müssen ins Imperium.« Fabian hielt es nicht mehr an seinem Platz, er ging unruhig auf und ab. »Mein Vater in Aureolis muß davon erfahren. Das ist ein Aufmarsch, der sich gegen uns richtet. Die Legionen des Kaisers müssen mobilisiert werden, um den Feind ins Meer zurückzuwerfen.«

»Verzeiht«, mischte sich Marina ein, die atemlos gelauscht hatte, »aber kann das nicht ein Angriff gegen Elderland sein?«

»Kaum«, antwortete Kim. »Hier gibt es für das dunkle Volk nichts zu gewinnen. Aber mit dem Imperium haben sie noch alte Rechnungen zu begleichen.«

»Sehr, sehr alte Rechnungen«, fügte Fabian hinzu und erklärte: »Vor mehr als tausend Jahren gab es einen großen Krieg zwischen den Menschen und den Dunkelelben. Es gibt wenig, was aus jenen Tagen überliefert ist; denn es war ein Krieg, der das Gefüge der Welt erschütterte, von der Überwelt droben bis hinab zur Untererde. Damals trieben meine Vorfahren die Dunkelelben zurück, bis an den Rand der Mittelreiche, und sie riefen das göttliche Paar, den Vater und die Mutter, an, und mit ihrer Hilfe legten die Zauberer des Imperiums einen magischen Banngürtel zwischen das Reich der Menschen und die dunklen Inseln der Dunkelelben. Und noch andere, mächtige Zauber wurden in jener Zeit gewoben.«

»Es waren die Meister der Zwerge, welche die Tore der Untererde versiegelten«, grollte Burins Stimme.

»Ich habe gehört, es sei der hohe Elbenfürst selbst gewesen«, widersprach Gilfalas.

»Ich weiß nur«, sagte Fabian, »daß aus dieser Zeit auch der Ring stammen muß, den ich trage. Aber welche Bewandtnis es damit hat, werde ich nun wohl nie erfahren.«

Die Stimme Magister Adrions kam aus der Dunkelheit des Kaminzimmers wie über einen Abgrund von Zeit und Raum:

> *In uralten Zeiten schuf der Elbenfürst*
> *sieben Ringe der Macht.*
> Drei *gab er den Menschenkindern, daß sie*
> *die Mittelreiche nach ihrem Belieben durchstreifen.*
> Zwei *haben die Zwergenmeister in ihrer Hut,*
> *welche die Tore der Untererde bewachen.*
> Einer *ist an der Hand des hohen Elbenfürsten*
> *selbst, der die Überwelt regiert.*
> *Von dem siebenten Ring weiß keiner.*

Der alte Magister beugte sich vor, so daß das Licht seine scharfe Nase und seinen grauen Bart aus der Dunkelheit riß.

Ringsum herrschte tiefes Schweigen.

»So steht es geschrieben in einem alten Dokument, das ich in den Archiven des Ffolksmuseums wähnte«, fuhr Magister Adrion schließlich fort. »Lange habe ich danach gesucht. Erst im Sommer des letzten Jahres, bei einem Besuch in Gurick-auf-den-Höhen, fiel es mir in die Hände – ob durch Zufall oder durch Fügung, wer weiß? Ist es das, wonach Ihr sucht, Prinz?«

Gilfalas stellte die Frage, die allen auf der Zunge lag: »Was wißt Ihr noch von den Ringen, Magister Adrion?«

Der Magister gab zunächst keine Antwort. Dann sagte er: »Der Elbenfürst trägt den Einen, soweit ich weiß. Die Meister der Zwerge thronen in ihren unterirdischen Hallen, es sei denn ...« Scharf sah er Burin an. Der schwieg. »Die Drei?« fuhr Adrion wie im Selbstgespräch fort. »Die alte Schrift spricht von den ›Menschenkindern‹, aber es kann auch ›Kinder der Menschen‹ heißen – was immer das bedeuten mag. Wo sie sind und welche Macht sie heute besitzen, wer kann das sagen? Jetzt, wo der Banngürtel gebrochen ist, wird manches an Macht verlieren; vielleicht werden auch die Siegel nicht mehr so sicher sein, wie sie einst waren. Irgend etwas geht vor in den Mittelreichen. Und daß Vertreter der drei Freien Völker – Elben, Menschen und Zwerge – hier zusammengekommen sind, hat gewiß eine tiefere Bedeutung.«

»Eines wird mir jetzt jedenfalls klar«, ließ sich Fabian vernehmen. »Es gibt seit Jahren Berichte von einzelnen Überfällen in entlegenen Gebieten, von schwarzen Schiffen, die aus dem Nichts zu kommen scheinen. Dies war nicht zuletzt der Grund, weshalb mein Vater mich auf die Universität schickte, damit ich auf den Tag vorbereitet sei, wenn die Schatten der Vergangenheit erneut über uns kämen.«

»Ich habe da nur eine praktische Frage«, mischte sich Burin ein. »Wie kommen wir ins Imperium?«

Für einen Augenblick schien es, als wolle Fabian den Freund anfahren, aber dann besann er sich eines Besseren. »Eine berechtigte Frage«, sagte er nachdenklich, »denn die Küstenstraße und alle Schlupflöcher dürften verstopft sein. Die Dunkelelben wollen in Ruhe aufmarschieren, da riegeln sie Elderland vom Imperium ab.«

»Und übers Sichelgebirge kommen wir nicht«, stellte Burin fest.

»Was machen wir dann? Wir sitzen hier fest, die Gefahr vor der Nase, und können niemanden warnen.«

»Ich wüßte einen Weg«, sagte da eine Stimme.

»Was?« Fabian fuhr herum.

»Ja, es gibt noch einen Weg. Durch die Sümpfe ...« Es war Marina.

»Aber niemand kennt den Weg durch die Sümpfe«, wandte Kim ein, der sich bei dem ganzen Gerede von Macht und Magie inzwischen recht verloren vorkam.

»Doch«, sagte Marina. »Die Sumpflinge. Sie kennen jeden Weg.«

»Aber woher kennst du ...?« begann Magister Adrion verwundert, ehe ihm selbst die Antwort kam: »Natürlich! Deine Familie kommt aus der Gegend von Winder, am Rande des Sumpflandes. Jetzt verstehe ich.«

»Wir haben oft mit den Sumpflingen Handel getrieben«, erklärte Marina schüchtern. »Ich kenne die Losungsworte. Die Legende berichtet von einem Schamanen, der durch die Sümpfe zieht und der einen Pakt zwischen Ffolk und Sumpflingen geschlossen hat. Aber ich müßte natürlich mitgehen. Sie trauen nicht jedem.«

»Das ist viel zu gefährlich«, widersprachen Fabian und der Magister wie aus einem Munde.

»Ich werde auch mitgehen«, sagte der Elbe, »um die Maid zu beschützen.«

»Ich hasse Sümpfe«, knurrte Burin, »aber ich komme natürlich auch mit. Eine kleine Frau läßt man nicht allein.«

In diesem Augenblick erwachte in Kimberon Veit etwas, von dem er nie geglaubt hatte, daß er es auch nur andeutungsweise besäße. Hatte er sich doch, als ihn der Ruf des Magisters erreichte, darauf eingestellt, ein ruhiges Leben in seiner altvertrauten Umgebung zu verbringen, nur seinen Forschungen und gelegentlichen Pflichten gewidmet, um geachtet und geschätzt wie Magister Adrion in Ehren zu ergrauen, wie es einem Kustos des Ffolksmuseums gebührte. Doch jetzt hatte ihn die Vergangenheit eingeholt wie eine alte Prophezeiung auf den Seiten eines Buches, die sich plötzlich als wahr erwies, nicht mehr nur eine Schrift auf Pergament war, sondern lebendige Gegenwart.

Ihm war, als sei er selbst in eine Geschichte geraten; als sei nun der Punkt gekommen, wo er sich entscheiden mußte, in den Text einzutreten oder nur eine Figur am Rande zu bleiben, in den Marginalien, über die man hinwegsieht, weil das eigentliche Geschehen daran vorbeigeht.

Und ihn überkam mit einem Male die Idee, wie eine Vision, daß viele in der Geschichte seines Volkes einmal an einen solchen Punkt gelangt waren, sei es, daß sie sich entschlossen hatten, die beschwerliche Reise über den Berg zu wagen oder sich in schwankenden Booten dem Meer anzuvertrauen – oder einfach nur die Freunde in der Not nicht im Stich zu lassen, wie sein Vater einst ...

»Auch ich werde mitkommen«, hörte er sich sagen.

»Immerhin ist unser Land besetzt, und es sollte bei diesem Unternehmen auch ein offizieller Vertreter des Ffolks dabeisein.«

Er wunderte sich über sich selbst. Eigentlich hatte er während des ganzen Gespräches vorgehabt, den anderen zu erklären, daß er sie nicht begleiten könne, weil seine Pflicht doch hier lag, wo er zusammen mit dem Juncker von Gurick-auf-den-Höhen die Ffolkswehr mobilisieren mußte. Es herrschte Krieg, ein fremdes Heer war in Elderland einmarschiert, Mord und Totschlag drohten, Plünderung, Brandschatzung. Die Vorstellung reichte nicht aus, sich die Möglichkeiten auszumalen. Und nun hörte er sich selbst gänzlich unverständliche Dinge sagen.

»Gut, daß du mitgehst, Kim. Wir werden einen Sprecher im Imperium brauchen. Und wer weiß, wozu es sonst noch dienen könnte«, sprach Adrion Lerch.

»Aber ...«, Kim wollte fragen, was der Magister damit meinte, doch in der allgemeinen Hektik kam er nicht mehr dazu. Überhaupt hatte sein alter Freund und Mentor schon den ganzen Abend merkwürdige Dinge getan und gesagt. Er hatte den Elben am Fluß gefunden; was hatte er dort mit Pferd und Wagen gesucht? Magister Adrion schien mehr zu wissen, als er zuzugeben bereit war. Und Kim hatte noch viele Fragen.

Aber gleich darauf wurde all seine Aufmerksamkeit von anderen Dingen in Anspruch genommen; denn Magister Adrion wies ihn darauf hin, daß er Botschaften hinterlassen müsse, Marina Anweisungen geben sollte, was er noch zu packen habe, und noch tausend Dinge mehr, die vor dem Aufbruch erledigt werden mußten.

»Beeil dich, Kim!« rief ihm Fabian nach. »Wir dürfen keine Zeit verlieren. Es mag sein, daß die Dunkelelben Gilfalas' Spur wieder aufnehmen. Und einen Kampf in den Gassen von Aldswick kann sich keiner wünschen.«

Kim nickte und beeilte sich. So gut er konnte, ordnete er in aller Eile seine Papiere, bereitete eine Nachricht an den Bürgermeister vor und eine für den Juncker und legte sie Hammo, seinem ersten Gehilfen, auf den Schreibtisch, suchte Karten und andere Unterlagen zusammen. Dann ging er in seine Kammer hinauf, wo

Marina Kleidung in seinen Rucksack stopfte, öffnete seine Truhe, in der er allerlei Sachen aufbewahrte, und zog einen gut einen Ffuß langen Dolch hervor. Fabian hatte ihn diesen im letzten Jahr zum Abschied geschenkt. Damals hatte Kim nicht gewußt, was er je mit einem solchen monströsen Ding anfangen sollte. Jetzt aber mochte ihm die Klinge von Nutzen sein.

»Eine gute Idee, Herr Kimberon«, pflichtete ihm Marina bei, aber Kim war immer noch zu verwirrt ob seines Tuns, um den Sinn der Worte in all ihrer Tragweite zu erfassen. So wandte er sich wortlos um und stieg die Treppe wieder hinunter.

»Verflucht, daß wir zu Fuß gehen müssen. Eine Wanderung anläßlich eines Freundschaftsbesuchs ist etwas Schönes, aber wenn man es eilig hat, sind Pferde einfach besser!« grollte Fabian, als Kim in die Diele herabkam.

»Wenn man eins hat, das groß und kräftig genug ist, dich zu tragen«, brummte Burin. »Sieh dich doch mal um: Hier ist Elderland, und das Ffolk ist klein; was nützt also ein Pony? Und ich bin noch nie geritten. Nein, wir werden laufen müssen.«

»Aber es gefällt mir nicht!« murrte Fabian.

»Es muß dir nicht gefallen, du mußt es nur hinnehmen und das Beste daraus machen«, meinte Burin.

»Pferde sind sowieso unpraktisch, dort wo wir hingehen«, sagte Marina. »Und auf manchen Wegen sind wir zu Fuß schneller.«

»Dann los«, drängte Fabian. »Schade, daß wir Euch nicht mehr Erholung gönnen können, Gilfalas«, fügte er, an den Elben gewandt, hinzu, »aber wir dürfen dich nicht zurücklassen, wenn Elderland nicht in ein Trümmerfeld verwandelt werden soll.«

»Oh, die Eloai brauchen wenig Ruhe, und ich bin das Laufen gewohnt«, meinte der Elbe. Er trug eine Hose aus Fabians Beständen, mit Beinriemen umwickelt, und eine alte Jacke von Magister Adrion, die ihm viel zu klein war. Doch die abgerissene Kleidung wurde überstrahlt von dem Glanz seines Haares, das bei jeder Bewegung schimmerte.

Kim stand mit offenem Mund da und starrte.

»Schade um das angebrochene Bier«, murmelte Burin und hob seinen schweren Rucksack hoch, als wäre er mit Federn gefüllt. Die Axt hing in ihrem schwarzen Lederfutteral an seiner Seite.

Auch der Elbe hatte einen Teil der Last übernommen, als er gesehen hatte, was Marina sich aufbürden wollte; galan entwendete er der Ffolksfrau einen Reisesack und schlang ihn über die linke, unverletzte Schulter. Das Ganze tat er mit solch vollendeter Höflichkeit, daß Marina nicht imstande war, sich zu wehren

Fabian öffnete die Tür. Es regnete noch immer, doch das Prasseln der Tropfen auf dem Boden war bereits im Abklingen begriffen. »Kommt!«

»Einen Augenblick noch!« Magister Adrion stand in der Tür zum Kaminzimmer. »Ich habe noch etwas mit Kim zu besprechen. Es dauert nicht lange.«

Er schloß die Tür. Kimberon stand unsicher im matten Schein des ersterbenden Feuers, das zu glosenden Scheiten hinabgesunken war. »Magister ...«, sagte er, als ihm plötzlich bewußt wurde, daß er auch von seinem alten Mentor Abschied nehmen mußte, der ihm gebrechlicher denn je erschien. Mit einem Male fragte Kim sich, ob er den alten Ffolksmann je wiedersehen würde, und der Schrecken fuhr ihm in die Glieder.

Doch Magister Adrion ließ ihn nicht zu Worte kommen. »Kim«, sprach er, »ich hätte dir noch so viel zu sagen, aber es ist keine Zeit mehr. Nur soviel: Deine Freunde tragen Geheimnisse – voreinander und vor sich selbst. Ich will dich nicht ganz ohne Schutz in die Wildnis hinausgehen lassen. Mein Amt habe ich dir schon übertragen, aber mit dem Amt übergab der Kustos immer auch diesen Ring.«

Es war ein unscheinbarer Ring, ein Band aus einem Metall, das weder Gold noch Silber, noch Kupfer zu sein schien, sondern eine Legierung verschiedenster Materialien.

Der Ring trug einen einfachen, klaren Stein. Kim hatte ihn so lange an der rechten Hand des Magisters gesehen, daß er ihn nie so recht wahrgenommen hatte. Jetzt streifte Adrion Lerch den Reif vom Finger.

»Trage ihn weiter. Vielleicht bringt er dir Glück. Er

wird dich an mich erinnern, wenn die Not am größten ist, und einem jeden einen Weg zu dem Ort öffnen, wo er am meisten gebraucht wird.«

»Magister«, murmelte Kim nur. »Ich werde nie vergessen, was Ihr für mich getan habt. Aber ich kann das nicht annehmen.«

»Trag ihn einfach. Bitte, tu einem alten Mann, der seine Aufgabe erfüllt hat, diesen Gefallen.«

Kim durchzuckte ein ungewisser Schmerz. Diese Worte klangen nach einem endgültigen Abschied, und er liebte den alten Ffolksmann, wie er seinen Vater geliebt hatte.

Und so steckte er sich wortlos den Ring an, umarmte den Magister und nahm Abschied von ihm.

»Wie lange dauert das denn noch?« kam die ungeduldige Stimme Burins von draußen. Kim nahm seine Sachen, und dann ging alles ganz schnell. Der Zwerg stand allein in der Eingangstür. »Komm, die andern sind schon vorgegangen!«

Die Nachtluft, vom Regen reingewaschen, war wie ein nasses Spültuch im Gesicht. Burin und Kim rannten durch den aufspritzenden Matsch, dorthin, wo sie das helle Haar des Elben und die dunklere Gestalt Fabians gerade noch in der Dämmerung ausmachen konnten, Marina ein kleinerer Schatten an ihrer Seite.

Es geht alles viel zu schnell, dachte Kimberon. Das Abenteuer hatte begonnen, und er war schon mittendrin, ehe er sich's versah. Und er hatte kein einziges Buch zum Lesen mitgenommen ...

Magister Adrion Lerch blieb allein zurück und sah, wie die Gemeinschaft in der Dunkelheit verschwand. Es hatte aufgehört zu regnen. Der weiche Boden dämpfte jeden Tritt, und Nebel, der vom Fluß heraufzog, verschluckte die Gestalten. Bei diesem Wetter war Marina die ideale Führerin.

Adrion Lerch lächelte. Als er seinerzeit endlich den Schlüssel zur Deutung der alten Schriften gefunden hatte, war er darangegangen, alle nötigen Vorkehrungen für diesen Abend zu treffen. Er hatte – ohne recht zu wissen, zu welchem Zweck – nach jemandem wie Marina gesucht, der sich in Elderland und den Sümpfen auskannte.

Und seit drei Nächten hatte er den Strand des Elderflusses abgesucht, um den Vertreter des Elbenvolkes zu finden, der die Gemeinschaft vervollständigen sollte. Von diesem Punkt an verdunkelten sich die Prophezeiungen, weil jetzt alles in den Händen der Gefährten lag, deren Taten über das Schicksal der Welt entscheiden mußten.

Seine Rolle war beendet. Er hatte den Ring, der im Ffolk seit undenklichen Zeiten vom Kustos des Museums gehütet wurde, weitergegeben. Jetzt war es an dem jungen Kimberon, herauszufinden, welcher Sinn und Zweck diesem Erbe innewohnte.

Der Magister ging ins Haus zurück und löschte alle Lampen bis auf das Licht in der Diele und in der Bibliothek. Er würde nun wieder das Amt des Kustos verwalten, so lange, bis Kim zurückgekehrt oder die Welt im Chaos versunken war.

Adrion Lerch setzte sich in einen bequemen Lehnstuhl im Kaminzimmer des Kustos und begann zu lesen. Doch er konnte sich nicht auf das Geschriebene konzentrieren. Die Buchstaben verschwammen vor seinen Augen, und die Gedanken schweiften ab.

Sein Zögling, der ihm wie ein eigener Sohn geworden war, ging nun auf ein Abenteuer, auf das er nicht vorbereitet war – wie keiner von denen, welche nun auf Pfaden wandelten, die ihnen seit langer Zeit bestimmt waren. Der Magister hätte viel darum gegeben, Kimberon die Last nehmen zu können, die auf seinen Schultern ruhte.

Er seufzte und zapfte sich noch ein Bier, als es an der Tür klopfte.

Der alte Ffolksmann atmete tief durch und ging in die Diele. Das Pochen wurde dringender, lauter, bedrohlicher.

Magister Lerch öffnete die Tür. Vor ihm in der Dunkelheit standen ein halbes Dutzend großer, vierschrötiger Gestalten und ein bleichhäutiger Mann in glänzender schwarzer Rüstung.

»Wo ist der Elbe?«

Die Frage kam mit beinahe sanfter Stimme, die aber so kalt und schneidend war wie der Nordwind, der im Winter aus den Bergen wehte.

Adrion Lerch hob wie zur Abwehr die rechte Hand, als trage er eine Waffe darin oder ein magisches Artefakt, aus dem ein Blitz hervorbrechen würde, um seine Feinde zu zerschmettern. Aber die Hand war leer.

»Ich weiß nichts ...«, sagte er nur.

»Du weißt nichts«, lächelte der Elbe, und seine Gesichtszüge gefroren. *»Dann stirb unwissend, alter Mann!«*

Der Dunkelelbe gab den Bolgs ein Zeichen, und einer hob sein Schwert und ließ es niedersausen. Es traf den Alten mit voller Wucht zwischen Schulter und Hals, drang tief durch Haut, Fleisch und Knochen in den Körper.

Als Magister Adrion Lerch auf den Boden aufschlug, war er bereits tot. Achtlos stiegen die Bolgs über seinen Leichnam hinweg, um das Haus zu durchsuchen.

Sie fanden die Kleidung des Elben, abgerissen, blutig und zerfetzt, aber sonst keine Spur.

So leise, wie sie gekommen waren, verschwanden sie in der Nacht. Zurück blieb der tote Hüter der Vergangenheit auf der Schwelle des Hauses ...

Lesen sie Weiter in Band 20 333

DIE RINGE DER MACHT

ISBN 3-304-20373-9

ISBN 3-404-20376-3

Epische Fantasy im Stil von Tolkien und Marion Zimmer Bradleys Darkover-Zyklus.

Arcana ist eine archaische Welt, die bisher nur friedliche Zeiten erlebte. Doch plötzlich tauchen Elfen auf und berichten von Dämonen, die durch eine Weltenbresche nach Arcana einzufallen versuchen. Der Orden der Magier von Cavillon entsendet eine Expedition – die bald in einen Hinterhalt gerät. Nur mit Hilfe eines geheimnisvollen Fremden können die Ordensbrüder entkommen: Kenran Del, ein irdischer Raumfahrer, der auf Arcana Schiffbruch erlitten hat und plötzlich das Geschick der Welt in Händen hält . . .

Ein spannender Zweiteiler von Frank Rehfeld, der vor allem als Co-Autor Wolfgang Hohlbeins bekannt wurde und bereits zahlreiche Romane in Deutschland veröffentlicht hat.

BASTEI
LÜBBE